中公文庫

大暴落 ガラ

内閣総理大臣・三崎皓子

幸田真音

中央公論新社

目次

第一章 想定外 7
第二章 緊急事態宣言 83
第三章 暗躍者 164
第四章 迂回路 254
第五章 選択肢 330
第六章 蘇生 404
第七章 明日へ 460
解説 山前 譲 503

大暴落　ガラ

内閣総理大臣・三崎皓子

——ガラ（瓦落）とは、相場用語で急激にすべてが値を下げること。暴落よりもさらに恐怖感をともなう強烈な下げを意味し、通常は回復までに長時間を要する——

第一章　想定外

内閣総理大臣の一日が、どんなふうに始まるかだなんて、これまで想像してみたことがあっただろうか。

カーテンの隙間から差し込む朝日に、思い切ってベッドから脱け出し、三《み》崎《さき》皓《こう》子《こ》は裸足のままで窓のすぐそばまで歩いてみた。

目をやると、眩しいほどの光を受けて、庭の木々が輝いている。このところ夫に任せっぱなしにしているが、手入れの行き届いた庭は清々《すがすが》しいほどに育っている。忙しさに流され、背中を追い立てられるように過ごしているうちに、いつのまにか季節はすっかり変わっていた。

皓子は思わず目をしばたたかせ、額のあたりに手をかざした。六月になったばかりだというのに、すでに夏の盛りを思わせるような強い光が、寝不足の目に沁みる。そっと音を立てないように少しだけ窓を開け、外に向かってひとつ大きく伸びをしてみた。

さあ、新しい門出の朝だ。

なにがあっても、もはや引き返すことのできない、挑戦の日々がまた始まる。

このあと寝室を一歩出たら、もうこの庭の木々を愛《め》でる時間も、そんな心のゆとりもないほどの、激動の毎日に突入することになる。これがほんの二年ほど前だったら、週末のリフレッシュをしたあとの、いつもと変わらぬ月曜日の朝だった。ありふれた大学教授暮らしのひとつとして、そろそろ夏休みの計画を立てようかという時期でもあるはずだった。

そうよ。だけど、なにもかもがすっかり変わってしまった。

それでも、やるしかないのよ。

頬を引き締め、背筋を伸ばして、皓子はみずからに強く言い聞かせるようにひとりつぶやいてみた。ここまで来てしまったからには、せめて精一杯、力の限りぶつかっていくしかないのだ。この澄んだ朝の光が、そう言って皓子の新しい門出を激励してくれているのに違いない。

「さすがに、今回は晴れたか……」

背後から夫、伸明《のぶあき》の声がした。

「ごめんなさい。起こしちゃった？」

振り返ると、ベッドのなかで上半身を起こしたまま、夫も目を細めて感慨深げに遠くの空を見上げている。

「いや、さっきからずっと起きていたさ。というより、夜中に目が覚めたらなんだか寝そびれてね。だって今日は君にとって、いやわが家にとっても記念すべき日なんだから」

どうやら夫も、思いは皓子と同じだったらしい。

「それにしても、今回こそは、雲ひとつない晴れみたいだな」

今回こそは、と取り立てて伸明が言ったのは、夫もおそらくあの日の空模様を思い出しているからなのだろう。

たしかにあの朝、皓子のなにもかもをがらりと変えてしまった二年近く前のあの日の朝は、嫌でも気持ちが滅入るような曇天だった。悲願の政権交代を果たした、総理大臣になったばかりの山城泰三《やましろたいぞう》から、思いがけなく金融担当大臣への就任を要請され、「呼び込み」と称される一本の電話を受けて、初めて官邸に赴いた日の朝のことだ。

極度の緊張と気負いとで、肩をガチガチに強ばらせて家を出たころには、あたりはけぶるような小雨に包まれていた。あの朝、重苦しくたれこめる灰色の空と、三月下旬だというのに冬に逆戻りしたような寒気に、皓子は人知れず身震いしたものだった。

その空模様は、肌寒さだけではなく、これから向かおうとしている世界を暗示しているかのようで、四方から迫ってくる息苦しさに何度も深呼吸を繰り返したのを覚えている。

ともすると、足が地面についてさえいないような感覚も味わった。それでも必死で自分を奮い立たせ、タクシーで家を出たときのことが、いまは限りなく懐かしい。生まれて初めての皇居参内のためにと、にわかごしらえの着慣れない正礼装を携《たずさ》えて、この玄関を出たのはつい昨日のような気がしてくる。

思えば、三崎皓子の人生を変えてしまう大きな転機となったあの日から、わずか二年ほどしか経たないというのに、今朝はこうしてまたさらに新しい立場で、官邸に向かうことになってしまった。

内閣総理大臣三崎皓子。

何度口にしてみても、実感がない。そんなことを大っぴらに言うわけには決していかないけれど、とにもかくにも、いまだに自分のことだという感覚がない。

女性の登用が、もっとも遅れているとされる日本の政界において、だが、間違いなく史上初の女性総理の誕生なのである。そしてそれだけに、皓子の就任が決まったときは日本中が歓喜に沸いた。

三日前に結果が判明した瞬間から、家族までをも巻き込んで、メディアの取材攻勢にはそれはもう揉みくちゃにされた。混乱の最中《さなか》、まだ正式な就任ではないからとして、官邸ではなく慌てて党本部で記者会見を開くことにもなった。週末だというのに、皓子は自宅に帰る暇すらないほどだった。

たしかに週末のこの二日間というもの、自分の身に何が起きているのか、時々立ち止まって鏡にでもこの姿を映して確認してみたいような、そんな衝動にかられたものだ。もっとありていに言えば、ビデオに映っている他人の映像を、放心状態でただ傍観しているかのようなそんな感覚だった。周囲が騒げば騒ぐほど現実感が薄れていくようで、ただひたすら流れにまかせるしかない日々でもあった。

もちろん、その大騒ぎの半分以上の正体が、政界関係者から噴出する皓子への強烈なやっかみの声だということはわかっていた。政界だけでなく、メディアや言論界からも、「女が総理になどなってなにができる」といった、まともに反論する気も失せるような、なんとも虚しい批判の声であることも知っている。

押し寄せる謂れのない攻撃のなかに独り放り出され、無防備なままに立ち尽しているほかなかったが、そうであればあるほど、皓子は頭のどこかが妙に冴えていくのを感じてもいた。生来の負けん気が、むくむくと目を覚ますのだ。

さらに正直になるなら、そうした今回の騒ぎに同調する、あと残りの半分ほどの正体が、あからさまな擦り寄りの一派であるのも、皓子には気になった。新米総理ぶりを冷ややかに観察し、早期の失脚を願う気持ちを奥底に秘めて、虎視眈々《こしたんたん》と狙ってきた椅子が転がり込んでくるのを待つ連中だ。

だが、それも無理はないのかもしれない。

皓子の総理就任への顚末《てんまつ》があまりに前代未聞、かつてない異例の出来事だったからである。

前総理の山城泰三が病気のために続投不能に陥り、突然の雪崩《なだれ》に足をすくわれるような勢いで、政権与党である明正《めいせい》党の総裁選挙へ突入した。候補者五名のなか皓子は紅一点、慌ただしい全国行脚を経て、総裁が確定したのが先週なかばのことだ。

その後、周囲の大部分の予想に反して、慌ただしく内閣総理大臣への首班指名が決定したのがわずか三日前、六月三日金曜日の夜だった。本来であれば、与党の総裁がそのまま総理大臣になるのが通例なのに、思いがけなく野党側の支持を受け、皓子が選ばれてしまったのだから大騒ぎになったのも当然だろう。

もとより、地味で愚直な大学教授稼業に甘んじていた自分が、そして、そのまま研究生活をまっとうすると信じて疑わなかったこの三崎皓子が、まさか二年後には総理大臣などという大それた名で呼ばれる立場になろうとは、人生というのは本当にわからないものだ。

しかも、政権を担う与党である明正党の総裁としてではなく、一部の与党議員と、相当数の野党議員の推挙で祭り上げられた立場なのである。あのときの彼らの投票行動の裏には、明正党の凋落を狙ってひとまず女性総理を誕生させ、いずれは自分たちが取って代わろうという思惑が隠されていたのかもしれない。

そこまで考えて、皓子はふと、自嘲気味の笑みを浮かべた。

いまさら、なにを弁解がましく……。

それもこれも、この手で選んだ道ではないか。山城泰三が急な病で倒れたあと、みずから総裁選に立候補した結果のことなのに。

弁解も、釈明も、意味をなさない。ましてや、政治家としていかに経験不足であるかだの、自信がないだのと、この期《ご》におよんで泣き言を言うのは許されない。たとえ、前代未聞の指名劇であったとしても、公平な選挙によって正当に選ばれた総理大臣であることに違いはないのだから。

誰に文句を言わせるものですか。

どこから見ても隙のないよう手早く朝の身支度を整えながら、皓子は鏡に映ったわが身に向かって、毅然と胸を張ってみせた。

＊

階下のキッチンに降りていくと、息子の慧《けい》が、パジャマ姿のままで冷蔵庫を開けていた。牛乳を探している様子だが、こちらを振り向きもしないでぼそりと言う。

「姉貴、昨夜《ゆうべ》も帰ってこなかったみたいだよ」

「まあ、一昨日《おととい》の夜もじゃなかった？」

「そう。友達と会ってくるって言って、金曜の夜中に出かけていったんだ」

総理就任の騒ぎでそれどころではなかったとはいえ、娘がこの三晩も、連絡もなしに家を空けていたとは知らなかった。

「どこで泊まってるとかって、なんにも言っていかなかったの？」

冷蔵庫の扉の棚から牛乳を取り出し、慧に手渡してやりながら訊くと、気のない返事が返ってくる。

「どうせ、シンディとでも飲んでいたんじゃないの。お昼ごろには帰ってくるよ」

心配するだけ損だとでも言いたげな口振りである。

「困ったものね。それならそうで、電話ぐらいはしてくれないと」

皓子が、生まれて初めての選挙戦を戦ったころ、母親を手伝うなどと殊勝なことを言い出して、独り暮らしをやめてやっとこの家に帰ってきてくれた娘なのだ。皓子としても、できるだけ干渉しないように、自由にさせてやろうとは思っている。

とはいえ、なんといってもまだ三十歳前の娘なのである。外泊するなとまでは言わないけれど、伸明にでも弟の慧にでもいいから、せめて居場所ぐらいは教えておいてもらいたい。

「もう、これまでのようにはいかないのよ……」

そこまで言い出しておきながら、皓子は次の言葉を呑み込んだ。母親が総理大臣になったからといって、家族に無用な制約や心の負担を強いることはできるだけ避けたいと思うからだ。ただし、国を背負う立場やその重責を考えると、現実的には無理だろう。それでも、可能なかぎりの自由と、最低限の普通の暮らしは確保してやりたい。それも、切実な皓子の願いだった。

「大丈夫。麻由《まゆ》ちゃんのことは、僕がなんとでもフォローするから」

いつのまに降りてきたのか、背後から伸明の声がした。

「今日は昼ごろから警察の人が来て、いろいろとヒアリングをするそうだ」

夫がそれを知ったのはテレビのニュースだったらしい。皓子の総理大臣への指名が確定した直後から、家族としてのいろいろな対応に追われていたようだ。皓子のほうは、なにもかもを伸明に任せっぱなしで、自分の目の前のことだけで精一杯だった。

「ねえ、ママ。僕たち家族にもSPが付くの？」

慧にはそのことのほうが気になるのだろう。アメリカのテレビドラマで観たからなどと言って、勝手な想像を巡らしている様子だ。

「いや、それはないと思うよ。今日のヒアリングは、きっと総理大臣の警護の関係の情報収集なんだと思う。家族のこととか、周辺の細々したことも訊かれるんじゃないかな」

「すみません。なにもかも、あなたに任せるしかなくて……」

皓子は素直に詫びを口にした。いくら気がかりでも、いまは夫に頼るしかない。

「謝ることなんかないよ。気にするな、君は官邸で全力を尽さないといけないんだからな。

麻由ちゃんのことも、なにも心配しないでいいんだから」

　伸明はどこまでも穏やかだった。そうでなくても激務なのだ。皓子には仕事に集中させてやりたい、そんな夫ならではの思いが言葉の端々から伝わってくる。

「そうだよ、ママ。パパの言うとおりだよ。そもそも姉貴はパパにはべったりだからね」

　慧が訳知り顔で皓子の肩を叩いた。だが、そのとおりなのだ。お互いに子連れで結婚した伸明と皓子。世間的にはいわゆるなさぬ仲のはずなのに、実の娘の麻由のほうが、義父である伸明によほど心を許している。仮に母親には告げられないことだったとしても、この伸明にだけはなんでも打ち明けているようなふしがある。

「その分、僕がママの味方だからね。僕はなんでも言うからママは安心していていいよ。そうやって、わが家はバランスを取っているんだから」

　慧は、肩を叩いたその両手で、今度は皓子の肩を揉むような仕草をした。

　たしかに、慧の言うとおりかもしれない。縁あって皓子が母親となったのは、この子がまだ三歳にも満たない幼さのころだったが、この春からはもう大学生になった。慧については、さほど手を灼いたという記憶もなく、ごく自然に母子になれた気がしている。

　外では口数の少ない大人しい息子だが、皓子についてだけは、いつもズバリと本当のところを突いてくる。それがうまく行っている秘訣なんだと、皓子なりに理解もしてきたつもりだった。

やがて三人揃って簡単な朝食を済ませたころ、タイミングを見計らったように玄関のチャイムが鳴った。

「あ、お迎えが来たよ。ママ、用意はできた？」

壁際に置いてあった皓子のバッグを手に提げて、そそくさと慧が玄関に向かう。いくつになっても、皓子がたとえどんな仕事に就いても、出勤する母親を玄関まで見送る日課だけは変えないとでも言っているつもりらしい。

「あれ、本当にいいお天気なんだ。こんなに晴れてるじゃないか」

一緒に見送りに出て来た伸明が、確かめるように空を見上げて言った。なんだか、晴れているのが不服のような口振りに聞こえなくもない。

「いいお天気じゃ気に入らないの？」

皓子は、さきほど寝室で交わした言葉を思い出しながら、伸明を振り返った。

「そんなことないよ。ただ、さっき低気圧が発達しているようなこと言ってた気がしたからさ。こんなに暖かいのに、上空には寒気団が来ているとかって」

食堂のテレビに流れる天気予報で、ついいましがた聞いたというのである。

「どこか別の地方の話だったんじゃない？」

「きっとそうだな。関西のほうとか、九州とかだったかもな」

そう返した伸明に、割ってはいるように慧が口をはさんできた。

「いや、わかんないよ。ママは、ちょっと雨女のところがあるからね」

訝《いぶか》しげな顔で空を見上げる慧に、伸明が大げさにうなずいてみせる。

「たしかに、慧の言うとおりだな。特にここぞという大事な日はさ、よく雨になる」

茶化すように笑いを含んだ声で、伸明はこの場を和ませてくれているのだ。極度の緊張を迫られる皓子の一日の始まりを、思いやるゆえの冗談だった。

「あら、失礼ね。そんなことないわよ」

だから、皓子も負けずに言い返した。

「どっちにしろ、どこかに相当強烈な低気圧が来てるらしいぞ。大気が不安定で、結構酷い雨になるかもって、たしか気象予報士が説明していた」

「でも東京は大丈夫よ。こんな大事な日に嵐なんて、ごめんですもの。縁起でもない」

このとき皓子は、軽い気持ちでそう口にしただけだった。少なくとも空を見上げる限り、そんな気配はまったくない。だいいち、いまは気象予報など気にしているようなゆとりはないのだ。なにせ今朝はこのあと、官邸で組閣の最終作業にはいるのだから。週末の二日間をかけて、揉めに揉めた閣僚人事だが、なんとか早くまとめあげなければならない。

今日一日で決着させたいが、下手をすると徹夜になるかもしれない。遅くても明日の朝までぐらいには決めたいものだ。そして、確定したらすぐにその後は皇居に参内する。天皇陛下から正式な任命を受けたら、いよいよ三崎新内閣の発足だ。

そのためにも、首班指名後まもない総理大臣としての、最初の重要な一日なのである。三崎内閣が無事に船出できるかどうかは、ひとえにこの閣僚人事にかかってくる。

「しかしなあ。なんにせよ、今度は皓子が大臣を指名する立場なんだよな。呼び込みをされる側から、ついにする側になったわけだ。それも信じられないようなスピードでね」

伸明は真顔になって、しみじみとした声を漏らした。おそらく、今日は長い一日になることだろう。皇居への参内を無事に済ませたら、すぐに官邸に向かい、あの赤絨毯を敷き詰めた玄関フロアから二階につながる階段での写真撮影となる。翌朝の新聞一面を飾るお決まりのセレモニーだが、その後に続く記者会見までのすべてを終えると、はたして帰宅はいつになることやら。

「そうよ、だから大変なのよ」

皓子はことさら大きく息を吐き、緊迫の戦場に向かう戦士さながらに、おどけて肩をすくめ、武者震いをしてみせる。

「それにね、なんといってもこれまでの総理大臣とは成り立ちが違うから、組閣人事はそうでなくても揉めに揉めてね……」

首班指名を受けてからこの週末の二日間は、明正党の党本部での記者会見をこなすかたわら、党幹部と何度組閣についての面談を重ねてきたことか。そのつど議論は紛糾《ふんきゅう》し、皓子案は強引に突っぱねられた。それでもめげずに再提案を繰り返して、前向きに話し合いを続けてきたのである。

「そりゃそうだろうな。辛抱強く大臣の順番待ちをしてきた連中を、一気にゴボウ抜きで君が総理になっちゃったんだから、混乱するのは当たり前だろう」

「わかっているけど、ここは誰がなんと言っても踏ん張って、私の意志を通さないとと思っているの。でないと今後、いつどんな横槍がはいるかわからないもの」

圧力に負けて、党の古株たちに不本意な閣僚指名を許してしまったら、政権運営は一事が万事やりにくくなるのが目に見えている。

「頑張れよ、ママ。何事もスタートが肝心だ。古顔の党員にも、低気圧なんかにも、絶対に負けるな！」

伸明が声に力をこめた。冗談めかした口調の裏に、皓子の立場を心配している気持ちがあふれている。

「そうさ。いいじゃないよ、ママ。ジジイ連中なんか無視して、どんと構えていればいいさ。それに低気圧のほうも、嵐を呼ぶ女なんて、ママらしくて恰好いいじゃない」

息子のほうは相変わらずの減らず口だ。

「うん。たしかに、それもママらしいか」

つられるように伸明が笑い声をあげ、皓子も笑顔で玄関を出たのである。

「嵐を呼ぶ女ねえ……」

見上げると気持ちのいいほど晴れた空が拡がっている。それにしてもいい天気だ。皓子は気を取り直し、迎えの車に向かって、しっかりと足を踏み出した。

＊

「総理、おはようございます」

門の前に待機していた総理大臣専用車のそばに立ち、おもむろにドアを開けてくれたのは警察庁出身の総理秘書官、武藤光弘《むとうみつひろ》だ。五人いる総理秘書官のなかの一人だが、ずんぐりとして、やや小柄。初めて会ったとき、皓子はなぜか無性に土の匂いを思い出した。まさに素朴という形容しか思い浮かばない風貌だが、おそらくはそれも、最近あまり見かけなくなった黒々とした太い眉のせいかもしれない。

「おはようございます。今日はよろしくお願いします」

軽く会釈《えしゃく》をして後部座席に乗り込むと、車はすべるように発進した。門のあたりに集まっていた番記者たちの輪のなかには、近所の家々から出てきた物見高い隣人たちの姿も交じっていた。なにせ、町内から総理大臣が出たのである。寄ると触ると番記者たちが駆けつけてくるのだから、彼らの好奇心は掻き立てられる一方なのだろう。

彼らの前を静かに通過するときも、皓子は車のなかから軽く頭を下げ返した。総理大臣という立場をいやでも意識させられるのは、やはりこういう瞬間だ。官房長官を務めていたときとは、まずその身辺警護に大きな違いがあるからだ。移動時に総理を乗せる、いわゆる「総理車」も、とにかくこれまでの「大臣車」と違って警備の面でも重装備だ。万が一の襲撃にも耐えられるよう、あらゆる備えがなされている。

　皓子が乗り込んだ「総理車」の前と後には、一台ずつ警備の車が伴走する。これからは、どこへ行くにも毎回黒塗りの三台が物々しく並んで走ることになるのだが、それもこれも総理大臣ならではのことだ。

　皓子に同乗するのは、官邸詰めのベテラン運転手。その隣の助手席にはSPが、そして後部座席の皓子の隣には、その日の担当の秘書官が乗り込んでくれる。

　警護に関して、こうして総理車に常時同乗するSPを「箱乗り」というらしいが、以前から担当してくれている菅井伸二郎《すがいしんじろう》に引き続き警護をしてほしいと要望を出したら、即座に却下された。皓子が最初に金融担当大臣に就任したときからのつきあいで、次に官房長官になったときにも世話になった菅井は、気心も知れている。総理になってもぜひともそのまま留任をと、皓子としては、そんな単純な希望を出したつもりであった。

「申し訳ありません。総理付きのSPは警部が担当いたします。菅井は警部補ですので」

　慇懃《いんぎん》ではあったがぴしゃりと言われて、皓子は出鼻をくじかれた思いがした。つまり、それでもどうしても菅井を総理付きにするというなら、警部補から警部に昇進させなければならない。警察庁内の人事問題にも関わってくるので、簡単ではないというわけだ。

何度かやりとりの末、折衷案《せっちゅう》として警察庁から出されたのは、菅井を現状の警部補のまま据え置いて、箱乗りではなく後続車に乗る。つまりはサポート側のSPに任命するというものだった。

「わかりました。そういうことなら、そちらにお任せします」

皓子は折れた。そこまで菅井に固執する理由もないし、頑迷に要望を押し通すつもりもなかったからだ。だが、こんなところにもどうしようもない息苦しさを実感する。ことほどさように、総理大臣の周辺は官僚たちのヒエラルキーでガチガチに固められているのである。

周辺警備だけでこうなのだから、これから立ち向かう総理大臣の仕事となると、一事が万事こうした窮屈きわまりないものとの戦いになるのだろう。組織の力学を学び、バランスを保ちつつ、それを存分に活かしていくだけの度量を求められる。彼らが働き易いようにしてやることが、ひいては皓子自身の仕事をし易くすることになる。

こうした官僚たちの助けがなければ、この国はなにも動かない。二年間ばかりとはいえこれまでの経験で、それは身にしみてわかっているつもりではいたのだが、皓子はあらためてそのことを実感させられたのだった。

＊

車列が三十分あまり進んだところで、やがて前方に総理大臣官邸が見えてきた。

先週末までは官房長官として、さらに山城が倒れたあとは当面の総理大臣代行として、通い慣れた官邸だ。建物も、あたり一帯を満たしている空気も、なにひとつ変わったわけではない。それなのに、いまはなにもかもが違って見えるのはなぜだろう。

正面玄関でおもむろに車を降り、皓子は目の前の官邸の建物に向き合った。だが、じっくりと感慨に浸る暇もなく、われ先に迫ってくる総理番の記者たちの声に取り囲まれた。

「総理、閣僚人事はもうお決まりですか？」

「連立を組んだ公民党の深谷《ふかや》さんももちろん入閣されるんですよね？」

矢継ぎ早に声が飛んできたが、あえて彼らの質問には応えず、そのかわり控え目に会釈を返しながら、黙ってエレベーターに乗り込んだ。なかには執拗にエレベーターのなかまで乗り込んでこようとする記者もいたが、ＳＰがうまく遮ってくれた。

やがて、五階——正面玄関側から見ると三階——の、官邸の最上階に到着する。どこまでも静まりかえった廊下を進んで、総理執務室の前に着くと、太い眉の秘書官、武藤がすかさずドアを開けてくれる。室内に足を踏み入れるときも、玄関で感じた思いはさらに強くなってきた。先週までも、何度も通ってきているはずのこの同じ部屋だが、立場が違うとこうまで気持ちが違ってくるものか。

皓子は総理席のそばに立ててある国旗に向けて軽く一礼し、まっすぐにデスクに向かった。武藤が慣れた仕草で引いてくれる革張りの椅子に、ゆっくりと腰をおろす。

さあ、今日からは自分がこの部屋の主人になる。あらためて部屋全体をみまわし、皓子はひとつ大きく息を吸い込んだ。

と、まるでそのタイミングを見計らっていたかのようにノックの音がした。秘書官の武藤が、すべてを心得ているといった顔つきでドアを開けに行き、来訪者を招き入れる。そして、相手の顔を確認するや、気を利かしてか、そっと入れ替わるように武藤は総理執務室を出ていった。なにもかもが、一分の隙もない流れなのではないか。あらかじめ細部まで取り決められた一連のシナリオに即した行動では？

つい、そんな皮肉な一言を投げかけてみたい気がしてくる。

「おはようございます、総理。昨日は遅くまでお疲れさまでした」

そんな皓子の心境など知るはずもなく、昨日決まったばかりの官房長官、宮下聡一《みやしたそういち》が立っていた。やや緊張した面持ちではあるが、昨夜の疲れなど微塵《みじん》も感じられない。その第一声はむしろ溌剌《はつらつ》として、皓子より十歳も年上、まもなく六十三歳になるとは思えぬほどの勢いがある。

渋くて低いけれど、どこかに甘さのある声だ。本当は政治家などより声優になったほうが、よほど向いているのではと、最初会ったときから皓子はひそかに思っている。白髪一本なさそうな若々しい髪に、百七十八センチという上背と、がっしりと厚みのある肩。いや、声優というより、むしろプロのスポーツ選手だと言ったほうが通りそうな外観だ。

この風貌と、なにより弁護士出身ならではの押し出しの良い弁舌の巧みさ。どんな相手でも、口先だけで言いくるめてしまえるしたたかさが頼もしい。おそらくその二点だけでも、三崎皓子内閣の顔として際立った存在感を示してくれるはずだ。

なにせ、官房長官といえば、三崎政権の政策運営を代弁するスポークスマンとしての立場である。内閣官房長官を、この宮下聡一にと決めたのには、皓子なりの下心があった。

さらには全閣僚のまとめ役でもあり、そして、もっとも総理大臣に近い立場、つまりは女房役でいなければならない存在だ。初の女性総理を補完するには、彼の持つある種の「重量感」も役に立つ。皓子の狙いはそこにあった。

「おはようございます、官房長官」

皓子が挨拶を返すと、途端に宮下の顔が曇った。ここからが本題だとでも言いたいのだろう。だから、笑ってはいられないのだと。

「いやあ、困りました。さすが、思った以上に手強いですね。あのあとも昨夜から今朝まで、うちの電話は鳴りっぱなしです」

端整な顔立ちが無造作に歪む。

「また小関《こせき》先生なのね。それとも、深谷先生からも？」

皓子はここ二晩続けて繰り広げられた、激しいやりとりを思い出していた。

与党明正党の小関嗣朗《つぐお》は、先日行なわれた明正党総裁選挙で皓子と競り合い、地方票こそ圧倒したが、議員投票は互角で、なんとか第二十五代明正党総裁に選ばれた男である。

もっとも、その党内の支持層にいまだ揺るぎない自信を持っており、疑うことすらしない叩きあげの古株でもある。もう真っ白になった白髪頭を振り乱し、野太いだみ声をこれ以上できないぐらいに張り上げて、組閣については当然のように口を出してくる。

もう一人の深谷謙吾《けんご》というのは、明正党が連立を組む公民党の党首だ。その名前を口にした瞬間、乾いて粉がふいたような皮膚に黒子《ほくろ》があちこち散った顔が浮かんできた。

土曜日、日曜日と二日を潰して、党本部で記者会見をやり過ごしたあと、夜遅くまでかかって話し合いを続けてきた。もちろん明正党や公民党の大物幹部たちも主立った面々を交えてのことだった。

彼らを加えると、それだけで大揉めになることは予想されたが、皓子としては充分な譲歩と心遣いをしたつもりだった。だが案の定、宮下を官房長官に据えることでまず話し合いが紛糾し、それでもそこだけは譲れないと、皓子の意見を強硬に通した。

だが、さすがに皓子が宮下の同席を強行して閣僚候補のリストを配ると、一瞥しただけで、会議室のなかが騒然とした。

「なんだこの人事は！　まったく目茶苦茶だ、正気なのかね？　私を馬鹿にしているのか、それとも、あんたは明正党を潰す気か！」

腹に据えかねる様子で、怒りを爆発させたのは、やはり明正党総裁の小関だった。

「こんな経験も当選回数も少ないど素人の連中に、この国を任せられる道理がない！」

テーブルを叩いて、その場に立ち上がり、小関はリストを力まかせに破り捨てた。

「ですが、私の政策を実行するには、それなりの専門性を備えた若い力が必要です」

「私の政策だと？　政策なんぞというものは、あとでなんとでもなるもんだ。もともと、どの党もさほど違いなんかない。それより政治に必要なのはな、組織の力学というもんだ」

わからんなら覚えておけ、とばかりの剣幕で、小関の反応は予想どおりだった。だが、大臣の数は限られている。だから皓子は、あくまで国民と約束した政策の実現を最優先にしたかった。自分を総理に推してくれた各野党からでも、政府に協力する意志と能力と、政策実現のために必要な経験や人脈とを真に備えている人材なら、ぜひとも重職で活かしたい。

ただ、公に連立を組むわけでもない野党の議員を、大臣や副大臣に起用するなど、まったく前例のないことだ。そんな無謀な試みには想像を絶するハードルがあった。小関としては頑として阻止したい、黙っているわけにいかないというのは理解できた。しかも、小関自身は財務大臣でもなく、決して閣僚の中心的立場とは言い難い総務大臣としたのだから、彼が憤るのももっともな話だった。

なにかにつけて対立する彼を、なるべく中心からはずしたいというのは、当初からの皓子の狙いである。いまのうちにできる限り勢いを削いでおきたい。だが、もとより小関は総裁選で党員票の過半数を得て、明正党総裁に選出された身である。彼には自分が総理になるのが当然という思いがあったはずだ。長年の悲願だった総理の椅子。それをまさに目前にしながら、手にできなかったのだから。

ほんの鼻の先で、皓子という新米トンビに油揚げをさらわれた小関の悔しさは、いまや頂点に達している。

ただ、それというのも小関を総理にしたくない力学が働いた結果であり、皓子が総理になったのであるなら、その多数派の意向をくまない組閣人事はかえって危険だ。そう思うからこその皓子案なのだが、それを理解できるほど小関の度量は大きくはない。

それでも、表面は大物政治家然としていたい小関としては、記者会見の席上では、鷹揚《おうよう》に構えてみせていたものだ。かろうじて取り繕ったその笑顔の裏で、腹の内はこれ以上ないほど煮えくり返っていたことだろう。そして、それをぶつける対象を探していたのに違いない。その耐えに耐えてきた無念さを、ここでついに爆発させてしまった、というのが本当のところだった。

——ですが、小関先生。国務大臣の任命も罷免も、基本的には首相である私の専権事項です……。

皓子は、口許から飛び出してきそうなそんな言葉を、ぐっと堪《こら》えて呑み込んだ。それを口にしてしまったら、小関の怒りを煽るだけで、この場の収拾がつかなくなる。だからこそ唇を噛んで黙っていたのだが、それがかえって小関を無視するように見えてしまい、余計に怒らせてしまったようだ。

「三崎さん、思い上がっちゃいかんよ」

小関は皓子の顔に向け、人さし指を突きつけてきた。

「あんたを総理に祭り上げたのは、なんの力も持たない下っ端ばかりだ。ただの勢いに乗った、いわば底辺の議員連中なんだからな。要するに、流れの作用と反作用だ。前の山城総理に対する反感というか、ただの揺り戻しみたいなものに過ぎんのだよ」

「そんな……」

「いや、それが現実だ。そして、そんなものはすぐに元に戻る。こういう勢いなんていうものはね、君。強ければ強いほど、消えてしまうのもあっけないもんだ」

だいたい、日本人は飽きっぽいんだ。

小関は立ったままで声を荒らげ、さらにそう繰り返した。口角にたまった白い唾が、皓子の顔に飛んでくる。長年政界で禄を食《は》んできた自分のようなベテランでなければ、本当のところがわからない。小関は白髪頭を掻きむしる勢いで、そうも言いたいらしい。

「小関先生、どうか聞いてください……」

皓子は顔をあげて小関を見た。

「私は、なにも閣僚人事は首相の専権事項だから、なんでも思い通りにやらせてほしいなどと、そんなことを申し上げているのではないんです」

「なんだと？　専権事項だと？」

しまった、うっかり小関の地雷を踏んでしまった。専権事項という言葉を出したのは迂《う》闊《かつ》だった。皓子は慌てて、首を振る。

「そうじゃないんです。そういうことではなくてですね。私が総理に選ばれたのには、選ばれただけの理由と必然性があるはずだと、そう申し上げているのです。本来ならば、総理大臣には、当然ながら明正党の総裁がなるべきところでした。なのにそうはならなかった。どうしてなのでしょう。そこにこそ、託された声があるとは思われませんか？」

皓子はあえて声を和らげ、穏やかに問いかけた。小関は一瞬言葉を詰まらせ、すぐに小鼻を膨《ふく》らませて、忌々《いまいま》しそうにぶつぶつと口のなかでつぶやいている。

「一年生のくせに、なにを生意気な……」

「おっしゃるとおりです、小関先生。でも、だからこそ、申し上げているのです」

皓子はきっぱりと言ったのである。

「私のような一年生議員が、総理大臣に指名されるという、三崎内閣は前代未聞の政権なのです。だったら、これまでとは違った思い切った閣僚人事と、政権運営が求められるのではないでしょうか。それが、国民の真の声を活かすということではありませんか」

毅然と顔をあげ、皓子は一気に詰め寄った。

ここで明正党のカラーに拘《こだわ》り続けるのは得策ではない。皓子はさらに繰り返した。政権運営に支障をきたすばかりか、政権そのものも根底から覆される。なにより、明正党の総裁ではなく、あえてこの三崎皓子を首相にと一票を投じてくれた国会議員の総意を逆撫《さかな》でし、侮辱することになりかねないのだと。

「それは、まあ……」

小関は、もはや返答に窮している。だから、畳みかけるように皓子は続ける。

「小関先生、ここはどうか冷静に。もちろん、先生がおっしゃるとおりなのは、私も重々承知しております。ですが、そこは大先輩として、わが党を大所高所から収めていただきたいのです。明正党として、いまは一歩も二歩も抑制的になり、謙虚になって組閣をすべきです。民意を無視して、明正党色を全面に押し出そうとすると、それこそかえって反感を買ってしまいます。まわりまわってわが党の信用を傷つけ、ひいてはわが党の結束までも割ってしまいます。私は歴史と伝統を誇ってきたわが明正党の政治哲学を、歪《ゆが》めたくはないのです！」

最後は、小関の目をまっすぐに見据えて言い切った。どんな横槍がはいろうが、どれだけ罵声《ばせい》を浴びようが、皓子が総理大臣の指名を受けたという事実は変わらないのだから。

皓子の確固とした物言いは、場の空気を圧するだけの力があった。

一瞬、部屋中が静まりかえった。

小関が黙り込んでしまったので、もはや誰一人、声をあげる者がいない。沈黙があたりを支配した。

そして、それを破ったのは、突然小関が床を踏みならす大きな音だった。それはもう癇癪を起こした幼子が、駄々をこねてわめく姿のようにしか見えなかった。

「もう知らん！」

小関は叫んだ。部屋中を気まずい空気が満たしている。

たぶん、自分でもそのことに気づいたのだろう。小関はハッとわれに返った様子で、取り繕うようにわざとらしい咳払いをした。

「あとで泣きついてきても、わしは一切知らんからな」

捨てぜりふのようなそんな言葉を残し、小関は取り巻き連中を引き連れて、そそくさと部屋を出ていったのである。

＊

そんな一悶着を経て、昨夜家にたどり着いたのはもう日付が変わってしばらくあとのこと。そして夜が明け、今朝を迎えたのである。

古参たちによる閣僚人事への介入は、ひとまず一段落したものとばかり皓子は思っていた。途中から席を立ち、話し合いを放棄したのは向こうのほうだ。だから、不承不承ながらも、てっきり折れてくれたのだと理解していた。

だが、皓子がそう考えたのは甘かった。現実はそこまで簡単ではない。皓子に対して向けられるべき反撃は、むしろ皓子の頭上を素通りし、さらに形を変えて、あのあと今朝に至るまで、ねちねちと官房長官に対し続けられていたというのである。

「そうこうするうちに、みなさん今朝は雁首《がんくび》揃えてここへもやって来られますよ」

「え、小関先生だけじゃないっていうの？」

「あの三人組もきっとご一緒でしょう」

宮下は、意味あり気ににやりと笑みまで浮かべて言う。こういう時に、こうした余裕めいたところを見せてくれるのは頼もしい。

宮下が言った三人組というのは、明正党の長老の曽根崎《そねざき》と前田《まえだ》、それに藤堂《とうどう》の三人で、メディアが「ご意見番」などと担ぎ上げるのをいいことに、いまだに派閥の領袖《りょうしゅう》然《ぜん》とした姿勢で文句をつけてくる存在だ。

「あの人たち、てっきりあきらめてくれたかと思ったけど、またあの不毛なやりとりを繰り返す気なのかしら」

「小関先生には、やはりこの際、ちょっとした鼻薬《はなぐすり》を嗅がせるしかないでしょうね」

宮下なりの進言だった。

「やむを得ないわね。ここまできたら、総務大臣への就任と同時に、副総理という名札もつけてあげるぐらいの譲歩はしますか」

まずは今朝、こちらにそんな心積もりがあることを、古参の三人組に先駆けて、あの小関だけにはこっそりと伝えてやろう。

「名案です」

宮下は満足そうにうなずいた。

「あの小関総裁さえこちら側に取り込めば、あとの長老三人組は、彼自身がなんとか黙らせてくれると思うんだけど」

副総理という名前の存在感は大きい。内情はさほど変わらなくとも、地元選挙区の支持者たちに向けての説得力が格段に増し、小関自身の自尊心を満足させるだけの重みもある。政界ならずとも、順列を重んじ、拘るのはどこの世界でも同じなのだ。さすがの小関も、うしね」

ひとまずは折れてくれるはずだ。

「油断はできませんけどね。なにせ海千山千の古ダヌキたちです。これまではお互いに牽制しあっていただけで、小関先生だけ良い思いをすると知ったら、またどう豹変しないともかぎりません。ここに乗り込んでくるからには、三人とも手ぶらでは帰らない気でしょうしね」

となると、この調子では、少なくとも組閣にもう一晩はかかるかもしれない。

二人でそんなやりとりをしていると、総理執務室のドアがノックされる音がした。

「失礼します、総理。いま連絡がはいりまして、中本《なかもと》さんが、至急総理とお目にかかりたいとのことです。すでにこちらに向かっておられますので」

部屋にはいってきたのは、今朝がた迎えの車に箱乗りをして来た秘書官の武藤光弘だ。

「中本さんって、あの危機管理監の？」

宮下の顔が強ばった。

正式には内閣危機管理監。秘書官が伝えてきた中本忠昭《ただあき》というのは、三年前まで警視総監だった男である。前政権の山城総理時代に任命され、現在の職務に就いたのだが、その名のとおり日本の危機管理を統括する特別職の国家公務員として、引き続き昼夜を問わずこの国の安全に目を光らせている。

日本政府における危機管理体制は、まずその頂点に内閣総理大臣、続いて内閣官房長官、そして内閣官房副長官という縦軸がある。その下に、国家安全保障局長と対をなす形で、内閣危機管理監が置かれている。

歴代の警視総監経験者が、退官後に就任することが多いが、常時総理大臣への報告義務を負い、また総理大臣の指示を受けて必要な任務にあたっている。

中本とは、皓子も官房長官だったころ何度か顔を合わせている。だからよく見知ってはいるのだが、全身がふっくらと丸みを帯びた印象で、驚くほど柔和な顔つきだ。

艶やかな広い額が印象的で、年は皓子より六、七歳は年上だ。元警視総監だと聞かされても、すぐには信じ難いほど口調も穏やかで、なにかにつけて柔らかな物腰だった。

その第一印象は、いまだに大きく変わることはないが、最初のレクチャーの席で、彼に課されている守備範囲を知ったとき、皓子は素直に驚きの声をあげた。たしかに、この国の安全と国民生活の安心を守るのが責務とはいえ、内閣危機管理監が対応しなければならない「危機」というのが、あまりに広範囲だからである。

テロやサイバーテロ、ハイジャックなどはもちろんのこと、航空機や鉄道といった公共交通機関などの重大事故や、大規模自然災害から、広範囲で重篤な感染症、いわゆるパンデミックにいたるまで、金融や経済危機以外でのおよそ危機と名のつくありとあらゆる緊急事態への対応が彼の双肩にかかっている。内閣府内とは別に、官邸内にも彼の執務席があり、情報共有を密にするため、双方を常時行き来している。

ただし、少なくとも中本と相対している限り、それほどの悲壮感はない。むしろ彼と会うたび、皓子は不思議なほどの安心感を覚えたものだ。たとえどんなに想定外のことが起きたとしても、おそらくこの中本は、慌てるということとは無縁だろう。初対面の人間にすら、そうまで感じさせるほどのこの包容力は、いったいどこから来るのだろうかとも思う。

その中本から、わざわざ話があると言ってきたのである。

ましてや、皓子らはいま組閣人事に忙殺されている。中本ほどの立場ならばその重要性を誰よりも承知しているはずだ。それでもわざわざ面談を求めてくるのだから、なにか特別な用件があるということは容易に想像がつく。

「どこかでなにか心配なことが起きているとでもいうのかしら?」

ふと、皓子の脳裏を得体《えたい》の知れない予感めいたものが過《よぎ》った。

「さあ、それは……」

武藤秘書官は黒々と太い眉を八の字に寄せて、かぶりを振った。なにも聞かされていないらしい。

「ですが総理。本当に緊急の事態ならば、ホットラインが繋がるはずですので」

そこまでの緊急性は心配しなくていいと言いたいのだろうか。

＊

そのとき、デスクの上においた皓子の携帯電話にメールの着信があった。さりげなく画面を見ると、夫の伸明からである。

「ごめんなさい。ちょっといい？」

短くそう断わってから、皓子は宮下と武藤の二人に背を向けた。この時間帯に、しかも官邸での今日の皓子の状況を知っているだけに、伸明からこんなタイミングでメールが来るのは尋常ではない。なにかよほどのことだろうと気になって、急いで開いてみる。

――忙しいのに申し訳ない。もしかして、麻由ちゃんから、そちらになにか連絡はあった？　それだけ訊きたくてメールしました。手が空いたら連絡ください――

遠慮がちな文面ではあるが、どうしても皓子に確認したいという伸明の気持ちが伝わってくる。

「ちょっとごめんなさいね。すぐに終わるから、一本だけ電話をいれさせて」

危機管理監の中本が到着する前に、伸明に様子を聞いておきたい。皓子がそう言い終える前に、宮下官房長官と武藤秘書官は、音も立てずに総理執務室から出ていった。

携帯電話の呼び出し音が鳴るまでもなく、伸明はすぐに電話に出た。皓子からかかってくるのを待ちかまえていたのだろう。

「あ、皓子。悪いな、仕事の邪魔をしたんじゃないか？」

電話の向こうから、ひどく申し訳なさそうな声が聞こえてくる。

「それはいいの。麻由がどうかした？　私のところにはなにも連絡はないけど」

「そうか。やっぱりそっちにも連絡してきていなかったのか……」

伸明の落胆ぶりは大きかった。もはや一縷《いちる》の望みも断たれてしまった、とでも言いたげなほどで、むしろそこまで切迫した状況なのかと余計に心配になってくる。

「連絡がつかないの？　ねえ、まだ居所がわからないままなのね」

胸のあたりがざわついてくる。もしや娘の身になにかあったということなのだろうか。

「いや、君は心配するな。こちらでなんとか探し出すから」

皓子に安心させようと、伸明ならではの気遣いだ。

「大丈夫なのね？　シンディには連絡してみた？　彼女と一緒じゃないのかしら」

シンディと麻由は、互いに親友と呼び合うような間柄だ。皓子の選挙運動で、二人一緒になってなにかと協力をしてくれたことで、ますます親しさが増したようだ。

「僕もそう思ってね。電話してみたんだけど」

「彼女も知らなかったの？」

「いや、途中までは一緒だったらしいんだけど……」

「途中までって？」

「たしかに、金曜の夜はみんなで一緒に飲んでいたらしいんだ。若い仲間で集まって君の首班指名をお祝いするとかで、徹夜で盛り上がったらしくてね。そこまではっきりしている。だけど昨日の朝、といっても、もう日曜のお昼過ぎだろうけど、そこで別れたんだそうだ。てっきり家に帰ったと思ってた、なんてシンディは言ってたよ。男の子が送っていってくれたらしい」

最初の夜は何人ものグループだったようだが、土曜日のこととなると途端に曖昧になる。ましてや昨日の日曜日の後半については、まったく足取りがつかめないとのこと。そんなシンディから聞いた説明に、伸明はなにか引っかかりを感じている様子だ。

「男の子って、誰なのかしら」

「うん、それがねえ……いや、君は気にするな。こちらでなんとか調べるから」

なんだか言い難そうに口籠っている。皓子に告げていいものかどうか、かなり躊躇《ためら》っているようだ。麻由にしてみれば、ボーイフレンドの一人や二人いてもおかしくはない年頃だが、血は繋がっていないとはいえ、父親としては内心穏やかでないのかもしれない。いつもの伸明らしくない狼狽《うろた》えように、皓子はどこか微笑《ほほえ》ましいものすら感じるのだった。

「それじゃ、あなたに任せるけど、なにかあったらメールしてね。居所がわかったら、すぐに教えてほしいわ」

「わかった、そうするよ」

そこまで言って、皓子が電話を切ろうとすると、伸明は思い余ったように声をあげた。

「ちょっと待って、あの……。あのさ、君は麻由ちゃんの友達のなかで、ナジブって聞いたことないよな？」

初めて聞く名前だ。しかも日本人ではない。インド系の名前かな、それともアラブ系だろうか。何気なくそんな思いが皓子の頭を過った。もっとも、娘に外国人の男友達がいてもなにも不思議ではない。一時期、語学留学だなどと言って、麻由がニューヨークで独り暮らしをして以来、たまに向こうから訪ねてくることもあり、皓子のほうはもとより偏見も抵抗もない。

「いいえ、私は知らないけど。あの娘《こ》は私にはあんまりそういう話をしないから。慧なら聞いているかもしれないけど」

麻由と慧は、世間で言うところの連れ子同士。だが、皓子の目から見れば、実の姉弟よりも仲がよい。ただ、そんな慧でも、麻由の友人の名前を全部知っているわけではないだろう。

そもそも普段からあまり友人の話をする娘ではない。出産直後からシングルマザーとして、仕事に追われながら育てた娘だけに、麻由については、こういうところでいつも不憫《ふびん》さを感じずにはいられない。もっとも、そんな皓子の気持ちを慮《おもんぱか》ってか、伸明は皓子の分まで麻由を気にかけてくれている。

「それがね、慧も知らないって言うんだ」

ただ、伸明の話は要領を得なかった。なぜか本音のところをあえて避けているようにも聞こえる。そのナジブという友人が、どうやら麻由と一緒らしいというのだが、そのことを気にしているのは間違いない。

「その子がどうかしたの？」

二人きりで過ごすような仲なのだろうか。

「いや、僕の思い過ごしだろう。大丈夫だ。なんでもないよ。そうだよな。家では誰もそんな名前は聞いたことないよな」

伸明は、まるでそう告げて、自分自身を安心させているかのように繰り返した。そして、まだほかに言い残したことがあるのだけれど、いまはそれはやめておくよとでも言うように、じゃあまた、とだけ言い置いて、電話を切ってしまったのである。

皓子は、突然伸明から突き放されたようで、ほんの数秒、独りの部屋に取り残された気になった。それにしても、いったい麻由はどこに行っているのだろう。だが、これ以上自分にはどうしようもない。それよりも、いまは目の前の組閣に集中しなければならない身なのだから。

そうよ。ここは総理大臣執務室。母親のスイッチはオフにすべき場所なのである。大丈夫だ。取り越し苦労はしないほうがいい。案外けろっとして、携帯電話の電池切れだったなどと、弁解がましく口にしながら、麻由はいまにも帰ってくるのがオチに決まってる。皓子は気持ちを立て直すため、ひとつ深呼吸をし、背筋を伸ばして、内線電話に手を伸ばした。

「ごめんなさい。用はもう済んだわ。宮下さんに戻ってもらって、再開しましょう」

武藤秘書官に指示して、席をはずしてもらっていた宮下を部屋に呼んだ。

背の高い官房長官の宮下を、まず先に部屋のなかへ通しておいてから、総理執務室のドアのところで、眉毛の武藤秘書官が後ろを振り返った。

皓子が目をやると、武藤の背中のすぐ後ろには、中本が広い額に汗を浮かべて立っている。

「ちょうど、内閣危機管理監がお着きになりましたので、ご一緒にお連れしました」

「ありがとう、武藤さん。中本さんもご苦労さまです。みなさんどうぞなかへ」

執務席の椅子から立ち上がって、皓子は中央のソファセットのところまで行き、三人に席に座るように促した。

「失礼します、総理」

入り口のところで礼儀正しく一礼をしたあと、中本はまっすぐにソファに向かって歩いてくる。相変わらず姿勢のいい男だ。敬礼こそするわけではないが、警視庁にいたときは、大勢の部下たちを率いていた身である。

ただ、いつも柔和な中本の顔が、心なしか強ばって見える。なによりその目のなかに、これまで見たことがないような鋭さが宿っている。やはりなにか起きたのだろう。それも、決して軽微ではないなにかが。

中本の変化を敏感に察知して、皓子は肩のあたりに、おのずと力がはいってくるのを意識せずにはいられなかった。

「このあと、党のほうからも先生方がお集まりになる由、伺っておりますので、手短にお話しさせていただきますが、どうしてもいまのうちに、総理のお耳にいれておきたいことがありまして」

その口調も、いつもよりかなり早口だった。いやでも緊張感が高まってくる。

「ありがとうございます。どういうことなんでしょうか。なにか起きたのですね？」

慌ててはいけない。どんな事態が起きているのかはわからないが、こういうときだからこそ、落ち着いて冷静に判断する必要がある。皓子は中本の目をまっすぐに見返した。

「いえ、総理。すぐにどうということではありません。それに、私の杞憂《きゆう》に終わる可能性もございます。できればそうあってほしいと願うばかりですが……」

目が訴えている緊張感ほどには、切迫した口振りではない。むしろ、どこか弁解じみていて、長い前置きをしているように聞こえなくもない。

「つまりは、こういうことですか？　それが危機管理監の杞憂で終わらなければ、かなりの危機対応が必要な事態になると？　だから、いまはそのつもりで心の準備をしてほしいと、そうおっしゃっているのですね」

　中本の言いたいことを先回りするように、皓子は言った。

「さすがは、三崎総理。お察しが早いので、こちらは大変助かります。おっしゃるように、いっそわれわれの予想が見事にはずれればいいのですが、万が一そうでない場合は、いずれ総理のご対応が必要になってくるかと思います。ましてやいまは……」

　そこまで言ってから、思わせぶりな表情になって、武藤や宮下の顔を見、中本はわざとらしく言葉を途切れさせた。

「ましてや、とは……？」

　いったいなにが言いたいのかね、と突っかかるように宮下が中本を見返した。敵意を丸出しにしたとも言える表情である。

「はい。失礼ながら、今回は組閣がまだ進行中ですので、いわば政府の移行期にもあたります。その分、初動が遅くなり、それが原因で国民に及ぶ被害が少しでも大きくなることだけは避けたいと思います」

　中本も負けてはいない。なにが気に入らないのか、どうやら二人は犬猿の仲らしい。

「それはもちろんでしょう」

すかさず宮下が言い返した。痛いところを突かれて、黙っていられないという顔だ。

「あのね、危機管理監。総理はもちろん、われわれだって、一日でも、半日でも早く、いや、一時間でも早く、組閣人事を終えたいんです。今日すぐにも新しい三崎内閣を発足させたいと考えているんだ。そのために私も必死で働きかけているし、全力を尽くしている。ただ、そうは言ってもね……」

この苦しい胸中など、あなたのような官僚にはわからんだろうがと、宮下は迫る。

「まあまあ、二人とも……」

皓子はやむなく二人を手で制した。

遠慮がちではあるが、ズバリと懸念を指摘する中本には、内閣危機管理監としての責任があるゆえのことだ。早く新内閣をスタートさせなければ、行政側が困るのだと非難の姿勢が言外に伝わってくる。若く、慣れない新米政権に対し、頼りなさやもどかしさを訴えているのも感じずにはいられない。

一方の宮下にしてみれば、総理の女房役として、なんとしても皓子を守りたい立場である。党内各派閥からの突き上げに遭い、その調整を強いられて苦しい役割でもある。思うとおりに人が動いてくれない苦労は、その立場になってみないとわからないものだ。

双方ともに国のためを考えるゆえだとはいえ、このまま放置して互いの気持ちがすれ違うことだけはどうしても避けたい。将来、険悪な対立にまで発展するような芽は、いまのうちに摘んでおかなければならない。

「ねえ、宮下さん、危機管理監がおっしゃるように、スタートは肝心です。どんな声に対しても、私は心して謙虚にあたるつもりよ」

総理の皓子が一歩退《ひ》いてみせたことで、宮下も中本も互いの矛《ほこ》を収めてほしい。そんな思いを漏らしたつもりだった。

「申し訳ありません、総理」

ハッと居住まいを正したのは中本だった。

「私としましては、ともかく早め早めに情報をお伝えしておきたいと考えまして、ひとまずこちらに直接まいったわけなんです。危機管理の大原則は、なんと言いましても、想像と準備ですから」

中本はさすがに勘のいい男だ。皓子がしっかりとした危機意識を抱いてくれるなら、それ以上無闇に煽るつもりはないと、言いたいのだろう。

「想像と準備、ですか？」

皓子は反芻《はんすう》するように言ってみた。

「はい。将来起き得ることを、最大限の想像力を駆使して想像すること。一切の希望的観測を排除し、われわれの持てる想像力と感性を総動員して想定を立てる。そして、それに対して具体的な準備を怠らないことです」

「それで？」

先を急かすように、官房長官の宮下が割り込んできた。中本の隣のソファに移り、皓子の斜め前に座ったが、官房長官としてのこの宮下自身にも緊張感が生まれているのだろう、身構えるような顔つきである。

「危機管理監が懸念されている事象とは、いったいどんなことなんです」

詰め寄ってくる宮下と、黙って自分のほうを見つめている皓子の二人を交互に見て、中本はやがて静かに口を開いた。

「雨です」

短いがきっぱりとした物言いだ。

「雨？」

おうむ返しに宮下が問う。

あまりに予想外だったのか、拍子抜けしたような顔をしている。もしかしたら、テロ予告があったなどという、深刻な事態を思い浮かべていたのかもしれない。宮下は唖然とした顔を見せたあと、下を向き、笑いを嚙み殺すように頰を緩めた。

なにを言い出すのかと思ったら、なんだそんなことか。宮下の顔つきは、そんなあからさまな侮蔑の色を滲《にじ》ませている。

「ええ、雨です。このままですと、やっかいなことになるかもしれません」

「はあ、雨ですか……」

宮下は露骨なほど気抜けした声で言う。

「そうです。しかも、問題が起きるとしたら、われわれの足下になるかと」

だが、皓子をまっすぐに見返した中本の目は、あきらかに鋭さを増していた。

「待ってください。雨って言われましたけど、どこの雨なんですか。足下と言っても、東京はこんなに晴れ上がっていますよね」

皓子も思わず問いかけていた。今朝、家を出るときの慧の言葉が浮かんできたからだ。そういえば、たしか日本の上空に強い寒気団が来ているとか、大気が不安定だとか言っていたような記憶がある。

中本は突然声を潜め、囁《ささや》くように告げた。

「埼玉の奥のほうとでも言いましょうか。秩父《ちちぶ》の方面です。今後、かなり集中的に、大量の雨になることが考えられるようです」

静まりかえった総理大臣執務室の壁に、中本の声が不気味なほど響き渡る。

＊

部屋の壁際に置かれたテレビでは、さきほどから午後の情報番組が始まっている。

見るともなしに視界の隅でその画面をとらえながら、里見宏隆《さとみひろたか》は所長席でひとつ大きな伸びをし、おもむろに弁当箱の蓋を開けた。

すぐに甘辛い匂いが立ち上り、鼻腔の奥まで拡がってくる。その途端、身体が極度の空腹を思い出したのだろう、胃のあたりが自分でも恥ずかしくなるほどの大きな音をたてた。

「もうこんな時間だったんだな……」

窓際の置き時計はすでに午後三時五分を指している。三十八歳の胃袋は正直だ。どんなに仕事に追われ、息つく暇がないぐらいの忙しさでも、腹は減る。そういえば、朝からの会議に次ぐ会議の連続と、四方八方からの電話への応対とで、昼食をとることすらも忘れていた。

いや、それどころか、昨日は日曜返上で終日パトロールに追われていたのだが、それにもかかわらず、今朝も七時過ぎには出勤してきた。そして朝からいままで、自席に戻ってこうして椅子に腰を下ろす暇もないほどの慌ただしさが続いている。

「食べられるときにしっかり食べておかないと、このあとどんな事態になるかわからないからな。この先、たとえどんなことになるとしても、所長の私が倒れるわけにはいかないのだから……」

里見は意識して背筋を伸ばし、自分にそういい聞かせるようにもう一度背筋のストレッチをしてから、箸を取った。

すっかり冷めきって、いくらか固くはなっていたが、おかずは好物の鶏づくしだ。昨夜の残り物の唐揚げと、やはり残った鶏肉を細かく叩いてつくねにして、甘辛く味付けした一品である。一緒に煮込んだ粒山椒の香りがよく効いていて、そばに配された青唐辛子がさらに食欲をそそる。夫の好みを知り尽した妻の玲子《れいこ》ならではの工夫と、心遣いが感じられる。

「また、この前みたいに、しばらく事務所に泊まり込みになっちゃうの？」

一口頬張ると、朝早くから起きて弁当を作り、玄関で心配そうに送り出してくれた玲子の顔が浮かんできた。弁当の包みを手渡しながらも、もう一方の手は、ごく自然な仕草で、下腹のあたりにそえられていた。その腹もこのところ、それとはっきりわかるほどに膨らんできた。

口に出してこそ言わないけれど、近頃の玲子の手は、気がつくといつも腹のあたりをかばっている気がする。まもなくこの世に生まれてくる新しい生命を慈しむ仕草なのだろう。一年近く前、一度流産をしているだけに、今度こそはと余計に用心深くなっているのがわかる。玲子にとっては、さまざまの選択と決意の末の今回の出産なのだから。

前回のときは、お互いの仕事の忙しさに紛れ、玲子自身ですら妊娠していることに気づかないままの流産だった。

「十三ミリだったんですって。たったこのぐらいだったのよ、私の赤ちゃん。おそらく妊娠八週間ぐらいでしょうって、先生がおっしゃってたわ。まったく、なんてことなの。私ったら、最低な母親よね。存在にすら気づいてもあげられなかった……」

突然の腹痛と不正出血のため、慌てて駆け込んだ病院で、医師の説明を受けて、流産だったと知らされた。そのときになって初めて、子供ができていたことを知った玲子には、よほどのショックだったのだろう。

それだけに、今回妊娠がわかったときは、悲壮な決心をしたようだ。里見に相談もなく、そして惜しげもなく会社に辞表を出し、その代わりさっさとフリーランスの在宅勤務の契約をもぎとってきた。もっとも、翻訳という彼女の仕事には、むしろそのほうがよかったのかもしれないと里見は思う。

ともあれ、大学時代から知っている玲子は、いまはこうやって少しずつ、着実に母親になろうとしている。日に日に大きくなっていく下腹をかばうその手つきだけでなく、顔つきまで違ってきたような妻の変貌ぶりを見るにつけ、自分とは別のなんだか不思議な生き物のそばにいるような気持ちになる。

「いや、まだなんとも言えないんだ。今日すぐにでもなにか起きる、というところまではないと思うから」

玄関口で心配そうに見上げている玲子に、里見は首を振ってみせた。

もっとはっきりと否定して安心させてやりたいのだが、このあと河川事務所に出勤したら、今朝までのあいだに上流からどんな情報がはいっているかはわからない。気象庁からの予報も逐一届いていることだろう。

すべてはそれ次第で、里見たちのその後の対応が大きく変わってくる。

「今度は荒川《あらかわ》も危ないのね？」

「それもみんな雨次第だな。だけど、この前みたいなことにだけはならないようにと祈っててくれ」

この前というのは、昨年——二〇一五年九月に起きた鬼怒川《きぬがわ》の決壊を含む関東・東北豪雨のことだ。あの大雨のときは荒川の下流でも警戒が必要で、事務所の災害対策室に泊まり込んで指揮を執った。ひとたび災害対策室が起《た》ち上がり、各部署の人間たちが集まったら、指揮を執る里見としては片時も息が抜けないことになる。前回も何日も風呂にさえはいれぬ日が続き、伸びっぱなしの無精髭《ぶしょうひげ》を剃る暇もなかった。

「それから、大丈夫だとは思うけど、もしも泊まりになったら、僕がいないあいだは玲子も充分気をつけるんだぞ」

そんなふうに言い置いて、空を見上げながら今朝は家を出てきたのだった。

六月六日の月曜日。出勤してきたのは、ここ東京都北区志茂《しも》にある、荒川河川事務所の事務所長室。

窓の向こうには、すぐそばを荒川が流れているのが見える。空はどこまでも晴れ上がって、真夏を思わせるような陽気だ。川面に柔らかな陽射しが反射して、眩しいほどに光っている。

——おい相棒よ。

目の前の荒川に向かって、里見は心のなかで呼びかけてみた。

国土交通省の本省勤務から、ここの所長に、役所流に正確にいうなら「関東地方整備局荒川下流河川事務所」の事務所長として、赴任してから、そろそろ二年になろうとしている。

その間、スタッフと一緒になって文字通り汗をかいてきた。一年のうちの三百六十五日、一日も欠かさず交代でパトロールを続け、動き回ってかく汗も、冷や汗も含めて、真正面からつきあってきた川なのである。

妻や生まれてくる子のことを忘れるわけではなかったが、一歩わが家を出てしまえば、里見は所長の顔になる。玲子が日に日に母親の顔になっていくように、それもごく自然の変貌なのだろう。そして、明けても暮れても、このところの里見の頭は、いやおうなしに、この荒川と流域のことで埋め尽されている。

——なあ、たとえ上流でどんなに大雨が降っても、なんとかうまく切り抜けてくれよ。頼むから、その水を一滴残らずあんたの度量で受け止めて、全部無事に流し切ってくれよな。

川面に跳ねる初夏の光を見つめ、祈るような思いで里見はつぶやくのである。

荒川の全長は約百七十三キロメートル。その流域面積は約三千平方キロメートルに及んでいるが、河川法で定められた一級河川、全国の百九水系のランクでいうと十九位だから、決して最上位クラスの川というわけではない。

だが、抱えている資産額での比較となると、俄然存在感が違ってくる。もちろん日本の首都東京がすっぽり含まれているからにほかならないのだが、その流域面積の割には、他を圧倒的に突き放して断然トップに位置することになる。

つまりは、ひとたびなにかあって、万が一にも域内で出水や氾濫などが起きようものなら、その被害額は大都市東京を巻き込んで、甚大なものになる危険性を常に孕《はら》んでいる川なのである。

日本という国は、山にも河川にも恵まれた国だが、その関東地方全体を管理しているのが国土交通省の関東地方整備局。そして、この荒川を上流と下流に二分して、東京湾にそそぐ河口からだいたい三十キロの区間を管轄しているのが、いまこの里見が率いる荒川下流河川事務所である。

仮に、日本をひとつの企業に喩《たと》えるとすれば、整備局はいわば関東地方全体を管轄する「関東支店」であり、この事務所はさらにそのなかの「荒川営業所」とでもいった位置づけになるのだろうか。

流域が広大であるため、荒川は国の管理下に置かれている。上流側の区間を管理しているのが上流河川事務所だが、そこからさらに上流にはダムもある。荒川の最上流や、流れ込む何本もの支流は細い川なので、それぞれ埼玉県や東京都が管理している。

＊

「失礼します、所長。ほう、今日も愛妻弁当ですね。ずいぶん旨そうな匂いがしているなあ」

資料を届けにきたらしく、ずかずかと部屋にはいってきた部下の橋田一郎《はしだいちろう》が、無遠慮に弁当箱を覗きながら言った。

里見の正式な役職は事務所長なのだが、普段はみんなから所長と呼ばれている。といっても里見は今年で三十八歳。役所内でこの橋田は部下ではあるものの、年齢は里見よりは二十歳近くも上だ。決して出しゃばりはしないが、言うことに逐一説得力がある。こと河川の現場管理については大のベテランで、経験のうえでも、広範な情報量においても、所内では誰もが彼に一目置いている。

現在は総括地域防災調整官という立場で、これまでもみずから進んで被災各地の救済活動に参加してきたという。日本で起きた深刻な災害の被災地を、それこそ数え切れないほどまわってきた。つまりは、それだけ災害現場での実体験を積んでいるということで、里見にとっても心強い存在なのである。

もっとも里見自身も所長席ででんと構えているのは性に合わないからと、みずから進んでいつも管轄の地域をパトロールに歩きまわっている。自分の脚と目でしっかりと確かめて、常に現状を具体的に把握しておかないと、いざというとき最善の指示を出すことができないと思うからだ。

思えば、ここに赴任してきた最初の日、新任の事務所長として九十三人の全職員を集めて挨拶をしたときは、さすがに緊張を隠せなかった。深い青色の制服に身を包み、直立の姿勢で整列した職員たちの送ってくる視線が、痛いほどに感じられた。本省から、今度はどんな青二才がやってきたのかと、ひそかに値踏みするような視線である。

動じてはいけない。最初が肝心なのだ。

里見はことさら余裕の笑みを浮かべ、大きく息を吸い込んで、開口一番こう告げた。

「最初に、みなさんに覚えておいて欲しいことがあります」

新米所長がなにを言い出すのかと、さらに鋭い視線が迫ってくる。里見はあえて一呼吸おき、職員一人ずつの顔をゆっくり見回しながら言った。

「それは、所長室のドアは閉めないで、いつも開けておくということです。出入りは常に自由です。ですからみなさんは、いつでも、どんなときでも、気軽にやってきてください。

そして、どんなことでも私に聞かせてください……」

あのころは、まだ三十六歳という気負いもあった。だが、里見は心を開いて語りかけたのだ。裏も表もない。これが私、里見宏隆のすべてだと、わかってもらいたい一心だった。

自然災害の脅威は、年々高まっている。地震の脅威は高まり、局地的な大雨も頻発《ひんぱつ》するようになってきた。ここ四十年ほどのデータを見ると、短時間に大量の降水量を記録する集中豪雨が、驚くほど増えている。

その分だけ被害も深刻で、全国各地でますます警戒が必要になってきた。その一方で、首都圏を取り巻くインフラは老朽化の現実に直面してもいる。

「自分たちが守っているものがなんなのか。みなさんはどうかそれを常に念頭に置いて行動してください」

里見は強く訴えたかった。荒川を守るということは、首都東京を守るということだ。いやこの手で日本を守ることに通じるのだと。

そのためにも、里見自身がまず取り組まなければならないことは、職員との緊密な情報共有と、自由な対話だと考えた。たとえそれが確固たる裏付けを持たない、半熟状態のアイディアであっても、現場からあがってくる小さな声を軽んじてはいけない。

中央官庁から赴任してきた若い事務所長として、それは里見がこれまで第一に心がけてきたことでもあった。誰よりも現場に通じ、現場の声を尊重し、現状に即した行動をする所長でありたい。

みずからにそう誓って、この荒川下流河川事務所に着任したのだから。

*

「橋田さんもひとつ食べてみる？　この鶏のつくね、結構いけるんだよ」

所長席までやってきて、弁当箱を覗き込んできた橋田に、添えてあった小さな串で一個つまみあげながら、里見は屈託なく笑いかけた。

「いえいえ、とんでもない」

橋田は笑みを浮かべながらも、大げさなほど首を横に振ってみせる。

「ありがたいですけど、遠慮しておきますよ。美人の奥さんに叱られたら嫌ですからね」

こんなことを言ってはいるが、実際には職員の誰一人として、妻とは一度も顔を合わせたことがない。それなのに、いつのまにか玲子については所内でさまざまなイメージが出来上がっているようだ。

「まあ、一個ぐらいいいじゃない」

無理やり口の前に持っていってやる。

「うわ、旨い。へえ、見た目だけでなくて、こんなに美味《おい》しいんだ」

橋田は大げさなほど目を見開いて言った。

「たしか、奥さんのお祖父さんは五陵製作所の役員だったとうかがっています。さぞお嬢さま育ちの綺麗な方なんでしょうに、そのうえいつもこんな手の込んだ弁当を作ってくれるなんてね。まったく、うちのヤツに聞かせてやりたいぐらいで……」

妻の玲子が、関西では指折りのメーカー、五陵製作所の元役員の孫であるというのは事実だ。とはいえ、美形の令嬢育ちというのは、なんとも根拠のない、ただの憶測である。むしろ、男まさりとでも言いたいような、深窓《しんそう》の令嬢とは正反対のタイプだけに、里見は苦笑いをするほかなかった。

もっとも、所内の職員たちのあいだでいつの間にやらそんな他愛のない噂話が拡がっているらしいことは、当の玲子が聞いたらさぞ喜ぶのかもしれないのだが。

「おいおい、そんないい加減な話を勝手に広めないでよね」

里見としては、応えように苦慮する話題ではあるのだが、橋田とそんな軽口を交わせるようになってきたことも、それだけ打ち解けてきた証拠なのだと受け止めていた。

国交省の本省勤務を経て、荒川下流河川事務所への辞令が出たときは、年若い事務所長としての赴任に戸惑うこともなくはなかった。だが、いまはこうして忌憚《きたん》なく、お互い冗談を言い合えるまでになった。

いざというときは頼りになる仲間たちだ。特に災害発生時はなによりもチームワークが問われる職場でもある。職員たちの誰とでも進んで交流し、常に率直で良好なコミュニケーションができるよう、当初から心がけてきた甲斐があったというものだろう。

ここにいたるまでの経過も、人知れぬ努力も、里見があえて口にすることはなかったが、誰よりも案じていたのは他ならぬ妻の玲子だった。

＊

「荒川の下流事務所？」

国土交通省の官僚と結婚し、霞《かすみ》が関《せき》勤務の役人に生涯連れ添っていくのだという感覚しかなかった玲子に、いきなり河川事務所に所長として異動すると告げたときは、返事に詰まってぽかんとしていたものだ。将来はそういうこともあるとの説明はしておいたつもりだったが、いざとなると玲子が当惑するのも無理はなかった。

「荒川は面白いんだぞ。そもそも、人工的に造られた川なんだから……」

妻にはできるだけわかっていてほしかった。だから、説明を惜しまなかったし、どんな質問にも応えてやりたかった。妻の前でなにも苦労話をするつもりはない。もちろん余計な心配もかけたくはない。ただ、自分が強い使命感を持って取り組む職務について、玲子ならその思いは理解してくれるだろうと考えたからだ。

「え、あの荒川は自然の川じゃなかったの。荒ぶる川だから荒川だって、昔何回も氾濫したって、なにかで読んだ気がするけど」

玲子は屈託のない質問を投げてくる。

「そうさ。そのとおり、まとまった雨のたびにしょっちゅう氾濫を起こして、大昔から流域に大きな被害をもたらしてたよ。そのつどころころ流路が変わり、不安定な川でね。江戸時代にもさまざまな治水対策が取られてきた。本当に荒ぶる川だったんだね」

当時の治水対策として、日本堤《にほんづつみ》と隅田堤《すみだづつみ》という二つの堤防が築かれた。両者が互いに迫って、いわば漏斗のような形になっている。そこで雨水を受け止めて、そこから下流には流れないようにする。

ひとたび大雨になると、日本堤より上流側にあえて氾濫を起こし、それをもって下流への水量を調節して、江戸に被害が及ぶのを避けたという歴史があった。上流あたりは田んぼだから、氾濫するままにしておいた。

「すべては、江戸の街を洪水から守るための、昔の人たちの知恵だったんだね」

里見はかつての流れを描いた古い地図を持ち出し、現在の地図と並べて比較して、川筋を指でたどりながら玲子に語りかけてやる。

「本当だわ。二つの堤防が迫っているこのあたりが、ちょうど扇を拡げたように三角形になっていたのね」

扇の要《かなめ》のあたりから海に向かって、昔の荒川は大きく蛇行しながら延びている。

「この日本堤のほうは、築かれた時期がはっきりしていて一六九三年、元禄六年だけど、隅田堤のほうはいろんな説があってね。どっちにしても日本堤ができるもっと前、十六世紀の後期のことなんだ」

「へえ。そんな昔から江戸の人たちは川と闘ってきたんだわ」

玲子が言うのに、里見は首を振った。

「いや、違うよ。うまくつきあって生きてきたんだよ。川は、稲作のための取水の面でも欠かせないものだし、舟で江戸の町に物を運ぶ大事なルートでもあったからね」

それでも、洪水被害は絶えなかった。物資輸送としての舟の運行の安定化と、水田開拓のための取水の確保もあって、江戸幕府は本格的な治水対策に乗り出し、荒川の流路の付け替えをする。

「それが、いまは隅田川なんだ。つまり、昔の荒川は、いまの隅田川ってわけね」

「それでも、洪水被害はその後もなお絶えなかったんだけどね」

里見は仕事の合間に、折を見ては、根気よく説明を続けてやった。

玲子は京都の出身で、東京の大学にはいるまでは京都を出たことがなかったという。その分東京周辺には土地鑑もまるでなく、荒川という存在そのものにも馴染みがない。それだけに、玲子自身からの希望もあって、里見は妻を実際に荒川の土手にも連れていった。

いよいよ河川事務所に着任という直前の週末のことだった。

「あ、この風景、なんだか懐かしいわ。どうしてかしら、初めて来たはずなのに」

最初に玲子が嬉しそうに口にしたのは、そんな言葉だった。

「昔、テレビドラマで見たことがあるからじゃないか。この土手では、前々からいくつも撮影されているからね」

どうだ、とばかり、まるで親戚の人間を自慢でもするかのように得意気に言う里見に、玲子はくるりと背を向けた。そして、川面から吹いてくる風に長い髪をなびかせ、気持ちよさそうに両手を広げている。

「でも、人間の力ってつくづく凄いと思うわね。だって、この現在の荒川は、明治の終わりのころ人工的に造られた放水路だって、あなた言ってたじゃない？　工事が始まった当初は人間が人力で掘って、その土をトロッコでいちいち運び出していたっていうんですものね」

時が流れ、江戸幕府から明治維新を経て、新しい時代が始まった。明治新政府は、日本の行政機構や河川法などを大きく一新させる。大日本帝国の首都として、東京の都市機能を充実させていくのだが、それとともに荒川周辺の一帯には人々が集まり、加速度的な人口増加が発生する。

明治時代も中盤になると、政府は財政難を背景に、官有地を次々と民間に払い下げていく。その土地は次第に工場用地へと姿を変え、やがて資本主義の進化とともに大量の工場労働者が流入してくるのだ。

東京の近代化は進むが、そうなると旧荒川、つまりは隅田川の右岸、堤防が築かれていなかったあたりにまでも埋め立てによって工場が建つようになり、以前からのたびたび浸水に悩まされてきた一帯が、日本の製造業を担う重要な工業地域と変貌していくのである。ただ、こうした工場地帯になってからも、大雨や台風のたびに被災を余儀なくされた。

明治元年（一八六八年）から明治四十年までのあいだに、床上浸水をもたらした洪水の発生は十回を超え、なかでも、続けて二回の台風に見舞われた明治二十九年、何本もの河川で出水、つまり洪水があり、荒川付近だけでも六百五十五戸が水に浸かった。

全国的な大雨になった明治三十五年には、荒川筋の水量は平時より約一丈七尺（約五・二メートル）も上昇し、浅草だけで二千戸余、現在の板橋区、北区、荒川区あたりの七町村がほぼ全域で被害に遭う。浸水家屋は二千九百戸にまで達した。浸水は、場所によっては床上三尺（約九十センチ）以上に及んだとも言い伝えられている。

なかでももっとも被害が大きかったのは、明治四十年の八月である。三つの台風が続けざまに襲来し、関東全域から東北地方までかつてない降雨量を記録した。荒川はもとより、利根川、多摩川など各地で出水が発生し、とくに多摩川は四十年振りの被害と言われた。

荒川では各地域での堤防の決壊や、越水が起き、岩淵《いわぶち》近辺の水位は平時よりなんと二丈二尺二寸（約六・七メートル）も上昇。あふれた水が屋根の上まで届いたと伝えられている。この洪水で当時の東京府では、負傷者十四名、行方不明者一名、倒壊した家屋は二千百戸を超え、浸水家屋は約四万六千六百戸。破損された道路は百四十九箇所を記録し、救助を必要とした人が八万人近くという、史上稀にみる大水害となったのである。

「だから、ついに国が乗り出したんだよ」

「それが引きがねとなって、いまの荒川に、つまり人工の放水路計画が立てられたのね」

当時の土木事業は、基本的に府や県など当該地域の行政が担っていた。だが、荒川のような首都圏を貫く河川はとくに重要だとして、国が治水事業の一環で河川の建設事業を直接進めるべきだと、東京府と東京市とが協議し、国に対して要請した。それを受けて、さすがに国も立ち上がり、荒川放水路開削に向けて、調査を開始する。

「そんな矢先、大災害の三年後の明治四十三年八月には、前回をさらに超える全国的な大水害がまたも起きてしまうんだ。現在の墨田《すみだ》区向島《むこうじま》のあたり一帯が、荒川が決壊して流れ込んだ濁流に呑まれてしまった」

赴任が決まったとき、調べた荒川の歴史資料のなかから、当時の被害状況を写した色褪《いろあ》せたモノクロ写真を見つけたときのことが里見の脳裏に蘇ってくる。荒川が氾濫したことによる被災面積だけで東京市の面積のゆうに二・七倍に達していたという。このときは関東全域から東北地方を含め、各地で大水害が起きており、日本全土のほぼ半分が被害を蒙《こうむ》ったことになる。水害損失総額は全国で約一億二千万円にものぼるという記録も残っている。

「当時の貨幣価値だと、大変な被害でしょうから、明治政府にとっても、もう治水計画待ったなし、だったってわけね」

「すぐに臨時治水調査会ができて、第一次治水計画が採択されてね、河川改修を急げ、ということになった。このころになると、都市化もずいぶん進んでいたから、いまさら川幅を拡げるのは無理だとわかっていたし、そもそも当時の荒川、いまの隅田川はぐにゃぐにゃと蛇行していたからね。いっそまっすぐで充分な川幅の放水路を大々的に造ってしまおうということになったんだ」

玲子が口にしたように、当初は人力による掘削《くっさく》とトロッコでの土砂の運搬作業から始まった。やがては蒸気掘削機を使うようになり、船での運搬へと進化を遂げる。

ただ、放水路開削にあたっては、民家や学校、寺社や倉庫など千三百軒もの建物に移転してもらうほかなく、これにもっとも時間と労力を要した。いつの世も立ち退き交渉は難航するものだ。だが、できるだけ直線に近い流れにするには、土地の提供を迫るしかなかった。

「荒ぶる川の実態は、治水に闘ってきた日本人の歴史なのね。そして、その延長線上にあなたがいるんだわ」

玲子のしみじみとした言葉のなかに、誇らしげな思いが滲んでいる。よかった。玲子はわかってくれたのだ。時間をかけて、くどくどと説明をしてきた甲斐があった。

「そうだよ。昔から、日本人は大雨と闘ってきたんだな。江戸の町を守ってきた大勢の人たちがいて、いま東京を守る僕たちがいる。そうやって、綿々と続いてきた人間の暮らしがある」

里見は、荒川の川面に向かって玲子の肩を抱き、大きくうなずいた。

明治四十三年に立案された荒川改修計画だが、実際に放水路建設事業がスタートしたのは大災害の翌年、明治四十四年のことだった。広大な用地買収の計画がスタートし、住民たちとの移転協議を始めたのは、年号が変わったあとの大正二年（一九一三年）。三ヵ月で約八十五パーセントまでの契約にこぎつけた。だが、残りの買収は、第一次世界大戦を背景にした地価の高騰もあり、困難をきわめた。結局、予定地のほぼ全域の買収移転契約を終えたのは約二年後のことになる。

開削工事は、用地買収が始まった大正二年に併行して開始された。延長二十二キロ、川幅四百五十五から五百八十二メートル。工事にともなって掘削された土砂の量は、東京ドーム約十八杯分に匹敵する約二千二百万立方メートルに及んだ。

途中、何度も風水害に見舞われた。工事はそのつど中断され、やりきれないほどの停滞を余儀なくされる。

大正六年には、のちに「大津波」と称されることになる災害も発生した。津波とはいうものの、地震によるものではなく、実際には高潮災害である。

台風の襲来や発達した低気圧によって気圧の差が生じ、海面が吸い上げられるように上昇する。その結果押し寄せてくるのが高潮だが、このときの「大津波被害」による死者と行方不明者は、ゆうに千三百人を超えた。

放水路工事中に起きた自然災害のきわめつけは、大正十二年九月の関東大震災だ。東京市は地震後に発生した火事によって、その四十四パーセントもの面積を焼失し、九万九千三百人を超える死者を出している。この大地震で開削工事がもっとも被害を受けたのが、堤防だった。

ただし、この開削工事で生まれた当時の広い河川敷が、はからずもこの震災時に周辺住民約十五万人の避難場所を提供することになったのは、不幸中の幸いと言うべきかも知れない。ともあれ、ようやくのことで、放水路のすべてが繋がり、通水が行なわれたのが、この翌年大正十三年（一九二四年）十月のことだ。

こうした気の遠くなるような犠牲を払い、それでも継続されてきた大々的な放水路掘削工事は、ゆうに二十年という歳月をかけて続けられる。そして、ついに現在の荒川の姿へと連なる第一期改修の完成、竣工を見たのは、昭和五年であった——。

＊

「あれ、この番組でもまだ彼女のことをやってるんですね。大層な騒ぎだな」

所長室の壁際に置かれたテレビ画面を指さして、橋田が皮肉たっぷりな声をあげた。目をやると、画面いっぱいに大写しになっている見慣れた女の顔がある。

「ああ、彼女ね。先週の金曜日に決まったあの三崎皓子でしょう？　なんだか、危なっかしい感じだよね。こんな新人に総理大臣を任せて大丈夫なのかなあ。なんだか、スタートで早速つまずきそうな気配だけど」

弁当を食べながら見ようかと思ってつけたテレビだったが、流れていた情報番組のなかでは、キャスターが「これは異常事態だ」と饒舌《じょうぜつ》にまくしたてていた。

通常なら、首班指名を受けた総理大臣はその日のうちに組閣の作業にはいる。そして翌日すぐにも新内閣を発足させるのだが、今回のはそもそもの成り立ちが異例であるだけに、与野党にかかわらず横槍がはいり、かなり難航しているというのである。

「まあ、こうなるんじゃないかと思っていましたよ。わかりきったことです。世の中、女性登用の時代なんだそうですけど、正直、女になにができますかね」

橋田は口をへの字に曲げて言う。

「たしかにねえ。言いたくはないけど、彼女自身の実力というのがいまいち未知数だから」

里見もやんわりと同意した。

「だから女には総理なんて所詮無茶なんです。それをわかっていて首班指名するなんて、野党連中も野党連中です」

里見の賛同に勇気を得たためか、橋田の新総理批判に勢いがつく。

「それにしても、野党の連中も酷《むご》いことをしますよ。どういうつもりなのか、彼らの腹の底まではわかりませんけどね。ただ、それをわかってて、平気で乗っかる彼女も彼女だと思いませんか、所長?」

「まあね。鼻息は荒いけど、なんだか痛々しさというか、哀れさすら感じてしまうな」

誘われるように里見もつい本音を漏らした。もっとも、男同士でないとここまでは口にできないことである。この話題は、このところ里見の家庭内で何度も蒸し返されている。いつもは仲のよい夫婦のはずだが、女性総理の誕生を巡っては、見事なほど立場が分かれるのだ。

そのつど玲子と正面から衝突もし、ときにはなかば感情的に近い言い合いにもなる。そして、最後は玲子が膨《ふく》れっ面《つら》をし、里見が黙り込んでしまって、仕方なく自然消滅になる水掛け論でもあった。

里見としては、女性の社会進出を歓迎しないわけでは決してない。それが本当に適任であるなら、女性が総理大臣に就いて悪い理由はないと思う。女性が上司になることなど珍しくはなくなった時代であり、たしかに大臣職を立派に務めあげた女性もいた。

だが、現実問題として、総理大臣はどうなのだろう。理想論だけで渡り切れるような世界ではないし、そんな力量も胆力も備えた人材がいるとは里見には思えないのだ。この国では、女が本気で仕事をしていくのはあまりに難しい。

だが、三崎皓子の実力に懐疑的なことを言えばいうほど、玲子はムキになった。同性である彼女にしてみれば、自分自身の社会性や仕事を否定されているように感じるらしい。

「そうやって、あなたもほかの男たちと同じことを言うのよね。女にはできるわけがないって、端《はな》から決めつけている」

「君のほうこそ、僕がそう言うに違いないって、決めつけているじゃないか？」

どこまでいってもかみ合わない二人の会話は、そんなふうに再燃し、途中から玲子自身の仕事のことにすり替えられる。

「あなたになにを言われても、この子が生まれて、どういう状況になったとしても、私は仕事を断じて辞めませんから」

「僕はなにも仕事を辞めろなんて言ってないぞ。一度だってそんなことは言わない」

「いいえ、あなたは心のなかではそう思っているのよ」

「違うさ。ただね。なにもかもを抱え込むのは本当に大変だぞ。うちの女性職員を見ていてつくづく思う。だから、君は身体のことを第一にすべきだと、そう言っているだけだ」

「ほら、結局辞めろってことじゃない」

売り言葉に買い言葉というのはこのことだろう。なんでも話し合うのを基本としている夫婦だけに、弾みがつくとつい口がすべる。仕事に没頭するあまり、流産してしまった経験がある。それだけに、玲子は玲子で、自分が責められていると捉えるらしい。

他のことでは穏やかで物分かりのいい妻が、こと仕事の話になるとこうまで頑《かたく》なになるのはどうしてなのだろう。


「所長のおっしゃるとおりです。彼女、どこかの大学教授だった人間でしょ？」

橋田の声で、里見は現実に引き戻された。

「え？　ああ、たしかそうだった」

「だから、現実を知らなさすぎるんです。政治家としての実績があまりに貧弱だ。われわれの目からすると、頼りないの一言です」

橋田の三崎総理批判は容赦なかった。

「それなのに、なんの因果か、周囲からよってたかって日本初の女性総理に仕立て上げられてしまった。まあ、そこまではよかったけど、どだいこんなアマチュア政治家には無理なんですよ」

その表情にも嫌悪感が丸出しだ。

「まあ、組閣でつまずくのはやっぱりまずいよな。これじゃあ誕生する前から三崎政権は死に体《レイムダック》ということになってしまう」

そうなると、われわれの仕事にも影響する。里見はそう言いたいのだ。

「そういうことです。マスコミも、これまでは彼女の顔を映していると視聴率が違ってくるなんて言ってはしゃいでいた。でも、もうこのあたりで見切りをつけるでしょうね。そのうちハッと気がついて、そっぽを向いて、すぐに叩きにまわりますよきっと」

橋田はまるで、それまでずっと口に含んだまま耐えてきたとてつもなく不味《まず》いものを、やっと口から吐き出すことができたという、解放感すら浮かべている。

「しかしそうなると、今後のことが心配だね。いざというとき、政府に信頼感がないと、国民は動かない。だから、彼女にどこまで総理の自覚を持ってもらえるかでしょう。むしろ、下手に口出ししないで任せてくれるといいんだけど」

里見は、生ぬるくなったペットボトル入りの緑茶を一口、口に含みながらうなずいた。女になにができる。

そんな言葉は、少なくとも妻の玲子の前では決して口にできないものである。そんなことを言った途端、どんな顔をして怒りまくるか容易に想像はついた。

――なにも始まっていない前から、女だというだけでみんなそう決めつけてしまうのよ。女になにができるってね。男の人たちって、普段は仲違《なかたが》いしていても、こういう点ではすぐに結託するのね。許せないわ――

玲子から、何度も聞かされた言葉である。

それでも、これが現実だ。世の中というのはそんなものだ。人を動かせなければ政治はできない。政治が動かなければ、国民は迫り来る危機の前であまりに無防備になる。

「ただ彼女、弁は立つんですよね。なにをしゃべっても理路整然とはしている」

女性総理を弁護するような言い方に聞こえたかもしれない。

「いえ、所長。だから困るんですよ。だって、それだけで総理の椅子を勝ち取ったような人物ですから。しかし、口先だけで政治家としての実績がない。実務も現場も知らなさすぎる。こんな総理では、国民が迷惑するんです。ここまでは順調なスピード出世だったけど、いや、スピード出世だっただけに、この先は厳しいんじゃないかな。山城さんが後ろ盾だった時代ならまだしも、彼の神通力ももう効かないしね。早いとこスピード退場してもらえるとありがたいんだけど」

橋田の言葉にはどこまでも棘があった。なににつけ三崎皓子に対する嫌悪感が先に立つのだろう。ただ、ズバリと切って捨てるなかに、的を射た真実もある。

「野党は野党で連立を迫って閣僚の座を狙ってくるでしょうし、古株の与党議員は内心穏やかではないでしょう。しかし、組閣が遅れれば遅れるほど、対応が後手にまわる。われわれ行政側もそれだけは注意しておかないとね」

　危機対応となると、時間との勝負になる。ちょっとした判断の遅れが、無用な被害を膨らませる結果を招く。政局の動きは、里見たちにとっても決して無縁ではない。

「彼女、なかなかのやり手のようですけど、得意の金融分野はともかく、われわれとの対応はできるんですかね。現場の声に耳を貸す気があればまだいいのですが」

「政治家経験からして、そこまで余裕があるとは思えないけど。この時点でここまでモタモタしているようでは、先がねえ。思いやられるというか……」

　里見としても、それがなんとしても歯痒いところである。

「基本的には学者あがりでしょ？　まさに四面楚歌ですよ。就任早々からずいぶんてこずっているみたいじゃないですか。組閣がなかなか進まないってことは、なにもかもが始まらないってことです。冗談じゃないですよ、こんな大事なときに」

　テレビ画面のなかでも、黒縁眼鏡の政治学者を名乗る男が、ことさら皮肉な口振りで今後の動きを解説している。里見は食べ終わった弁当の蓋を閉め、心を決めたように立ち上がった。

「橋田さん、もしかしたら、大変なことになるかもしれない。国の一大事には、強いリーダーが必要なんです。そもそも危機対応がなってないと、もうそれだけでダメなんだ」

「そうですよ、所長。それなのに、こんな大変なときだというのに政治はなにを揉めているんだ。つまらないことで足踏みしている場合じゃないのに」

橋田は悔しくてならないという顔でテレビ画面を睨みつけた。

「危機意識の持てない永田町の連中には、期待しても無駄でしょう。それよりも、いざとなったら、われわれだけでも最善を尽せるように、できる限りの準備態勢を敷くことだ」

「われわれだけ、でやるんですか？」

「東京を守るのはわれわれの仕事だ。少なくとも、最悪の事態に備えて、その心づもりだけはしておこうということだ。こんな厳しいときに、大事な時間を浪費することは許されない。そのために、これまで時間をかけて、タイムラインの試行案を練ってきたわけだし、関連する各社を集めた検討会も発足させたのだから」

里見は、一年半ほど前、この下流河川事務所長に就任してしばらくたったころ、ようやく立ち上がった検討会でのことを思い出していた。荒川下流タイムラインについて、関係者に広くその認識を求め、協力を仰ぎ、なにより参加意識を持ってもらうための検討会であった。

現行の災害対策基本法では、防災はあくまで当事者である市区町村の責務としている。小規模の災害であれば、同じ市区町村内に設置した避難所への避難誘導で対応が可能だからだ。

しかし、ひとたび首都が水没してしまうような大水害が発生したら――それは決して単なる脅しでも絵空事でもなく、確実に迫っている現実なのだが――それぞれの自治体だけでの対応ではとてもまかないきれるものではない。

現実に、二〇一五年に起きた鬼怒川の決壊をみても、被害の大きかった常総市は、隣接するつくばみらい市等に避難所を開設してもらい、市をまたいで避難するという事態になっている。

ましてや、首都圏となると話はそれだけでは済まなくなる。都心に乗り入れている各鉄道会社、電気通信関係の事業者、警視庁や東京消防庁、東京管区気象台や学校、社会福祉法人なども含め、全員が情報を共有し、互いに連絡を密にして、まさに一丸となって対策に臨むという強い意識が必要となる。

いまはとにかく、一時間でも早く新しい国交大臣を決めてほしい。そうしたら、自分が乗り込んでいってでも、概要を説明し、事態を理解してもらうのだ。たとえ次の大臣がなにも予備知識のない素人であったとしても、ゼロからレクチャーをし、理解してもらうしかない。その間の足踏み状態で、時間の浪費になるとしても、ならばその浪費を極力短縮するのがわれわれの使命なのだ。

うずうずとした思いで、里見は拳《こぶし》を握りしめた。いまは半日たりとも時間が惜しい。

「本省の局長はなんておっしゃっていたんですか？　昨日の夜には局長クラスがみんな官

邸に集まっているんでしょ？　内閣危機管理監の耳には、われわれ現場の声はきちんと届いているんですよね？」

昨日は遅くまでかかって情報収集に努めている。刻々とはいってくる気象庁からの予測を前に、考えられるその後の状況をできる限り網羅的に想定することに集中した。その結果、昨夜遅くには局長に連絡をとって、内閣府にまで情報をあげてもらってある。

わかってくださいよ、新米総理。

里見は心のなかで、祈るような思いだった。

「くそっ、それにしても、いい天気だよね。皮肉なぐらい晴れていやがる。せめてもうちょっと曇ってくれたら、われわれの分析が説得力を持つのに」

窓のそばまで行った橋田が、ブラインドの隙間越しに空を見上げ、恨めしげに声をあげた。荒川の上流域で大規模水害を起こしかねない大雨だなどと、想像すらできない快晴である。

「あ、そうだ、所長。うっかりしていました。これをお見せするつもりでこの部屋に来たはずでしたのに。すみませんが、ちょっとこれを見ていただけませんか」

橋田が差し出したのはタブレット端末だ。

「この前の鬼怒川の氾濫のときの映像なんです。地元の住人が偶然動画を撮っていたものなんですが、さすがに迫力があって、とても参考になりますし、なにより説得力があるのでダウンロードさせてもらってきたんです」

　橋田が画面をタップすると、すぐに住宅街の民家が現れた。建ってからまださほど年数が経っていないようなモダンな住宅地の光景である。二階建ての真新しい家はぐるりとフェンスに囲まれていて、二メートルほどの通路を挟んで、もう一軒の家と隣り合っている。

　空はうららかに晴れている。いつもなら庭越しに洗濯物を干しながら、家人同士がおしゃべりに興じていそうな、どこででも見かけるような住宅地の風景だ。ひとつだけ、違っていたのは、そこが今回決壊した鬼怒川の堤防のすぐそばだったということだけだ。

　次の瞬間、里見は声をあげそうになった。

　突然その細い通路に水が流れ込んできたからだ。晴れた空からは想像もつかないような濁った泥水だ。と、思う暇もなく、水かさはどんどん増していく。通路を満たした水はすぐに濁流と化し、うねるようにして勢いを加速させる。

　もはや、すぐ目の前の家にさえ移動するのは不可能だ。映像には映ってはいないが、もちろんこの家は四方を泥水に取り囲まれているのだろう。そうなるまで、ものの二分とかかっていないかもしれない。

「怖いですね。ここまで速いなんて……」

　何度も繰り返して見てきたはずの橋田が、低い声を漏らす。里見はすぐには返す言葉がなかった。堤防が決壊したあとの水の勢いについては、もちろん頭ではわかっていたつもりだ。だが、いまこうして生々しい水害の実態を、タブレットのなかとはいえ、目の前に突きつけられてみると、あらためて迫ってくるものがある。

「たしかに、貴重な映像だな」

どうやって水が押し寄せてくるものか、すぐ隣の家まででですらあっという間に行けなくなってしまうかという現実が、手にとるように伝わってくる。

この災害を繰り返してはいけない。こうなる前に、なんとしてもわれわれの手で、水をコントロールしなければならないのだ。

第二章　緊急事態宣言

「あ、それから総理……」

ひととおりの長い説明を終えたあと、総理執務室を出ていこうとドアに向かっていた内閣危機管理監の中本忠昭が、はたと立ち止まり皓子を振り返った。言い忘れたことを、急に思い出したような顔をしている。

「ほかにも、なにか？」

皓子はびくりとして、身体を固くする。これ以上、まだなにかあるというのだろうか。思えば、皓子と内閣官房長官の宮下、それに秘書官の武藤の三人を前に、このあとすぐにも迫られる政府の対応に関して、踏まえておくべき危機管理の基本レクチャーとでも言えるような話であった。

組閣のことで頭がいっぱいになっていた皓子にしてみれば、予想もしていなかった話である。目の前のことですっかりのぼせあがっていた頬に、思い切り平手打ちを食らったようなもので、懇々と諭《さと》され、さんざん脅かされた気がしなくもない。

そしていま、あきらかに身構えている皓子に向かって、中本はそのときふっと頬を緩ませながら、言ったのである。

「総理のご理解が早くて、われわれは助かります」

たしかにその一瞬、中本は微笑んだように見えた。しかしそれだけ言うと、すぐにまたもとの真顔に戻り、直立の姿勢になって、堅苦しいほどに深々とした一礼を送ってくる。

理解が早いので助かる――。

だがそれは、決して言葉通りの賛辞ではない。そんなことは皓子にもよくわかっている。事態を正確に把握し、しっかりと理解してもらいたい。そのうえで国家の長としての適切な判断を、しかもタイミングを逃さずに下すこと。

内閣危機管理監としての中本から、新米総理大臣である三崎皓子に向けての強い要請であり、これはプレッシャーなのである。

国家の危機管理の観点から、中本はいま必要なことはすべて伝えた。だから、目前に迫っている危機の本質を見抜いて、いち早く行動に移してもらいたい。そんな中本なりの念押しのつもりなのだ。

皓子は姿勢を正し、視線に精一杯の力をこめて、中本を見つめ返した。

「恐縮です。危機管理監には、引き続きフォローをよろしくお願いします。こちらとしても早急に必要な対応をしますので」

一瞬、二人の視線が真正面からぶつかった。

それは、一呼吸するかしないかの時間だったかもしれない。その無言の一時に、中本なりに、受け止めてくれたものがあったようだ。ひとつ小さくうなずくと、彼は口許を引き締めてすぐにきびすを返し、総理執務室を出ていった。

＊

「さあ、これからが闘いよ」

自分自身を鼓《こ》舞《ぶ》するように言い、皓子はそれまでいたソファから立ち上がって、総理執務席に戻る。

もはや一刻の猶《ゆう》予《よ》もない。目の前に立ちはだかっているとてつもない脅威から、なんとしてもこの国を守らなければならない。

「大変なことになりましたね」

宮下が、腹の底から絞り出すような声を漏らした。

すべてが降雨量次第であり、それが自然現象であるだけに、どうなるかわからないと中本は言った。二〇一一年の東日本大震災を経て、さまざまな自然災害に対するシミュレーションを実施し、関係各省で対応策を練ってきた。今回は、そのなかのひとつのケースに当てはまるかもしれないという説明だった。もっとも、気象庁の予測はあくまで予測に過ぎず、それを受けて描く河川管理当局の危機対応シナリオが、まったくの的外れになることも大いにあり得るとも。

――もちろん、われわれの偽らざる本音としては、そうなってもらいたい。的外れの空騒ぎに終わるほうを心から願っているわけではありますが――

中本は、説明を続けるあいだ、何度もそう繰り返していた。

だが、と皓子は思い直すのである。

なにもかもが杞憂に終わることを心から願っているということは、それだけ緊急事態に陥る可能性が高い、大災害に発展する懸念が強いという意味だ。

朝一番を狙って官邸に赴き、中本みずからわざわざ総理執務室を訪ねてきたということだけにでも、彼の危機感が表れている。そんな彼の行動の背後には、現場を常に監視している担当者たちから上がってくる切なる願いがあってのことだ。

たとえどんなに予測不能な事態に対してでも、それがひとたび現実のものとなり、この国に災害をもたらす可能性があるのなら、彼らは切れ目なく対応することを課せられているのだ。誰が総理大臣であろうと、どんな人間が管轄の大臣に就こうと、現場の担当者の使命感は変わらない。

そうした現場の声を、決して軽んじてはいけないのだ。

とにかく考えられる最善の対応を、しかも可能な限り迅速に行なうのよ。皓子はあらためて自分に言い聞かせた。

それは、たとえば金融市場のリスク管理にも通じるものかもしれない。いや、そんな生易しいものでは済まされない。市場のリスク管理であれば、予測をはずし解釈を誤れば、たしかに膨大な損失を招いてしまうが、今回の場合はそれだけでは終わらない。

皓子の判断の誤りや、初動の遅れは、なにより人命に直結するのだから。

＊

「ひとまずの判断の目安としては、七十二時間で五百五十ミリの雨量だと考えています」

さきほどの話し合いの場で、中本危機管理監はそんなことも言っていた。そうした一連の説明について、皓子の隣の席でしきりとメモを取っていた宮下は、あのとき顔をあげてつぶやいたものだ。

「ふうん、三日間で五百五十ミリの雨ねえ。それが災害発生のトリガーだとおっしゃるわけですか。シミュレーション通りのことが起きるかもしれないとでも？」

いかにも半信半疑だという態度を隠そうともしない。そんな宮下を手で制して、皓子は確かめるように訊いた。

「つまり、秩父方面でそれだけの雨が降ったら、間違いなく都心まで被害が及ぶということなんですね？」

努めて冷静さを装ってはいるが、皓子は自分の背筋に冷たいものが走るのを感じていた。

「たとえ、都心がこんなに晴れていても、ですか？」

宮下はいまもまだ信じられないという顔のままだ。

「そうです。たとえ都内が快晴でもです。もしも荒川の上流で、それだけの雨が降ったら、おっしゃるように間違いなく危険な状態です」

中本がきっぱりと宣言するような口調で繰り返す。

「ですけど、そんな物凄い雨なんて、そうは簡単に降らないのでは？」

「いえ、官房長官。それから総理もですが、お二人は、二〇一五年に起きた関東・東北豪雨を覚えていらっしゃいますよね」

「ええ、もちろん」

うなずく皓子の先回りをするように、宮下がまた口を挟んできた。

「鬼怒川の堤防が決壊して、常総市をはじめ、大変な被害を出したあの洪水でしょう？」

忘れるはずがないだろうと言わんばかりだ。鬼怒川の流下能力、つまり川に流せるだけの容量を大幅に超える降雨のため、七ヵ所で水が溢れ、常総市三坂町で堤防が決壊した。想像を超える速さで浸水が拡がり、多くの孤立者を出して、四千三百人にのぼる被災者がなんらかの救済を必要とした。ヘリコプターによる救助現場の映像がリアルタイムでニュースに流れたのも記憶に新しい。

「あのときの鬼怒川でも、そのぐらいは降ったんですか？」

さすがに動揺を隠せずに訊く宮下に向けて、中本はおもむろに言った。

「あのときはそれを超えるほど降りました。もっとも多い雨量を記録した観測所は、さらに短くて、二十四時間で五百五十一ミリでしたから」

栃木県日光市にある五十里《いかり》観測所で計測されたもので、昭和五十年に観測を開始して以来の最多雨量だったという。それだけでなく、各地でも史上最多の雨量を記録する観測所が続出した。

「そうでしたか。ということは、三日で五百五十ミリの雨というのは、それほど現実離れしたことではないと……」

皓子もそう口にして、じっと中本を見る。

「おっしゃるとおりです、総理。いつ起きてもおかしくない、そんな予測です。むしろ、荒川の上流となりますと、当面は四百五十ミリを超えたぐらいの時点で、かなりの警戒感が必要かと」

「もしも、危機管理監のご指摘の事態が起きるとしたら、荒川下流の流域には、なにせ都心がすっぽりはいるわけですからね。秩父あたりでそれだけの大雨が降ると、いきなり日本の心臓部がまるまる水に浸かってしまうかもしれないことに……」

「そのとおりです、総理。近年は首都直下型の大地震の話ばかりが話題になりますが、実は日本の国土は水害に対して大変脆弱《ぜいじゃく》だという、言わば宿命を背負っていることを、ぜひ覚えておいていただきたいのです」

この図をご覧になってください、と続けながらあのとき中本が差し出したのは、一枚の紙だった。A4サイズのカラー版資料だ。

「水害に対して、首都圏がいかに脆弱であるかをわかりやすくまとめたものです」

荒川と江戸川で挟まれた区域を、すっぱりと縦に切った断面図だった。

「なんですか、これは……」

宮下が頓狂《とんきょう》な声をあげる。二つの川の両脇にはそれぞれの堤防が高く築かれているが、それらの堤防よりもずっと低い位置に、夥《おびただ》しい数のマンションや商業ビルが建っている。

「一目でわかりますよね。これが現実なのです。荒川や江戸川の水位は、平時の満潮の時点ですでにビルのほぼ二階程度です。もしもわれわれが予測している高潮の潮位にまで上がると、一気に三階か四階の高さにまで水が来ている」

「こんな状況で、都民は普段から日常生活を送っているのですか。堤防の根元のところに家が建っていますよ。ということは、もしも水が堤防を超えるなり、決壊するなりしたらひとたまりも……」

さすがに宮下も蒼《あお》ざめている。

「比較のため、隣に英国のテムズ川とその流域の断面図を並べておりますが」

「へえ、ロンドンの街は、テムズ川の水面よりずっと高い位置に造られているんですね」

皓子がさらに目を奪われたのは、その図の下に掲載されていた、日本を代表する三大湾、つまり東京湾、伊勢湾、大阪湾についての比較データだった。

「日本の三つの湾の実情です。海水面より低いところに位置する面積とそこで生活や経済活動をしている人口についての統計ですが」

「なんですかこれは！　東京湾の海面より低い土地で暮らす人口が百七十六万人もいる？」

「そうなんですよ、官房長官。伊勢湾が九十万人、大阪湾が百三十八万人。三つの湾を合計すると、海水面以下の土地が約五百八十平方キロ。四百四万人もの国民が、海面より低い土地で日々を送っている。これがわが国の現実です」

「どうして、こんなことに……」

むくむくと湧いてくる強い疑問を、皓子はそのまま素直に口にした。

われらが首都東京が、確固たる都市計画のもとに整然と築かれた都市だなどと思っていたわけではない。荒川が、実は人工的に開削されて生まれた放水路であることも、以前なにかで読んだことがある。古《いにしえ》の時代から、繰り返される川の氾濫と闘い、治水こそが国家の命題だった時代の話も知っている。

だが、こんな危機的な状況がなぜにこれまで放置されてきたのか。いや、人々の暮らしも、日々の経済活動も、まさかこれほど危険と隣り合わせで進行しているなどと、意識すらしていないのが現実だった。

「総理がそうおっしゃりたいお気持ちはよくわかりますよ。簡単に言ってしまえば、いまの荒川を造ったあと、急激な工業用地化が進みましたからね。無計画な地下水の汲み上げが進んで、どんどん地盤沈下が起きたからです」

皓子のストレートな質問に、中本は丁寧な解説をしてくれた。江戸の時代から明治政府による東京へ、さらには、大正、昭和を経て、高度経済成長を背景にした無計画な地下水の汲み上げの実態だった。欧米列強に伍して対峙できる先進国となろうと逸《はや》るあまり、「富国強兵」のスローガンを掲げた明治政府による「殖産興業」政策から続く、負の遺産の歴史でもあった。

「知らなかったなあ。ここまで極端な地盤沈下が起きていたんですか」

しみじみと言うのは宮下である。すでに、危機管理監に対する対抗心は勢いを削がれ、むしろ無防備なほど素直な反応を見せている。

「はい。ここに測量の結果がありますが、もっとも顕著なところでは、四・五メートルにも及ぶ地盤沈下が起きています」

「これですね。江東区《こうとう》南砂《みなみすな》二丁目で、大正七年からの測量値となっています」

江東区や墨田区、江戸川区に足立区《あだち》など各地で一・五メートルから四メートルを超える沈下の実態が記されている。

「それでも、最初の頃、地下水を人力で汲み上げていた時代は、まだよかったのです……」

大正二年、アメリカからもたらされたロータリー式鑿井機《さくせいき》や、揚水ポンプといった機械化と技術の進化により、作業が一気に効率化されるとともに、地盤沈下は加速する。

「しかも途中で、地下水のなかに水溶性の天然ガスが発見されたものですからね。沈下にもさらに拍車がかかりました」

「それで、いまも、このあたり一帯の土地は下がり続けているのですか？」

「いいえ、総理。いまは厳しく規制されていますので、沈下は治まっています」

先の大戦末期にも、戦況の悪化や空襲などで産業が停滞した時期があった。それにともなっていったんは治まった沈下だった。だが、昭和二十五年の朝鮮戦争勃発による戦争特需で、産業が目覚ましく復活し、またも沈下が大きく進むことになった。

「海抜ゼロメートル地帯は、そうやって生まれ、拡大していったわけですか」

宮下がしきりとうなずきながら、一帯の地図を指でなぞっていく。

「その荒川放水路と、隅田川で挟まれた地域、ちょうどこの三角形になるあたりですが。われわれは、そこを江東デルタ地帯と呼んでいます」

地盤沈下の結果、この区域の八割以上の土地が、東京湾の満潮時の水面より低い状態になってしまった。それで、護岸工事として、嵩上《かさあ》げ作業を繰り返し、堤防を高くしたり、補強する工事が行なわれてきた。

ただ、いくらそんなことをしても、川の水位そのものが高いままでは、堤防に囲まれた内側の宅地は、雨が降るたびに水が溜まったままになる。

「このあたりでは、いまも排水ポンプを常時使用しているといった現状なんです」

「そうでしたか。首都圏がいかに水害に対して無防備か、肝に銘じておきます」

京都に生まれたとはいえ、東京には学生時代からずっと住み続けている皓子である。だが、初めて聞くような荒川の抱える深刻な現実に、あらためて身につまされる思いがする。

「私からのご説明は、以上です」

すべての話を終えて一礼し、中本はゆっくりとソファから腰をあげた。

「いろいろとありがとうございます」

「総理。僭越《せんえつ》ながら、今回ばかりは、これまでのようなやり方では通用しません。われわれが向き合う相手は自然です。なまじの心構えではやられてしまいます」

よほど腹を括って立ち向かわないと、手に負える存在ではない。

「重々、承知しています」

とにかく、早急な対策を練ることだ。優先順位を見誤ってはいけない。

総理執務室を出ていく中本の後ろ姿を見送りながら、そのことを強く自分に言い聞かせたのである。

＊

皓子は彼が残していった資料をおもむろにもう一度手に取った。心なしか、ずしりとした重みを感じてしまう。

資料を手にしたまま総理執務席に座り、皓子は意識して、ひとつ大きく深呼吸をした。そして、ゆっくりと資料を机の上に置くと、意を決して告げたのである。

「宮下さん、私、腹を括ったわ」

「え？」

「与党のなかにさえ、捩じれが生じているのがわれわれ三崎政権の現実よ。一から十まで異例の内閣になるのは、むしろ当然のことでしょう。組閣がこじれるなんていうことも最初から覚悟していたはずだった。それなのにこの二日間、私はそんな初歩的なことすら忘れていたのね」

組織の上に立つ人間にとって、人事というのは強烈なメッセージになる。政府であれ、民間企業であれ、どんな時代のどんな組織であれ、それは等しく言えることだ。皓子はそのことに気づいたのである。

トップが打ち出す人事が、内外に向けての明確なメッセージとして伝わるものであるならば、いまそれを発信するのは自分をおいて外にはいない。周囲の反応や要望などに頓着する必要はないのだと。

三崎政権はこの三崎皓子が率いる政権である。この組織がめざす大きな方向性や、優先している事柄。組織内に求めているものや、引き出したいと願う潜在力。突発的ななにかが起きたとき、あるいは危機や課題に直面したとき、どういう意思決定を行ない、対処していくか。目標に到達するためには組織にどういう専門性を備えておきたいかを、組閣人事を通じて、はっきりと示すことが大事なのだ。

そのためにも、閣僚の人選にはみずからの思いを最優先しなければならない。リーダーとしての信念や、職務に向き合うときの「軸」というものを、組織の外部に向けてはもちろん、組織内に向けても明確に訴えるのだ。国民に向けてなにを約束したいのか、この先どういう信念を持って政権を運営し、どこへ向けて国を引っ張っていくのか。

まずは皓子カラーを鮮明にして見せなければならない。

「総理……」

「もう大丈夫よ、宮下さん。私は決めた。あなたも、一緒に火の粉を被ってくださるわよね」

そこまで言って、皓子はあらためて背筋を伸ばし、一語一語、確かめるように告げたのである。

「官房長官、いまから直ちに三崎内閣を発足させます。大至急、必要な手続きにはいるのよ。こうなったら、半日だって無駄にしてはいられないわ」

皓子からの強い視線に、宮下がすばやく身構えたのがわかった。それを確かめながら、皓子は一気に言葉を続けたのである。

「宮内庁にも急いで連絡をいれてください。陛下には、まず総理大臣の親任式だけでも先にやっていただけるよう頼んでほしいの。急なことで申し訳ありませんが、できるだけ速やかにお願いしたいとお伝えしてください」

「え、先に親任式だけをですか？　総理がお一人だけで先に皇居にいらっしゃると？」

よどみないその指示に、宮下が怪訝《けげん》な顔で首を傾げる。

「そのとおりよ。とにかく急がなきゃいけないわ。いまはできることから全部前倒しで進めるのよ。だって、もはや平時ではないのですもの」

これが平時であれば、組閣人事を終え、それぞれへの呼び込みも行なってから、総理大臣を筆頭に閣僚たちが全員揃って、皇居に参内する。総理大臣の親任式も閣僚の認証式も同時に済ませてしまうのが通例だ。

「とにかく急がないといけないわ。行政側にどういう指示を出すにしても、どんな対策チームを作るにしても、私自身で固められるところからまず先に固めておかないと」

皓子は毅然と顔をあげ、遠くの一点を睨みつけるようにして言った。前総理大臣の山城泰三が急病で倒れてからというもの、皓子はあくまで〝内閣法第九条〟に規定された第一次の臨時代理という立場で総理大臣の職務を執行してきた。いわばまだ正式に認められていない、どこまでいっても仮の総理大臣なのである。

「ああ、そうか。そういうことですね」

宮下が、突然納得顔で膝を打った。

「そうでしたよ、総理。どうして私はそのことを思い出さなかったんだろう。たしか、ずっと以前にも、今回のようなケースがあったと聞いたことがありました」

宮下は髪に手をやって、みずからを恥じるように言った。

「私もそうなの。さっき危機管理監の話を聞いていたら、突然昔の記憶が蘇ってきてね。もうずいぶん前のことだけど」

きっと宮下も、同じことを思い出していたのだろう。そうそう、とばかりしきりにうなずいてみせる。

「あれは羽田《はた》内閣のときだったわよね。当時の私はまだニューヨークにいたころだったけど、やっぱり政界再編を背景に、新旧内閣の交代時に大変なごたごたが起きたのよ」

「ええ、間違いありません。羽田孜《つとむ》内閣のときでしたよ」

一九九四年四月二十五日夜、首班指名を受けて総理大臣になることが決まった羽田孜は、すぐに新内閣を発足させるべく組閣作業にはいった。ところが、連立与党である新生党、日本新党、民社党、自由党の四党に、改革の会を加えた五党が、新しく衆議院の統一会派を結成した。ただ、それが社会党を排除したものだっただけに、当時の社会党委員長村山《むらやま》富市《とみいち》の強い反発に遭い、揉めに揉めた。混乱はすぐには収まらず、そのため羽田の組閣は難航をきわめ、親任式も遅れに遅れて、結果的には内閣の発足までに数日を要したのだ。

ところが、あろうことかちょうどその隙を突くように、四月の二十六日の夜、航空業界を揺るがす大事故が起きてしまった。名古屋空港に着陸しようとしていた台北発の中華航空機一四〇便が、滑走路への進入を目前に墜落、炎上という悲惨な事故が起きてしまったのである。

乗客乗員合わせて二百七十一人のなか二百六十四人もの死者と七人の重傷者を出すという、日本の航空機事故史上二番目とされる大惨事だった。

いわば政権移行期の空白の最中《さなか》に政府は危機対応を求められた。ところがすでに首班指名を受けているものの羽田内閣はスタートできず、やむをえず職務執行内閣として、前内閣であるところの細川護熙《ほそかわもりひろ》内閣が事故対応をするという、異常事態に陥ったのだ。

「ねえ、宮下さん。どんなときでも政府が盤石であるということは、最低限求められることなのよね。政治家たちが自分の都合や利益を優先させるあまり、少しでも政権が揺らいでしまったら、知らないうちに必ず心の隙を生んでしまうんだわ。そして、歴史に残る大事故や大災害というのは、そういう人間の心の緩みや間隙を狙って起きるものなのかもしれない」

皓子はしみじみとした声を漏らす。

「たしかに、二〇一一年のあの東日本大震災にしても、いわば政権交代で弱体化した新米《アマチュア》政権のときに起きていますから」

一九九四年にしろ、二〇一一年のときにしろ、不本意にも政権を手放してしまった当時への堪えがたい苦渋の記憶があるからだろう、宮下も絞り出すような声で応じてくる。

「私たちは、もう少しであのときと同じ過ちを繰り返すところだった。過去の失敗から学ぶことを決して忘れてはいけないのに」

皓子は自分自身を強く戒《いまし》める思いで告げたのである。

「おっしゃるとおりです、総理。今回われわれが直面しているのは、あのときの航空機事故レベルでは済まないかもしれません」

「本当にそうね。航空機事故を超えるどころか、いま迫っているのが本当に首都圏への大規模自然災害だとしたら、三・一一のときよりも、もっと深刻な危機にだって陥りかねないのよ」

そんなことだけは、なにがあっても避けなければならない。身内の反目による時間の浪費や、政府の未熟さで、危機をさらに大きくするようなことだけは、断じて許されないのだ。皓子はみずからの双肩に、とてつもなく重いものを背負ってしまった感覚があった。だからこそ、少なくともこの三崎皓子の政権でだけは、絶対に過去の過ちを繰り返してはならない。そして、どんなことをしてでも、この国の災害を最小限で抑え込まなければいけないのである。

あらためてまっすぐに宮下に向けた皓子の視線を、彼がしっかりと受け止めた。

「まさにおっしゃるとおりなのです、総理。そのつもりで、われわれは心して対応にあたりませんと」

「わかってもらってよかったわ。親任式が終わったら、私はすぐにこの部屋に戻ってきます。ですから官房長官には、あまり間を置くことなく閣僚の呼び込みを行なっていただきます。私は、正式に親任された確固たる総理大臣として、ただちに組閣を完了しないといけませんから」

「承知しました」

宮下が頬を引き締めて大きくうなずいた。

「新内閣の総理大臣は、わたくし三崎皓子。そして官房長官は、もちろん宮下聡一。国交省と防衛省の大臣は前内閣からの留任をお願いします。それから、国家公安委員長も留任ですね。それ以外は……」

皓子は、執務机の端に置かれていた閣僚名簿のリストを引き寄せたかと思うと、さらさらとボールペンを走らせ、候補者名に次々と修正を加えていった。その書き込み文字を目で追いながら、宮下が嬉しそうに頰を緩める。

「危機管理部門に関わる閣僚たちだけは、前内閣の顔ぶれをそのまま続行させられるわけですね。こういう緊急時には少しでも経験があったほうがいいからという、総理からの強いメッセージが国民に伝わることでしょう。ただ、それ以外の国務大臣には、総理が以前からお考えになっていた方々に就いてもらおうと」

「そのとおりです。私が二番目にリストアップしたプランBの顔ぶれで行きます。これで、異論はありませんね」

「もちろんです、総理。いわば与野党の枠組みを超えて、しっかりと三崎カラーを出していこうという姿勢がよく伝わってくる組閣です」

官房長官が、感極まった目をしている。

「いいですか、これは危機対応内閣なのです。こんなときに、与党も野党もないわ。もう誰にも文句は言わせません。目の前に迫っているわが国の危機に対して、当面は集中して、全閣僚が一体となり一糸乱れぬ行動を執っていただきます！」

宮下に向かって、というより、自分自身に向けて宣言するように、皓子はきっぱりと言ってのけた。

「総理、よくぞご決心いただきました。このうえは、不肖この宮下聡一、喜んで総理と一緒に火の粉を被りましょう。いえ、たとえ火のなか水のなかですよ。どこまでもお供いたしますので。まあ、いまはちょっと水のなかというのは洪水みたいで縁起でもなかったですがね」

芝居がかった言い方は、そうでもしないと押しつぶされそうなほどの緊迫感のせいだろう。せめて冗談めかして言うことで、場を少しでも和ませようとしているのだ。

「ありがとう。ただこの際、やっぱり火事も大洪水もお断りですけどね……」

皓子もやんわりと笑顔で応じた。このときは、まだそこまでの余裕があったというべきだろうか。宮下は、そのおどけた口振りとは裏腹に、固い決意をこめてひたとこちらを見つめてくる。

やはりこの男を、女房役の官房長官に選んで正解だった。その決して笑ってはいない目をしっかりと見つめ返しながら、皓子はしみじみと思ったのである。

＊

「あのう、総理。申し訳ありませんが、ちょっとよろしいでしょうか」

遠慮がちに口を挟んできたのは、それまでずっと黙ったままで、二人のやりとりを聞いていた秘書官の武藤だ。

「どうかしたの、武藤さん」

「このあとおいでになる党のみなさんには、どのようにお伝えすればよろしいかと」

武藤に言われるまでもなく、小関に加えて、明正党の古参が三人、顔を揃えてこのあと直談判にやってくるのを忘れたわけではない。

「そうでしたね。あの方たちには、少なくとも親任式が終わるまでは邪魔をされたくないですね」

党の力学だの、経験則だのと、とかく融通の利かない連中である。皓子が独断で押し切ろうとすればするほど、全力で阻止しようとするのは容易に想像がついた。おそらくこの週末に繰り返してきた不毛なやりとりを、性懲《しょうこ》りもなく再現するだけだ。

だが、いまは状況説明にかける時間が惜しい。不用意にメディアの憶測を呼び、要らぬ混乱を招いてもいけない。皓子は少し考えてから、おもむろに武藤に顔を向けた。

「どこかでうまく引き止めておいてもらえないかしら。方法はあなたに任せますから」

それを受けて、武藤がなにか言おうとしたのを、宮下が手で制した。

「大丈夫です、総理。ご安心ください。非常時には、非常手段というものがあるのですよ。私がなんとしてでも抑えますので」

きっぱりとした口振りだった。どんな策略を思いついたのか、むしろその口角には笑みすら浮かんでいる。皓子が覚悟を決めたことで、宮下自身も吹っ切れたものがあるのだろう。なにか目算があるのかは知らないが、こうなると、彼はやはり頼もしい存在だ。

「では任せましたよ、官房長官。党内事情がどうのなんて、もうそんなことを言っている場合じゃないんですもの。もちろん、閣僚人事についても、なにがなんでも賛同していただきます。それは、野党のみなさんについても同じです。まずは先に政党間で連立を組むべきだという声も出てくるでしょうが、その必要があると判断したら、私は喜んで折衝に応じるわ」

皓子の身体の内側から、ほとばしり出てくる言葉があった。

「野党との連立ですか？」

首班指名のとき、三崎皓子に一票を投じてくれた野党議員の協力を得るのは、ごく自然なことだろう。そのために連立を組むという選択肢も、簡単に捨ててしまう理由はない。というより、与党内野党とでもいいたいような派閥の存在があるいまは、皓子にとって実質的な味方をできるだけ多く確保しておくことが大事である。

「あくまで必要とあらば、それから、まともな協力を得られるのであれば、という前提ですけどね。ただし、無用な時間の浪費になりそうならば私は応じない。反対のための反対も、国民の安全を護《まも》れないような異論も、この私が認めません」

皓子の言葉にはもはや微塵も迷いはなかった。

「いまがどういう状況か、わが国がどんな危機に直面しているか、しっかり認識していただくのよ。自分たちのことなど二の次、三の次だと、納得してもらうしかないじゃない」

皓子はまたも声をあげる。

この期におよんで、政局争いをしている暇はないのだ。沈みかけた船の甲板で、互いにつかみあいをしているなどまったくのナンセンスだ。このままずるずると、組閣を遅らせて、山城前内閣時代の大臣たちをそっくり留任させられることも避けたかった。

それでは三崎内閣がいつまでたってもスタートしないことになる。首都圏を襲う大水害の危機はいつやってくるかわからない。そして、いったん被害を蒙ったら、今度は復旧にいつまで時間を要するかもわからない。

となれば、半日でも早く新内閣を正式に発足しないことには、中途半端な指揮系統を露呈し、動くべきものも動かなくなってしまう。

「少なくとも政府のなかには、齟齬《そご》も揺らぎも生じてはいけないわ。それだけはなにがあっても避けなければならないの」

「もちろん、総理のおっしゃるとおりです。ただ、明正党の海千山千の重鎮たちがおとなしく従ってくださるかどうかは……」

それは思わず出た武藤の本音だったのだろう。黒々とした太い眉毛がどこか心細げで、八の字に傾いでいる。

「大丈夫よ武藤さん。私は総理大臣よ。大臣の任命は総理大臣の専権事項です！」

今度こそ宣言するように、皓子は言った。

「承知しました。それではこれからすぐに必要なアクションに移ります。総理もいまのうちにお着替えを」

武藤が宮内庁への連絡を、宮下が呼び込みの電話をかけているあいだに、皓子は皇居に参内するための正礼装への着替えをするようにと言っているのだ。いずれ必要になるからと、親任式用の正礼装はすでにこの総理執務室のロッカーまで持参してあった。

「そうね。では、あとはお願いします。とくに宮内庁のほうはよろしくね。丁寧に事情をご説明して、陛下には親任式と認証式の二度手間になってしまうことをお詫びしたうえで、大変申し訳ありませんが、遅くとも今夜中には三崎内閣の正式な発足を完了したいのです、とお伝えしてください」

内閣は、天皇が総理大臣を親任し、その命を受けた総理大臣がみずからの責任のもとに組閣の任にあたる。皇居内のあの板張りの「正殿松の間」において、まずは陛下から厳《おごそ》かに親任を受ける。そのあと総理大臣立ち会いのもと、国務大臣への辞令を渡すという儀式を経るのだ。そうやってこそ初めて三崎内閣の誕生が公式に認められるのである。

「承知しました」

言うが早いか、武藤はすぐに立ち上がった。

「あ、ちょっと待って。ただし、荒川の大雨の恐れについては、お伝えするのはかなりトーンを抑えてね。状況の説明は必要でしょうけど、下手に危機感を煽ってもいけないし、メディアに先走って騒がれると、かえってやるべきことが停滞するといけないから」

報道関係者らにはいずれしかるべき形で情報開示をしなければいけない。いざとなれば、与野党の枠組みを超えてでも、一丸となって対応しなければならなくなる。ただ、順序を間違えると、とんでもない混乱を引き起こしかねないだけに、慎重さが求められる。

「はい、総理。もちろん充分に注意をしつつ、さっそく準備に取りかかりますので」

万事任せてほしいとばかりにそれだけ言うと、武藤は総理執務室に隣接する小部屋にはいっていった。ロッカーから皓子が置いておいた正礼装一式を取り出して、ハンガーにかけてくれたのだろう。それと入れ替わるように皓子が着替えの小部屋にはいると、武藤はそのまま総理執務室を出ていった。

総理執務室に宮下を残し、洗面室とを隔てるドアを閉めると、宮下が総理席の電話を取って呼び込みを始めた声が壁越しに聞こえてきた。

「内閣官房長官の宮下です。おそれいりますが、至急官邸までおいで願います……」

きっと電話の相手の背後で、大きな歓声があがるのが宮下には聞こえていることだろう。大臣への就任を知らせる、いわゆる「呼び込み」の電話を、いまかいまかと待ち受けていた支持者の祝福の声だ。

思えばその呼び込みの電話を、皓子もこれまで二度受けてきた。そして今日これからは、総理大臣の親任式に赴く身となった。

そうこうしているあいだにも、刻々と容赦なく近づいている危機がある。それに向けて、逃げることなく果敢に対応できる内閣をこの手で率いていかなければならない。

皓子は、ロッカーの横に置かれた大きな姿見に映ったわが身を見て、思わず背筋を伸ばし、ひとつ大きく深呼吸をするのだった。

＊

手早くスーツを脱ぎ、ロングドレスに着替えようと手に取ったところで、ドレス用の靴がないのに気がついた。ガーメントケースやそばの紙袋など、あれこれ探してみてもどこにもない。ロングドレスは丈を長めにしているので、いま履いている靴では確実に裾を引き摺ってしまう。

首班指名を受けたときから、このときを考えて抜かりなく正礼装の準備をしておいたはずなのに、靴にまで気がまわらなかったというのは、それだけ動転していたからだろう。組閣作業に逐一邪魔がはいって、思うように進まないことに苛立っていた証左なのかもしれない。

駄目ね、皓子。

もっと落ち着かないと。これからが本当の正念場なのよ。

姿見のなかの自分に向かって、皓子はあらためて呼びかけた。

とはいえ、誰かを取りに行かせるのでは時間がかかりすぎる。皓子は個人用の携帯電話を手に取った。伸明に頼んで、できたら彼自身か、無理ならほかの誰かに官邸まで届けてもらうしかないかと思ったからだ。

いつもはすぐに電話に出る伸明なのに、じれったいほど呼び出し音が続いた。さすがにかけ直そうか、仕方がないからやはり誰か官邸のスタッフに頼もうかと逡巡《しゅんじゅん》して、電話を切ろうと思ったところで、やっと携帯の向こうから声がした。

「あ、もしもし。あなた……」

「ごめん、ごめん。呼び出し音は聞こえていたんだけど、ちょっといろいろあってね。そっちはどうだい、組閣はうまくいってるの？」

努めて平静を装っているようだが、伸明の声がどこか重苦しい。

「そっちこそなにかあったの？」

皓子は気がかりでならなかった。

「いや、なんでもない。大丈夫だよ。それより、なにか急用？」

心配させまいという伸明の心遣いが伝わってくる。だから、気にはなるけれど、いまはあえて深く問うことはしなかった。

「ごめんなさいね。これから皇居に向かうんだけど、礼装用の靴を家に忘れちゃったみたいなの」

「そうか。皇居へ行くってことは、組閣がうまくいったってことだね。それはよかった。ちょっと待って、シューズクロゼットを探せばいいのだよね？」

伸明が考えているような理想どおりの組閣と言えるかどうかはわからないが、いまは説明している時間が惜しい。

「ええ、奥に向かって右側の棚の、一番上のほうに積んである赤い箱にはいっているはずなんですけど。ダークブルーのシルクの靴で、ヒールの高いやつよ」

「わかった。誰かを取りに来させてくれるんだろう？　すぐに探して、用意しておくよ」

「それが、ものすごく急いでいるので、取りに行くより、いまから持って来てもらえると助かるんだけど」

「そうか、そういうことなら僕が届けてあげたいけど、いま警察の人が来ていてね。ここを離れるわけにはいかないんだ」

今後の身辺警護に関して、皓子の家族の情報などをヒアリングに訪れることは、今朝方も伸明から聞かされていた。とはいえ大臣時代にもSPはついていたし、家の門のところにはポリスボックスも建てられている。家族を含む皓子の身辺については、すでに大概のことは調べがついているはずだ。それでも、総理大臣の私邸ともなれば、さすがに警護態勢も厳重になるのだろう。

「でも、とくに問題なんてないんでしょう?」

皓子はなにげなく訊いたのだった。

「うん。もちろん問題はない。基本的には大丈夫なんだけどね……」

どこかひっかかりのある言い方である。やはり、なにかが起きているのだ。

「やっぱり、なにかあったのね。もしかして、麻由のこと?」

いまだに外泊中の娘と連絡がつかないようで、そのことを、来ていた担当官に漏らしたところ、気になると言われたという。

「ナジブ、というのにどうも引っかかっていたからね。僕もネットで調べてみたんだよ」

伸明は、麻由が一緒にいるらしいという男の名前を口にした。

「でね、やっぱりアラブ系の名前だった。ナジブには、インテリジェンスという意味があるそうでね」

「そういえば、何年か前に、マレーシアの首相にもそういう名前の人がいたわよね」

今朝方は考えも及ばなかったが、あらためて伸明に言われてそのことを思い出したのである。だが、なにせ屈託のない麻由のことだ。アラブ系のボーイフレンドがいてもなんら不思議はない。

むしろ、母親が日本の首相になったからという理由で、彼女の自由な言動に制限がかけられたり、周囲からそうした人種についての偏見めいたことを指摘されると、かえって正義感に燃え、熱くなって強く反発するタイプの娘である。

麻由のことは自分が一番知っているつもりだが、かといって、年頃の娘を持つ父親として伸明が心配する気持ちもよくわかる。

「取り越し苦労ならいいんだけどね、今朝から警察の人が来てくれているし、ちょうどいいからって相談してみたんだよ。それでいま警察のほうで、テロ関連の潜在的な容疑者リストにそういう名前がないか、あたってもらっているところなんだ。ただ、こっちでわかっているのは、その名前だけだからね。それも、周囲から聞いただけのことで、全然はっきりしないし……」

「なんですって、あなたいまテロ関連って言ったの？」

まさか、テロ集団の容疑者に麻由が誘拐されているとでもいうのだろうか。

「うん。ちょっと過剰反応かもしれないけど、いまどきあり得ない話じゃないからね。どうしても気になるから、念のために調べて欲しいって、実は私のほうからお願いしたんだ。母親を三崎皓子と知ってて麻由ちゃんを誘ったのだとしたら、やっぱり心配になるじゃないか」

伸明はそこまで気にかけてくれていたのだ。

「ありがとう。万が一にもそういうことになったら、こちらでも手を尽してもらえると思うから」

伸明が強く懸念を抱いているように、仮にも内閣総理大臣の娘とわかっていての誘拐だとするなら、それはそれでまったく別の重みを持ってくる。最近各地で発生し、世界中を震撼させている数々の事例を思い出すまでもなく、国家の危機に繋がる可能性も否定はできない。結果的に内閣危機管理監の懸念材料をひとつ増やすことになるとしても、一度きちんと事情を耳にいれておくべきだ。

いや、おそらく、すでに関係者のあいだで情報共有されているところだろう。いまにも担当者が官邸にやって来て、経過報告をしてくれるのではないか。皓子は、中本忠昭のあの柔和な顔を浮かべながら、ひとつ深い息を吐いた。

そのとき皓子の脳裏に、ふと若いころの記憶が鮮やかに蘇ってきたのである。

娘は成人し、すでに自分の手を離れたはずだ。それなのにこの期におよんでも、自分は母親として、またも昔と変わらぬ迷いの狭間に立たされている。

思えばあのころから、仕事のうえでなにか切迫した状況になったとき、必ずといっていいほど娘の身になにかが起きた。仕事を持つシングルマザーとして、まだ幼い麻由を抱えながらがむしゃらに働いていたころ、次々とこなさなければならない顧客とのミーティングに追われ、マンハッタンを飛び回っていた時代のことだ。ビジネス上で、ここだけは絶対にはずせないという重要な局面を迎えたタイミングを狙うように、麻由は決まって高熱を出したものだ。

それは皮肉なぐらい繰り返された。まさに、ここぞという時に限って、麻由はいつもトラブルに見舞われたのだ。家に残していくしかない娘が、独りでどんなに心細い思いをしているかと考えると、皓子はそのつど後ろ髪をひかれる思いだった。どんなに脱けられない会議でも、娘の体調は関係ない。

自分の不在中にも、病気の娘を安心して任せられるベビーシッターを確保しておくため、日頃から少しでも時間があるとエージェントをかけずりまわり、片っ端から電話をかけ、どれだけの面談を繰り返したことだろう。

「ママ、行っちゃうの？」

あの時代の、母を求める切ない娘の声は、いまも耳の奥に執拗に残っている。

だがあのころの自分は、文字通り心を鬼にも蛇にもして、そんな娘の声にいつも容赦なく背を向けてきた。娘が不憫で不憫で仕方がなかったけれど、皓子は無理にもそんな気持ちを封じ込めたのである。

娘がどんなに泣きじゃくっても、その声に負けて職場に向かわないという選択肢は、皓子にはなかった。かさむベビーシッターの費用などを考えると、なんのために働いているのかと思わないでもなかったが、なにかに憑かれたように、皓子は仕事に向かっていた。

そして、その分だけ余計に皓子は、いつもひたすら自分を責め続けてもきた。

どうして大事なときに限って娘を病気にするのかと、ひそかに天を恨んだこともあった。あとほんの少しでもタイミングをずらしてくれれば、いくらでもそばにいてやれるのにと。

そういう大事な時期を選んで病気になったり怪我をしたりする麻由は、仕事にかまけてばかりの母親に向けて、きっと声にならない悲痛なメッセージを発しているのだと、親切めかして忠告してくれる友人もいた。仕事と子供とどっちが大事なのだと、残酷な質問をぶつけてくる隣人もいた。働く女は、ただ仕事をするというだけで、周囲に後ろめたさを感じ続けなければならないのか。皓子には自問するほかない日々だった。

それでも、自分がみずからの意志で背負ってしまった責務を必死で果たそうとするなら、たとえそれがどんなに不本意であっても、どんな非難を浴びようとも、母親の代理は周囲に求めるしかない。いまは伸明に助けを求め、任せるしかないのだ。

「大丈夫かい、皓子？」

ふいに黙ってしまった皓子を案じたのだろう。伸明の心配そうな声で、皓子は現実に引き戻された。

「ごめんなさいね、あなた」

あふれる思いをこめて皓子は告げた。

詫びる言葉は伸明に対してだけでなく、同時に娘の麻由に向けても発したつもりだった。いや、夫が懸念するような事態など起きているはずはない。そうだ。そんなことは決して起きたりはしない。

皓子は忍び寄ってくる不安を振り払うように、意識して強くかぶりを振った。

そんなことがあってたまるものか。あの娘《こ》がいまこのときも、テロ集団に囲まれて極限の恐怖にさらされているなどとは、考えたくもない。

だが、もしもそんな卑劣な考えを抱く輩が存在するのだとしたら、この国の総理大臣として、正面から闘ってやる。

「あなたには、家のことをなにもかも任せっぱなしで、本当にごめんなさい」

皓子は電話の向こうに思いを馳せ、繰り返さずにはいられなかった。

「なに言ってるんだよ、皓子。麻由ちゃんのことはこっちでなんとかするから、君は心配しなくてもいい。それよりいまは大事なときなんだ、君は総理大臣としての仕事に集中することだ。大丈夫、麻由ちゃんは絶対に無事だからね」

伸明が繰り返す「大丈夫」という言葉が、皓子の心を少しずつ鎮めてくれるのを感じた。

「そうよね。あの娘のことだから、なにがあってもたくましく切り抜けて、きっとケロッとした顔で帰ってくるでしょう。すみませんけど、あとはよろしく頼みますね。こちらでもなにかわかったら、すぐにまた電話しますので」

いまだに行方がつかめない麻由のことを考えると、心が引き裂かれそうな思いになる。だが、家族のことはいまは伸明に任せるしかない。

「気にするな。靴も大至急、誰かに届けさせるから。それより、君はしっかりな」

今度は不安を打ち消すように明るい声でそう告げて、伸明は静かに電話を切った。

＊

「嘆かわしいな、まったく。いったいなんなんだこの相場は……」

デスクの正面に整然と据えられた、いくつものコンピュータ画面を遠目に見較べながら、桐澤駿介《きりさわしゅんすけ》は我慢できないという顔でそう漏らした。

ここはメガバンクの一角、あかね銀行本店資金証券部の部長席。出向先から人事部に呼ばれて久し振りに本店に顔を出し、懐かしさにかられてたまたま立ち寄った桐澤であったが、仕切りのない広々としたこのフロア、いわゆるディーリング・ルームは彼にとってはいわば古巣である。

ずらりと並んだコンピュータ画面には、各市場の動きを逐一報じるびっしりと並んだ夥しい数字の列と各種のチャート。そして、刻々と伝えられる世界からのニュース速報の文字。壁に作り付けられた大きな世界地図のレリーフには、ニューヨーク、ロンドン、香港、上海、東京などと、各国の現在時刻を伝える時計が、設えられている。世界はいまや、どこにも逃げようがないほどリンクしていて、同時並行に進んでいるのだとでも言いたげである。

目を転じれば、そうしている間にもオレンジ色の電子掲示板では日経平均株価が目まぐるしい動きを示し、東京外国為替《かわせ》市場でのドル円のレートは秒単位でその変動を伝えている。

どれもが、桐澤には愛おしいほどに見慣れた光景だ。

もっとも、情報管理を徹底しているこの部屋には、自分はもうそのつど特別な訪問客《ビジター》登録をしないと足を踏み入れられない身となっている。そして、当時慣れ親しんだあの部長席には、いまは桐澤よりひとまわり以上も後輩にあたる、浜崎充《はまざきみつる》が座っている。

同じ大学の卒業生だという縁で、桐澤自身が面接をして彼の採用を決め、入行当時から目をかけてやり、金融市場のなんたるかを教え込んできた男である。いずれはあかね銀行の資金証券部を背負ってくれる逸材だと、少なくとも桐澤はそう信じて鍛えてきたつもりだった。

その甲斐あってか、いまはすっかり部長然とした顔つきをして、受話器を片手に椅子にふんぞり返るようにして喋り込んでいる。誰となんの話をしているのか、なにがそんなに愉快なのかは想像する由もないが、口許には堪え切れないような笑みが浮かんでいる。

そんな浜崎のデスクの上に目を戻すと、日本国債の先物市場や現物市場の値動きを示す、ブローカーによる市場価格の引き合い《クオート》も見てとれる。

だが、それらはぴたりと画面に張り付いたままで、まるで惰眠をむさぼっている昼間のヤモリのように、身じろぎひとつ見せることはない。ディーリング・ルームのなかの為替部門や株式部門、デリバティブのあたりはあんなに活気があって騒いでいるのに、この債券部門だけは取り残されたようにしんと静まり返っている。

「おいおい、なんだいここは。葬式みたいにだんまりを決め込んで……」

おまえら本当にちゃんと息をしてるのか？　目、開いて見てるのか。為替も株もあんなに動いてるじゃないか。日本国債の市場はどうなってしまったのだと、喉元まで突き上げてきた言葉を、桐澤はかろうじて呑み込んだ。

いくら叫んでも詮《せん》ないことだ。

言わずもがなの愚痴であるのは、桐澤にしても百も千も承知である。だが、いったいなんのために、日本の国債市場はここまで潰されてしまったのだろうか。

せめてもの嘆きを込めて、桐澤は聞こえよがしの大きな溜息を吐いた。それでも、口惜しい思いの晴らしようがなくて、思わず目の前にあった椅子の背を拳で叩いてしまったのだ。

あっ、とばかりに驚いた顔で振り向いた浜崎が、桐澤の姿を見て軽く頭を下げてきた。受話器を左手に持ったまま、右手のひとさし指を一本立てて、ちょっと待ってくださいと目で伝えてくる。いま話し中の電話の用件を終えてしまいたいという意味だろう。

「いいよ、俺にはかまわないでいいから」

桐澤は顔の前で小さく手を振って、こちらも目で合図を返した。

やがて電話を終えた浜崎が、大義そうに椅子から立ち上がり、頭を掻きながらやってきた。しばらく見ないうちに、ずいぶんと胴回りが太くなっている。貫禄が出てきたと言って肩でも叩いてやるべきだろうか。

「お久しぶりですね、桐澤さん」

昔は、桐澤部長とか、部長などと呼んでいたくせに、いまや何事もなかったようにさんづけで呼んでくる。桐澤がこの資金証券部でのチーフ・ディーラーとしての職を卒業し、五十一歳でようよう執行役員になったころまではまだよかった。

だが、その上の常務にはついぞなり損ね、三年前にメインをはずれた子会社への出向が決まった途端、当然のように桐澤さんに格下げされてしまった。あかね銀行がメインバンクになっているその子会社への出向が、本店に戻ってくることを約束されていない、いわゆる片道切符の赴任であることが、暗黙のうちにわかっているからだ。

　だからといって、そのことをどうこう言って、浜崎を責めるつもりはさらさらない。所詮はサラリーマン社会というのはそういうものかと、いまさらながらに思わされるだけだ。

「おう、浜崎。相変わらず暇そうだな。日本国債《JGB》のマーケットは、なにがあってもビクとも動かなくなったしな」

　精一杯の皮肉が少しは伝わったのだろうか。浜崎の顔色がほんの少し変わったのを見ながら、桐澤はそうも思った。

「まあ、ずっとこんな感じですよ。というより、これがいまの国債市場の現実なんです。先輩のころとは、もうまったく時代が違うんですから」

　浜崎は悪びれることなく、むしろなにか文句でもあるかと言いたげに胸を張ってみせた。

「そうさな、これが現実なんだよな」

　たしかに、浜崎のせいでも、あかね銀行のせいでもない。すべては国債市場を取り巻く外部環境が、この十数年ですっかり様変わりしてしまったからだ。

「規制強化で締めつけられて、われわれは手足を縛られてしまいましたからね。いまは年初に立てた年度計画に沿って、みんな粛々と入札時に買いをいれるだけです。あとは日銀のオペに参加して売り脱けたらそれで終わり。薄い利ザヤしか獲れませんけど、ほかにしようがないですからね。昔みたいにドッタンバッタンと、威勢のよいバンク・ディーリングなんかやらなくなりましたから」

そうなのだ。

やらなくなったというより、金融当局の手によって、できなくさせられてしまったというのが正解だろう。

グローバル・スタンダードという美名のもとに、九〇年代の後半に金融業界の会計制度が変更になって以降は、リスクを取って力技《ちからわざ》で、巨額の資金を動かして売買する、いわゆるディーリング相場は姿を消した。

「おまけに、前政権の山城内閣の時代には、日銀によるマイナス金利の世界に突入してしまいましたからね。近頃は十年物の新発国債ですらマイナス金利で発行できてしまうんですから」

「つまり政府は、いまから十年ものあいだ、借金を続けながら利息をもらえるってことだ。われわれも、金利そのものへの考え方を変えなきゃならんのかもしれないな」

「本当に、とんでもない世界になってしまいましたよ。いまの国債市場には、相場観なんて無いも同然です。足下でちょっとでもプラスの金利が残っているところがあれば、それを見つけて、淡々と拾って潰しに行くしか、やれることはないんです」

浜崎は、ようやく悔しさの片鱗《へんりん》を覗かせ、唇を噛んだ。

日銀が初めて量的緩和策を執ったのは、忘れもしない二〇〇一年の三月十九日からだった。その結果日本の短期金融市場はほとんど機能不全に陥った。本来民間の資金需要によって自由に形成されるべき短期の円金利が、金融当局によって歪《いびつ》なものにさせられてしまった、思えばあれが政府による最初の暴挙だった。

その後も、景気浮揚策の大役を担わされた日本銀行は、周囲や政界からの強いプレッシャーを背景に、今度は異次元の金融緩和と称して、派手な政策を打ち出してアピールしたのも記憶に新しい。それ以前からも、市場からは大量の国債を買い入れてはいたのだが、さらに輪をかけて国債を買い占めるようになった。

それまでの「量的緩和」だけでは効果が不十分だとして、ご丁寧に「質的緩和」にまで大胆に踏み込んで、上場投資信託《ETF》やら不動産投資信託《リート》にいたるまで、およそ市場にあるありとあらゆるものを食い尽さんばかりの勢いで、なりふり構わず食指を動かしたのである。

日本は、長年にわたって慢性的な財政赤字を抱える国だ。年々増えていく予算の不足分を、国債の発行に大きく依存し、国の借金を繰り返すことで賄《まかな》ってきたのが現状である。だから、国債の発行額は年を経《へ》るごとに増え続けており、いまや短期国債を除いた長期国債の発行額だけで、年間百二十二兆円にまで達している。ところが、そのほぼ全額に近い百二十兆円もの国債を、日銀は金融緩和策という名のもとに、市場から買い占めているのが現状なのだ。

冷静に考えてみれば、膨大な発行圧力を受けて供給過多になるはずの国債市場だが、日銀という大口の買い手が存在するせいで、価格形成が歪み、今度は日本の長期金利までが当局によって壊されてしまっている。

だから、従来からの市場参加者たちは、市場にとって良いニュースが出ようと、悪いニュースが飛び込んでこようと、ほとんど値動きを生まなくなってしまった市場に見切りをつけた。

「以前は派手に売り買いをやっていたメイン・プレイヤーたちも、次々とマーケットから姿を消してしまいました。なにせ値が動きませんからね」

価格が動いてこその相場である。上がるにせよ下がるにせよ、動かないかぎり収益をあげるチャンスはない。

「いまやこの日本の国債市場で、活発な取引をしているのは日銀だけですよ」

浜崎は他人事《ひとごと》のように吐き捨てた。もっとも、嘆いているのか、すっかりあきらめているのか、それとも、実は楽ができると内心喜んでいるのか。浜崎の口振りからは、その本音はつかめない。

そうした現実を冷ややかに見る場外の人間たちは、参加者が激減したいまの日本国債の市場を、「三人麻雀」の状態だと揶揄《やゆ》しているという。本来は四人で成立するはずの麻雀だが、まっとうなプレイヤーが一人欠けているというのである。

残った三人というのは、まずは国債の発行体である財務省と、そのオペレーションを担う日銀。三人目は、かろうじて入札に応じて買い《ビッド》をいれ、その結果落札した分の国債を、いまや大口の買い手と化した日銀に転売するだけのメガバンクだ。

以前のように派手に売買を繰り返して相場を形成してきた流通市場の立役者たちは、動かない相場で収益チャンスを失い、クビを言い渡されて相場を去っていくしかなかった。

もちろん、外資系や海外の投機家による、相場の綾《あや》を狙ったごく短期的な取引はいまも存在する。為替相場の激変を避け、海外から逃避してきたマネーでひとまず安心な円を買い、その円でごく短期間だけ日本国債を買っておくというものだ。

だが、基本的には残った三人だけで淡々と麻雀牌をまわし、ひたすら無難な取引を繰り返して、消極的で安全なゲームを続けているのが現状だ。

そして、国債市場がそんな機能低下に陥っているのを幸いに、垂れ流し状態でこの国の膨大な国債の借り換えは平穏に続けられている。このまま市場機能が堕ちていくばかりで、この国の財政は本当に大丈夫なのか。

——なあ、浜崎よ。それでおまえは本当に満足しているか。債券市場を担うディーラーとしてのプライドは、いったいどこへ置き忘れてきたんだ。

そう問いかけたくなったけれど、桐澤はそれもかろうじて堪えた。

かつて国債を中心とする債券市場というのは、政府や金融当局が誤った政策を進めようとするとき、「暴落」という形をとって強く警鐘を鳴らす存在だった。だから政府や当局側も市場側も、互いの力量を怖れもし、またそれゆえリスペクトもし合いながら、真正面から対峙してきたものだった。

そんな国債市場の一員であることを、桐澤自身は心から誇りに思ってきたものだった。

「時代は変わったんですよ、桐澤さん。なにもかもすっかり変わってしまったんです」

浜崎は、なげやりに突き放しているようにも、あるいは自分自身に必死で弁解しているようにもとれる口振りで、そう繰り返した。

*

すぐ隣のデスクから、一見して新入りの行員とわかる若い青年が、訝しげな表情でこちらに視線を送ってきた。

ちょうど桐澤が、まだ新入行員だった浜崎を、先輩として手取り足取り仕込んでやったと同じように、いまはこの浜崎があの青年に仕事を教えているところなのだろう。

――なあ、君ら新入行員もだよ。おまえたちも本当にそれでいいのか。こんな現状にただ大人しく甘んじているだけか。

生真面目で従順そうなその顔つきを見ていると、目の前の若者たちを、一人一人揺さぶってまわりたい衝動が湧き上がってくる。

だが、桐澤があの青年の顔を初めて見るということは、彼のほうも桐澤がここの部長だったことを知らないということだ。

ここはもはや自分の手を離れてしまった世界。すでに自分の責任が及ばなくなったこの資金証券部で、しかもいま市場が置かれている状況を充分すぎるほど承知のうえで、いまさらそんな不毛な問いをぶつけるのは、それこそ酷というものだ。

あの青年と同じように、桐澤が債券市場で生涯初の国債取引を経験したのは、八〇年代はじめのころだった。長期国債の債券先物市場が誕生したのは一九八五年（昭和六十年）十月十九日だったから、まだ先物でのヘッジ手段すら備えておらず、いまと較べると市場環境は劣悪で、個人と個人の根比べ、忍耐と直感力に頼るしかないような危なっかしい相場だった。

とはいえ、その後も多額の発行が見込まれる国債の発行市場である。市場を着実に成熟させていくことは、国の財政赤字を補塡するため、なにより重要視され優先される事項だった。そして、発行市場を成熟させるには、同時に発行済の国債を自由に転売できる流通市場の環境整備が不可欠だと、業界の誰もが口を揃えて熱っぽく語っていた時代でもあった。

いまから思えば、ずいぶんと原始的で未成熟、なおかつ閉鎖的な市場環境ではあったが、一途に国債市場の成熟をめざして、関係者たちは懸命に参加者意欲を燃やしていた。

だが、それから三十年あまりが経った。

あのころ、市場参加者と同じ夢を見、市場の洗練や成熟を切に望んでいたはずの金融当局の手によって、まさか今日のように市場が破壊されてしまうとは、誰が予想しただろう。

思えば部長だったころの桐澤は、あかね銀行のチーフ・ディーラーとして、一日に千億円、二千億円という取引玉《ぎょく》を平気で転がし、わずかな収益チャンスでも見逃すまいと、この席で日々神経を尖らせ、大声を張り上げていたものだ。

上がるのか、下がるのか。儲けを出すか、大損を抱えるか。

食うか食われるかの孤独で熾烈な戦いである。相場の方向感を見定めるために全神経を集中し、さながらだだっぴろい草原で獲物を狙う肉食動物のように、四方から迫りくる目に見えない敵にも照準を合わせ、緊迫感の極致と闘ってきたものだった。

ネクタイを片方の肩に跳ねあげ、袖をめくりあげたワイシャツの背中や脇の下には、一年中びっしょりと冷や汗を滲ませていた。受話器を持つ手のひらに嫌でも滲んでくる気持ちの悪い汗を、何度もワイシャツの胸で拭いながら、機関投資家たちから求められる価格の値決めに応じて、戦々恐々とする毎日だった。

ほぼ連日のように繰り返される国債の入札日ともなれば、どうやってライバルたちの先を越して、より有利な買い値《ビッド》を弾き出すか、そのために誰よりも素早く情報を入手し、他に先んじてベスト・プライスを模索したものだ。

より有利な価格で落札できたら、より高収益で投資家たちに嵌《は》められる。わずか一毛一糸、つまりは千分の一や一万分の一という値動きに運命を委ねる極限の采配でもあった。

ここは間違いなく、市場《マーケット》という名の地獄だった。

読みが当たるかはずれるか。勝つか負けるか、稼ぐか失うか。極限の二者択一に命を懸け、刹那を追いかけ、なんの躊躇いもなく他人を蹴落し、どうやって勝ち残るかだけに命を削っていた場所である。

たしかに血を吐くほどの厳しさはあったけれど、その分だけ華やかで、眩しいまでに輝いていた舞台でもあった。選ばれし誇り高い者たちだけに出陣を許された、戦場でもあった。

あのころを思い出すと、この場所に立つだけで、いまも身体の奥底から熱いものが滾《たぎ》ってくる。全身に震えが走るほどの郷愁を抑えることができなくなる。

――しかし、時代は変わったんだ。どうしようもないんだ。

いくら懐かしんでも、目の前にあるのは、容赦ないまでの現実だ。彼自身が現役だったころとは飛び越えることのできない隔世の感がある。

そのとき、ディーリング・ルームのはるか前方、日本株のセクションで突然大きな歓声があがった。

「お、なんだ。なにが起きたんだ」

なにか大きなニュースが出たのだろうと思う暇もなく、浜崎がベンダーの速報画面を指さした。

「ほら、日本株がずいぶん買われて上がってきましたね」

声につられて目をやると、臨時ニュースを伝えるオレンジ色の電飾が、三崎皓子新内閣の正式発足と同時に、株価が素直に反応して価格を上げているのを伝えている。

「ようやく正式な船出だな。せっかく日本初の女性総理誕生となったのに、なかなか組閣できないことを嫌気して、このところ日本株がずいぶん売られていたけど」

桐澤が言うと、浜崎が納得顔でうなずいた。

「ええ、だけど彼女、やっとのことで組閣を終えたんですね。ご苦労さんなことだけど、さすがにマーケットもひとまずは好感しているんですよ。というより、これまで空売りしてきた分を、慌てて買い戻し《ショート・カバー》しているってとこなんでしょうけどね」

浜崎は、そう言いながらすかさずデスクの正面のモニターで国債の先物価格を確認する。部下たちにも命じて、情報収集の電話をかけさせている。このあたりの俊敏さは、やはりまだディーラーのDNA健在というところだろうか。

とはいえ、案の定、株式市場だけでなく、為替市場も敏感に反応を示しているなか、国債市場だけは相変わらずで、眠り惚けたままぴくりとも値動きがない。

「そうか、ついに正式に三崎内閣が誕生したか。ここにくるまで党の古株連中に口出しされて、スタート前からかなり難航していたみたいだけどな」

ディーリング・ルームの前方にあるテレビ画面でも速報テロップが流れ、新総理大臣の三崎皓子の顔が大写しになった。

そうこうするうちに、よほど大急ぎで事を進めたらしく、官邸の階段で最前列の中央に立ち、新閣僚を従えて晴れやかな顔で赤絨毯に並んでいる内閣発足セレモニーの映像が流れてきた。

「三崎皓子でしたっけ？　あの鼻息の荒い女性総理、以前は大学教授だったんですよね。だけどその前は、米系投資銀行の出身だって言うんですから」

「そうそう、たしか彼女、ニューヨークで企業買収《M&A》の分野にいた、かなりのやり手だったと聞いたことがある。そういえば、最初に金融庁の担当大臣に就いたばかりのとき、長年経営不振だった例のプライム電器とアメリカのベンチャー企業を組ませて、東伏見銀行の取り付け騒ぎを鮮やかな手際で乗り切ったことがあったじゃないか」

大学教授からいきなり大臣に祭り上げられて、実力が疑問視されていた最中の胸のすくような一件だった。

「最初は、表向き経産大臣に花を持たせるというしたたかな腹芸まで見せたんでしたっけね。だけど、山城さんの後を継いでいきなり総理大臣になりましたからね。妙な全能感を持ったりして、変なことを言い出さないともかぎらない」

そもそも、山城前総理が、市場機能のすべてを力ずくで、自分の配下に抑え込もうとするタイプのリーダーだったのを言っているのだ。とはいえ、そんな浜崎の声には、なにやら秘めたものが滲んでいる。

「なんだ、浜崎。あの三崎皓子が妙なことでも言い出して、なにかしでかしてくれたらいいのにって、むしろそれを望んでいるような顔つきだな」

「いえね。このあたりで、なにか起きたら面白いのになって、さっき外資の投機筋と電話でちょっと冗談を言ってたばかりなもので」

浜崎はそう言って、意味ありげに肩をすくめて見せたのである。

＊

「まずいな……」

思わず口から飛び出した声が、自分でも驚くぐらいに大きかったので、里見宏隆は覗き込んでいたモニター画面から顔をあげ、慌てて周囲を見まわした。

狭い入り口で靴を脱いでスリッパに履き替え、次々とスタッフがはいってくる様子が見える。担当のデスクに着いた者は、椅子の背にかけられていたカラフルなベストを身につけ始めている。胸と背中にそれぞれ班の名前が大きく明記され、色分けされたものだ。

だが、早朝からいきなり招集をかけられたためだろう、室内の空気にさほどの緊迫感はなく、小さく私語を交わしながらで、まだ誰の動きも緩慢だ。

この荒川下流河川事務所のなかに、早々と災害対策室を起ち上げたのは、事務所長である里見の指示だった。さすがに昨日の月曜日はひとまず帰宅できたが、ここまで状況が進んだからには、今夜はそうはいくまい。

「所長、もう少し情報が揃ってからにされてもいいのでは……」

そんな声が耳にはいらなかったわけではない。だが、里見は頑として譲らず、むしろ半日でも早くと急がせたのである。

「いや、すぐに起ち上げる。ひとまずは最低限の人数に限ってでもいいので、関係部門からこの部屋に人員を集めてくれ」

拙速だったとか、無駄になったとか、あるいは結局は骨折り損をしたなどと、あとで叱責を受けるならそれでもいい。いくらでも甘んじて私が責任を負う。経験不足で心配し過ぎだとなじられようが、そんなことはなんでもないのだ。

それより、対応が後手にまわることだけは、避けなければいけない。自分の判断ミスで被害が防げなかったという事態にだけはしたくない。

里見に逡巡はなかった。

そして、六月七日火曜日の朝八時半。下流河川事務所に出勤してきた職員たちが、里見所長の指示を受けてぞろぞろと災害対策室に顔を揃え始めたころ、気象庁から連絡がはいった。太平洋上で、台風八号と九号の二つが発生したという報告だった。

「これは本当にまずいですよ」

ついさきほどまで、集まってきたスタッフたちの肩を叩き、にこやかに挨拶をしていた総括地域防災調整官の橋田一郎が、すぐに里見のそばまで近寄ってきて、低く唸るような声で応じた。

このところ、台風の襲来は秋だけのものではなくなってきた。まだ六月が始まったばかりだというのに、すでに二桁に届こうという発生数にまで増えてきた。

「もしかしたら、とんでもないことになるかもしれない」

さらにそう続けて、橋田は堪え切れないようにぶるっと身震いをする。そのとき、気象庁からの情報収集にあたっていたスタッフが、大きな声を出した。

「気象庁からの続報です。台風の進路は、とくにあとに発生した九号のほうが、日本を直撃しそうだとのこと。しかも、徐々に速度をあげるようにして、急速に接近している様子です。これまでにない速さで日本列島に上陸する可能性があると。ただ、一方の八号のほうは、逆にぐんと進行が遅いようですが」

一気に告げた台風情報だったが、緊張のためか、声があきらかに裏返っている。

一瞬、部屋のなかの全員がその動きを止めた。さっきまでざわついていた対策室内が、突然しんと静まり返る。みながみな、頭から水を浴びせられたような顔をして、声の主を振り返っている。

「なんでなんだ。どうしてこんなときにかぎって、台風がくるんだ……」

誰かが、絞り出すような声を漏らした。

「九号のほうは強風が心配だけど、それ以上に八号の雨のほうが気になるな」

「頼むから日本列島を避けてくれ」

それはおそらく、スタッフ全員に共通する思いだったに違いない。

移動速度が速い台風は、進行方向の右側で天候の急変が予想される。さらには、台風特有の反時計回りの渦巻きの風に、急速な進行速度が加わって、強風になる怖れがある。反対に移動速度の遅い台風は、通過する地域にそれだけ長く留まっていて、その分だけ被害を大きくする危険性がある。

すでにいま、日本の上空に零下三十度という強烈な寒気団が来ているのは、ここにいる誰もがとうに知っている。関東地方の地上は気温二十度を超えるうららかな春の陽気だが、そのはるか上空との気温差は五十度近くにまで拡がっている。つまりはそれだけ大気が不安定になるということだ。

ここ二、三日このあたりはたまたま晴れているが、この時期特有の梅雨前線による雨が続き、荒川流域はかなりの水分を帯びている状態だ。これまで懸念されてきたのは、そんな緩んだ土壌に、不安定な大気がもたらす大雨が加わることだった。

とくに埼玉県の秩父地方など、荒川上流が限度を超える降雨量に見舞われた場合について、里見たちの懸念は国交省の幹部を通じて内閣危機管理監にも報告し、官邸にまで情報を上げてもらってきた。

ところが、そこへきて運悪くさらに台風襲来となれば、高潮も引き起こすことになるだろう。里見自身がなにより怖れていたことが、ここまで重なってしまうとは。

まさに悪夢だ。天を恨みたい思いで、里見は両の拳を強く握りしめた。

この先なにが起きるのか。

海抜ゼロメートル地帯を抱える首都東京のリスクは、想像がつかないほどに膨らんでいく。少なくともこの災害対策室のメンバーならば、この先起きるであろうことへの不吉な予感を、強く肌で実感しているはずである。

だから里見は一呼吸置いて、あえてゆっくりと、落ち着いた声を出した。

「みなさん、いま気象庁から報告があったとおりの状況です。こうなると、われわれが想定していたシミュレーションのなかでも、最悪のケースになる可能性が出てきました」

不気味に静まり返った対策室のなかで、正面のモニターが刻々と荒川各地点の映像を伝えていた。来るべき事態を露ほども見せず、いまは空も穏やかに晴れ、ゆったりと流れている。

　だがこの荒川が、ひとたび限界を超えた降雨量に見舞われたとき、どんな変貌を見せ、荒ぶる川になるのだろうか。

「われわれには、相当の覚悟を持って対処することが求められます。それぞれ持ち場について、気持ちを引き締めて、互いの情報共有を怠ることなく、日頃の訓練どおりに、心して対応にあたりましょう」

　ハイ！　と歯切れのよい声が、全員から揃って返ってきた。誰かが号令をかけたわけでもないのに、ほぼ同時に発せられたその声は、彼らの意気込みと覚悟のほどを、そして力強い結束を訴えているようだ。

　目に見えぬ敵が、いまもこの首都東京に狙いを定め、足音をしのばせて接近している。途方もなく巨大なその存在から、どうやって荒川を守るか。いや、都民の暮らしを、日本の首都を、無傷で生き残らせるのか。

　里見は、あらためて背筋を伸ばし、またひとつ大きく深呼吸をして、足下から這い上がってくるような悪寒と闘っていた。

　部屋のなかをぐるりと見まわすと、所員たちがすぐに持ち場についたのがわかる。互いに連絡を取り合ったのだろう、部屋にやってくる人数が見る間に増えてくるのも感じる。

仕切りのないこの広い災害対策室が、やがて満杯になり、にわかに活気づいてきた。

里見の視界のはるか前方には、文字通り正面の壁いっぱいに、巨大なモニター画面が設えられている。

正面中央にでんと据えられたモニターの大画面は、左右に二分割されていて、左半分には図案化された荒川の地図がある。各地点に配置された水門の状況、水流の向きや水面の高さなど、詳しい現状が数値で報告されてくるのだ。

里見はそのすべてに、素早く視線を走らせた。綾瀬《あやせ》、中川、隅田、芝川、岩淵、三領《さんりょう》、笹目《ささめ》の各水門と、荒川と並走する綾瀬川に設置されている堀切菖蒲《ほりきりしょうぶ》の水門、さらには綾瀬排水機場や新芝川排水機場における各機械の操作状況である。

荒川につながる各支流がどのぐらいの水量か、逆流などを起こしていないかについても、この画面によって一目で把握できるからだ。

また、正面のモニター大画面の右半分には、それぞれの地点のリアルタイムの画像も映し出されていた。各地点に据えられたカメラによって、現場で起きている生の様子が、対策室にいながらにして、逐一この目で確認できるというものだ。

こうしているいまも、目まぐるしいばかりに場面が切り替わる。岩淵の船着き場や、小松川の船着き場、岩淵水門などを映した実際の映像が、どの地点の様子も漏らさずビジュアルで報じられてくる。

一方、正面前方の左端に配置されている、河川の詳細データ画面にも目をやって、いまのところまったく異常がないことを確認する。岩槻《いわつき》、草加《そうか》、越谷《こしがや》、吾野《あがの》、柳小屋《やなぎごや》といった、各地の一時間あたりの降雨量や、累加された総雨量などが、時間を追ってオレンジ色のデジタル文字で表示されている。

荒川上流の二瀬《ふたせ》ダムや、秋《あき》ヶ瀬《せ》取水堰《しゅすいぜき》などの貯水位、そして放流量といった情報についても、この画面で随時確認が可能だ。

それと反対の方向、部屋の右端の壁際に目を転じると、岩淵水門や笹目川排水機場などといった、流域全体に配置された各施設の情報までもが漏らすことなく伝えられてくる。

荒川上流と下流の水位はもちろんのこと、水門やゲートにおけるポンプの運転状況として、水の吐出量や運転時間といった具体的な様子までが、やはりデジタル表示によって即座に把握できるのだ。

そして、最後に正面の天井際を見上げると、横一列にずらりと並んだテレビ画面の細長い列も見てとれる。NHK総合やEテレから、民放各局にいたるまで、現在放送中のすべてのテレビ番組の画像が瞬時に比較できる。いざというときの緊急テロップの流れ具合や、ニュースの伝え方などもこれによってチェック可能だ。

災害対策室のなかは、それぞれの担当部門別にグループに分かれ、効率的に対応にあたれるようデスクが並べられている。

各自が、担当ごとに色分けされたベストの着用を義務づけられており、たとえ混乱時でも誰がどこにいて、なにを担当しているのかが、一目で判別できるようになっている。

フロアの中央にでんと据えられた一番大きなテーブルは「支部運用班」で、担当スタッフは全員オレンジ色のベストを着用している。その前方でマイクロフォンに向かってやりとりをしているのは、黄色のベストを着たグループで、「災害復旧班」だ。

所長席から向かって右端の細長い一列は、「情報管理班」で鮮やかなブルーのベスト。逆側の左端には緑色のベストを着た「総務班」といった具合である。その後部には白いベストの「電気通信部」のデスクがあり、さらにその後ろには「機械班」の黒いベストのグループがデスクを並べている。

対策室の入り口には、ガラスで仕切られたメディア席も設けられている。対策室の現状をつぶさに目にできる場所だが、里見が所長として記者の質問に答えたり、ときにはその場で急遽《きゅうきょ》臨時の記者会見をすることにもなるコーナーだ。対策室内の様子はそのつど動画配信もされ、指揮系統や災害対応の透明化にも寄与している。

ここのカウンターに、二〇一一年三月十二日づけの朝刊各紙がいまもさりげなく置いてあるのは、里見があえて言い出したからだ。何年を経ても、あのときの悲劇を忘れないでいたいという、里見ならではの自戒と、ひそかな願いをこめてのことだった。

里見自身も、この災害対策室にはいると、すぐに自分用の指定のベストを着込んでいた。

副支部長らとともに対策室全体の指揮を執るグループは、深紅のベスト着用である。

所長席は、前面の巨大モニター画面が、スタッフ全員の動き越しに同時に見わたせる場所、部屋の最後部にあたる中央の席だ。

もっとも、里見がそんな指定の席にずっと座っていられることは、おそらくこのあともほとんどないだろう。

次々と寄せられてくる情報を漏らさず把握し、すべてのデータとすり合わせて、変化する状況を判断する。そのうえで遅れることなく的確な指示を出していこうと思えば、悠長に腰を落ち着けてなどいられるわけがない。

里見は、メディア席とは逆側の壁、大きなホワイトボードが貼り付けてあるところに目を向けた。

そこには、そのつど伝えられてくる被害状況が書き込めるようになっている。岩淵、小名木川などといった出張所の名前を記した磁石付きのパネルで仕切られていて、誰もが一目で各地の被害情報を共有できるボードだ。

もちろんいまは真っ白で、空白のままだ。里見は、その空欄の白さを目に灼きつけておくかのように、じっと見つめたのである。

万が一にもこのボードが、被害情報で埋められることがないように、どうかこの難局を何事もなく乗り越えられるようにと、いまはひとえに祈るばかりだ。

そのとき、正面の最上部の左端、ＮＨＫ総合の画面に、ニュースのテロップが流れるのが見えた。

ありがたい。台風八号と九号の発生を伝える速報だ。気象庁もテレビ局も、いつになく素早い対応をしてくれている。

だが、窓から見える東京の空は相変わらずの快晴だ。このニュースを知って危機感を持つ人間が、どれだけいることだろう。

テロップが流れたあとの画面では、昨日の午後、三崎皓子内閣がようやく正式にスタートした模様を飽きずに流していた。

「あの総理、現実がわかっているんですかね。危機感なんかあるんだろうか。まったく歯痒くなってきますよ」

苦々しく吐き捨てたのは隣に立つ橋田だ。

「私から、本省の局長に電話をいれてみます。もう一回官邸にプッシュしてもらわないと」

里見は、言い終わる前に受話器を取った。状況は刻々と変化している。一刻を争う事態が目前に迫っているのだ。

＊

「南川《みなみかわ》大臣、丁寧なご説明をありがとうございます」

三崎皓子の凜とした声が、首相官邸四階にある大会議室に響きわたった。

「おそれいります、総理」

指名を受け、さきほどから生真面目な表情で状況説明を続けてきた国土交通省大臣の南川俊明《としあき》は、小肥りの童顔をいくらか紅潮させたまま、誇らしげにうなずいてみせる。

やっとここまでこぎつけた。皓子は閣僚たちの顔ぶれを確かめるように見まわした。このメンバーでまずは難局に立ち向かうのだ。

皇居での総理親任式のあと、続いて行なわれた国務大臣の任命式は、嵐のような騒ぎのなかではあったものの、ひとまず無事に終了した。官房長官の宮下が呼び込みの電話を始めたころから、情報を嗅ぎつけた報道陣が待ってましたとばかりに動きを速め、周辺からの雑音は予想をはるかに超えていた。

それでも、宮下の行動には目覚ましいものがあった。皓子としても、あそこまで機敏に、かつ融通の利く対応をしてくれるとは思っていなかったのだが、まさしく彼自身の宣言どおりに、みずから盾になるようにして、一連の行事を乗り切ったのである。

それにしても、さすがは弁のたつ宮下だ。そのうえ、相手の心理を逆手に取るアプローチと、それを可能にする演技力の賜物とでもいうか、人を操る底知れぬ才能には皓子も舌を巻く思いだ。

秘書官たちが嬉しそうに逐一報告してくれるのを聞いて、皓子は内心笑いを噛み殺すのに苦労したぐらいだった。

「いえね。正直、びっくりしましたよ。官房長官が『泣きの宮下』と呼ばれているのは以前にも聞いたことがありましたが、その実際の姿を間近で見せていただきました」

党の古ダヌキたちを煙に巻くさまは、そばで見ていて胸のすく思いだったと、秘書官たちが口々に褒めそやすのである。ここぞというときの、宮下ならではの奥の手には違いないが、そのニックネームさながらに、徹底した演技力を見せたとのこと。

つまり宮下は、自分が一番の被害者だとでも言わんばかり、顔には悲壮感すら漂わせて、党の古参たちに泣きついたというのである。

――そうなんですよ、曽根崎先生。私も官房長官をお引き受けしたまではよかったのですが、早々から難儀しておりましてね。でも、先生もよくご存じのように、三崎総理はああいう方ですからね。見かけと違ってかなり頑固一徹といいましょうか……。

宮下はまず、経験豊富な古老のなかでも、普段からとびきり居丈高《いたけだか》な曽根崎に焦点をあて、こちらから出向いて行って頭を下げた。なにを言われてもひたすら平身低頭、自分の無力さを嘆くような戦法に出たのである。

――なにせ、あの三崎総理ときたら、一度こうと言い出されたら、私ごときにはどうしようもありません。ですから曽根崎先生だけが頼りなんです。どうでしょうか。ここはひとつ、多くの修羅場を経てこられた曽根崎先生や藤堂先生の大人の器といいますか、男の包容力といいますか、堪えがたきもぐっと呑み込んで、若輩総理を見守っていただくわけにはいきませんでしょうか？

一貫して腰は低く、党の重鎮だの大看板だのとおだてあげ、徹底的に下手に出てくる宮下を前にすると、曽根崎とて悪い気はしないし、そうは邪険にするわけにもいかない。結局褒め殺しのような形で、曽根崎は口をつぐまされてしまう。

もっとも、あとに控えた藤堂や前田といった党のほかの長老たちは、それでおとなしく引っ込んだわけではなかった。

――でしたら、藤堂先生に前田先生、こう考えていただいてはどうでしょう？　実は、これは本当にここだけの話なんですが……。

宮下はわざとらしく周囲を見まわしてから、かろうじて二人にだけ聞き取れるぐらいの低い声を出した。今度は角度を変えて、隠し球とも言うべき第二弾の戦法に出たのである。

ここだけの話というのには必ず裏があるものだ。だが、それをわかっているはずの、百戦錬磨のベテラン議員が二人して、簡単に足を掬《すく》われたのはやはり宮下の巧みな話術所以《ゆえん》のことだ。

――いずれ記者会見ということになりましょうが、実はいま首都圏を中心に、大変な事態が持ち上がりつつあります。

――大変な事態？

案の定、敏感な反応を示した二人に向けて眉をひそめ、「しっ」とばかりに宮下は唇の前に人さし指を立ててみせる。

――そうなんです。あの総理は、よくよく自分からトラブルを呼び寄せてしまうといいますか、なにかこう、悪い〝気〟のようなものを持っているんですかねえ。彼女が就任するたびに、いつもなにか起きてしまいます。

金融担当大臣に就任した初日には東伏見銀行の取り付け騒ぎが起き、官房長官になったときは山城総理が急病に倒れるというハプニングが起きた。そのことを二人に思い出させているのである。

――ほう、今回も早速トラブルかね？

古老たちの顔に、隠し切れない笑みが浮かぶのを、宮下が見逃すはずはなかった。

――しかもですよ。こう言ってはなんですが、今回ばかりはねえ。この前の東伏見銀行のときとは違って、相当深刻な事態かと。

藤堂と前田にいま一番歓迎されるのは、皓子にとってネガティブな情報だ。それを百も承知の上での、内緒話なのである。

――そうなのか。

二人は身を乗り出すように訊いてくる。

――ええ。なにせ自然が相手の難題ですからね。ひとつ対応を間違ったら、とんでもないことになるのが目に見えるようで。

宮下に手加減はなかった。

――なるほど。

と、いかにも胸にいちもつある顔で、申し合わせたように顎に手をやる古老たちを見て、宮下は手応えがあったと実感した。おそらく二人の脳裏には、東日本大震災や福島の悲劇が浮かんでいることだろう。

総理大臣にはなったものの、皓子はいま大変な事態に直面し、かつてないほどの困難な対応を迫られている。あまつさえ、うまく乗り越えるなど到底無理だという状況なら、なにより結構なことではないか。

いっそ思いどおりにさせてみよう。そのうえで存分に失敗させるのだ。そうすればもっけの幸い。新米総理には御し切れない危機に見舞われ、指揮を誤って、三崎政権などひとたまりもなく吹っ飛んでしまうなら、それはそれで願ってもないこと。

ならば、ここで派閥に拘泥して閣僚の席を奪い合うことなどやめるべきだ。いまはむしろ妙な関わりを避け、傍観者になっていたほうが得策である。皓子が見事失敗して、早々と自爆するのを見届けてやろうじゃないか。

古老たちの顔にありありと浮かんでいたそんな思いを確認して、宮下は殊勝な表情を浮かべたまま頭を下げ続けるのだった。

＊

「とまあ、そんな具合でした。三人の先生方も、思っていた以上に単純といいますか、わかりやすい方たちでしたので」

秘書官たちからの報告を受け、皓子のいないところでの宮下の活躍を心から頼もしく思いながらも、皓子は皓子で自分がこなすべき手順を粛々と進めていた。

皇居から戻って、大急ぎで官邸正面階段での恒例の雛壇《ひなだん》撮影を済ませた。続いて閣議室での発足第一回の形式的な閣僚会議も終え、新閣僚らによる就任直後の恒例の記者会見をこなすと、すでに夜更けになっていた。

その間皓子は終始威厳をもって、だがあくまで穏やかに事を進めてきたのである。

迫り来る大雨のことを考えると、内心、逸る思いを秘めてはいたが、国民に向けて必要以上に危機感を煽って、パニックを誘発してはいけない。

とはいえ、注意喚起は不可欠で、対応に後れをとることも許されない。

皓子は、慎重のうえにも慎重を期して、ことを進めた。

こなすべき内閣発足の儀式をすべて済ませた段階で、翌日には朝一番からすぐに関係閣僚会議の招集をかけた。万が一にも東京が大洪水に見舞われるとすれば、国交省や経産省だけでなく、文科省や財務省も無関係ではなくなってくる。

本来ならば、所轄の大臣だけを集めた関係閣僚会議となるところだが、閣僚らほぼ全員の出席を求めることにしたのも、さらには今回官邸に情報を上げてくれた内閣危機管理監の中本や、直近の情報を共有したいと気象庁から鈴木力《すずきりき》長官の同席を求めたことも、それだけ皓子の強い思いがあったからだ。

「この内閣は危機対応内閣です。われわれの初仕事は、大きな試練からスタートします」

議長の宮下官房長官に促され、大会議室に顔を揃えた全員に向けて、皓子はまず宣言するように第一声をあげた。

内閣危機管理監の概要説明に続き、懸念される荒川流域の管轄である国交省の南川大臣、さらには気象庁長官から、いま東京都が直面している事態についてと、説明が続く。

実直を地でいくような鈴木長官は、大会議室に備え付けの大型スクリーンに気象予報図を映し、南川国交大臣の言葉足らずな説明を遠慮がちに補足しながら、頬を強ばらせたままで今後予想される気象状況を伝えた。

「いまの状況下で、さらに台風発生と重なることが今後どういう意味を持ってくるのか、首都圏にどういうレベルの被害をもたらすのか、詳細なご説明がありました」

国交大臣の南川を前政権から留任させたのは、危機対応に際してその経験を活かしてほしかったからだ。皓子の言葉に背中を押されるようにして、南川は大きくうなずいたものの、生来の童顔のせいか、時おり口許に浮かぶ笑みのせいか、いまひとつ言葉つきにも表情にも切迫感がない。

なんといっても、東京はうららかな好天気なのである。大雨や洪水をイメージするにはあまりに快晴だった。

さらには、そもそも今回のように、急な任命決定から間もない閣僚会議の席で、いきなり危機対応の議題にはいること自体が異例なのかもしれない。ましてや、いまはまだなんら危機的状況が起きてはいないのだから。

それもあって、何事かという顔で集まった面々には、隣同士私語を囁きあう姿も見受けられた。新閣僚に抜擢されたという興奮も覚めやらぬままで、多分に浮かれた気分を引きずっている空気が否めない。

良かれと思って組閣を急いだつもりだったが、閣僚たちが各自受け止めた危機感には、明らかな温度差があった。首都直下型地震の被害想定や、テロ対策についてならば、これまでそれなりの準備もし、いざというときの態勢も築かれてきた。しかし、いまだ発災もしていない危機予測への対応となると、どうしても心に緩みが出てしまう。

危機感の共有は、思っていたよりも容易ではなかった。笛吹けど踊らず、というのはこのことか。このままでは総理の求心力を問われる。先走ったメディアにこの空気が伝わると、即座に「発足早々から閣内不一致」などと騒がれるのがおちだ。

もどかしさのあまり、皓子は思い切って椅子から立ち上がった。

「本日、官邸危機管理センターに情報連絡室を起ち上げます。とにかく国民の人命保護を第一として、国民生活を守るために、関係閣僚を筆頭に各省庁が連携し、気持ちを引き締めて、それぞれの任務を遂行してくださいますよう」

こうなったら、自分が率先して緊張感を示すしかない。皓子はそう考えたのである。

「いずれも今後の雨量次第ではありますが、中本危機管理監の総指揮のもとで、必要とあらば、首都に乗り入れている各交通機関の規制も考慮しなければならなくなるでしょう。各自治体や民間企業の協力も仰ぐことになります。帰宅困難者の発生や国民生活の混乱は極力未然に防がないと……」

「僭越ですが、総理」

そのとき、手を挙げ、皓子の発言を遮ってきたのは法務大臣の坂口《さかぐち》なつきだった。

坂口なつきは、いつも正論を臆することなくずばりと主張する。そんなストレートな政治姿勢を良しとして、連立政権を組んだ公民党から選んだ大臣だった。

ただ、いざ入閣となった途端、気負いのあまりかいささか前のめりになっているふしが感じられる。初めての入閣だと、昨夜も記者団から囲まれて笑顔を振りまいていたが、小柄な身体を少しでも目立たせようとしてか、以前にも増して鮮やかな深紅の上着を選ぶようになった。

「なんでしょうか」

「内閣官房の危機管理体制については、私も承知しておりますが、緊急災害対策本部の設置については、災害対策基本法第二八条の二で、設置基準が明確に定められております。いわく、著しく異常かつ激甚な非常災害が発生した場合、となっていますので、実際になんら発災しているわけではない今の時点で、早々と緊急災害対策本部を設置するのでしたら、まずは法的な改正措置が必要ではないかと」

慇懃な口振りの発言ではあるが、言葉の端々におのずと滲み出るものがある。自己顕示欲は政治家に必要な要素ではあろうが、政策の進行を妨げるものであっては困る。

皓子がそう応じようとすると、その前にまたほかから手が挙がった。

「それなら総理。私からも、断固として申し上げたいことがありますぞ」

なつきの発言に弾みを得たのか、いつもの大きなだみ声が、気炎を吐いてくる。今度は総務大臣であり副総理でもある小関嗣朗。与党明正党総裁に選ばれているだけに、党の不満分子を抑えるためにも入閣させないわけにはいかなかったのだが、皓子にとっては因縁の存在である。

「どうぞ、小関副総理」

議長として発言を許した宮下官房長官が、皓子のほうに不安げな視線を投げてきた。

「総理、お気持ちはわからなくはないですがね。今朝の東京の空をご覧になっておられますかな？　快晴ですぞ、雲ひとつない晴れだ。こんな空の下で、洪水になるかもしれないから地下鉄を止めろ？　高速道路を閉鎖しろ？　そんなことを言ったら笑われますぞ。だいいち、財界も学校も素直に従うわけがない」

小関はどこまでもベテラン風を吹かしたいのだろう。皓子を諭すような口調で言った。一応の理解を示す素振りは見せているものの、基本的に皓子の思い通りにはさせないと、釘を刺しているつもりなのだ。

通常なら、仮にも自分を任命してくれた総理大臣に対しては、閣内の一員として従うのが当然だ。三崎内閣を支え、政策をより確実に前進させようとして協力を惜しまないのがその務めである。

だが、彼の立場は複雑だ。与党明正党の総裁に選ばれながらも、最後は総理大臣の席を皓子に譲ってしまった無念さを、いまだに根に持っている。皓子にしても、それを承知で彼を閣内にいれたのではあったが、皓子に対して、青臭いと言わんばかりだ。どこか見下したように常識論を振りかざし、なにかといえば反対姿勢をちらつかせる。

なつきの能天気な発言に続いて、小関のあたりを憚《はばか》らぬ棘のある物言いを受け、会議の場は異様な気まずさに包まれていた。他の閣僚たちは、一様に口を閉ざしている。

「まあ、まあ、小関先生」

議長の宮下官房長官が、見かねてなかを取り持つように声をあげた。

体格の良い上半身をかがめるようにして、白髪で小柄な小関に向かい、遠慮がちに両手で制している。スタート早々から難しい内閣運営を余儀なくされている皓子の立場を守るため、官房長官として補佐役に徹したいのだろう。

ここは低姿勢に徹することで、なんとか場を収めたいのだ。それだけ宮下が気遣いを示しているのが感じられたが、そうでもしないと小関はますますエスカレートしそうだからだ。

だが、それは逆効果だった。

「なんだよ、官房長官。私はまだ発言の途中なんだ。最後まで言わせてもらいたいな」

発言を遮られたことで、むしろ小関の反抗心に火がついた。引っ込みがつかず、かえってもう一段、語気を強めてきたのである。

「いいですかな皆さん。予測も大事だし、危機対応ももちろん必要です。しかし、われわれには同時に冷静さも求められておる。国を担う立場は、常に沈着であらねばならんのです。ところが近頃は、だいたいが、みんな怖がりすぎなんだ。やれ気象予報だの、地震速報だのと、ピリピリしておる」

「小関副総理、お言葉ではありますが」

堪え切れないように口を挟んできたのは、中本内閣危機管理監だった。さすがに、国の危機管理を預かる専門家として、小関の発言は腹に据えかねるのだろう。

「なんだ中本君もか。私はまだ発言を終わっておらんよ。黙って聞きたまえ。異常気象だか、地震頻発の周期がどうかは私は知らん。しかし、マスコミが揃って騒ぎ立てるから、ついわれわれは踊らされてしまうんだ。先回りして警戒し過ぎたあげく、その対応にいくら金や労力をかけたってだね」

結局、自然災害というのは来るときは来る、どうしようもない。と小関は言い捨てたのである。

「むやみにどでかい防潮堤を築いても、膨大な金がかかるだけだ。それ以上のものが絶対に来ないとは誰も言い切れない。結局は無用ないたちごっこを繰り返すだけなんだ。予防策も結構ですがね。それによって犠牲になるものも考えていただきたいんです。いつどんなものが来るのかわかりもしないのに、予測だけで国民の日常生活を狂わせたり、企業活動を制限したりして、日本経済を犠牲にするわけにはいかんのだよ。国民の負託を受けて、この国の経済をお任せいただいている立場としては、断固そうした先走りには異を唱えたい。なんとしても同調できかねますな」

　小関は言いたいことだけ言い放つと、さすがにみずからの声の大きさに気づいたのか、いささかきまり悪そうな顔になって、ようやく口を閉ざした。

　それと入れ替わるように、今度は出席者が互いに顔を見合わせ、囁きを交わし始めるのがわかった。

　小関の発言にも一理ある。閣僚たちのなかにそんな思いがあるからだ。危機対応は、内閣危機管理監に任せておけばいいではないか。なにもまだ起きてはいないのだ。全閣僚が大騒ぎするほどには至っていない。そんな思いがそれぞれの表情から伝わってくる。

　結局のところ、いまは緊迫感に欠けるのだ。中本がいくら説明しても、迫っている危機に対する実感があまりに薄弱だ。

　もどかしさに皓子は拳を握りしめ、奥歯を強く嚙み締めた。そして、思わず会議テーブルを叩いていた。

「三・一一の大震災を忘れたんですか！」

　部屋中に大きな音が響き渡る。皓子がこんなことをするのは初めてだ。さすがに驚きが走り、沈黙が拡がった。

「あのとき、当時の政権はあまりに無力でした。そして、政府のその責任については、誰も明らかにはしませんでした。民間企業には失敗の罪を償わせるのに、災害の予測を怠り、あまつさえ対応が後手にまわった政治の罪はいまだ問われておりません」

凍りついたように目を見開いている一人ひとりの目の奥を、まっすぐに見つめ返してから、皓子はゆっくりと先を続けた。

「それはおかしいと、私はいまも思っています。みなさんも同じはずです」

静かにうなずく者もいる。じっと深く思いに耽る顔もある。

「たしかに、あの大津波はわれわれの想定をはるかに超えるものでした」

しかし、政府の不作為の罪も、間違いなくあったのです。皓子はきっぱりとそう言い切ったのだ。

「われわれは、膨大な犠牲を払って多くのことを学んだはずです。あの大震災から学んだ教訓を、無にしてはいけないのです。あのとき犠牲になった多くの方々のためにも、今回の危機に対して、できる限りの対応をしなくてはなりません」

皓子はいったん息を継ぎ、さらに続けた。

「原発災害という、人類が地球上に残してしまった禍根は消すことはできませんが、二度と同じことを繰り返してはなりません。想定外の自然災害に対する無作為によって、人災にまで拡大させては絶対にいけないのです。経済界が蒙るコストについては、もちろん承知しています。しかしそれを勘案するあまり、かえって被害が増幅することも絶対に避けなければなりません。いまこそ、われわれの力が試されているのです」

「おっしゃるとおりです、総理」

顔をあげ、しっかりと皓子を見つめ返して叫ぶ声があった。強く心を動かされたのか、その頬が明らかに上気している。

「そうです、総理。われわれにお任せを」

続いて口々に声があがった。その顔に向けて、それぞれにうなずき返しながら、皓子はまた口を開く。

「いまは有事です。緊急事態なんです。三崎内閣は危機対応内閣として発足した内閣です。今後の状況次第では、緊急事態宣言の発令もしなくてはいけなくなるでしょう」

「緊急事態宣言？　わが国には、そんな前例はありませんが」

すかさず頓狂な声をあげたのは、またも法務大臣の坂口なつきである。

「そのとおりです。基本的には南川国交大臣や中本内閣危機管理監に指揮をとっていただきますが、必要とあらば、ということです。首都圏では経済活動も社会活動も多岐にわたっています。一方で避難勧告は市区町村長の責務というのが現行法です。なのでいつも一貫性を欠き、タイミングが遅れたために被害が増大するといった面が多々ありました。アメリカでは州知事が災害宣言を発令し、この前のパリの連続テロでは大統領が非常事態宣言を出しました。今回発令するとしたら、その災害版という形になるでしょう」

いったん言葉を切って一呼吸置き、皓子は念を押すように、もう一度出席者の顔を見回した。

「はあ、緊急事態宣言ですか……。たしかに、災害対策基本法第一〇五条には、〝非常災害が発生した際、内閣総理大臣は災害緊急事態の布告を発することができる〟という一文がございます。ただ、今回の場合、現実にはまだなにも災害が起きているわけではありませんし、正直なところ、まだ緊急事態でもなんでもないのですけどね」

なつきがそう言って、口を尖らせた。もとより細くつり上がった目だから、いかにも狐顔になっている。

「いえ、総理が言わんとされていることはわかるのですよ。ですが、そうなるとこれまでわが国にはなかった制度です。災害応急対策は自治体の責務として、市区町村に一任されていますから」

なつきは、どこまでも手続き論に固執する気らしい。

「その現状のままで、つまり、発災してしまってからの布告で、はたして首都圏を巻き込むような大規模災害にも対応可能だと言えるのですか？」

だから皓子は訊き返した。

「えっ、まあ、それはちょっと……」

さすがに怯んだなつきに代わって、小関がまたぞろ声をあげる。

「総理。蒸し返すようで申し訳ないのですがね。こういうことは、危機管理監や国交省に一任すればよろしいのではないですか。各省庁の局長クラスに下ろして、それぞれの責任においてやらせればいいことです。そのために彼らのような官僚がいるわけですから」

尊大な姿勢を崩すことなく言い捨てると、これみよがしの溜め息と一緒に、やれやれとばかりに大きく肩を落としてみせる。

「だからこそ、国の指揮系統の一本化が必要なのではありませんか？」

「しかし総理。荒川の上流で大雨が降るらしいからという説明だけで、本気で緊急事態宣言まで出すわけですか。本当に首都圏の電車を止める気なので？　なにもＪＲだけではない。いまや大量輸送の時代ですよ。各社が複雑に相互乗り入れもしています。地下鉄も同様だ。総理がおっしゃっている危機意識でいくと、地下街だって閉鎖の必要がある。銀行や民間企業に対し、政府が上意下達とばかりに命令を出して、強制的に休業させるとでもおっしゃるのですか？」

「あの……、まさか、都内の学校も全校休校にするわけで？」

小関の剣幕に、同調したのは文科大臣だ。

「そんなことをしたら、いったいどれだけの損害が出るかおわかりなんでしょうか。突然一斉に足を奪われたら、それこそ帰宅難民が続出することになる」

「ですから、そうした混乱を最小限にするためにこそ、緊急事態宣言が必要なのではありませんか」

対応には一貫性のある連繋が不可欠だ。指揮系統がバラバラで、足並みが揃わないからこそパニックが起きるのである。皓子は引き下がるつもりはなかった。

閣内の足並みを乱したり、仕事を増やしたくないという態度の閣僚ならば、たとえどんな状況下であってもでも交代させるしかないだろう。そのことでメディアになんと批判されようが、いまは国民の生命や財産を守ることのほうが大事なのだ。

閣内の不協和音だとか、閣内不一致などといわれても、そんなことでは動揺しないのが三崎内閣である。

皓子は意を決して、口を開いた。

「そうした宣言をしなくて済むなら、そのほうがもちろん幸いです。しかし、いまは残念ながら、早晩発令を迫られるほうが可能性が高いのです。もちろん、かつてやったことのない緊急事態宣言をするとなれば、国民に向けてとても大きなメッセージを出すことになります。その影響力は膨大でしょう。どういう形で、どんなメッセージを発信するかについては、慎重な姿勢が求められます」

そこまで言うと、なつきが渋々という顔つきでうなずいた。それを確かめ、今度は皓子は小関の顔に目を移した。

「小関副総理からも、再三ご指摘があったように、国民生活への動揺や、経済界に与える損害を配慮するうえでも、発令のタイミングには熟慮が要ります。本日はこれで散会としますが、このあとは、地下の官邸危機管理センターに情報連絡室を設置して、中本内閣危機管理監の指揮のもとで、関係各省庁には速やかに必要な対応をしていただきます」

　異論がある者は申し出るようにと告げると、みな一斉に押し黙ってしまった。続いて、

「異議なし」と、口々につぶやくような声が聞こえる。

「とにかく、みなさん細心の注意を払って、情報の共有をお願いします。それぞれの担当部門において、一致団結して国家の危機に立ち向かいましょう。その仕事の結果で、国民の評価を得ようではありませんか。危機対応内閣の一員である自覚と矜持を持って、万事に心してあたってください」

　これは宣戦布告だ。

　七十二時間で五百五十ミリ。そんな豪雨が襲ってくるとしても、もはや一歩も逃げるわけにはいかない。そのうえ、二つの台風まで接近しているというのだから。皓子は迫りくる危機に対峙するように、天井の一点を強く睨みつけるのだった。

第三章　暗躍者

「総理、お疲れさまでした」

大会議室を出て、総理執務室に戻った皓子を、いつの間に先回りしたのか、部屋のすぐ前で待ち受けていたのは、いつもの穏やかな表情に戻った危機管理監の中本だった。

「ええ、危機管理監のほうこそ、お疲れさま。今後ともよろしくお願いします」

「あの、そのことで、このあとちょっとよろしいでしょうか」

声を落としてそう告げた一瞬、柔和な顔つきから笑みが消えたのがわかった。なにか別の話があるのだろう。

「まあ、どうぞ。なかにおはいりください。一緒に美味しいコーヒーでもいかが」

そう言って、皓子はことさら笑みを浮かべ、中本にひそかに目配せをした。

さりげなさを装いながら、彼を執務室に招き入れたのには、わけがある。この階の廊下には防犯カメラが設置されているからだ。この周辺に誰がいて、誰がいま総理執務室にはいって総理と密談しているかは、官邸内の記者クラブのモニターですぐに確認でき、筒抜けになっているからなのである。

なごやかな様子を装って執務室にはいると、すぐに秘書官らに席をはずすように、中本のほうから指示をした。そして秘書官らが次々と部屋を出て行き、ドアを閉めたのを確かめてから、小さな声で切り出した。

「実は、お嬢さまのことで……」

やはりそのことだったか。思ったとおり、警察から麻由と連絡が取れなくなっていることが伝わっていたのである。

「ご心配をおかけして、申し訳ありません。なにかわかったのですか？」

皓子は激しい胸騒ぎに襲われてソファから膝を乗り出した。

「ご主人とも緊密に連絡を取らせていただいておりますし、早速、ご自宅周辺にも何人か極秘で待機させております。ただ、お嬢さまからのご連絡はいまもまだないようですし、行き先についても、見当のつくところはすべてあたっておりますが、これといって手応えのある情報はまだ……」

断言することはできないが、いまの時点では、まだ事件性についての確証は得られない。つまり、誘拐事件と決まったわけではないので、捜査本部を起ち上げるところまではいかない。中本は淡々と話を続けた。

とはいえ、なんといっても総理大臣の娘の安否に関することである。特別なケースとしてさっそく情報をあげ、捜査一課が担当することになったとのこと。

「もちろん、状況が明らかになるまで、すべては厳重に極秘扱いで進めておりますので、その点はどうぞご安心ください」

中本危機管理監は、あらためて念を押すようにそうつけ加えた。夫の伸明を中心に、息子の慧からも詳しい聞き取り調査を行なって、麻由の交友関係を洗い出している。当日のどの時点で行方がわからなくなったのかについても、あらゆる角度から麻由の行動を追い、詳しく調査を進めているというのだ。

「せめて、お嬢さまの携帯電話が繋がっていさえすればねえ。位置情報を割り出すことが可能なのですが、いまのところはそれも難しいようでして」

中本は悔しそうな声を漏らす。麻由の身辺になにが起きているかは想像もつかないが、麻由の携帯電話は相変わらず回線が切れたままだ。

「こんな大変なときに、申し訳ありません。私的なことでご面倒をおかけして、中本危機管理監には、なんとお詫びをしていいのか……」

総理大臣という立場ではなく、麻由の母親として皓子は深く頭を下げたのである。

「いえ、なにをおっしゃいます、総理。大切なお嬢さまがどこでどうしておられるか、ご心痛のほどはお察しいたします」

中本の顔には皓子を労《いたわ》る思いがあふれている。

「ありがとうございます。それに、一緒に出かけたのがナジブという外国人らしいというだけで、誘拐だのテロだのと決めつけるわけにもいきませんものね」

皓子としては、精一杯の強がりだったかもしれない。心のどこかで中本にきっぱりと事件性を否定してほしいという思いもあった。

「おっしゃるとおりです」

そんな心情を慮ってか、中本は大きくうなずいた。伸明から、ナジブという青年の名前を聞き、各国で情報共有しているテロ集団や、それに関係するブラックリストとの照合も、すでに行なっているようだ。

ただ、現時点ではあまりに情報が限られており、これといって進展はない。断言できるものはなにもないのだと中本は強調した。

「そうは言いましても、予断を許しません。最近は、イスラム過激派やテロ組織とされている集団だけではなく、いわゆるホームグロウン・テロと申しますか、自国のなかでテロ思想に感化されて、勝手に単独行動に移す例も頻発しております。なかには、ニュースに踊らされて、ただ世間を騒がせたいと考える単純な愉快犯や、模倣犯《コピーキャット》というのもあり得ますので」

説明を聞いているうちに、ますますいたたまれなくなってきて、皓子は肩を落とし、思わず大きく息を吐いた。

「総理のご心労は尽きないと思いますが、どうか捜索のほうはわれわれにお任せください。なんとしてもお嬢さまを見つけ出して、無事にお連れできるよう、本庁のほうでも全力であたっておりますので」

警察としては、威信を懸けて見つけ出すのだと、中本の意気込みが鋭い目の光で伝わってくる。すがるようにもう一度頭を下げようとする皓子を、中本が遮った。

「ただ、ひとつだけ……」

言いかけておきながら、中本はそこで言葉を切った。そして、皓子の視線を避けるように、なぜか目を逸らしたのだ。

「なんでしょうか？」

不安を搔き立てられる思いで、皓子は膝を乗り出していた。

「麻由さん、でしたよね。大変しっかりとした、聡明なお嬢さまであることは、聞き取り調査からもわかっていると、報告を受けております。ですが、万が一にも……」

普段は何事につけ歯切れのいい中本が、珍しく言い淀んでいる。

「なんでしょうか、どうぞはっきりとおっしゃってください」

たまらない思いで、皓子は先を促した。

「もちろん、お嬢さまの捜索には万全を期して対処させていただきます。ただし、これは万が一の場合ですが……」

「はい」

中本は元警視総監なのだ。経験上なにか感じるものがあるのだろう。もはや、なにを言われても動揺は見せまい。皓子は身体を固くして中本の言葉を待った。

「つまり、もしも誘拐でも、ましてやテロでもなく、なにかのご都合で留守にされているだけだったとしたら……」

そうか、中本はそれを心配していたのか。

「要するに、娘が、ただの家出をしたのだったら、ということですね？」

皓子は先回りするように告げていた。それも、否定はできないことなのだから。

「仮に、そうだったとして、もしもどこかに嗅ぎつけられたりしたらです。とんでもないゴシップネタを提供することになりかねません。総理のお立場に傷がついてしまいますし、とくにいまのような状況下だけに、先々面倒な事態になることも避けられません」

だから、とにかく極秘裏に。麻由の状況についても、進行中の捜索についても、ひた隠しにする必要があると言っているのだ。

「わかっております。私のほうでも重々気をつけますし、家族にも徹底させます」

「それと、総理には、ご不快な思いをさせることになるかもしれませんが、どんなことでもつまびらかに、私どもにはお知らせいただきますよう」

隠し事は一切するなと言いたいのだ。

「承知しました。私といまの夫が、連れ子同士の再婚であるのは、もうお聞きになっていますでしょう？　麻由は私が大学四年のときの子で、実の父親とは事情があって結婚しませんでした。どこの誰かということも知らせることなくきてしまっています。息子の慧は夫の連れ子で、われわれの再婚は慧が二歳半、麻由が十三歳のときでした……」

できるだけ冷静に、淡々と事実を追って、皓子は話し始めた。

シングルマザーとして働きながら娘を育てたことも、実父が誰なのかを明かしていないことも、選挙のときに週刊誌でさんざん書き立てられたものだ。だから中本も、おそらくはすでに知っているはずなのだが、途中で口をはさむこともなく、表情ひとつ変えることもなく、熱心に聞いてくれていた。

ただ、そんな自分自身の来し方を、いまあらためて言葉にしてみると、不意に胸を突き上げてくるものがある。皓子は不覚にも言葉を詰まらせた。

そんな気持ちの高ぶりに、皓子自身が驚かされたのだが、家族のこれまでに思いを馳せたことで、朝からずっと張りつめていたものが、突然緩んだのかもしれない。あるいは、人払いをして中本と二人だけになった執務室で、無理にも平静を装っていただけに、余計に抗い難い感情が押し寄せてきたのかもしれない。

そのとき、皓子は突然ハッと気づかされたのである。

それは娘も同じかもしれない。もしかしたら、これまであの麻由には、自分には想像もできないほどの孤独を味わわせていたのではないか。母親の生き方を押しつけることで、知らないうちに娘を追いつめ、とんでもない我慢を強いていたのでは。

そう思った途端に、自分でもコントロールできないほどの、自責の念が襲ってきた。

「総理、大丈夫ですか？」

黙ってしまった皓子を、中本が心配そうに覗き込んでくる。

「すみません。でも、大丈夫ですから」

こんなところで取り乱してはいけない。冷静さを失っては判断を誤ってしまうからだ。

皓子はひとつ深呼吸をし、息を整えた。

「あんまり、ご自身を追いつめてはいけませんよ、総理」

「え？」

「立て続けにいろんなことが起きていますし、そうでなくても大変なお立場なのです。どちらもこのあと長丁場になりそうですから、できるところではしっかりと息を抜いて、メリハリをおつけになりませんと、肝心のところで総理のほうが倒れてしまいます」

身に染みるような言葉だった。限りない労りではあるが、忠告でもある。それだけに、皓子はあえて毅然と姿勢を正した。

「ありがとう、中本さん」

心からありがたいと思うけれど、だからといって、甘えるつもりは毛頭ないからだ。もとより涙を見せるわけにもいかない。というより、いまは一瞬でも気を緩めることはできないのだ。

そんな思いが少しでも頭を過ったら、途端に足を掬われ、みずから危機を招いてしまう気がしてならなかった。なにもかもが足許から崩れていくのではと思えたのである。

自分は国民から選ばれた総理大臣なのだ。どんなことがあっても、この国を護り、国民の生命と財産と豊かな生活を守り抜く責任があるのだから。

皓子は背筋を伸ばし、あらためて呼吸を整え、静かに言った。

「事情はよくわかりました。お世話になりますが、引き続きなにかわかりましたら、すぐに報告をお願いします。私にできることはなんでもしますし、ご指示いただいたことは家族にも徹底させますので、遠慮なくおっしゃってください」

よろしくお願いしますと、もう一度心から頭を下げて、皓子は総理執務室から出ていく中本を見送った。

執務室で独りになって、皓子は静かに総理席の椅子に座った。デスクの上に肘をついて両手を組んでみる。その手にそっと額を載せ、静かに目を閉じた。

麻由。

いったいあなたはいまどこにいるの？

お願いだから、連絡して。

どうか、どうか無事でいて……。

ほとばしるような、叫びにも似た祈りだ。

いまは警察に任せるしかない。皓子は祈るほかないのである。

だが、そう自分に言い聞かせようとすればするほど、最悪の場面ばかりが目の前に浮かんでくる。

後ろ手に縛られて自由を奪われ、傷つけられ、卑しめられ、髪をつかまれて首に刃物を突きつけられているわが娘の無惨な姿だった。

自分が総理大臣になったばかりに、もしも麻由にそんな思いをさせているのだとしたら、母親としてどう償えばいいのだろう。

考えれば考えるほど、振り払おうとすればするほど、さらに悪い場面ばかりが浮かび上がってくる。大声で叫びだしたいほどの思いに、全身に震えが走る。

皓子は大きくかぶりを振り、気を取り直して椅子から立ち上がった。

やるべきことは山ほどある。ようやく新内閣が発足できたのだから、総理大臣としての所信表明もしなければならない。

山城前総理時代から続行している残り少ない国会会期中に、新内閣にいきなり突きつけられた今回のこの大雨の危機を、どうやって乗り切るか。

考え始めたら、息苦しくなってくるようで、皓子は頭を切り替えるつもりで、洗面所に立った。石鹼を使って、冷たい水で丁寧に手を洗い、ついでに鏡に向かって簡単な化粧直しをしていると、デスクのほうから携帯電話の着信音が聞こえてきた。

大急ぎで手を拭き、デスクに戻ると、携帯電話に手が届いたところで電話は切れてしまった。携帯の画面を見ると、発信者は矢木沢峻《やぎさわしゅん》である。

よかった。うっかり出なくて助かった。皓子は胸をなでおろした。彼とのあいだで急ぐ話などあるわけがないからだ。

いまはテレビ・ジャパンの社長になっているが、根っからのジャーナリスト魂をそなえた、勘の鋭い男である。おそらく、荒川上流の大雨の話をどこかで嗅ぎつけて、大学時代からのよしみなどと持ち出しながら、皓子の様子を探りにきたのに違いない。

皓子はそんなふうに思い込み、決めつけもしていたのである。そのあと懲りもせずに二度ばかりかかってきたが、皓子が出る気配もないのに気づいたのか、今度は携帯メールを送ってきた。

〝皓ちゃん、訊きたいことがある。至急、連絡をもらいたい。矢木沢〟

やめてほしいわ。

今度は、声に出してつぶやいた。思っていた以上に大きな声になった。

訊きたいことがあるから連絡しろ、ですって？　冗談じゃない。誰がこちらから連絡なんかするもんですか。皓子は無性に腹立たしくてならなかったのである。

訊きたいことというのは、きっと政府が取り組もうとしている危機対策についての最新情報だ。難しい状況下で、皓子にどんな腹積もりがあるかを問いたいのだろう。どこからどんな情報が漏れたのかは見当もつかないが、あるいはあてずっぽうに連絡をしてきただけなのかもしれない。

手当たり次第に皓子にカマをかけて、それで首尾よくなにか情報をつかめたら、儲け物とでも思っているのだ。

いまは報道の前線から離れているとはいえ、彼なりに自分の局の若い記者たちに手柄を立てさせてやりたいという思いは強いはずだから。

冗談じゃない。その手には乗らないわ。

皓子は小煩《こうるさ》い羽虫でも払うように、首を振った。矢木沢の能天気な顔が目に浮かんでくる。もちろん、悪気がないのはわかっている。わかっていてもなお腹が立つ。確たる証拠はないままに、とにかく皓子に探りをいれたいのだ。

まったく、昔と少しも変わっていない。大学時代からの長いつきあいだが、山城と引き合わせ、皓子を強引に政界に引き込んだのも、彼なりの下心があってのこと。結局はそういう男なのである。それもとうにわかっていて、それでも完全には突き放せない。皓子は、そんな自分自身にも腹を立てていたのかもしれない。

だが、以前とはもうお互い立場がまったく違っている。皓子が発する一言は、そのまま政府の姿勢として受け止められるからだ。

まさに油断は禁物。一瞬一瞬を、総理大臣としての自覚と矜持をもって、万事に対応しなくてはいけない。

皓子はあらためて自分に言い聞かせた。

つい心を許してしまいそうになる相手にこそ、注意が必要だ。矢木沢についても、馴染みの番記者たちについても、迂闊に反応して、なにかを嗅ぎ取られでもしたら大変なことになる。

今回の大雨の危機対応については、時機を見てきちんとした情報開示をし、国民の理解と協力を求めることになるが、準備不足の状態で、不用意にメディアにスクープされることだけは、なんとしても避けないと。

いまは万事についてこれまで以上の慎重さが求められる。皓子は携帯電話を手にし、矢木沢からのメッセージを忌々しげに画面から消去した。

＊

官邸地下の危機管理センターに降りていくと、すでに何人もの担当者たちが顔を揃え、目まぐるしいほど機敏に動きまわっていた。だだっぴろい部屋では、さまざまな機器が設えられていて、各省庁からの各方面の情報が逐一アップデイトされてくる。

米国ホワイトハウスのシチュエーション・ルームに匹敵する場所だが、ここに足を踏み入れることができる人間は、きわめて限られている。大臣たちはもちろんはいれるが、たとえ国会議員であっても、許可なく立ち入ることは許されない。国家の危機管理を担う場所として、厳正なセキュリティ対策がとられているからだ。

皓子が言い出し、センターのなかに新しく起ち上げられたばかりの情報連絡室で、すでに行動を開始しているスタッフに向けて、総理大臣としての挨拶をすることになった。

思えばこの国は、これまでどれだけの自然災害に見舞われてきたことだろう。一九九五年の阪神・淡路大震災を受けての真摯な反省を経て、危機管理の重要性があらためて政府内で議論になり、それを機に誕生したひとつが内閣危機管理監のポジションだ。

その後、未曽有《みぞう》の東日本大震災、鬼怒川の大水害、ひいては熊本地震など、数え始めたら胸が塞がるばかりである。いったいどこまで痛めつけたら気が済むのだと、天に向かって恨みごとのひとつも口にしたいほどの現実が続いている。

「みなさん、頻繁に起きた大規模自然災害で、われわれは多数の犠牲者を出してきました」

皓子は集まったスタッフの顔を見回しながら、床をしっかりと踏みしめて立った。こんな短時間に、あらかじめ担当者がスピーチ原稿を用意してくれたのには驚きだが、武藤が渡してくれたその原稿は、ざっと目を通しただけで上着の胸ポケットにしまいこんだ。できるかぎりの、自分自身の思いのたけを言葉にこめた挨拶をしたかったからである。

「各地で言葉に尽せぬほどの被害を蒙ってきたわけですが、それでもこの国は健気《けなげ》に立ち上がってきました。そのつど余儀なくされてきた大きな犠牲を決して無駄にしないようにと、懸命に対処もしてきました。貴重な教訓を糧に、常に態勢の改善に取り組んできたのであります。今回は、目に見えないながら刻々と危機が迫っています。発災してからではなく、予測をもとに対抗措置を執るという、われわれはいまだかつてない挑戦をしようとしています。過去に味わった悔しさを、二度と繰り返すことのないように、情報共有に努め、なによりも人命尊重をトップ・プライオリティに掲げ、総力をあげて立ち向かいましょう」

スタッフの全員が力強くうなずいてくれるのがわかった。だから、皓子はごく自然にその面々の席を丁寧にまわり、一人ずつ直接声をかけてまわったのである。

「長丁場になるかもしれませんが、みなさんよろしくお願いしますね」

彼らのデスクの上の端末を覗きこんで、現状報告を受けたり、あるいは握手をしたりして労をねぎらったのである。

秘書官の武藤がそばに来て、小さく耳打ちをしてきた。

「総理、そろそろお時間がきております。幹事長が、たったいま官邸にお着きになったとのことです。ですので、そろそろ一旦は執務室にお戻りいただきます」

いつまでもここにいるわけにはいかないと、武藤はこのあとのスケジュールが控えていることを告げているのだ。

「そのあとは、続けて幹事長らとの会談になります。約二十分の予定となっておりますが、所信表明のご準備について……」

総理大臣のスケジュールは、まさに分刻みだ。武藤はいつも腕時計を気にしているが、それも秘書官としてはやむをえまい。

「わかりました。でもその前に、党の幹部らとも緊急事態宣言についての話し合いが要るわね。与党内できちんと意思統一を図っておく必要があるわ。状況次第で、優先順位は常に変わってくるものですからね」

どのタイミングで、どういう形での発令とするか。どんなメッセージを携えて記者会見を開くかについて、党とも統一見解を定めておく必要があった。いつまでも隠しとおせるものではないし、皓子としては、もとより隠すつもりもない。

「はい、そのことにつきましても、党側をしっかりと抱き込んでおきませんと」

横から補足してきたのは、官房長官の宮下だった。

「わかったわ、私からもよく状況を説明して、納得してもらうしかないわね」

宮下は穏便に、下手《したて》に出てという作戦だが、皓子はそうはいかない。総理大臣として、貫くべき姿勢は貫いていくつもりだ。

武藤に促され、地下の危機管理センターを出、ようやく肩の力を抜き、また五階の総理執務室に戻ってくるところで、携帯電話の着信に気がついた。

見ると、またも矢木沢からだ。

まったく、なんという執拗さなのだ。思わず舌打ちしそうになったのだが、そんな皓子の思いが顔に出てしまったのだろう。

「あ、どうぞお出になってください。私ははずしますので」

気を遣って、そばを歩いていた宮下が急いで離れようとしたのを、皓子は顔の前で軽く手を振って断わった。

「いいんです。急ぐ相手ではないので、大丈夫なの」

そう言いながら、これみよがしに携帯電話をマナーモードに切り替えたのである。どうやら、あのあとも矢木沢からは何度も電話がかかっていたようだ。その執拗さを苦々しく思いながら、皓子はまた気を取り直して宮下と話をしながら執務室に戻った。

＊

「え、なんてこと……」

総理執務室の自席に腰をおろし、やっと一息ついたときのことだ。携帯電話に残されていた着信履歴に気がついて、皓子は思わず大きな声をあげた。

矢木沢からの連絡に惑わされていたので、携帯電話を煩《わずら》わしく思っていた。だから、彼からの再三の着信のなかに、正確には六件も並んだ矢木沢の名前に紛れて、もう一件、別のものが混じっていたのをすっかり見落としていたのである。

「麻由」

着信履歴の画面には、紛れもなく娘からの着信が記録されていた。それも、ほんの十分あまり前のことではないか。

逸る思いで、皓子はすぐに折り返しの電話をかけた。だが、二度、三度と試してみても電話には誰も出ない。呼び出し音ばかりが虚しく繰り返されるばかりで、なぜか留守電にもならなかった。

マナーモードに切り替えたのは、ついさきほどのことだ。それなのに、どうして気づいてやれなかったのだろう。

万が一にも麻由が連絡をよこしてきたときのためにと、ずっと着信音を大きめに設定して聞こえるようにしてきたのに。

悔しさに歯嚙みする思いでそこまで考えて、ふと思い出した。地下の危機管理センターはセキュリティ上のシールドがかかっているからだ。

危機管理センターには、当然のことながら厳重な保安対策の措置がなされている。なんであれ国家の安全に関わる会議をする場所だ。外部からの不正なアクセスは、人的な面でも情報面でも、完璧に防がなければならない。

そのためのさまざまなシールドがかけられているので、携帯電話が繋がらなくなっているのはそのせいなのだ。すべては国家の危機管理ゆえのことである。

それにしても、なんというタイミングの悪さなのだろう。せっかく麻由から連絡してきたのに、気づいてもやれなかったなんて。

せめて、留守電に一言でも残しておいてくれたら、最低限の安否状況だけでもわかっただろうに。

だが、落胆するのはまだ早い。

電話がかかってきたということは、あの娘《こ》は無事だという証左だ。いや、もしや限られたスキを見つけて、助けを求めてきたのではないだろうか。そうでなければ、麻由を連れ去り、いまも監禁している何者かから、脅迫のコンタクトだったのか。

回線さえ繋がっていれば、位置情報がとれるはずだ。危機管理監が悔しげに言っていたのを思いだし、皓子はすぐに中本に電話することにした。いや、電話をかけるのももどかしい気がして、皓子は執務室を飛び出したのである。と、そこで向こうから急ぎ足でこちらに向かってくる中本の姿が見えた。

「あ、総理、お話が」

中本も皓子の姿に気がついた。

「ちょうどよかった。こちらも、お知らせしたいことがあるんです。さ、危機管理監どうぞ早くなかへ」

気持ちは急《せ》くばかりだが、それでも用心に越したことはない。廊下の様子は監視カメラの画像を通して、記者たちの詰め所に筒抜けなのだから。

表向きは懸命に平静を装って、総理執務室にはいってすぐに、中本とソファで向きあった。そして、皓子は身を乗り出すようにして告げていた。

「危機管理監、実はつい先ほど、娘から電話がかかってきていたんです。でも、私は地下にいて、気づいてやれなかったんですが」

舌を嚙みそうなほどの早口で伝えたのだが、中本に驚く気配はなかった。

「やはり、そうでしたか」

それどころか、すべて心得ているという顔つきでうなずいてみせる。

「ご存じだったのですか？」

「いえ、実はさきほど本庁から連絡がありまして、お嬢さまの位置情報がつかめそうだと言ってきましたのでね。おそらく、そういうことではないかと思っておりました」

その昔、警視総監として、さまざまな事件にかかわってきた中本である。直感的にわかるなにかがそれまでにもあったということなのだろう。

「だいたいの範囲は特定できたようでして、いま、現地に私服刑事を向かわせています」

「麻由は、娘は無事なのでしょうか？」

つかみかからんばかりに皓子は訊いた。

「それはまだ、いまの時点ではなんとも申し上げられません。お嬢さまの携帯電話がなんらかの状態で使用されていること。少なくとも電波を発している場所がどこかということだけはつかめそうだ、ということでして」

焦る皓子をなだめるようにそこまで言ってから、「すぐにも詳細がわかると思いますから」と、さらにつけ加えた。

そうこうするあいだにも、中本の携帯には、刻々と報告がはいってくる。

そのつど中本は電話に出て、おそらく本庁の刑事なのだろう、なにやら小声で話を続けている。

麻由がいると思われる、いや、麻由の携帯があると思われる場所に目星をつけ、その範囲をひとつずつ、しらみつぶしに狭めている様子が、現場から中本の携帯電話に告げられてくる報告で伝わってくる。

電話を終えるたびに、中本は皓子に身体の向きを変え、現場の様子を詳しく伝えてくれるのだ。場所は都内であることは間違いないらしい。

「ともかく、先走ったことをしないよう、なによりもお嬢さまの安全を最優先させておりますので」

有能な刑事を複数現場に向かわせて、必要とあらば逐次増員させるつもりだとも、中本は言った。

「よろしくお願いします」

皓子にはそう口にするだけで精一杯だ。ソファに埋もれるように腰をおろし、身体をふたつに折って、両手で顔を覆った。皓子としても、いまはただ俯《うつむ》いて報告を待つしかない。無事でいてくれと、祈るしかなにも手立てがないのである。

麻由。とにかく無事でいて。

総理という立場も政権も、なにもかも投げ出して、すぐにもここを飛び出して行きたい。自分も現場に駆けつけ、どんな場所にでも飛び込んで行って、この手で娘を助け出したい。

「場所は、世田谷《せたがや》の三軒茶屋《さんげんじゃや》のようです」

「三軒茶屋？　どうしてそんなところに」

息苦しさの極限のまま時間が過ぎていく。

「あ、該当するビルが特定できたようです」

また、現場からの電話がはいる。

「なんだって？　変だな……」

「変って、どういうことですか？　なにがあったんですか、危機管理監」

畳みかけるように皓子は訊いた。どんな些細な情報でも、いまは隠さずに教えてほしい。

「総理、なにかお心当たりはございませんか。その建物は、どうやらテレビ・ジャパンの社員寮に使われているということなのですが」

＊

テレビ・ジャパンといえば、あの矢木沢峻が社長をしているテレビ局だ。シンディの部屋を出たあと、二日間も行方をくらましていた娘は、その社員寮に身を寄せていたというのか。

この何日か、真っ暗闇のなかで手がかりさえない出口を求めて、手探りで歩いていたようなものだった。そんな無防備の極致、焦りのさなかに、いきなり後ろから後頭部を殴られたようなものである。あまりに意外な顚末に、皓子は返す言葉を失っていた。

そうだったのか。麻由はあの矢木沢のところにいたのか。まだ確認されたわけではないけれど、テレビ・ジャパンと聞いただけで、皓子にはピンとくるものがあった。安否がわからず、テロだの誘拐だのと、最悪の事態ばかりを想像して、身を捩るほどに心配していたのだが、これですべて繫がった気がする。

だからなのだ。

今朝方から、皓子の返事をあそこまで執拗に催促していた矢木沢の連絡は、なんらかの形でそのことを伝えようとしていたのだろう。どういう経緯で麻由が彼のところに行ったのか、逆になにかを求めて矢木沢が娘に近づいたのかはわからない。だが、ともあれあの二人は一緒だった。

それならそれで波立つ思いもあるけれど、それでも娘は無事だったのだ。監禁されていたわけでも、生命の危険に晒されていたわけでもなく、少なくとも安全なところに身を寄せていた。いまはそれを喜ぶべきだ。その事実がわかったことだけでも大きな救いだ。

そう思った瞬間、皓子は膝からへなへなとくずれるように、大きな音をたてて総理執務室の床にへたりこんでしまったのである。糸の切れた操り人形さながらに、自分をかろうじて立たせてくれていた最後の細い一筋が、突然ぷつんと切れてしまった。

「だ、大丈夫ですか、総理。お怪我はありませんでしたか」

中本が血相を変えて駆け寄ってきて、腕を支えてくれた。なんとか礼を言いたいのだが、どうにも力がはいらなくて不思議なぐらい声にならない。

心配顔で見返してくる中本の携帯電話に、そのときまた着信があった。

「なに、見つかった？　間違いなく、部屋のなかにお嬢さまがいらっしゃったんだな」

片手で皓子をしっかりと支えながら、中本は電話の声に応じ、逐一相手の報告を伝えてくれる。すぐ目の前にあるその顔に、みるみる笑みが拡がっていく。

皓子は大きく肩で息をした。

「無事でしたか」

ようやくのことで声が絞り出せた。

「はい。ご安心ください。お嬢さまはご無事です。少しお疲れの様子は見えるものの、意識はしっかりしておいでのようですから」

中本は一語一語、確かめるように伝えてくれる。その声はどこまでも優しかった。母親の立場や置かれている状況も知らず、連絡もせずに、身勝手な行動をしたとんでもないわがまま娘だ。そう責められても仕方がないはずなのに、彼にはそんな様子は微塵もない。

「ありがとうございました。みなさんには本当にお世話をおかけしました」

呆けたように床にぺたりと座りこんだまま、皓子はただ何度も頭を下げていた。

「すみませんが、このあとはどなたかに付いていただいて、娘を自宅まで送り届けてやってくださいませんか」

萎えていく身体を奮い立たせるようにして頼む皓子に、中本は笑顔のままで、心配ない、とばかりにうなずいてくる。

「もちろんです。こちらできちんと対応させていただきますので、どうぞもうご心配なく。それより、総理もすぐに、ご自宅まで一度お帰りになってはいかがですか？」

娘に会って安心もし、無事だったことを確かめたいだろうと気遣ってくれているのだ。

「いえ」

皓子はきっぱりと首を振った。思いのほか大きな声になっていた。冷たい母親なのかもしれない。できたら直接顔を見て、本人から話を聞いてやるべきだとは思う。矢木沢とのあいだになにがあったのかも問い質したい。たしかにそうは強く思うのだが、娘の安全が確保されたとわかった以上、いまは母親であることよりも優先させるべきことがある。

「私は仕事がありますから」

なんとか床から立ち上がり、スカートの裾の汚れを手で払いながら、皓子は言った。

「いまは状況が状況ですから、私も勝手にここを離れるわけにはいきません。あの娘には、私は夜には帰るからと伝えてやっていただけますでしょうか。詳しい事情は帰宅後にちゃんと聞くからと」

あえて背筋を伸ばして答えたのである。

「しかし、総理。差し出がましい言い方になるのはお赦しいただきたいのですが、どうかあまりご無理をなさらず、今夜は早めに切り上げて、家にお帰りになってあげてください。なんといっても難しい年頃なんですから」

笑顔は崩さず、中本はふと遠くに視線を逸らして話を続けた。

「実は、私にも一人娘がおりましてね。一時期は無断外泊なんかしょっちゅうでした。こっちの気持ちなんかお構いなしで、いつも親の心配は空回りです。私もてこずらされてきましたからね。ですから、今回のこともどうも他人事には思えませんで」

中本はいくらか薄くなった頭髪を、きまり悪そうに苦笑いしながら掻いてみせる。

「中本さん……」

きっと半分は嘘なのかもしれない。皓子の気持ちを楽にしてやりたいゆえの、彼なりの心優しい作り話なのだ。

「いまの若い人たちは、見かけはすっかり大人でも、揉まれていないと言いますか、中味はどこかまだ育ちきれていないんでしょう。いや、いくつになっても、娘とはそういうものなのかもしれませんがね。とくに総理のお立場を考えると、正面から甘えるわけにもいきませんから。それに周囲の目も厳しいことですし、お嬢さまなりにいろいろおありになるのは当然なんです」

中本はいつになく饒舌だった。それほど皓子を心配しているということだろう。

「ありがとうございます、中本さん」

皓子は心から頭を下げた。手間をとらせた詫びも言いたいし、どんなに心強く思っているかも伝えたかった。

「いえいえ。でもまあ、よかったですよ。ご無事だったのですから、なによりです」

「本当にご心配をおかけしました。夫も私もあれこれ気を回してしまったもので、かえって大騒ぎになって、刑事さんたちにもとんだご迷惑をおかけして……」

無事だとわかってしまえば、かえって騒いだことへの反省も湧いてくる。

「なにをおっしゃいます、ご心配になるのは当然のことです」

そうは言ってくれたけれど、もしかしたらこの中本には最初から見当がついていたのではないか。数多の事件を経験してきた身だけに、情報収集をするあいだに、麻由が誘拐でもテロ事件に巻き込まれたわけでもないのではと、なんとなく察しがついていたのかもしれない。

もっとも中本もそんな様子は決して見せなかったし、皓子もあえてそのことには触れなかった。あくまで皓子を立ててくれてはいたが、つまるところ危機対応については、すべてを中本に任せていいということだ。皓子が課題を示し、懸念を訴え、あとは彼らに動いてもらう。今回の一件で、皓子はそのことを教えられた気がしていたのである。

「すみませんが、ちょっと電話をかけさせていただけますか？　夫を安心させてやりたいので」

　気を取り直すように、皓子が言うと、中本は慌てたように腰をあげた。

「あ、そうですね。気がつかなくて申し訳ありません。私ははずします」

　皓子がデスクに戻って携帯電話を手に取るのを待たず、中本はすぐに執務室を出ていった。すでに自宅に電話をすると、待ち受けていたように伸明が出て、嬉々とした声が聞こえてきた。すでに警察のほうから、麻由が無事だと連絡がはいっていたようだ。

「いま、刑事さんの車でこっちに向かっているそうだよ。そろそろ着くんじゃないかな。それがね、目立ってはいけないのでパトカーは使いませんからって、わざわざそんなことまで気遣ってくださってね」

　そばに警官が控えているせいもあるのか、夫は冷静で、むしろすっかり恐縮しきっている。見つかったのがテレビ・ジャパンの社員寮だったことまでは、まだ詳しく知らされていないのだろう。麻由がなぜいまさら矢木沢のところを訪ねて行ったのか、いや、逆になにかを意図して彼が娘を誘ったのか。そもそも矢木沢と麻由が、血の繋がった父娘であることは、これまで皓子は誰にも明かさずに通してきたのに。

　大学時代の皓子と矢木沢になにがあったのか。皓子がずっと意地を通してきたこと自体が、そもそもの今回の事件の発端なのだ。すべては隠し続けてきた皓子の責任だ。

「話し合わなければいけないことが山ほどあるのですが、いまは緊急の対応があるから、すぐに帰るというわけにはいかなくて……」

詳しい事情は自分が問い質し、麻由にはきちんと説明をさせるから、とにかく私が帰るまでは麻由をそっとしておいてほしい。伸明に向けてはそうもつけ加えた。目先の仕事を優先させ、自分の思いを押しつけてきたばかりに、周囲を傷つけていた。そのことすらも、見えなくなっていた。配慮が足りなかったのはこの自分だ。それと気づくこともなく、その分だけ娘にも、伸明や慧にまでも辛い思いをさせてしまった。

「あなた、いろいろとごめんなさいね」

声に出して言うとこみあげてくるものがある。

「なに言ってるんだよ。君が謝ることなんかなにもない。私は父親として当然のことをしただけだし、それに麻由ちゃんが無事に戻ってきてくれたら、それで万々歳じゃないか」

「そうね。あの子が帰ってきたら、しっかり抱きしめてやってください」

伸明はこれ以上ないほどの父親だ。麻由自身もそれは充分にわかっているはずだ。

「いや、それこそは君の役割だぞ。麻由ちゃんが帰ってきたら、とにかく一度そっちに電話をさせるけど、君はあんまりきついことを言っちゃだめだぞ」

夫なりに、薄々なにか気づいているのかもしれない。

伸明との話を終えると、次は矢木沢に電話する番だ。なにからどう話をしていいか、考えれば考えるほど気持ちが塞ぐが、それでも娘を無事に預かってくれていた礼ぐらいは言わないわけにはいかないだろう。

「なにしてたんだ！」

思い切って番号を繋ぐと、いきなり大きな声が飛んできた。

「留守電聞かなかったのか？　メールも何本も打ったのに、どうして連絡くれないんだ」

立て続けに責めるような声で、切羽詰まった様子が伝わってくる。

「ごめんなさい。まさか、あなたのところで麻由を預かってくれているなんて、思いもしなかったから」

メディアの人間として、いま政府が直面している事態を探ろうとしているのだとばかり勘違いしていたのだが、皓子としてもそんなことを口にすることはできない。

「母親失格だ！」

怒気に満ちた声が、皓子の胸に突き刺さる。矢木沢が本気で怒りを口にしている。こんなことは初めてだ。いきなりの叱責に、皓子は面食らっていた。

「娘が大変ご迷惑をおかけしました。でも、どうして麻由はあなたのところなんかに」

言い方に棘が混じっているのが自分でもわかる。相手が矢木沢だと、どうして素直になれないのだろう。無意識のうちに、つい張り合ってしまう自分がいる。

「君が忙しいのは知っているよ。もちろん、そんなことは麻由だって十二分にわかっているさ。だからこそ、疎外感に襲われるんだ。君のダンナは優しい人だと何回も言ってたよ。

だけどな、皓ちゃん。孤独というやつは、どうしようもないもんだ。周囲から優しくされるほど余計に寂しくも辛くもなる」

矢木沢が娘のことを麻由と呼び捨てにしている。それも初めてのことだ。二人で夜を徹してなにを語りあったというのだ。矢木沢の話によると、皓子が総理大臣に選ばれた直後ぐらいから、麻由は自分でもどうにももてあますほど、孤独感に襲われたという。

「麻由から突然電話をもらったのは、昨夜のことだ。といってももう夜中なんだけどね。いきなり会いたいって言ってきた。僕は、君がてっきり知っているものだとばかり思ってね。彼女も友達のところに泊まると言って家を出てきたから問題はないって、最初はたしかそんなふうな口振りだったから」

麻由は深刻に悩み抜いた結果、かなり酔って矢木沢を訪ねたらしい。まさかしばらく家に帰っていないなんて知らなかったし、家に連絡していなかったことも知らなかったと、矢木沢は繰り返し強調した。

「お父さんなんですね、と訊かれたよ。だけど僕だってはっきりとは知らされていない」

皓子が妊娠に気づいたのは、二人が別れたあとのことで、矢木沢自身にもなにも告げてはいない。

「話しているうちに朝になって、事情を訊いてびっくりしてね。きっと君の周辺で大騒ぎになっているだろうと思って、なんとか君とのあいだで穏便に収めようと思ったのに」

必死で皓子に連絡を取ろうとしている矢木沢の焦りが目に浮かぶようだ。

「なのに、何回かけても電話には出ないし、メールもこないし、焦っていたら、いきなり刑事が乗り込んできたっていうんだから」

「ごめんなさい。でも、あとはこちらでやりますから、あなたはどうぞもう……」

これ以上、麻由にも三崎の家にも関わらないでほしい。皓子はそう言いたかったのだ。

「待ってよ。それはないだろう。麻由のこと、きちんと君とも話し合っておきたいんだ」

「すみません。いずれ時間を作ります。あ、ごめんなさい、誰か来たみたいだから」

嘘ではない。だが、総理執務室のドアをノックする音に、正直なところ救われた気がした。皓子は一方的に電話を切った。

「どうぞ」

皓子がそう言うか言わないかのうちに、勢いよくドアが開いた。南川国交大臣が、小肥りの額にびっしりと汗を浮かべて立っている。

「いよいよ、まずいことになってきました」

「やっぱり、雨ですか」

皓子の心臓が大きな音を立て始めた。

＊

六月八日水曜日。

各地点から次々と寄せられる情報は、格段にその頻度を高めながら、所長席の里見宏隆のもとに伝えられていた。

荒川下流河川事務所に昨日から起ち上げられている災害対策室では、夕方になってさらに人の出入りが激しくなっている。濃いブルーのベストを着込んだ情報管理班のデスクを中心に、続々と飛び込んでくる各方面の情報を、互いに指で指し示しながら、声をあげて確認し合っているのだ。

災害対策室に飛び交う声も、時とともに大きくなり、騒然となってきた。そんななかで刻々と動く状況を聞き分け、そのつど確かめるように頭に叩き込みながら、里見は抜かりなく指示を出し続けていた。

「台風九号は、思っていた以上に進みが速いな」

つい漏らした声が、自分でも嫌になるほど重苦しく、くぐもっている。里見は慌てて軽く咳払いをした。こういうときほど、淡々とこなすことが大切だ。不用意に自分を追い込んではいけない。でないと、冷静な判断力を失ってしまうからだ。

不安感は周囲に伝播する。周囲の危機感を煽ることも禁物だ。だが、気象庁から送られてくる台風接近を示す天気図を見ていると、おのずと咽喉《のど》が絞られるような息苦しさを覚えずにはいられなかった。

「そうなんです。まるでどんどん加速しているみたいです。八号に較べると、それほど大型ではないのですが、現在の中心気圧は九〇七ｈＰａ《ヘクトパスカル》。ちょっと珍しいルートをたどって着実に日本に接近しています」

立っている里見のすぐ目の前で、デスク上でキーボード操作をしていた情報管理班の若手スタッフ、高野瑠美《たかのるみ》が緊迫した声をあげた。

ストレートで艶のある長い髪を無造作にポニーテールにまとめ、化粧っ気のない二十五歳の頬が緊張感で上気している。

ここへきて、瑠美が頼もしく育ちつつあるのは実感する。モニターを凝視する目つきからも、彼女自身が仕事に手応えを感じはじめているのが伝わってくる。情報管理班のまとめ役を担う先輩でもある川崎健太《かわさきけんた》の下に置き、厳しく鍛えさせているのがよかったようだ。

「この分だと本州直撃は避けられませんね」

瑠美のよく通る声が、さらに響く。

太平洋上で発生した二つの台風のうち、あとに発生した九号のほうが、日本に近づくにつれて進行速度を速めている。しかも、太平洋側から日本海側に向けて、本州を横断する可能性が高いというのである。

「九〇七ｈＰａだって？」

「はい、所長。発生直後はそれほどでもなかったのですが、どんどん中心気圧が下がっています」

「となると、風も相当強くなっているということか」

「下手をすると、関東地方の真上を通過する可能性も出てきました」

瑠美の声に、一瞬部屋が静まり返る。

「上陸するとしたらいつごろだ？」

「それは、ええっと……」

里見の問いに口ごもってしまった瑠美に、助け船を出すようにデスクの向こう側から声があがった。

「もしもこのままの割合でスピードアップすると、一番早くて明日の午後三時といったところでしょうか。逆に、なにかの原因でスピードが落ちたり、もしも大きく方向を変えるとしてもですが、遅く見積もっても明後日の未明ごろには本州に最接近するかと」

瑠美の指導役である川崎の、先輩ならではの抜かりない分析だった。

「で、雨のほうはどうなってる？」

さらに里見が問うと、今度は待ってましたとばかりに、瑠美がすかさず声をあげた。

「甲信越地方は、その後も断続的な雨に見舞われています。停滞している梅雨前線が刺激されているからでしょう。とくに秩父の奥のほうで雨は激しさを増しているようです」

歯切れのいい声で瑠美は言い、正面の大画面に表示されている数値を順に読み上げていく。気負いを隠そうともせず、なにかと張り合う姿勢を見せる若手の高野瑠美と、里見所長の手前、その欠点をさりげなくカバーしてやろうとする指導官の川崎健太。

荒川下流河川事務所にはいい若者が育っている。里見はあらためて二人を見較べた。

そうこうするあいだにも、各地の降雨量をはじめとする各種のデータや、上流の各ダムでの貯水量が、刻々とアップデイトされている。リアルタイムで伝えられてくるそうした現地の情報は、どれも深刻さを増すばかりだ。

荒川の上流で危険な水位を超えてしまうまでに、あとどのぐらいの時間が稼げるのか。里見はもう一度大きく息を吸い込み、左手の腕時計に目をやった。

「もうこんな時間か……」

すでに午後九時十七分。もしも明日の午後、関東地方に台風九号が上陸するとなると、もはや悠然とはしていられない。逸る思いで目を窓の外に向けると、とうに陽は落ち、ブラインドの隙間からのぞく外の様子は真っ暗だ。

それでも、東京に雨の気配はまったくなかった。おそらく空には星も出ていることだろう。

「なんなんだ、この空は。皮肉なぐらい晴れている」

里見は気を取り直して、対策室に集まっている全員の顔を見回した。

「みんな、気を引き締めていこう。担当のデータ・チェックを怠るなよ。各地点の現場でも、もしもなにか変化があったら、どんな小さなことでもいいからすぐ報告するように」

里見の声に力がこもる。

「ハイ」

と里見所長の指示を受けて、スタッフたちがまた一斉に声を合わせた。

それを合図に、すぐにそれぞれの持ち場で確認を取り合い、デスクの上に置かれたマイクに向かって指示を伝えるのが見える。また別の者は端末機に向き直り、関係者に向けてメッセージを送っている。河川の監視態勢がこうして一層強化されていくのである。

＊

スタッフの機敏な動きを視界にとらえながら、里見は午後から開いた緊急会議を思い出していた。その席上でも、集まった関係者に向けてはざっとした今後の見通しを伝えておいた。

その〝荒川下流タイムライン〟と称する事前防災行動計画については、里見自身が率先して進めてきたという強い自負がある。

これまで長い時間をかけて立案し、各分野において検討を重ね、地域の協力を呼びかけて試行してきた「タイムライン」構想だが、それはまさに今回のこのときのためのものだった。

充分に議論が尽されたわけではなく、意思の疎通も完全だとは決していえないけれど、これまで苦労して進めてきたこの試行版を、いまこそ活かさない手はない。

里見は背筋を伸ばし、自分自身に言い含めるかのように、ひとつ大きくうなずくのだ。

ここに赴任して以来、所長として里見が率いる荒川下流河川事務所が中心となり、進めてきた災害防止の先駆的な施策である。想定される堤防決壊や氾濫を前提に据え、そこから時間軸を遡るように逆算して、どの時点で誰がどんな対策をとるべきかを、総合的にまとめた試行案だった。

東京都や警視庁、東京消防庁はもちろんのこと、あえて足立区、北区、板橋区を試行のモデルケースと設定し、東京電力やＮＴＴ東日本、ＪＲ東日本や東京メトロなどの民間交通機関などにも参加を呼びかけた。実効性や有効性についてあらゆる試行錯誤を重ねてきた災害防止策と呼べるだろう。

「この前に起きた鬼怒川水害のときは、決壊箇所の付近には避難勧告が発令されていなかったケースもありました。また、発令されてもタイミングが遅れたりして、いくつもの問題が発生したというのが実情なんです」

どう頑張っても面子が揃わず、検討会を実施できたのは、年に数回という程度ではあった。それでも里見は、常にその必要性を強く訴えてきたつもりだった。

防災をより身近に理解し、自分のこととして受け止めてもらいたくて、あくまで具体的な一例という前提つきで、荒川右岸、東京都北区志茂地先を仮の氾濫地に想定し、起こりうる被害の全容を示してみせたこともあった。

「よろしいですか、みなさん。あとになってどんなに悔やんでも遅いのです……」

参加者は多岐にわたる。行政の担当者もいれば、公共交通機関の人間もいる。さらには学校関係者も加わって、なかには養護施設から参加してくれた顔もあった。だから、里見もついゆっくりとした口調になり、子供にでもわかるような物言いになる。

「今回われわれが想定して、試算してみたこのケースですと、浸水面積はおよそ百十平方キロ。被災者数は区域内の住人だけでも百二十万人にのぼるのではと思っています」

「へえ、そんなに」

驚きの声はあがるが、そこまでだ。

「浸水の被害を受ける世帯は少なくとも五十一万世帯に達する可能性があります。水没するだろう交通機関は、地下鉄などでも十七路線。約百四十七キロにもおよぶでしょう」

あらかじめカラープリントした資料を配布し、それに基づいて里見が丁寧に説明をしたのだが、はたしてどこまで危機感を共有できたかは正直なところわからない。

回を重ねるごとに、検討会は範囲を拡大させ、さらに多くの参加者を募ってきた。区役所や警察、消防といった行政機関はもとより、それまでのＪＲと東京メトロに加えて、京成電鉄、つくばエクスプレス、東武鉄道といったより広範囲の公共交通機関、ＵＲ都市機構や管内の各福祉法人、はては特別養護老人ホームなどにも声をかけ、参加を求めたのである。

関係する団体や地域の一人でも多くの人に参加意識をもってもらい、できるだけ広範囲な活動にしないと意味がない。

とはいえ、里見ばかりが空回りしているだけのような気持ちになることもあった。聞こえよがしの冷ややかな批判も耳にしなかったわけではない。

それでも、幸か不幸かこれまでは、この〝荒川下流タイムライン〟が、現実に堤防決壊にまで進行するようなことは一度も起きてはいなかった。

「ですから、避難勧告さえ出してもらえれば、いつだってわれわれは協力しますよ」

椅子から立ち上がって、そんな声をあげたのは、足立区にある特別支援学校の校長だった。里見の肩ぐらいまでの小柄な老人だ。白髪頭を毅然とあげ、背筋がしゃんと伸びた姿勢だが、いざとなったら周囲の支えが必要なほど、彼自身がまず高齢者の身なのである。

だからこそ、里見にしっかりと指示を出してくれと願うのも無理はない。だが、地域の住民に避難を促す「避難勧告」は、現行法では市区町村長の責務になっている。

だから、それぞれに発令の判断も決定も一任されてしまう。そうである限り、仮にひとつの区で避難勧告を出したとしても、すぐ隣の区ではまだ出していないという事態も起きてしまう。住民の避難行動がまちまちになり、被害を増大させかねないのが現実だ。

「そういう事態を避けるためにこそ、今回のような検討会を開いて、みなさんが集まり、日頃からお互いに対策を話し合っておくことが大きな意味を持ってくるわけです」

忍耐力を求められる、地味さをきわめるような仕事であった。

「だったら、里見所長が連絡を取って、必要なときに各区長に指示をしてくださいよ」

「もちろん、いざというときは、われわれは最善を尽します。しかしですね……」

「頼みますよ。頼りにしていますから」

「はあ……」

気持ちはありがたいが、どこまでも他人事なのである。他人任せの指示待ち姿勢以外のなにものでもない。

「はい、先生。もちろん、そのときはよろしくお願いします」

言いながら、里見の心は萎えるばかりだった。なぜなら、一口に避難勧告と言っても、発令するタイミングがすべての鍵になるからだ。ましてや東京のような大都市圏では、多大な社会活動の停止を意味することになる。

日常生活の突然の強制終了は、地域住民の社会生活や経済活動にどれほどの影響を与えるか計り知れないものがある。

さらに懸念されるのは、避難勧告だけではなかった。住人たちを脅かすつもりはなかったが、本当に東京が水没するような災害になった場合、それぞれの自治体や民間企業、鉄道関係機関に対応を任せていたのでは到底追いつきはしないだろう。

「しかし、大事なのはみなさんが情報を共有して、統一感を持って行動することです。この前、鬼怒川で起きた洪水のときも、決壊した常総市に隣接する下妻市、つくば市、つくばみらい市の三つの市に避難所を開設してもらいました。市民が自主的に移動したので、坂東市と守谷市にも避難所ができています。つまりは、市の垣根を越えた避難が必要だったわけなんです」

被害を蒙ってからでは手遅れなのだ。里見は誠意を持って、しかしある程度の強い口調で、現実を説いていくしかなかった。

＊

「所長、お電話です」

総括地域防災調整官の橋田が、大きな声で自分を呼ぶ気配に、里見は現実に引き戻された。彼が手にしている黒い受話器は、国交省の本省と繫がる直通電話だ。

「局長からです」

橋田が送話口を手で塞いだままで、高く掲げ、意味あり気な視線を送ってくる。

「わかった。いまそっちで取りますから」

答えた里見は、すぐに部屋の隅まで歩いて行った。ちょうどよかった、局長にはこちらから連絡したいと考えていたところだ。

里見も橋田に目配せをして、彼の手から受話器を受け取った。

橋田が握りしめていたせいか、体温が移った受話器は妙に温かかった。

「お電話代わりました、事務所長の里見です」

局長から求められるままに、里見がコンパクトにかいつまんで直近の状況を報告すると、意外にも冷静な様子の局長からおもむろに訊ねられた。

このまま荒川上流での雨量が危険値を超える可能性はどの程度か。そして、もしもそれを超えた場合、想定される被害についての、単刀直入な質問だった。

「そうですね……」

里見は背筋を伸ばし、一度呼吸を整えた。そして、一息に思いのたけを伝えたのである。

荒川沿岸の低平地では、荒川下流部から氾濫した水は、三つの市と十二の区に広がることが想定されている。これまでも各市長や区長たちとは協議を繰り返してはきたけれど、なにより足並みを揃えて避難勧告を発令する必要がある。

それができないと、避難勧告が出て突然社会活動を停止させられた区と、まだ避難せずに社会活動を継続している区とが混在することになり、かえって大混乱を引き起こす可能性があるからだ。公共交通機関も同様で、無秩序に不通にすると、かえって都民の避難の足を奪う結果となる。

「このあと台風の接近が予測されています。その進路にも細心の注意が必要ですが、なによりトップのご判断で、統一した防災姿勢を示すことが急務です。全体を見据えた、一貫性のある避難対策を出すことが、なにより重要かと存じます」

これが、このあと甚大な被災が予測される現場からの、切実な生の声だ。そのためには、局長から官邸に進言し、総理大臣に総指揮を執ってもらうことが不可欠になる。

「わかった。じりじりとだが、確実に崖っぷちに向かっているということだな」

「局長……」

「いや、官邸に呼ばれてな、いまから行くところだ。現場の声はしっかり伝えるから」

「だったら、総理におっしゃってください。ボヤボヤしていたら、東京は本当に水に沈んでしまいますって」

電話の向こうで、局長が軽く笑い声をあげるのがわかった。

「局長、私は冗談で言ってるのではありませんよ！」

里見はついムキになる。この局長とは、本省勤めのときからの長いつきあいだ。

「すまん。おまえの気持ちはわかってるんだ。また連絡する。なにかあったら、遠慮なくいつでも私の携帯を鳴らしてくれ。このあとも充分気をつけてな、頼んだぞ」

局長はそれだけ告げると、電話を切った。里見が伝えるべきことは、すべて伝えたつもりだった。あとは、中央の意向次第か。

「ちょっと、顔を洗ってくるよ」

受話器を置いて、里見はいったん対策室を出た。気持ちを切り替えて、リフレッシュしたかったのだが、ふと思い立って、手にしていた携帯電話で妻の番号を押した。

「あ、玲子。大丈夫か？　体調はどうだ」

玲子自身もそうだが、お腹の子のことも気にかかる。

「きわめて順調よ。そろそろかかってくるかと思っていたところ。いいわよ。どうせ今夜は帰れないっていう電話なんでしょ？」

里見の心配をよそに、負けん気の強い相変わらずの妻の声が、いまは無性に愛おしい。

「なあ玲子。明日の朝一番で新幹線に乗れ」

だから里見は、つい口走っていたのである。もしも荒川でなにかが起きたら、いま住んでいる官舎は間違いなく被災地となる。そんなことにでもなったら、あの身体で本当に逃げられるのか。不意に浮かんだことだったが、一旦口にしてみると、妻にはもうそれしかないと思えてくる。

「詳しい説明はいまはできないけど、京都の両親のところにしばらく行ってるんだ」

「なによ、突然。あのね、そんなことできるわけないでしょ。家のことだってあるし、だいいち来週の月曜日がいまの翻訳の締切なの。無理なこと言わないで」

案の定、玲子は聞く耳を持たない。

「頼むよ。仕事なんかいいから、俺がもう大丈夫って言うまで、そこを離れるんだ」

「そんな言い方ってないでしょう。私の仕事なんかどうでもいいって言いたいわけ？」

見当違いなところで、玲子がひどくつっかかってくる。

「違うんだ。そういう意味じゃなくて、心配なんだよ」

きちんと説明をしてやれない自分がもどかしい。だけど、いまはあまりに時間がない。

里見は小さく舌打ちをした。だが、逆にそれが、かえって玲子を刺激してしまった。

「私のことは大丈夫だから、心配なんか要らないわ」

吐き捨てるような言い方だ。翻訳の仕事で、昨夜は里見が寝たあとも、遅くまで相当のめり込んでいた様子だった。締切間際になるといつもそうなのだが、そんなことも加わって苛立っているのだ。普段はそれほどでもないのに、感情の起伏が激しくなりがちなのは、妊娠中のせいでもあるのだろう。

「そうじゃなくてさ。違うんだよ」

それは里見もわかってはいるけれど、いまは状況が状況だけに、詳しくは説明もしてやれない。洪水の危険が迫っているのは地域全体だ。それなのに、住民に報せる前に自分の妻だけさっさと逃げさせようとしている。里見はそんな自分自身に、一方で許せないものを感じていたからでもあった。

「なにが違うの！」

玲子はもはや、ケンカ腰だ。

「だから、締切があるんなら、資料とか辞書とか、全部持って京都に行けばいいじゃないか。原稿はメールでだって送れるだろうし、資料を持っていくのが大変なら、宅配便を使えばいいんだし……」

里見が、いささか焦《じ》れた口調になっていると、対策室のほうから里見を呼びにくるスタッフの姿が見えた。

「所長、お電話がはいっています」

わかった、すぐに行く、と答えて、里見はまた携帯電話に向かう。

「ごめん、もう切らなきゃいけなくなった。いいな玲子、頼むから言うことを聞いてくれよな。なるべく早くそこから出るんだぞ」

どうかわかってくれ。それでもこれは君と僕らの子供の安全のためなのだから。最後は懇願するように言うしかなかったのである。

「はいはい、わかりました。忙しいのはあなただけじゃないんですけどね。私も時間がもったいないから、もう切るわ。この仕事をやり終えたら、京都でもどこへでも行きますから」

玲子は捨てゼリフのようにそう言い残して、向こうから電話を切ってしまった。

*

気を取り直して里見が災害対策室に戻ると、情報管理班のデスクでスタッフが総立ちになっていた。荒川上流のその後の状況報告がはいってきているのだろう。デスクの電話を握りしめ、誰かと忙《せわ》しげに話している高野瑠美の頬が、あきらかに蒼ざめている。

「あ、所長。いま二瀬ダム管理所の青木《あおき》さんから直近の状況報告がきていまして……」

里見の姿に気がつくと、彼女は慌てて送話口を手で塞ぎ、早口で告げた。

緊迫の度合いは、瑠美の脅えたような目を見ればすぐにわかる。荒川上流の二瀬ダム流域といえば、埼玉県というより長野県の県境に近い秩父にある。標高二千メートル以上もある山々に囲まれた山深い地域だ。

「すみません。所長が戻られましたので、いまお電話代わりますね」

電話の相手にそう断わったあと、押しつけるように渡されたその手から受話器を受け取りながらも、里見はすばやく対策室正面の大画面の数値に目をやった。ついさきほど席を外して洗面所に立ち、ほんのしばらく玲子と話していたあいだに、どの数値も驚くほど変わっている。

荒川上流の大雨は、それだけ深刻化しているということだ。

しかも、その急激な変化は長野県寄りの二瀬ダムに限らず、群馬県寄りの合角《かっかく》ダムや、さらに東側に位置する浦山ダムなどまで、広範囲に及び始めたらしい。そうこうするあいだにも、近隣各地のダムへの雨の流入量の数値が、目まぐるしいまでに更新されている。

流量の上昇がこんなにも速いのか。

それは、里見がひそかに想定していた事態の進行スピードを、はるかに超えていた。目の前では、瑠美が頭から氷水でも浴びせられたような顔をして、呆然とこちらを見つめている。里見がなにを言うのかと、待ちかまえているのだろう。

そんな瑠美に、大丈夫だとばかりに一度うなずいてやり、ひと呼吸おいて、あえて穏やかな声で電話に出た。

「お待たせしました、青木さん。里見です」

青木というのは、里見と同期入省の三十八歳だ。偶然にも同じ大学の工学部土木工学科を卒業した仲間ではあったが、里見が国家公務員試験I種に合格して、総合職として入省したのに対し、青木はⅡ種試験を受け、本省ではなく関東地方整備局に一般職として採用されている。つまりは、里見と違っていわゆるノンキャリ組の一人。この春、専門官として、二瀬ダムに赴任したばかりの男である。

「ああ、よかった、所長。ここへきて、こっちは急に雨が激しくなってきまして……」

電話の向こうからは、だが、思っていた以上に明るい声が返ってきた。もっとも、その心中は目の前の瑠美以上に深刻なはずだ。青木の説明によると、流域一帯への集中的な豪雨によって、ここ二十分ほどで二瀬ダムへの雨の流入量が急激に増え、百五十トンを超えてきたとのこと。

トンというのは、〝水の流れ〟つまりは水の流量を表す単位のことだ。毎秒何立米（m^3／s）という表記になるが、土木技術者のあいだではこの流量をトンと言うことが多い。これに対し、貯留量や容量についてはm^3と表記し、立米と読んで区別する。

ダムというものは、河川流域で大量の雨が降った場合でも、基本的には放流を止めることなく、そのまま流し続けることになっている。ダムの上流に降る雨が激しさを増し、ダムに大量に流れ込んでくる場合は、その降雨量に比例して放流する水量も増えるわけだ。

ただ、そのまま増加を続けるものの、あらかじめ設定されている一定の放流量——二瀬ダムの場合は毎秒二百立方メートル、つまり二百m^3／s——まで達してしまった場合は、そこからは放流量を制限する。当然ながら、制限して下流まで流れなくした分は、降雨が続く限りダムにそのまま貯められる。従って、そこからは貯水位がどんどん上がっていくことになる。

「流入量の伸びが、ずいぶん速いですね。雨はどんな感じなんですか?」

モニターの大画面の数値がスピードを速めて伸びているのを見ながら、里見は訊いた。このまま雨が止まないと、やがてはダムの貯水位も一気にあがっていくことになる。

「風はまだそれほどでもないんですけどね。さっき様子が気になって、ちょっと外に出てみたんですよ。そうしたら、合羽を着ていてもすぐになかまで浸《し》み込んできましてね。いやあ、数分でびしょ濡れになりましたよ。もうバケツの底が抜けた感じです」

青木はむしろ快活な声で説明してくれた。ああ、この青木も同じなのだ。里見はその声を聞きながら頼もしさを感じた。

やはり彼も、モニター画面上の数値の変化を見ているだけでは心配で、実際に現場に出かけて行き、自分の目で見て確かめたいタイプの人間なのである。

そして、悲観的になりすぎないよう、自分を鼓舞しながらも、なんとか適切な対応をしようと必死になっている。

その思いは里見と同じだ。この青木もまた任された現場を、たとえ身体を張ってでも、なんとしても守りたいと懸命なのだ。

「お疲れさま」

里見としても、その意気込みを心から労いたくなってくる。

「いえ、こっちでも今回はいろいろと想定はしていたんですがね。しかし、こんなに凄い雨は、たぶんここでは誰も経験したことがないぐらいじゃないですかね」

「気象庁からの報告では、まだしばらく雨は続くようですが」

同情をこめて、里見が漏らす。

「そうなんです。当分止みそうにないですし、ダムの貯水位がどこまで行くか、この調子ですとちょっと気になるところです。引き続き、厳しく監視を続けていきますが、ひとまず、状況のご連絡だけでもと思いまして」

「よろしくお願いします。問題は、このあとの九号の接近具合ですね」

このうえ台風が通過することにでもなったら、さらに状況は深刻になる。ダムの側でもそのあたりを危惧しているのだ。

「本当いうと、私は八号のほうが気になっているんですよ。進みが遅いのもなんか嫌な感じですし、下手して雨台風になったら大変だなと……」

思い切って心中を漏らすように、青木が不安そうな声で言った

「やはり青木さんもそうですか。実は、私も同じように考えていたところなんです」

いつかのように、八号がノロノロ台風となって日本の上空に長く居座り、長雨になるのがもっとも懸念されるケースである。荒川にとっては、台風襲来そのものより、むしろそ

れによって蒙る雨量のほうが気になる。

「大丈夫ですよ、所長。どっちにしても、ダムの側は私らにお任せください。この前の台風でも、六百八万立米の貯留量を記録したんですからね。あのときはそれでもまだまだ余力はありました」

つまりは六百八万立米の流入に堪え、東京ドーム五杯分に相当する六百八万立方メートルもの雨水を溜め込んで耐え抜いた実績を言っているのだ。

「そうでしたね」

答えはしたものの、あの時の洪水はさほど深刻なものではなかった。二瀬ダムで過去最大の貯留量を記録したのは、二〇〇七年の台風九号による洪水で、貯留量は九百七十五万トン。洪水調節に使う容量の約半分を溜めたと記憶している。

「今回も、なんとしてもこちらで受け止めて、東京のほうには極力水が行かないように、しっかり踏ん張りますから」

それでも荒川の上流を守る側には、上流を守る者なりの心意気があるのだ。どんなに大雨が降っても、首都圏を守り抜くという思いは里見と変わらないのである。おそらく青木は、電話の向こうで頼もしく胸を叩いているに違いない。

と、里見が微笑ましく思っていたら、大きなくしゃみが聞こえてきた。外の現場観察で激しい雨に濡れ、まだ乾いていないうちに電話をくれたからだろう。

「ありがとうございます、青木さん。風邪、引かないようにしてくださいね」

里見は、電話の向こうに思わず頭を下げずにはいられなかった。上流でなんとか持ちこたえてくれたら、少なくとも東京の被害はこちらで抑えることができる。

「ええ。大丈夫ですから」

笑ってそう言った途端に、さらに二度目のくしゃみが聞こえ、「任せてください」と、恥ずかしそうな声が続く。

「本当に気をつけてくださいね。なにか変化がありましたら、お互い緊密に連絡を取り合いましょう。本省の局長のほうからも、官邸には報告がいってるはずですし、こちらからも連絡をいれるようになっていますので、このあとも経過観察をお願いします」

受話器を置いて、里見はまた反射的に正面の大画面に目をやった。

そのときである。

画面に表示されている二瀬ダムの貯水量が、突然激しく上昇を始めた。

様子を見ながらの、ダムからの少量ずつの予備放流が始められ、いったんは下がっていた貯水量だった。それが、そのあと急増した降雨により、ついに二百トンを超えてしまったため、ダムへの貯留が始まったのだろう。

このあとダム内の貯水位の上限に届くまでに、はたして雨は止んでくれるのだろうか。

祈るような思いをこめて、里見はまた対策室のブラインド越しに、東京の、どこまでも晴れた夜空を見た。

＊

その日の夕刻、官邸では、ようやく遅い閣議を終えて、皓子はいったん総理執務室に戻ってきた。前廊下のガラス窓から見渡す外の景色は、すでに真っ暗だ。台風が迫っているせいもあるのだろうか。

昨日の午後遅く、娘の無事が確認されたのは幸いだったが、そのあとも皓子にはまったく息の抜けない時間が続いている。

「本当にごめんなさい。でも悪いけど、今夜も家に帰れそうにないの」

そう言って、伸明に短い電話をかけるだけで、精一杯だった。麻由のことを忘れているわけではもちろんないが、無事見つかったことで安心感があるのは事実だろう。これでもかとばかりに押し寄せてくる状況に、自分の時間など確保できるわけがない。皓子は秘書官の武藤に促され、昨日に続いて、またも長いあいだ待たせてあった幹事長らとの会談にはいった。

すっかり待ちくたびれて、冒頭から険悪な雰囲気だった幹事長の天《あま》海《み》雅紀《まさのり》らとの話し合いも、そしてその後に急遽開いた三度目の閣議も、皓子にとってはフラストレーションの連続だった。天海を幹事長に強引に推してきたのは、明正党総裁の小関だ。このあと皓子と対峙していくうえで、党の古参である曽根崎派の力を背後に持つ天海と手を組みたかったからだろう。

周囲には、明正党と袂《たもと》を分かち、皓子に新党を起ち上げろと勧める声もなくはない。いまがそのチャンスだとけしかける声だ。だが、政治はそれほど単純ではない。少なくとも政権を握る与党内にいなければ政治は動かせない。小関にも天海にも、そして皓子自身にも、これまでの経験からそれは嫌というほどわかっている。

そしてまた政治というものは、すべてが法律を基本に進んでいる。そのうえに、それぞれの人間の立場や利害が絡んでくる。もちろんそれは当然であり、百も承知のことである。ただ、たとえ緊急の事態であり、どんなに対応が急がれるときでも、所詮は党の思惑が最優先なのも事実なのだ。来るべき選挙への悪影響を怖がり、そして最後は現行の法律に縛られてしまう。前例がないといって全否定される。

皓子は、自分の無力感と、やりきれない思いを嚙みしめていた。

延び延びになってしまった党側との会談のあいだ、ひょろりと痩せていかにも神経質そうな天海幹事長は、胸の前で組んだ両腕を一度も緩めることがなかった。

つまりは、なんにつけ皓子を拒む姿勢を変えず、無理にも歪《ゆが》めた頰にさらに深い皺を刻んで、終始奥歯で苦いものを嚙みしめているような表情を変えることもなかった。

「いま一番必要なのは、政府が統一の見解を出し、対応に一貫性を持たせることです。もちろん党にも全面的な協力をお願いします。台風は、明日のお昼にも関東地方に来るのですから」

状況を訴える皓子に、天海はこれみよがしに首を傾げるのだ。

「へえ、東京はこんなに晴れているのに？」

いくら訴えても、幹事長の心は頑なに閉ざされたままだ。

「事態は切迫しています。荒川が決壊してからでは遅いのです。氾濫すれば、水は高いところから低いところに向かって流れます」

「それについては異論はありません。まったく総理のおっしゃるとおりですな」

なんという言い草だ。天海の態度に、皓子は腹立たしさすら覚えた。

「よろしいですか？　地下鉄は水浸しになるんですよ。そうなってからでは手遅れなんです。東京の、いえ、首都圏の被害はかつてないほど甚大なものになります」

キッと睨みつけるようにして、皓子は語気を強めて、また続けた。

「幹事長がおっしゃるように、仮に緊急事態宣言をするのが憲法上無理だとしても、被害を未然に防げるなら、どんなことでもするのが政府の使命でしょう。国民の経済活動を一時停止させるとしても、被害を最小に抑えるためには、やむをえない措置です。なんらかの形で関東一帯の住民すべてに、いえ国民全員に注意を促す必要がありますから、私は野党の協力も仰ぐつもりです」

「やはり、三崎さんは青いなあ。いや、私としては、羨ましいぐらいですよ」

掬い上げるようにこちらを見て、天海は笑ってみせたのである。

「三崎さんのほうこそいいですかな。与野党で協力して、あなたはまだ起きてもいない災害に対応しようというのですか？ 総理の権限で首都圏の地下鉄を止め、民間の企業も休業させて、学校も休みにするですと？ そんな横暴な話は聞いたことがない。だいいち、たとえあなたが要請しても、はたして野党が乗ってきますかねえ」

＊

皓子が党側との会談中、幹事長を必死で説得しようと試みた内容は、そのままあとの閣議でも議論のテーブルに載せた。

「しかしですね。いくら総理がおっしゃっても、やはり法的な拘束力はありません」

前回の閣議で一度は折れたかに見えた法務大臣の坂口なつきは、またも法律論を蒸し返してくる。

「仮に避難勧告を出しても、避難しない人を罰するものではありませんからね。強制力はないのです。国民には逃げない権利だってあるのですから」

「たしかに、そのとおりだ」

経産大臣の田崎《たさき》も反対組に加勢した。

「いくら総理でも、民間の交通機関を強制的に止めることはできませんよ。それこそ都民や関東近県の住民の何百万の人の足を奪うことになる。だいいち、そんなことをしたら強権政治だのなんだのと、メディアはもちろんだが、野党だって黙っちゃいないでしょう」

田崎は強固に言い張るのだ。あとの閣僚たちは、視線が合うのを避けるようにしながら、二人の反論を黙って聞いているだけだ。思い余って、皓子は声をあげた。

「いまは、与党だの野党だのと、言っている場合ではありません。むしろ与野党が一体になることが不可欠です。もしも首都が機能不全になってしまったら、地方だって確実に影響を受けます。物理的に距離が離れていても、無傷ではいられない。政治家が自分のことばかり優先させて、洪水被害を未然に防ぐ努力をせずして、どうして政治家と言えますか」

皓子は強い目で見回した。総理大臣として、いまこそ国の安全への指揮を執るときだ。

皓子が強引に押し切ったような格好にして、ひとまず閣議を終えたものの、最終的には結論を翌日に持ち越すことになってしまった。

そのあいだにも台風は確実に接近しており、それだけリスクも高まっているのだが、焦って対応を誤ってはなおいけない。党内や閣内での意見の対立がエスカレートしたり、妙な尾ひれがついて外部に漏れたりすることにも注意が必要だった。

「情報開示の方法は、きわめて慎重さが求められます。われわれの方向性が固まらないままに、不用意に中途半端なメッセージを伝えるのも考えものです……」

閣議の途中も、機密保持についての注意は、皓子から何度も念押しはしておいたつもりだ。とはいえ、閣僚たちには、それぞれ長いつき合いの親しい番記者たちも控えている。どこからどんな話が伝わらないとも限らないし、皓子に対して吐き出しきれず、腹に抱え込んだ不満をつい漏らしてしまうというのもあり得ることだ。

それも考えると、できれば早い段階でなんとか閣内での意見を一致させたかったのだが、なにをするにも思っていた以上に時間がかかる。皓子は、もどかしさばかりを感じていた。

そんななかでも、官房長官の閣議進行の手並みは、鮮やかだったというべきだろう。法務大臣の坂口なつきや、田崎経産大臣のように、正面切って反対を唱えるわけでなくとも、態度を曖昧にしたまま、揺れている閣僚たちが何人かいるのもわかっている。そうした日和見《ひよりみ》的な発言に対しても、決して独断的に口を封じるのではなく、それなりに時間を与え、気の済むまで意見を述べさせてやるのが宮下のやり方だった。

彼らにひとまず言わせるだけ言わせておいて、その勢いが少しおさまったかなというところで、宮下官房長官は皓子にひそかに目配せをしてきたのだ。さりげなく俯いて、丸テーブルに置かれたメモを読むような素振りを装いながら、隣に座っている皓子にだけ聞こえる声で囁いてきたのである。

「総理、ひとまず今夜はこのへんにしておきませんか」

わかったわ。そのほうがよさそうね。

閣議室の丸テーブルにずらりと並んだ顔ぶれをあらためて見回し、皓子はほんの少し考えてから、無言のうちに小さくうなずき返した。

宮下のそのタイミングは、絶妙だった。

こういうときは、一旦は会議を中断し、お互いの頭を冷やす時間を作ったほうがいい。思えば皓子自身もかなり熱くなっていた。このまま対立意見をぶつけあっていると、互いに感情的にまでなってしまい、なにも前進しなくなる。それどころか、引き返せないほどに対立を激化させてしまう可能性もある。

むしろ時間を置いて、皓子を支えてくれる側近たちと諸事の対応策を練り直し、その間に野党への根回しについても独自の作戦を練ろう。

そんな官房長官ならではの助言なのだ。

がっしりとした体型からくる威圧感のわりに、こういうときの気配りの細やかさには、宮下ならではのものがある。閣内での良いクッション役を担ってくれている。そんな彼への信頼もあって、皓子はひとまず閣議を終了させることに同意したのだ。

経過はどうであれ、宮下が議長としてひとまず閣議の終了を告げると、会議に出席していた全員が一様にホッとしたような表情になった。そして、それが恒例の儀式であるかのように椅子から立ちあがり、互いに歩み寄って、笑顔で握手を交わすのだ。田崎もなつきも、直前まであんなに激しくやりあっていたのだ。それなのに、そんなことなど完全に忘れたかのように、信じられないぐらいけろりとして、満面に笑みを浮かべている。

それはたしかに閣僚としての礼儀であり、内閣を率いる総理大臣三崎皓子へのリスペクトでもあるのだろう。あるいは、自分が成熟した円満な人間であることの周囲へのアピールであるのかもしれない。

ただ、わざとらしいまでの笑顔で平然と握手を求められると、皓子はいつもなんだか偽善的な臭いを感じ、複雑な思いに駆られてしまう。

まだ、なにも進展しておらず、問題は依然として積み残したままだ。なのにこんなふうに笑って済ますつもりか。

口許まで出かかったそんな言葉を無理にも呑み下して、皓子もやはり笑顔で握手に応じるしかなかった。

ともかく、白熱した議論の閣議室を出て、エレベーターを降りてみると、官邸の一階フロアは、すっかり夜も更けて静まり返っていた。

ただ一ヵ所、正面玄関に向かって右の出口に向かう一角だけが、テレビカメラによる明るすぎるほどのライトに照らされて、待ち受けている番記者たちの集団を浮かび上がらせている。

皓子が、秘書官や警護のＳＰたちに囲まれてそこを通過するとき、番記者から次々と質問が飛んだ。

「総理、閣議はいかがでしたか？」

「どういった内容だったのでしょうか？」

「総理、一言、なにかお願いできませんか？」

番記者たちのなかには、以前から親交のあるテレビ・ジャパンの秋本《あきもと》つかさの顔もあった。そういえば、しばらく顔を見かけなかったが、また官邸担当に戻ってきたのだろう。周囲の記者たちに気づかれないよう皓子に視線を合わせて、軽く会釈をしてきたが、皓子はその質問にもにこやかな顔を向けるだけで、あえて答えることはしなかった。

「詳しいことは、あらためて会見の場所を設けさせていただきますので」

秘書官の武藤が、うまく記者らの質問をかわしている。

「どんな議題だったかについてだけでも、お聞かせいただけませんか？」

まだ執拗に訊いてくる声もあったが、皓子は笑顔を絶やさず、余裕を見せて背筋を伸ばし、ゆっくりと無言のままで出口に向かって歩みを進めるのだ。

そうこうするあいだも、官邸地下の危機管理センターでは、緊張感のもとに情報収集の作業が進行している。このあと夜を徹して対応にあたる担当チームは、いまも交替で待機し、作業に追われている。

「総理、お疲れさまでした」

官邸の正面脇の小さな出口を抜けると、番記者への対応で遅れてきた秘書官たちが戻ってきて、またも皓子を中心にした側近たちの輪が生まれる。今日のうちにあらかじめ予定されていた、皓子がこなすべき会議は、これでひとまず全部クリアした。

「みなさんも、お疲れさま」

思えば朝から長い一日だった。

もっとも、本当の正念場はこれからだ。

「総理、このあとは公邸のほうにご用意ができております。今夜はお泊まりになりますよね？」

最初に訊いてきたのは総理秘書官の一人、石井達也《いしいたつや》だった。そうなるだろうと予測して、すでに公邸の食堂での夕食の準備を含め、手配は済んでいるというのだ。

この石井というのは、各省から来ている五人の秘書官のなかでは一人だけ入省年次が一年上で、いかにも財務省出身という切れ者だ。それでいて、人当たりがよくいつも穏やかな物腰で、事務担当の総理秘書官全体をまとめるような立場になっている。

「そうね。そうしましょう。一息ついて、みんなで一緒にお腹になにかいれて、一度冷静になって対応を話し合いましょう。よろしくお願いするわ」

皓子は当然のようにうなずいた。

「地下の危機管理センターにも、なにか食べる物を差し入れしてあげてくださいね」

皓子がつけ加えると、石井はすべて心得ているという顔でうなずいた。

「はい。そうおっしゃるだろうと思いまして、サンドイッチを用意させております」

公邸は、官邸から徒歩で一分もかからないところにある。旧総理官邸として使われていたものが、曳家工事でいまの場所に移され、さらに内部を大幅に改装されて、現在は総理大臣公邸になっている。

総理大臣が家族と一緒に居住できるようにはなっているが、そうするかどうかは本人の判断に委ねられており、皓子の場合は基本的に目黒区の私邸から毎日官邸に通っている。ただし、今回のように危機対応など、公務の状況次第で帰宅できないときには、当然ながら公邸に詰めることにしていたのだ。

公邸内にある食堂には、専用の料理人もいて、食事も作ってくれる。迎賓館として賓客を迎えるときなどは、外部からシェフを招いてフランス料理を供することもある。

今夜のような場合は、宮下や秘書官らと一緒に、食事をしながら今後の対応策を練るというのも効果的だと皓子は考えたのだ。

「おいおい石井君、なにを言ってるんだ」

秘書官やSPたちに先導されるようにして、公邸に向かおうとした皓子に、そのとき中本危機管理監が慌てたように近づいてきて、行く手を遮った。

「中本さん……」

「総理、いけませんよ。ご家族と話をする暇もありませんでしたし、今夜こそは一度ご自宅にお帰りになってもらわないと。そのあと、また戻ってきていただけるなら、それで充分ですから」

中本は娘との事情について気遣っているのだ。失踪していた麻由がようやく無事に帰ってきたのだから、せめて顔を見に帰宅すべきだと忠告してくれているのである。ただ、そうした皓子個人の家庭の事情については、詳しく知っている者は限られている。

皓子は小さくかぶりを振った。

「いいんですよ、危機管理監。家のほうにはもう連絡をして、今夜も帰れそうにないと伝えてありますので」

迷うことなく笑顔でそう答えて、みなで一緒にそのまま公邸の玄関に進んだ。

総理大臣に就任して以来、この建物にはいるのはこれが二度目だ。もちろん、朝まで過ごすのは今回が初めてである。官邸と違って格段に狭い玄関フロアを抜けると、皓子はいつも、いきなり昭和初期にでもタイムスリップでもしたかのような錯覚に陥る。

建物内はかなりコンパクトな造りで、夜間は廊下の照明も落とし気味だ。赤い絨毯を敷いた渡り廊下の木製の手すりや、天井にほどこされた見事な細工、階段脇の設えなど、どこを見ても格調ある造りで、重厚感がある。

秘書官たちはそばの控室に待機するようだが、皓子は、自分のために設えられた公邸内の執務室につき、上着を脱いでくつろぐことにした。

「しばらくここにいますので」

そのうち、夕食の用意ができたと秘書官が呼びにくるだろう。それまでつかのまのリフレッシュが必要だ。

やがて食堂に顔を揃え、大きなテーブルを囲んで夕食を摂った。皓子用に用意されたのは少しボリューム感のある松花堂弁当だ。野菜を煮付けた小鉢や、汁椀が添えられている。夜の遅い時間なのを考慮してか、全体にカロリーは抑え目だが、吟味した食材を使って丁寧に作られているのが有難い。

もっとも、若い秘書官らには物足りないらしく、ビーフカレーを美味しそうにお代わりしている姿もあった。

食事はそれでも二時間近くはかかっただろうか。皓子らが食べているあいだにも、中本危機管理監や、国交省や経産省の局長クラスの官僚たちなどが、危機管理センターと公邸のあいだを往復しては、次々とはいってくる直近の情報について、秘書官を通して報告してくれていた。

「お疲れになりましたでしょう、総理。このあとは、なにか大きな動きがありましたら逐一ご報告させていただきますので、総理はどうぞゆっくりとお休みください」

食事を終え、秘書官に付き添われて、皓子は寝室に向かった。

「みんなも、交替で少しは休むようにね」

「はい。ありがとうございます。それと、お着替えは、ご用意しておりますので」

寝室にはいろうとするところで、それだけ言い置いて、彼はその場を離れていった。

「まあ、それはありがとう」

そういえば、着替えを持ってくるのを忘れていた。それを見越して、秘書官らが用意してくれたというのだろうか。嬉しい気配りではあるが、男性秘書官だけに着替え選びにはさぞ苦労したに違いない。そもそも、女性総理に仕えたことなどないのだから。

たとえどんなものを揃えてくれたにしても、文句は言うまい。彼らの気遣いに、口許につい笑みを浮かべながら、寝室の古めかしいドアをなんの気なしに開けたのだ。

次の瞬間、皓子はその場に凍りついた。

「誰なの、そこにいるのは！」

たしかになにかの影が動いた。皓子はすかさず身構えた。皓子の寝室に、まさか誰かが侵入しているとでもいうのだろうか。だが、ＳＰたちはすでに持ち場を離れている。

目を凝らすと、ベッドのそばに置かれたソファが、照明の加減で半分が暗く影になっている。そのあたりから、人が立ち上がってくる気配があった。

＊

「ママ……」

薄暗い照明に、皓子の目が慣れてくるより先に、ソファのほうから声がした。

「え、麻由なの？」

娘の声だ。聞き間違うわけがない。だけど、なぜあの娘《こ》がここに？

「ごめんなさい、ママ」

「あなた、どうして……」

まさに不意打ちだった。あまりの驚きで、皓子は次の言葉も出ない。

「危機管理監の中本さんから、お電話がかかってきたの。ママの着替えを持ってきてほしいって。どうしても、私に届けてほしいって、そうおっしゃったのよ。わざわざ警備の方もついてくださったわ。お迎えのハイヤーでさっき着いたところ」

なんというサプライズなのだ。皓子を気遣うゆえの、中本の心優しい思いつきなのだろう。おそらく、伸明とも相談したのではないか。

この娘には、言いたいことが山とあった。

皓子が総理大臣に就任することが決まった直後から、なぜに三晩も行方をくらまし、連絡すら絶っていたのか。さらにはなぜにあの矢木沢と会い、どういう経緯で身を寄せていたのか。

台風来襲への対応で、今日も一日次々と会議に追われ、娘のことについては詳しい事情を知る暇もないまま、こんな時間になってしまったが、いまこそしっかり問い質さないといけない。

だが、そんな思いがあふれるほどにこみあげてくるのに、思いがけなく目の前に現れた娘を前に、なにからどう切り出したらいいのか、情けないほど言葉が出てこないのだ。

「さっきね。ここに着いたら、中本さんが玄関で迎えてくださったの」

なんと声をかけていいのか、皓子が必死で言葉を探しているあいだにも、気まずい沈黙を避けようとしてなのか、麻由はいつになく饒舌だった。

「この公邸を案内して、ママの執務室も見せてくださったわ。ママたちは食事をしながら、いまもまだずっと会議をしているんですよって、そう言ってらした」

秘書官や、スタッフたちと顔を合わせないよう、中本なりに配慮してくれたのだろう。

「ビックリしたわ。ママは、総理大臣の執務机の上に、おじいちゃまの写真を飾っていたのね」

デスクの上には、小ぶりの銀枠の写真立てにいれた父の写真がたしかに置いてある。娘はそれを目ざとく見つけたのだ。

「そうよ。ママが高校生のときに亡くなったけど、あなたのおじいちゃまも、政治家をめざしていらしたからね。まさか、自分の娘が政治家になって、ましてや総理大臣にまでなるなんて、思ってもいなかったでしょうから、いまごろ天国できっとビックリしてるかもしれないけどね」

それだけは素直に声が出せた。

おどけたような皓子のそんな言葉に、麻由がこちらを見てくすりと笑う。二人はいたずらを見つけられた相棒同士のように、同時に肩をすくめて、顔を見合わせた。

その瞬間、凝《しこ》りのように居座って、二人の間を隔てていたわだかまりが、すっと溶けて消えていくような感覚があった。

「でもさ、おじいちゃまも、本当は少しぐらいは夢に見ていたかもしれないもんね。ただ、ママみたいに、総理大臣になれたかどうかはわからないけど」

麻由は、妙に納得したような顔で言う。

そうなのだ。選挙運動の最中に倒れ、そのまま逝ってしまったそんな父が、もしもいま元気で生きていてくれたら、と皓子も思わずにはいられない。そうしたら官邸やこの公邸に呼びよせて、総理の部屋を一度ぐらいは見せてやりたかった。いまは自分が座る総理の椅子にも、座らせてやりたかった。

突然、どうしようもないほどにこみあげてきたものに、皓子は思わず唇を嚙んだ。

「ママ、ごめんなさい」

麻由が、しっかりとこちらを見つめて、さらに言う。

「私より、ママのほうがもっと孤独だったって、今日やっとわかった」

「え?」

娘はなにを言っているのだ。

「ううん、違うわね。ママの場合は孤独というだけじゃなくて、孤軍奮闘なのよね。なのに、私ったらママに心配ばかりかけて。あんなに優しいパパにも、ひどいことをしたわ。私、なんて言って謝ったらいいのか」

「麻由……」

こちらを見つめる娘の瞳に、みるまに涙が浮かんでくる。

それでも何度も目をしばたたかせ、必死で泣くまいと堪《こら》えているのだ。そんな様子がいじらしくて、皓子は思わず麻由の肩に手をかけた。

すると、かろうじて我慢していたなにかが、ぷつんと切れてしまったのだろう。麻由は突然、身体をぶつけるようにしてしがみついてきた。まるで幼子のように、皓子の胸に飛び込んで、堰を切ったように泣きじゃくりながら、抱きついてきたのである。

「まあ、まあ、大きな赤ちゃんだこと」

わざとあきれてみせながら、娘の身体を、その両腕にしっかりと受け止めた。細く見えていたが思ったより肉付きもよくなって、すっかり娘らしい身体つきだ。すでに自分の背などとうに越してしまった娘だが、あえて甘えん坊の駄々っ子をあやすように、皓子はゆっくりと揺らしてやった。

小刻みに震えている麻由の背中に手をあてて、静かに撫でてやると、麻由はしゃくりあげながら身を委ねてくる。てのひらに、娘の背中の体温が感じられた。少し汗ばんでいるのがわかる。遠い昔を思い出させるような、無性に懐かしい温もりだ。

「ねえ、ママ」

くぐもった麻由の声が、鼻にかかって甘えるように、皓子の後頭部のほうから聞こえてくる。

「なあに」

「もうちょっと、こうしていてもいい？」

お互いまともに顔を見なくていいから、かえってこうやっていたほうが素直になれるのだろう。麻由はさらに腕に力をこめて、母親にしがみついてくる。

「困った子ね。いつまでたっても甘えん坊で」

なんの気なしにそう答えながら、皓子は内心ハッとする。麻由がこんなふうに甘えてくることなど、伸明と結婚して以来、初めてであることに気がついたからだ。

血の繋がっていない息子の慧は、幼いときからあたりかまわず手を絡ませてきたものだった。だが、そういえばこの娘は、慧が甘えてくればくるほど、大人びた顔で平然としていたものだ。

「だって……」

そうなのだ。麻由と二人だけのこんな時間を、自分は作ってはこなかった。あらためて自責の念にかられながらも、あえて皓子は言ったのである。

「ママがあなたの歳のころは、もうあなたは六つになってたのよ」

誰にも理解されず、理解してもらおうという努力もせず、意気がって独りで産んだ娘である。そのあとも、誰にも頼らず、自分の両親ばかりか、麻由の実の父親にすら告げることもなく、独りで育ててきたつもりだった。

「ママを困らせてばかりいた子だった？」

答えるかわりに、皓子は小さくかぶりを振った。

それは違う。皓子が周囲に対して意地を張り、周囲を突っ撥ねていた分だけ、この麻由にも厳しく身を律するよう押しつけ、やせ我慢ばかりさせてきた。自分としては、二人の子供には、血の繋がりに関係なく、意識して同じように接してきたつもりだ。だが、皓子が周囲への依存心を厳しく否定してきたばかりに、心のどこかでこの娘にも、同じことを強いるようになっていたのかもしれない。

「そういえば、大事な仕事のある日に限って、麻由はよく熱を出してくれたわよね。でもね、麻由。ヘトヘトで仕事から帰ってきても、あなたの顔を見たら疲れなんか吹っ飛んだ。ああ、この子を産んで本当に良かったって、あなたの顔を見るたびに、手放しでそう思ったわ。麻由がいてくれたからこそ、ここまで生きてこられたんだって、いまでも私はそう思っている」

出産に臨むときは、世の中をすべて敵にまわしたような気負いがあった。孤独と悲壮感とで、心がささくれパンパンに腫れ上がっていたものだ。

みずから選んだ道のはずなのに、そうなってしまった自分が哀れに思えてならなかった。だから余計に負けてなるものかと、皓子は自分を叱咤し、鼓舞し続けた。

だが、麻由が生まれた途端に力が脱けた。あのときは、無条件で嬉しかった。思ってもいなかった自分の心の動きに、自分自身が戸惑うぐらいで、生まれたばかりのわが子を前に、声をあげて泣いてしまった。

「本当なの、ママ」

麻由がそっと顔をあげて、こちらを見る。

「嘘じゃないわ。あなたは本当に可愛かったもの。このまま大きくならないで、ずっと赤ちゃんのままでいてって、本気で思ったこともあるのよ」

誰がなんと言おうと、かけがえのないわが子である。それなのに、ここしばらくは、そんなことを顧《かえり》みる暇すらなかった。こんなふうに娘を身近に感じたのは、もうずいぶん久し振りのような気がする。頭では理解し、それなりに気にかけていたつもりでも、いつのまにか距離が生まれ、きちんと抱きとめてやることさえなくなっていた。

「矢木沢さんに会ったの。雑誌の記者だっていう人から、君の実のお父さんを知っているって、そう言われた」

皓子が知りたいと思っていたここ何日もの失踪の経緯は、麻由のほうから切り出した。淡々と、落ち着いた語り口に、かえって娘の孤独感が滲んでいる。皓子は麻由から身体を離し、二人並んでベッドに腰をおろした。

皓子が総理大臣に首班指名を受けた夜は、キャンペーンにも協力してくれた、あのシンディたちと一緒に、彼女の部屋でみんなで朝まで騒いでいたのだという。土曜日は二人とも酷い宿酔《ふつかよ》いで、一日使いものにならず、だらだらと過ごした。そして翌日、その仲間の一人、たまたまニューヨークのファッション関係の学校でクラスメートだった青年から電話で誘われて、ランチを一緒にすることになった。

「その青年というのが、ナジブだったのね」

皓子は、夫から聞かされ、テロリストではないかと心配した男の名前を口にした。

「そう。でも、実は彼のこと、あんまりはっきりと記憶がなかったのね。昔のクラスメートなんていっぱいいるし、どこかのパーティで会ったみたいなんだけど、私自身はまったく覚えてなかったから。ただ、前の夜のシンディんちの飲み会では、なんだかすごい議論をしていたらしいのよ」

打ち上げでもあり、母親の当選を祝うはずの集まりだったが、遅れて途中から参加したメンバーにとっては、基本的になんのパーティかなど関係ない。とにかく食べて、呑んで、青臭い議論を闘わしているだけで話は終わるはずだった。

皓子が思いがけないかたちで総理大臣に選出され、あの夜は嬉しさのあまり、みんなではしゃいでいたのだろう。シンディに勧められるままに何度も乾杯を繰り返し、麻由も相当酔っていたという。

「ナジブはいい人なのよ。頭もいいし、考え方も健康的でフェアだしね。バランスが取れていて、私は彼の意見に共感できたの。ご両親が難民同然でアメリカに移住して、苦労された話も聞いたわ。ヨーロッパではいま大変な問題になっているけど、日本人ももっと難民に関心を抱くべきだっていう彼の思いにも賛成できた。だから、もっと話を聞いて、私にもなにかできることがあったらなと思って、また会おうって言ったのは私のほうからだったわ。きっと楽しいランチが出来ると思って出かけたの」

そこまで言って唇を固く結び、麻由は顔を曇らせた。

「行ってみたら違ったの？」

「うん。約束の場所に行ってみたら、もう一人知らない友達を連れてきててね。日本人だけど、なんだかちょっと拗ねた雰囲気の男の人で、ナジブとは対照的な感じだった」

最初は、雑誌で記事を書いているライターだと名乗った。そのときはそうとは知らなかったようだが、話の途中でナジブから、麻由が三崎皓子の娘だという話を聞き、彼は突然豹変したというのである。

「ブラック・ジャーナリズムの世界は、どこにでもあるのよね。最初から偏見に満ちた視点でしか物事を語れない人がいるのも現実だわ。だけど、可哀想に、麻由がまたそんな人に追われていたなんて……」

ベッドに並んで座った麻由の肩に、皓子はまたしっかりと手を回して、抱き寄せながら言った。皓子が初めて選挙に立ったときも、スクープ欲しさに見当違いの話をでっちあげられ、傷ついたことも一度や二度ではない。

「危ないなって感じたの。無遠慮な感じで、しつこくてね。いつかのときみたいに、また変な捏造《ねつぞう》記事を書かれるのも嫌だったし、そんな人の餌食《えじき》になって、ママに迷惑をかけたくもなかったから、私はうまく話を逸らしてレストランを出ようと思ったわ。でも、そうしたら……」

その男は、席を立とうとする麻由の気を引こうと、切り出したのである。

「総理大臣の娘の実の父親が、テレビ局の社長だなんて、問題じゃないのかな。そもそも彼が社長になれたのが三崎皓子のお蔭だからさ。それであんたにも隠しているんだよ。誰も表立って言いはしないけど、あんたのお母さんも、メディアを身内におさえて、世の中の批判をうまくかわすつもりなんだから、大したやり手だよ」

皮肉たっぷりで、けしかけるような言い方に、麻由が放っておけないと感じたとしても無理はない。

「テレビ局の社長って、どういうこと？」

食ってかかる麻由に、男は矢木沢のことを持ち出した。親切めかして、いろいろと教えてくれたという。

「そんな話、でっちあげだわ！」

「そうかな。あんたが嘘だと思うんなら、自分で確かめてみたらいいさ」

売り言葉に買い言葉の応酬があり、店を出ようとする麻由に、男は矢木沢の電話番号を書いた紙切れを投げつけた。

「それで、麻由は矢木沢さんに会いに行ったわけね」

皓子は、努めて静かにそう訊いた。

「違うの。すぐに行ったわけじゃないのよ。そんなつもりもなかったし、あんな人の言うことに乗せられるのは嫌だったから。私のパパは、いまのパパだけだと心から思っていたしね」

だが、店を飛び出したあとも、自分の意思に反して、麻由はどうしてもそのメモを捨てられなかった。そして、その紙切れを持っている限り、平気な顔をして家には帰る気になれなかった。

伸明に合わせる顔がないと思ったからだ。なにをしていても、その電話番号のことばかりが頭に浮かんできた。

連絡もせずに家を空けていることが、どれだけ周囲に心配をかけているかは重々わかっている。義父としての伸明に不満があるわけでは決してない。その優しさは揺るぎないものだと思うし、心から自分を大切に思ってくれているのもよくわかっている。

それでも、どうしようもない寂しさに襲われるのだという。あの家にいるかぎり、それを超えられない。だけど、そんなことは口にはできない。母の立場を思うと、かえって気後れがして、つい自分を追い込んでしまう。

「ひねくれちゃったのよ、私」

そう言って、麻由は力なく笑ってみせた。きっと伸明が必死になって自分を探しているに違いないとわかるから、余計に気持ちが別の方向に逸れてしまう。

「馬鹿だよね。なんだかムキになって、自分で携帯の電源まで切ったりもして……」

麻由がそこまで追いつめられているとは、露ほども気づいてやれなかった。これでは、まさに母親失格だ。皓子が、伸明や慧と睦まじくすればするほど、この娘は独り、とてつもない孤独を味わっていたのに。

そう思うと、晧子はすまなさでいっぱいになる。

たしかに、麻由が意固地になって連絡を絶ったことも、そのため多くの人たちの手を煩わせたことの責任も重い。

だが、だからといって娘を責めることなど、誰ができよう。晧子が総理大臣になり、仕事に忙殺されてまったくゆとりを無くしていたばかりに、麻由がどれだけ孤独を味わっていたか、想像してやることもなかった。

年齢には関係ない。いくつになっても、たとえ父親と弟がそばにいても、いや、それだけに疎外感が強くなることはありうるのだ。

*

昨日、朝方から、矢木沢が何度も携帯電話に連絡してきたのが浮かんでくる。自分が見当違いの誤解をして、一切応じなかったことも悔やまれる。だが、矢木沢は娘にどんなふうに接し、二人はどこまで話し合ったのか。

「正直なところ迷ったわ。こっそり矢木沢さんに会うのは、誰よりもパパに申し訳ない気がしたし、ママがなにも言わないのには、言わないなりの理由があるとも考えた」

麻由は意識して矢木沢をさん付けで呼び、伸明をいつもどおりパパと呼んでいる。皓子はそのことになにより安堵していた。

「でもね、ママ。本当の父親に会って、確かめたいという思いは前からあったし、考えれば考えるほど、きちんと一回は話をしなきゃって感じたの」

それについては、皓子に全責任がある。せめて、この娘にだけは話をしてやるべきだった。

「ねえ、麻由……」

いい機会だから、説明をしてやろうと心を決めた。いまならすべてを話してやれる。だから、思い切って口を開いたのだが、そんな皓子を、麻由が手で制した。

「いいの、ママ。いまはまだ私自身がとっても揺れているから、この話はしないほうがいいと思う。もうちょっと時間をちょうだい。もう少し、私のなかでよく考えてからね、ママ」

どういうことなのだ。

皓子はひどく当惑していた。

だが、この娘には娘なりの考えがあるのかもしれない。ならば母親として、それを尊重してやるしかないだろう。

「そう、わかったわ。あなたにだけはいつか本当のことを話しておかないといけないと、ママはそう思っているのよ。だから、いつでもあなたの準備ができたときに、そう言って。なにも隠さず、全部きちんと話をしてあげるから」

しっかりとその目を見て、皓子は告げた。

「うん、ありがとう。そのかわり、ママに訊きたいことがあるの」

娘が意外なことを口にした。

「なに？」

「ママが、いまやりたいこと。やろうとしていることについてよ。さっき中本さんから少しは教えてもらったけど、いま本当に大変なことに立ち向かっているんでしょ？」

中本危機管理監が、この麻由にならばと心を許して、話をしてくれたらしい。

「中本さんから、東京が洪水になるかもしれないって、そう聞いたのね？」

「うん。政府内をひとつにまとめるために、いまママがどんなに苦労しているかってこともお聞きしたわ。でも、それもあるけど、私は中本さんがちらっと変なことを漏らしていらしたのが気になったの」

「変なこと？」

「首都圏の水害は、本当に起きたらもちろんとっても深刻ですけど、実はそれだけではない、なにかもっと大きな、別の危機感を持っておいでのような気がしてならないんです。水害が起きることによって引き起こされる、次のさらに大きなリスクを見つめておられるような気がするんです。中本さんはそんなふうにおっしゃっていたわ」

麻由は、どこか中本の口調に似せてそう言った。

「そう、中本さんがそんなことまで」

「ねえ、それって、あの資料と関係あるの？」

麻由は、寝室のベッドサイドのテーブルに、置かれていたファイルを見つけたらしい。その資料を指さしながら、真剣なまなざしで訊いてきたのである。

「ああ、あれを見たのね……」

ここへ着いたばかりのとき、秘書官に頼んで、夜に目を通すつもりの皓子の個人用書類をひと揃え、この部屋に届けておいてもらったものだ。皓子がこの部屋に戻って来るのを待つあいだ、手持ちぶさたのままに麻由はなんとなく見てしまったのだろう。

「ごめんなさい、ママ。見てはいけない極秘の資料だった？」

「そんなことないわ。大丈夫よ。誰が見ても問題のないものだし、むしろたくさんの人が知っていなければならないような情報だから」

「私も？　知っていたほうがいいのね」

「そうよ。麻由の世代や、もっと若い人たちにこそ関係あることだから」

いい機会だから、説明してあげる。そう言いながら皓子は手を伸ばし、サイドテーブルのファイルを手元に取って、カバーを開いた。何枚かページをめくると、カラフルに色付けされたいくつものグラフ類が現れる。

「政府債務残高、対ＧＤＰ比……」

　グラフにつけられたタイトルを、麻由が声に出して読んでいく。世界の主な十四ヵ国が棒グラフとして並べて比較してあるものだ。

「そうよ、これは日本が抱えている国の債務、わかりやすく言えばこの国の借金のことね。ほら、この図を見るとわかるでしょう？　二十年前といまとを比較したものなの」

　目の前に置かれたグラフを、麻由は食い入るように見つめている。

「日本だけ飛び抜けて多いのね。二十年前は一〇〇パーセントを下回っているのに、いまは二五〇パーセントまで、もうあと少しのところにまで増えている」

「そう。それぞれの国の借金がどの程度かを較べるときは、その国の体力、つまりは国内総生産《GDP》に対する割合で並べてみるとよくわかるのね」

「あのころ、ほら選挙運動のときよ。ママが街頭演説で訴えていたのをそばで聞いていたから、私もなんとなくわかっているつもりだった。でも、日本は、世界中でこんなにダントツな借金体質だったたってわけなのね」

　棒グラフは、主要な十四ヵ国のなかで日本だけが、枠からはみださんばかりに飛び抜けて伸びている。

「で、二位がギリシャ。へえ、あの悪名高いギリシャも、二十年前は日本と同じぐらいだった。なのにいまは一七五パーセントに増えている。とはいっても、日本の二・五倍弱よりはずっとマシってこと？」

麻由はあきれたような顔だ。

「これを見ると、ゾッとするでしょ？　でも、あなたたちは、このあとこういう負の遺産を背負っていかなければならないのが現実よ」

「嫌だわ、そんなの」

即座に言って、顔をしかめてみせる。だが、それは若者全員の素直な反応だろう。

「そうよね。ママたちの世代が節操なく積み上げてしまった借金を、みんなあなたたちに背負わせていくなんて酷な話よね。ただ、日本は少子高齢化が世界一進んでいる国だから、元気に働いて国の税収を担える若い人口よりも、その税金を使う高齢者人口のほうがどんどん増えてしまう」

「酷い話よね。それがわかっていて、どうしてもっと早く手を打たなかったの？」

「そうね」

麻由の言う通りなのだ。選挙のたびに、票田という魅力の前に、政治家はあまりに短絡的になりすぎた。目先のバラマキが票の獲得に繋がると考えるのは、実は選挙民を馬鹿にしていることだと知りながら。

「いまはね、いくら新規の国債を発行しても、日本銀行がそのほぼ全額、九四パーセントも買い入れているから、国債の相場はひとまず平穏なんだけど、いつこの偽りの平穏が崩されるかはわからないの」

「そのことと、いまママたちが取り組んでいる洪水対策の話と、なにか関係があるの？荒川が決壊して、東京が水浸しになっちゃったら、その偽りの平穏が崩れるとか？」

麻由は勘の良い娘だ。そして、母親によく似ている。考え方も、物事を放っておけない気質も。皓子は、あらためてその顔をまっすぐに見た。この娘には、しっかりとわかっていてもらいたいことがある。

「ねえ、麻由。ママが選挙に出ると決めたときのことを覚えているでしょ？」

伸明を中心に、麻由や慧を集めて、家族全員で話し合った夜のことだ。

「もちろんよ。ママが立候補するなんて、最初はみんなびっくりしたけど、家族全員で一所懸命応援しようって、そう決めたんだわ」

親友のシンディの協力を得て、立候補者〝三崎皓子〟のホームページを見違えるように作り直してくれたのもこの娘だった。ネットを使った有権者たちとの対話が実現し、新米立候補者の大きな支えになったものだ。

「あのときのことは、ママはいまでも感謝しているのよ。突然、山城前総理に強く要請されてね。選挙だけは嫌だって一旦は固く断ったのに、最終的に押し切られて選挙に出ることになった。そのとき、ママは出馬を承諾するのと引き替えに約束したの。というより、山城総理の前で大見得を切ったわけ」

その後、突然の病に倒れ、総理の座を追われてしまった山城泰三だが、あのときのことはいまも鮮やかに蘇ってくる。

――財政と社会保障の一体改革をやらせてくれるなら選挙に出てもいい。そのかわり、選挙には必ず当選してみせるから――

あのときの一途な思いに嘘はなかった。そして、いまもそれを忘れたわけではない。

「私や、慧のためなのね？」

「そうよ。あなたたちの世代が背負うものを、できるだけ軽くしておくのは私たち世代の責任ですものね。それも、早いうちに手を打たないと、この国は本当にとんでもないことになるかもしれないから」

「きっとできるよね、ママなら」

麻由がこちらを見つめ、笑顔でうなずいてみせる。もちろんよ、とすぐに返事をしてやりたかったが、皓子はそのかわりに背筋を伸ばし、大きくひとつ深呼吸をした。

「明日、ママは総理大臣として、国民の前で説明をするつもりなの。いま、この国が直面している危機について、それがどういう状況なのか、まずは詳しい情報開示をするわ」

「それは台風のことね？　荒川が危ないことを伝えるわけでしょう？」

「それはもちろんだけど、それがどういうリスクを孕《はら》んでいて、いまのうちならどんな準備ができるのか。緊急にやるべき対策を打てるように、理解と協力を仰ぎたいから」

首都圏を中心にしたインフラは、半世紀あまり前の東京オリンピックの時代に完成したものが多い。その老朽化対策は進んできたものの、はたして盤石かどうかは心もとない。

東日本や熊本などの大きな震災を経験したため、首都圏直下型地震への危機意識は強くなり、官民の各方面で防災対策がなされてきた。ただその一方で、地震の脅威が強調される分だけ、大雨など他の自然災害については盲点になっている面もある。

「災害はね、決まって人の心の緩みを狙ったように起きるものなの」

万が一にも首都圏に多大な被害が出てしまったら、これまでかろうじて保っていたこの国のあらゆる平穏が、どんな角度から崩されてしまうか予測はつかないのだ。

「ママが怖れているのは、目に見えるインフラだけじゃないっていうことなのね？　財政も金融市場も、治安や安全保障も……」

その問いに答えるかわりに、皓子はあらためて娘の肩を強く抱き寄せた。

「できるかできないか、なんて言っている場合じゃない。やるしかないのよ。そう。いまは考え得ることを、全部やるしかない」

まるで自分自身を叱咤するように、皓子が強くそう告げたときだ。誰かが寝室のドアを激しく叩く音がした。

「総理。起きていらっしゃいますか、総理！」

第四章　迂回路

すぐにベッドから立ち上がり、皓子は入り口のところまで駆け寄った。

急いでドアを開けた瞬間、皓子の咽喉《のど》が思わずごくりと音をたてた。目の前に立っていた秘書官の石井が、何者かに生気を全部吸い取られでもしたかのように、息をのむほど蒼白な顔をしていたからだ。

「どうかしたの？」

訊いた途端に皓子の脳裏を過るものがあった。さっきからの嫌な予感が当たらなければいいのだが。

「あ、総理。あの、お休みのところ、申し訳ありません」

よほど慌てて来たらしい。石井の肩は小刻みに上下し、激しく息を切らしている。それでも努めて平静を保とうとしているのだろうが、言葉は途切れ途切れで、声も完全に裏返っていた。

この石井とは、前の山城政権で内閣府特命担当大臣として、金融庁を担当していたころからのつきあいだが、彼がここまで取り乱したところなど、かつて見たことがあっただろうか。

「そんなことはいいの。それより、落ち着きなさい。なにがあったの？」

皓子はあえて穏やかに訊き、部屋のなかに招き入れた。

「はい、それが、実は……」

勢い込んで部屋にはいって来たものの、石井はそこまで告げると、頬を引き攣《つ》らせながら、言葉を詰まらせた。

財務省出身の彼は、五人の秘書官のなかでもリーダー的な存在だが、今夜の公邸での夕食の途中から、他の秘書官たちを食堂に残して席を立っている。気になることがあるので、官邸地下の危機管理センターに戻るのだと言い残して出ていったのだ。

おそらく、彼も皓子と同じ懸念を抱いていたのではないか。そして、その後なんらかの情報を得て、急いで耳にいれようと、危機管理センターからずっとここまで走ってきたのに違いない。

だが、皓子の顔を見た途端、急に迷いを覚えたようなのだ。どこまで、どんなふうに伝えようかと強い逡巡を見せている。

「ロンドン市場でなにかあったのね？」

だから、皓子のほうから切り出した。若いころ、米国系の投資銀行に在籍していた皓子である。財務省から来ているこの石井となら、多くを語らずとも、理解し合えるものがあるはずだ。

「たぶん為替ね。もしかして株なの？　それとも、まさか日本国債《JGB》の市場《マーケット》じゃないでしょうね？」

すぐに腕時計を一瞥し、咄嗟に頭に浮かんだことを矢継ぎ早に口にする。皓子の頭のなかが、目まぐるしく回転を始めていた。

いまは東京時間の深夜十一時二十五分。ロンドンならば同じ水曜日の午後三時二十五分だ。そして、ニューヨーク時間は同日の朝、十時二十五分。市場取引の中心は、すでにヨーロッパからニューヨークに移行しているころだ。

「ちょうど微妙なタイミングね……」

反射的に皓子はつぶやいた。いまは、各市場の繋ぎ目にあたるスキだらけの時間帯だ。もしもなにかを仕掛ける輩がいるとしたら、まさに都合がいいタイミングとも言える。

「そうなんです。為替市場が、かなり妙な雰囲気になってきているんです。なにかの前兆とでもいいますか、これまでには考えられなかった地合《じあ》いになっています」

金融市場で資産運用を担う機関投資家というのは、おしなべて不透明感をもっとも嫌うものである。先々が読めないような事態が起きると、ひとまずはより安全な分野へ資産を避難させようと考える。

なのでこれまでは、ギリシャ危機に端を発した欧州経済の低迷や、中国危機、英国の欧州連合離脱の一件など、世界経済でなにか大きな不安要因や先々への懸念が出てくると、リスク資産である株式市場から、安心感のある国債市場へ、あるいは、比較的〝安心通貨〟とされるスイス・フランや日本円へと、資金の移動が起きたものだ。

「それが、今夜は円が売られているっていうのね？」

皓子が押し潰したような声をあげた。

「気持ちの悪い動きです。これまでなら、正直なところ、円安は日本にとっては歓迎すべきことでした。為替市場での日本円の売りと、日本株の買いは、ある種のパッケージといいますか、連動するようなものでした。なので目先は、円売りは歓迎すべきファクターという解釈もあり得るのですが、どうも様子が違ってきています。完全に潮目が変わってきたといいますか、モメンタムや相場心理が大きく変化してきたと見るべきです。間違いなくなにか異変が起きていると」

石井のなかで、揺れているのはその点なのだ。安易な市場解釈を反省し、まっとうな警戒感を持つべきだと言いたいのだ。

「いわば、日本が売られ始めている、といった意味？　大きな転換期が始まったと？」

「そうです。そうなんですよ、総理。まさに日本売りが始まったのではないかと、そう見たほうがいい状況です」

ようやく的を射た表現にたどりついたという顔で、石井は大きくうなずいた。

ただ、もしもそれが確たる事実であるのなら、その流れはそのままこのあとニューヨーク市場の午後でさらに増大されるだろう。そして、明日の東京市場に引き継がれる。いや、まもなく朝が来て、東京市場が始まったら、その反響はさらに増幅されるはずだ。このままだと、足許からなにもかもが崩れ出してくることになる。

「いまは、まだ為替市場の動きだけですが、早晩株式市場も崩れます。私がなにより懸念しているのは、よりによって明日の木曜日は、国債の二十年債の入札が予定されていることなんです」

悲壮感すら浮かべて石井は言った。

「そうだったわね。国債の入札日だった」

台風ばかりに気を取られ、すっかり記憶のなかから消えていた。

「そうでなくても、最近はマイナス金利が異常なほど進んでいますから、金融機関も応札には消極的にならざるをえないでしょう。しかも二十年債ですからね。明日の入札を考えると、ちょっと寒気がしてきます……」

「相場は、結局は連想ゲームですものね」

思わず、溜め息が出てしまう。

最初は些細な悪材料でスタートしても、それがさらに次の悪材料を引き寄せ、次々と連鎖を生んで、為替、株式、債券とトリプル安に繋がっていく可能性は大いに考えられる。

「急落の要因は、まさか荒川の氾濫？」

しかし、台風が接近しているとはいえ、まだ実際に被害が起きているわけではない。

「そうなんです、総理。私もそのことではかなり心配はしていたのですが、いまはSNSの時代ですから、やっぱり情報の伝達スピードが違います。誰がどうやって広めているのか。いえ、あるいは誰かが意図的に尾ひれをつけて、いい加減なエセ情報を拡散しているのかもしれません」

いわく、東京が大々的な水害で壊滅的になる。おそらくインフラが麻痺状態になり、日本の首都圏は大混乱に陥るだろう。東京には大企業の本部機能が集中しているので、経済活動は停止となり、復旧にはかなりの時間が必要だろう、と。

「あれはいつでしたか、ハリケーン・サンディがマンハッタンを直撃したことがありましたよね」

「出張を延期したから覚えているわ。二〇一二年の十月の末よ。あのときはニューヨーク市内だけでも四十人を超える死者が出て、都市機能にも大変な被害が出たのよ。そういえば、ニューヨーク証券取引所が二日間も市場を閉鎖したんだった」

高潮によって地下鉄も浸水し、八百万世帯で停電も起きた。死者は全米とカナダで百三十二人と発表され、ニューヨーク州とニュージャージー州が蒙った被害総額は八兆円規模ともいわれたものだ。

「あの時の記憶があるからですよ。今回は東京でも市場が大混乱する、なんて大騒ぎする人間が出てきても不思議ではありません」

そうなのだ。相場はまさに連想ゲーム。

人口過密な東京が、自然災害に対していかに脆弱かは、これまで何度も露呈してきた。それなのに、かつてない大規模水害がまともに東京を襲うというのである。そうなったら、実体経済に与える被害はもちろんだが、金融市場がまずパニックになり、軒並み売り一色となる。

それがまわりまわって、企業の収益構造を歪め、日本経済そのものにも襲いかかる。メガバンクも、証券取引所も、取引停止に踏み切る可能性があるというシナリオなのだ。

だったら、いまのうちに売れるものはできるかぎり売って、手持ちのリスクは最大限減らしておこうと考える。

「ちょっと待って。変じゃない？」

たしかに、そのとおりだ。石井の説明はすべて理解できる。海外で市場の混乱が、いままさに始まっているのも、目に見えるようだ。だが、皓子にはまだ納得のいかないところがある。

「でも、いまは昔とは違うわ。日本は打たれ強くなっているもの」

ハリケーン・サンディだけでなく、直近の鬼怒川の氾濫の経験も活かして、国交省ではずいぶん対策も打ってきた。タイムラインという災害発生を前提にした、防災の考え方が生まれたのも、それゆえのことだ。

「どこのヘッジファンドが元凶なのかはわからないけど、仮に投機筋が仕掛けているとしてもよ。それだけだったら、それほど大変な事態までにはならないでしょう。いまはIT分野も進化しているし、デリバティブだってかなり使い勝手がよくなっている。たとえかなりネガティブな予想が生まれるとしても、それならそれなりに、投資家たちにはいくらでもヘッジ手段があるはずよ」

相場の売り手が短期勝負狙いの投機筋である限り、いくらでも対応策は持っている。あらかじめ売る権利《プット・オプション》を買っておくなり、クレジット・デフォルト・スワップ《CDS》を組むなり、機関投資家たちにはさまざまな防衛手段がある時代だ。

むしろここに至るまでに、すでに必要な手段を講じているところも多いはずだ。

「いくら投機筋に煽られても、迂闊に狼狽《ろうばい》売りを出すところなんか、たかが知れているはずだと思いたいわね」

日本市場が、われわれの国が、投機集団のおもちゃになどされてたまるものか。皓子はつい声が大きくなっていた。

「おっしゃる通りです。ヘッジファンドによる国債市場の売り崩しについては、これまで何度もトライしては、彼ら自身がやられています。大損を出し、すごすごと引き揚げていったものです」

膨大な発行残高を抱え、常に巨大な借り換え圧力のある日本国債の市場は、理論で考えると、誰しもが売り崩しを試してみたくなる。だから昔から、何度も短期的な下げを狙った投機筋による仕掛け売りの対象になってきた。だが、結果的には売りは続かず、彼らはことごとく失敗の歴史を重ねてきた。

日本の国債市場は閉鎖的で、日本人固有の保身の発想と理不尽さに支配されている。

「多少の投機筋の仕掛けぐらいでは、いまの国債市場はそう易々と暴落などしないとみんな思っています。もちろん、暴落などしないとは言い切れませんし、冷静に考えたら、危うい状況ばかりで、いつどうなってもおかしくはありません。それでも、そう簡単に揺らぎはしないのがこれまでの日本国債でした」

「それが、今夜は違っているというのね？」

誰もが高をくくって、内心怖れていながらも、まだ大丈夫だろうという理由なき安心感に依存していたものが、根こそぎ崩されようとしているのだと。

「そうです、総理。ついに、来るべき日が来たというべきでしょうか。背景にあるのが、日銀への不信感のようですから」

　良きにつけ悪しきにつけ、これまで市場をかろうじて支える唯一の買い手であった日本の中央銀行。ただ、その日本銀行そのものの信用が揺らいできたとなると、すべての大前提が完全に崩れてくる。

＊

　まもなく日付が変わろうとしている。

　あかね銀行資金証券部、部長席の隣の椅子に腰をおろし、桐澤駿介はさっきからデスクの前のモニター画面を凝視していた。

　その目は、画面の数字の動きに釘付けになっているが、左手にはロンドン支店の担当者と繋がっている受話器を握りしめている。いまや子会社の役員となっている身だから、本来ならば入室も禁じられており、もちろん傍聴しているだけで桐澤が口をはさむことはない。だが、ロンドンから伝えられる情報に何度もうなずきながら、隣の部長席にいる浜崎充と相手とのあいだで交わされる一言一句に神経を研ぎ澄ましている。

　それにしても、こんな夜更けにまたも本店のディーリング・ルームに来てしまった。まさか、今夜こんなことになるとは思っていなかったのだが、こうしてこの席に座るのは何年振りだろう。

ふと、窓のほうに目をやると、外は真っ暗闇。不気味なほどに寝静まった大都会のビル街だ。ガラスに映る自分の姿が目にはいったが、受話器を片手にデスクに前のめりになって、モニター画面にかぶりつくような格好になっている。

そうだった。若いころは、こんなふうに夜中までこのディーリング・ルームに居残っては、市場での取引に神経をすり減らし、海外とのやりとりに時間を忘れて、朝を迎えたこともたびたびだった。

そう思った途端に猛烈な懐かしさに襲われて、そんな気分に一瞬でも浸る自分を戒めるように、桐澤は小さく首を振る。

もっとも、こうしてまた浜崎のところに来るつもりなど毛頭なかったのだ。先日、この席で後輩の浜崎と話をしたのも、まったくのいきがかりに過ぎない。ただ、今夜については、彼のほうから電話がかかってきた。

週のなかばではあったのだが、梅雨の合間の堪え切れないような蒸し暑さの一日だ。久し振りに部内の若い連中とビールでも飲みに出かけようかと思っていた矢先に、浜崎のほうから誘いがきた。

「なんか、あったんだろう？」

桐澤は訊いた。浜崎はなんでもない素振りをしていたが、そうでもなければ、浜崎のほうから電話などかかるはずがないからだ。

桐澤のあとを継いで、いまは資金証券部の部長に就き、チーフ・ディーラーでもある浜崎のこと。彼には彼なりのプライドもあるだろう。いや、若いころから人一倍気位の高い男で、それだけに人知れず地道な苦労をしてきたことも知っている。

しかし、それぐらいの気概や自負がなければ、あかね銀行の屋台骨ともいうべき大所帯を担えるはずがない。それは桐澤自身が身をもって経験してきたからよくわかる。

自尊心の塊《かたまり》のようなそんな浜崎充が、なぜか今日に限って自分から電話をかけてきたのだ。よくよくのことがあるからに違いない。

「ええ、それが……」

自分から誘い出しておきながら、浜崎は何度も言い淀んだ。先日会ったときの鼻息は見る影もない。

「まあ、いいさ。とにかく飲め」

桐澤はそう言って、浜崎のグラスにまだ半分ほど残っている生ビールの追加注文をしてやった。

「おまえとは長いつきあいだ。それに、俺はもう子会社の専務で、あかね銀行の人間じゃなくなっている。この先も本店に戻れることはないし、もうあと少しで定年だ」

だから、なにを遠慮することがあるか。秘密も守ってやるから安心しろ。桐澤はそうも言ってやりたかった。

「なあ、浜崎。おまえは絶対、上に行くんだぞ。俺みたいな子会社なんかじゃなくて、あかね銀行本店の役員になるんだ。周囲からいくら専務、専務って呼ばれてもさ、子会社の役員なんか名前だけだから……」

浜崎を励ますつもりが、どんどん自虐的になってくる。そんな桐澤を遮るように、浜崎がぽつりと言った。

「明日の二十年債は絶対に落としに行けと、上から言われましてね」

明日は日本国債の入札がある。そこで、今回ばかりは積極的に落札し、実績を作れと上層部から強く言われたのだという。

「取締役会で、声があがっているようなんです。正直言いますと、第1四半期は、うちはプライマリー《P》・ディーラー《D》の義務違反をしているんです。今月も厳しいので、このままだとたぶん四～六月期も義務違反になるはずです」

あかね銀行はメインバンクのなかでも上位を争うれっきとしたプライマリー・ディーラーだ。正式名称は「国債市場特別参加者」というのだが、日本国債の安定消化を担う選ばれた業者に、この資格を与え、国債市場を守ろうとする制度になっている。

二〇〇四年十月からスタートし、銀行や証券会社の合計二十二社に与えられてきたが、資格を得たものは、政府との定期的な対話によって、より有益な情報を得られる見返りに、指定業者としての義務も課されている。

　国債入札には必ず参加し、しかるべき応札をすること。厳密には毎回発行予定額の四パーセント以上の札をいれないといけないとされる。そして一定量を落札して、国債の安定消化に貢献するという義務だ。

　ところが、あかね銀行はここ半年近くも国債の入札で多くは落札せず、つまりは国債を買っていないことになるので、義務違反を二・四半期も続けていることになる。

「落札していなかったのか。しかし、さすがに義務違反を2期も続けたら、財務省《MOF》が黙っていないだろう」

　桐澤はつい正直な声をあげた。

「そうなんです。すぐにPDから除名になることはないと思いますが、いずれなんらかのペナルティは科されるでしょう」

　浜崎は大きな溜め息を吐く。

「避けられんだろうな。たぶん、流動性供給入札《オペ》に参加させてもらえなくなるかもしれん」

　なにかの突発的な状況が起きて、資金が枯渇し、調達が難しい事態に陥ったとき、日本銀行が市場に資金を供給するために公開市場操作《オペレーション》を実施する。銀行の手持ちの債券を買い入れてやり、資金を供給する措置だ。金融機関救済の意味もあり、市場の混乱を防ぐための施策でもあるが、それに参加させないという懲罰だ。そうなると、どんなに資金が逼迫《ひっぱく》するような事態になっても、国からの助け船はない、ということになる。

「いや、それだけで済まないかもしれません。そのこともよくわかっているんです。いろいろな場面で嫌がらせもあり得ます。新しいビジネスを始めるときに、つまらんところで足を引っ張られることにもなりかねません。取締役の連中は、それを恐れるんです。あの人たちはいい時代を生きてきた人間ばかりだし、過去の実績や成功体験に未練もあるしね。なんといっても、うちはこれまでPD懇で、ど真ん中の指定席に座ってきた立場ですから」

PD懇というのは、国債のプライマリー・ディーラーだけが出席を許され、財務省で定期的に開かれる懇談会のことだ。国債を扱う銀行や証券会社と、政府・財務省や日銀ら関係者のあいだで、互いの意見交換の場として設けられた会合である。

会場はもっぱら財務省の会議室が使われるのだが、席順には暗黙のルールがある。落札額の実績上位、つまりは常に大量に国債を買っている銀行が晴れがましく中央の席に座らされ、あかね銀行はこれまでずっとその中央席に誇らしげに陣取っていたものだった。

それが、最近はあからさまに、少しずつ端の席にずらされているという。

「ただ、日銀はマイナス金利に突っ込んでしまいました。しかも、このところどんどんマイナス幅が深まってきてる。そんなもの誰が買えますか？　買って持っていたらみすみす損を出すのがわかりきっているマイナス金利の国債を、ＰＤとしての義務だからと背中をせっつかれて落札するなんて、僕はチーフ・ディーラーとして納得できないんですよ」

よほど鬱積していたものがあるのだろう。浜崎は、腹に据えかねていたあふれんばかりのものを、ここぞとばかりにぶつけてくる。

だが、彼が疑問を感じるのは当然のことだ。ほかの業者たちは、財務省や金融庁の顔色を窺い、ただ従順な姿を見せている。そして、プライマリー・ディーラーの義務を果たすためだけに、渋々ながら応札をし、紙ほど薄い利益にも甘んじて、落札しているというのが現状なのである。

「そうだな。おまえの言うとおりだ。俺だって同じことをすると思うよ。最初から損だとわかっていて落札なんかしたら、今度は、あかね銀行の株主に対して説明がつかないことになる。そんな馬鹿げたことがいつまでも続けられるわけがない」

「ですからいっそ、財務省から除名処分を言い出される前に、うちのほうからＰＤを返上したほうがいいのではないかと僕は思っているんです。取締役にそう進言してみようかと……」

思い詰めた顔をして浜崎は言った。口にはしてみたものの、まだ決心がついていないという顔でもある。

だからこそ、今夜思い切って、桐澤に電話をしてきたというのが本音だろう。

銀行の取締役たちも、いや財務省側にしても、現状の理不尽さを理解していないわけがない。それでも、あかね銀行のほうからプライマリー・ディーラー資格の返上を申し出るなど、まさに金融当局に楯突くような行為にほかならない。当局側の不快感を露《あらわ》にする顔が目に浮かぶようだ。

何事につけ当局の意向に添ってきた邦銀の経営陣にしてみれば、あるまじき反逆行為だ。厳に避けたいと言うに決まっていることが、これはあかね銀行のためであり、ひいては国債市場のためでもある。

「やめとけ、浜崎。おまえが干されるだけだぞ」

浜崎の言葉を遮って、桐澤は吐き捨てた。

「おまえの言いたいことはよくわかる。だがな、これだけははっきり言える。いくら正しい判断で、あかね銀行の将来を考えたゆえのまっとうな行為でも、きちんと理解されるとは限らないんだ。結果的に、そんなことをしたらおまえのキャリアに傷がつくだけだ」

そのことは、目の前にいるこの俺が経験済みだ。桐澤はそうも言ってやりたかった。

正義感が邪魔なときがある。

悔しいぐらいにそう思う。銀行の将来を考え、勇気を出して進言して、その結果あえなく将来を潰されたよい例が、いまおまえの前にいる。

「ですが、先輩。このままでは……」

さらに訴えかけてくる浜崎を手で制した。

「いいからまかせとけ。こういうことはやり方が大事なんだ。役員には掛け合ってやるよ、俺が」

桐澤は言わずにはいられなかった。たとえどう思われようと、自分にはもう失うものはないのだから。


話が一段落し、冷たいビールも堪能したから、本来ならば二人はそのまま帰宅するつもりだった。だが、そのとき浜崎のスマートフォンから着信音が聞こえてきた。

「すみません。ロンドンからのメールです。おかしいな。今夜はなんでこんなに為替が動いているんですかね。しかも円売りですよ」

生ビールを何杯空にしたとしても、常時相場のことが頭を離れないのは職業病とでも言うべきだろうか。いくら盛り上がった夜の酒の席でも、気がつくと必ず誰かが海外市場の動きを確認している。それも相場関係者の集まりでの、見慣れた光景である。

とはいえ、取引そのものに関しては、ここ何年もほとんど緊張感のない毎日のはずだ。

「そういえば、このあいだも、動きのない市場を前に、ただ漫然と手をこまぬいているって、桐澤先輩に嫌みを言われたばかりでしたよね」

り出した。

浜崎は自嘲気味にそう言って、今度はブリーフケースから手持ちのタブレット端末を取り出した。

ざっとその場でロンドンの市況をチェックしたあと、浜崎は手に持っていた為替の値動きの周辺データを桐澤に見せてくれる。

「なんだこれ。ずいぶん一方的な円売りなんだな。ちょっと気持ちの悪い動きだ」

せっかくの心地よかった酔いが、途端に醒めていくのを感じる。

だが、即座に反応してそんな言葉を漏らしたのも、身体に染みついた元相場人間ならではの職業病なのかもしれない。

「やっぱり、先輩もそう感じますか？」

「ああ。長年ディーラーをやってきた人間のドタ勘、というやつかな」

いくら現場の最前線を離れても、市場の動きは常に気になって見ているものだ。そんな自分自身が可笑《おか》しくもあり、愛おしくも思えて、桐澤はタブレット端末を見ながらきっぱりとうなずいてみせたのである。

「僕もなんです。こんな場面でなんでガンガン円が売られるのか、なんとなく変な気がしたので、さっきトイレに立ったとき、ロンドン支店にメールを出して訊いてみたんです」

近くで見ると、意外なほど薄くなってきた頭髪を指先で掻き上げながら、浜崎は問いかけるようにこちらを見る。

「で、なんだって？　円売りの背景は」

なにか市場が動揺するような事件が起きると、このところ決まって一般的に安定通貨とされるスイス・フランや円が買われてきた。それなのに、今夜はなぜ大量の円売りなのか。

「それが、どうもはっきりしないいんです。なんでも、元日銀の審議委員だったとかってい
う人物が、今日のロンドンで、はた迷惑な講演をやったらしいんです。そこで妙なことを言って煽っているとかって……」

どういう人物がどんな講演を行なったのか、詳細まではまだわからない。ただ、そこでなされたある指摘について、まずはロンドンの投機筋が反応したということのようだ。

「それにしては、動きが荒過ぎないか？　ここまで円が売られるからには、なにか他の材料もあったんじゃないのかな」

すっかり昔のような調子で訊いてしまう。

「わかりません」

「ばかやろう！　そんなことでどうする」

つい口がすべったが、仮にも現役のチーフ・ディーラーに対して無礼な言い方ではないか。だが、浜崎自身にはさほど気にとめる様子はなく、むしろ駆け出しのころのように肩をすくめ、笑みすら浮かべている。

いずれにせよ、ロンドン支店からそれなりの返事は来たものの、その程度の説明ではど

うにも釈然としない。

「そろそろニューヨークも開く時間帯ですからね。いまから僕、ちょっとオフィスに戻ってみますよ。明日の二十年債の入札もあることだし、どうも気になるので」

「よし、俺も行く。いいよな?」

ここまできたら、放っておくわけにもいかないではないか。桐澤は反射的に声をあげ、一緒について行くことになったのである。

*

あかね銀行本店のディーリング・ルームに着くと、煌々とあかりがついていた。すでに状況を察知して、駆けつけている者がいる。

「そうか、君も来ていたのか」

先日見かけた青年が、モニター画面に食い入るように見入っていた。桐澤が名乗ると、ぺこりとばかりに頭を下げてくる。

「はい、古田《ふるた》翔《かける》といいます。桐澤さんのことは部長から伺っていました。今夜は僕も近くで飲んでいたのですが、なんだかちょっとマーケットが気になりましたので」

若さゆえの清々しい顔だ。浜崎はこの青年に、桐澤のことをどんなふうに話したのだろう。そんな思いが頭をかすめたとき、突然、浜崎が受話器を持ったまま大声をあげ、椅子から立ち上がった。

「え、なんだって？」

ディーリング・ルームに着いてすぐに電話をかけ、さきほどからロンドン支店の担当者から直接情報を得ていたところだ。

「日銀が債務超過だっていうのか？」

浜崎はもう一度大きな声を張りあげ、強ばった顔を桐澤のほうに向けてきた。

日銀が、日本の中央銀行である日本銀行が、ついに債務超過に陥った。

桐澤は、いま聞かされた言葉を、自分のなかで嚙みしめるように繰り返していた。

ついに、そのときが来てしまったのか。どうしようもないほどに騒ぐ胸を、必死で抑えながら、桐澤は探るように浜崎の目を見つめ返す。

浜崎は、すぐに回線をスピーカーフォンに切り替えて、話の内容を全員に聞こえるようにした。ロンドン支店と東京本店で互いに情報を共有したいからだ。

たしかに、先月末に発表になった日本銀行の決算は、かなり逼迫した数字が示されていたのは桐澤も知っている。それがさらに悪化しているだろうとは予想もしていた。だが、ついに債務超過に陥るというのである。

日本の中央銀行であり、「通貨の番人」とも、「銀行の銀行」とも言われる日本銀行が、よりによって債務超過に陥るというのか。

バブル崩壊からの回復が見込めず、銀行の不良債権処理も遅々として進まなかった時代、日銀が思い切った施策として、当時邦銀各行が保有していた信託財産株式を買い入れたのは、二〇〇二年のころだった。

その後、日本経済活性化のためにと社会から求める声も高まり、緩和に次ぐ緩和が続けられている。やがては、「量的・質的金融緩和」から、異次元の緩和策との異名をとった「マイナス金利付き量的・質的金融緩和」にまで進んだ日銀は、指数連動型上場投資信託、いわゆるＥＴＦの大量買いにまで手を拡げていたのである。リスク資産の残高は膨らむ一方だった。

「各国の中央銀行と比較しても、日銀の資産額の対ＧＤＰ比は飛び抜けていました」

米国連邦準備制度理事会《ＦＲＢ》や欧州中央銀行《ＥＣＢ》のバランスシートが、国内総生産《ＧＤＰ》のせいぜい二〇パーセント台なかばぐらいなのに、日銀だけが限りなく一〇〇パーセントに近づいているというのだ。

「だけど、まだ準備金が残っていたんじゃなかったか？　金利が下がったから、以前買い込んでおいた国債の価格が上がって、含み益もあったはずだけど」

桐澤が口をはさむ。

「いえ。日銀は、ここへくるまで利回りがマイナスになった国債にも積極的に手を出して、残高がかなり積み上がっています。そのうえ英国《UK》の欧州連合《EU》離脱をめぐって株価は急落の気配です。この先もなにが起きるかわかりませんし、ギリシャ・ショックやチャイナ・ショックとか、海外でなにか起きるたびに日本株が一番の下げになりますからね。当然、日銀の保有株式も軒並みやられて含み損を抱えるでしょう。損益計算書《PL》上は、これまで相当脆弱になってきていました」

　スピーカーから聞こえてくるロンドンの声に、あらためて椅子に座り直しながら、浜崎はくぐもった声を出した。

「そうか、それを日銀の決定会合の元メンバーが、あらためて指摘したというわけか」

「講演をしたその元審議委員は、たぶん清水和孝《しみずかずたか》さんじゃないかと思います」

　モニターでニュースを読んでいた若い古田が、横から教えてくれる。

「やっぱりそうじゃないかと思っていたよ。あの先生、当時から金融決定会合でも反主流派の急先鋒としてガンガン発言していたからな。ただ、山城さんの前の政権は、そもそもが典型的な大衆迎合のタイプだったし、日銀内でも多勢に無勢でね。あのころは政府の景気対策も、日銀依存に目一杯舵を切っていたからなあ」

　現役の審議委員だったころ、清水は何度も訴えた。しかし、偏った金融政策はいずれ副作用に悩まされるだけだと、清水がいくら警鐘を鳴らしても誰も耳をかそうとはしなかった。

「だから彼としても、忸怩《じくじ》たる思いがあったんでしょう。フラストレーションがたまっていたというか、危機感を募らせていたはずなんです」

それをいまのタイミングで爆発させた。しかも、国内ではなくロンドンの大学に招かれた先での講演でだ。

「彼の発言は、よくよく聞いてみると理にかなっているんです。英語も素晴らしく上手いから説得力がありますしね」

いわく、前政権時代から留任している現在の日銀総裁は、みずから掲げたインフレターゲットの旗を下ろすに下ろせなくなっている。だから日銀は、いまのままリスク資産を買い続けるしか手立てがない。

むしろ、世界的に株価が急落しているだけに、外野からの追加緩和を期待する声も大きく、市場を支えるためにもさらに大量の買い入れをするしかないというのだ。

「本当を言えば、追加緩和なんかすれば、市場はそれだけ副作用を懸念して、むしろ警戒感を強めますよ。それに少し前までは、日銀によるＥＴＦの買い入れ額は年間でもせいぜいが三兆円程度でした。ただ、政府や財界からのプレッシャーも強いので、このままの勢いだといずれは六兆円、すぐにも十兆円まで増えていくとも言われており……」

簿価の高いところで株式などのリスク資産を買い入れたあと、市場価格が急落しているので、間違いなく評価損が出ている。それに加えて、マイナス利回りの国債も大量に買い進んできているので、財務状態が最悪だという解釈になる。通貨の信用の背景となっている中央銀行としては、見過ごすことができない事態だと。

このままこの状況が無防備に進んで、日銀が債務超過になったら、わが国の通貨である日本円そのものの信用が失墜すると予測するのは当然のことだ。いまや日本の紙幣は世界中ほぼどこでも通用する。だが、そもそも紙幣そのものは、たかだか三十円ほどのコストで作られた一枚の紙片に過ぎない。それが、それぞれの金額の価値を有し、世界中で問題なく現地通貨に換金できるのは、ひとえに発行元である日本銀行にそれだけの信用があるからだ。ひいては、その背後に日本という国への信用があるからにほかならない。日銀が、通貨の番人と呼ばれるのはそれゆえのことだ。

だが、その日本銀行が、債務超過に陥って信頼を失墜させ、その背後に控える日本という国の信頼をも揺るがしたら、日銀が発行する通貨である「円」の価値は暴落する。

「それが今夜の円売りを誘ったわけか。だけど、そのとおり本当に日銀が債務超過に陥ったら、政府は資本注入《キャピタル・インジェクション》に踏み切るよな」

桐澤はあえて異を唱えたかった。いやしくも以前はあかね銀行のチーフ・ディーラーだった身として、ここは冷静な判断が必要なはずだが、どうしても日本側の肩を持ちたくなっている自分を意識せずにはいられない。

「もちろんそうなんですよ」

スピーカーからまた声が聞こえる。ロンドンから日本を見る目はあくまで冷静だ。

「ですがね、浜崎部長。その資本注入にも資金《カネ》が必要です。キャピタル・インジェクションの原資自体、国としては赤字国債を発行して、借金をさらに膨らますことで調達するしかないカネなのですからね。まさにタコが自分の脚をくわえ、いまにも食い尽そうとしている姿じゃないですか」

日本を外側から見つめる立場だけに、鋭い指摘である。

「たしかに君の言うとおりだな。それに、原資がなんであれ、政府が日銀への資本注入に踏み切るとなると、一般会計の予算から出すことになるよな」

桐澤が何気なく口にした言葉に、電話の向こうからまた声があがる。

「そうなんです。だから、それも問題なんですよ。当然ながら、国会での審議が必要になるわけですからね。誕生したばかりのあの危なっかしいいまの政権ですよ」

相場はつまるところは連想ゲームだ。ひとつの否定的な現象が、次々と新しい負の想定を引き寄せてしまう。

「となると、円そのものの信用が損なわれる」

浜崎と若い古田が声を揃えた。

「いいえ、日本の国への信用失墜でしょう」

ロンドンの声もそれに重なって続く。

「どっちにしても、円は売りたくなります。今日のロンドンでは、やはり為替市場で日本円の大量売りが出ていました。だけど、実はそれだけではないんです」

「やっぱりまだほかにもあったんだな？」

思わず声をあげた桐澤に、すかさずスピーカーからロンドンが応じてきた。

「円急落を見かねたようなタイミングで、欧州系が二社と、米国系一社が、軒並みＰＤの資格を返上すると言い出しましたね。ただＰＤを返上するだけでは済まず、きっと日本国債市場からの完全撤退も発表するんじゃないかともっぱらの噂です」

まだ公式発表ではなく、まずは財務省に打診して、正式な表明は時機を見てということになるのだろう。だが、それが事実なら、ただでさえ参加者が減って機能不全に陥っている国債市場がさらに安定性を欠いてしまう。

「おい浜崎、明日の入札は危ないぞ。なんで入札前のこんなタイミングで発表するのかわからんが、今度こそ国債の入札は失敗だ。荒れるぞ、明日の相場は……」

＊

皓子が、部屋に訪ねてきた石井秘書官と話し込んで、どのぐらいの時間が経っていただろうか。

「すみません。ちょっとお邪魔してもよろしいでしょうか？」

麻由がそっと近づいてきて、遠慮がちに声をかけてきた。そういえば、総理大臣用の寝室のなかでも、ソファやティー・テーブルが設えてあるコーナーで、すっかり話に没頭していた。だが、そのあいだ麻由は気を利かせて、少し離れたベッドが置いてある部屋の隅でずっと息を潜めていたらしい。

麻由と皓子を不思議そうに見較べている石井に気づいて、皓子は慌てて娘を紹介した。

「ごめんなさいね。娘の麻由ですの。今夜は私の着替えを持ってきてくれましてて」

「母がいつもお世話になっております」

丁寧に頭を下げる麻由に、石井は軽く手を振った。

「いや、こちらこそ。秘書官の石井です。総理にはお世話になっております」

「それより、あの、お部屋の外に、またどなたかおいでになっているんじゃないかと思いまして」

ドアの外に人の気配がするというのだ。話に夢中で気づかない二人を心配して、麻由がそのことを告げにきたのである。言われて石井と皓子がドアに目をやったとき、誰かがノックする音が聞こえてきた。

「失礼しました、総理。すっかり話し込んでしまいまして」

腕時計に目をやって、恐縮しながらそう言うと、石井はすぐにドアのところに向かう。

「いいのよ、石井さん。でも、誰かしら」

皓子は小さく首を振った。だが、押し寄せてくる胸騒ぎに、急に大きな音を立て始めたおのれの鼓動を、自覚せずにはいられない。

「またなにかあったのね……」

悪い報せでなければいいのだが。

静かにドアが開かれると、目の前に、今度は武藤秘書官が立っていた。

「総理、遅くに申し訳ありません。起きていらっしゃいましたか」

石井がこの部屋にやって来たときとまるで同じ蒼白な顔だ。いったいなんという夜なのだろう。だが、これはまだまだ悪夢の始まりなのかもしれない。

「なにがあったんですか？」

皓子は、みずからを鼓舞するようにひとつ大きな深呼吸をし、努めて落ち着いた声で武藤を促した。皓子のすぐ隣に、ドアノブに手をやった石井秘書官がいるのを素早く目にとめて、途端に武藤の表情に安堵の色が浮かぶ。

「よかった。石井さんはこちらにおいででしたか。さっきからみんなで探していたんです。すみませんが、これからお二人ご一緒に、すぐに官邸のほうにおいでいただけませんか」

荒川上流の状況が、さらに深刻さを増しているというのである。

「国交省のほうから総理にお伝えするようにと言われてまいりました。秩父地方では断続的に雨は降っていたんですが、夜遅くなって雨足が急に激しくなってきたようなんです。一時間に百五十ミリを超える猛烈な雨だそうです。こんな物凄い雨は十数年ぶりだとかで……」

短時間で降る雨量が加速度的に増えている。皓子の脳裏に、最初に中本危機管理監から聞かされた、七十二時間で五百五十ミリという数値が蘇ってきた。警戒レベルの目安となる雨量だとの話だったが、荒川上流地域の雨は少なくとも二十四時間以上は続いているはずだ。となると氾濫の危険度はどこまで高まっていると理解すべきなのだろう。

「それで、中本危機管理監はいまは？」

皓子が訊くと、武藤は待ってましたとばかりにうなずいた。

「はい。すでに官邸地下に詰めておられます。宮下官房長官と国交大臣にもご連絡を入れましたが、いま大至急で官邸に向かっているとのことでした」

「わかったわ」

皓子が答えると、武藤がさらに言う。

「それから総理。そのとき官房長官がおっしゃっていたのですが、今夜中に関係閣僚会議を開いたほうがいいのではとのことでした。いかがいたしましょうか？」

皓子が石井と話し合っていたあいだにも、大雨の事態は刻々と、そして着実に深刻さを増していたのである。荒川の危険度についていては、いまのところどこからも触れられてはいないが、台風情報とともに大雨の状況については、気象庁が記者会見を開き、テレビニュースなどで逐一伝えられているとのこと。

とはいえ、東京は星すら見えるぐらいで、一粒の雨も落ちてはいない。そのせいかさほど差し迫った空気にはなっていないのだ。

「もちろんよ、武藤さん。急いで閣僚たちを招集してください」

皓子は即座にそう答えた。閣僚たちは待機しているはずなのだ。こうなったら一刻の猶予も許されない。躊躇などしている場合ではない。

「あ、武藤さん。そのときには財務大臣と金融担当大臣、それから、日銀総裁にもおいでいただけないかと、連絡をいれてください。夜分に申し訳ありませんが、私がぜひご同席をとお願いしている旨、しっかり伝えてくださいね」

下手をすると、大雨による首都圏の浸水被害と、日銀を巻き込んだ国債入札の大失態。ひいてはそれが引きがねとなって、国内外に招くことにもなりかねない金融危機。スタートしたばかりの三崎皓子新政権のもとで、そんな事態を起こすわけにはいかないのだ。

早いうちに海外市場での気になる噂について、金融と財政の当事者たちから現状をしっかりと確かめたいという思いもある。債務超過になりそうだというのは事実なのか。山城前総理の時代には、皓子もそれなりに懸念を伝えておいたはずだが、もしもそうなら、どうしてそこまで事態を放置してきたのか。この際はそれも問い質したい。

この国はいま複数の角度から危機に直面している。自然災害と財政危機。両者は互いに影響しあい、増幅しあって、日本に襲いかかろうとしている。

残念ながらその懸念が現実のものとなるのなら、それに向けた対応を考えるうえでも、謙虚に状況を正視することが必要になる。

もはや先送りはできないのだ。少なくとも、明日の国債入札が抱える憂慮すべき背景と、その入札にも影響を与えそうな洪水の情報については、関係する閣僚たち全員で共有しておくべきだ。

「は？　財務大臣と金融担当大臣ですか。それに、日銀総裁までお呼びすると？」

海外市場のことをなにも知らされていない武藤にしてみれば、そう訊き返すのも無理はなかった。怪訝な顔をしている武藤に、すかさず石井が横から口を挟んでくる。

「いいんだ、武藤君。そっちは私のほうが連絡するから」

すべてを心得ているという顔だった。そうと決まったら、皓子としても行動に移ることに迷いはない。

「そうね、お願いするわ、石井さん。では、行くとしますか」

皓子は二人の秘書官を交互に見て言った。ドアの前にはいつのまにかSPたちもやって来て、待機している。

「ただ、総理。いまから緊急閣僚会議を開くとなりますと、それなりのメッセージを出す必要がありますが」

「そのとおりよね、石井さん。もしかして、官邸の正面フロアには、まだ記者さんたちは居残っているのかしら？」

「ええ、総理。今晩はさすがにかなり集まっております。彼らもきっとなにか感じるところがあるからだと思いますが、いずれにせよ記者会見をされますか？」

このうえは抜かりのない早急な対応が求められるが、情報開示については慎重さも必要だ。

「そうね。予定を早めて今夜中になんらかの情報は伝えておくべきよね。ただし、まずは官房長官と相談してからにしましょう」

そう言い置いてから、麻由を手招きして、ベッドのそばに呼び寄せた。娘にも状況を話しておきたかったからだ。

「これからママは官邸に戻らないといけないの。長い会議になると思うけど、息抜きが必要になったらここへ帰ってくるわ。でも、状況次第では朝になるかもしれないけど」

話してやりたいことはまだ残っているし、皓子のほうから娘に訊きたい話も山とある。だが、母娘でゆっくりと話をする時間など当分持てそうにない。だけど、独りでこんなところに待たせておくのもしのびない。

「ごめんね、麻由。あなたとはいつもいつも、こうやって中途半端の尻切れトンボになっちゃうのよね」

わが子以上に大事なものはないはずなのに、優先させる順位となると違ってくる。

「気にしないでママ。私のことなら本当に大丈夫だから。でも私、今夜はここで泊まっていってもいい？」

皓子が疲れてこの部屋に戻ったとき、少しでもなにか役に立てるかもしれない、と言うのである。自分の失踪事件で心配をかけた母親のために、せめてそばにいてやりたいと思ってくれているのだ。

「ありがとう。そうね、麻由がいてくれると心強いわ。それに、あなたたちの世代のためにもここはなんとしても踏ん張らなくっちゃって、気力が湧いてくるもの」

「私はこの部屋でママを応援してるから」

「でも、もしも途中で家に帰りたくなったら、いつでも車を用意してもらえるように運転手さんに頼んでおくからね。あなた独りで出ていったりしてはだめよ」

肩を抱いてやりながら皓子が言うと、麻由はいたずらっぽい目をして首をすくめてみせた。

「わかってるって。もう消えたりはしないから、安心して。ママがこんなに大変な思いをしているんだから、私にもなにかさせてほしいの」

「そうね。なにか頼みたいことがあったらそう言うわ」

もう一度、麻由の肩を軽く叩いてから、皓子は二人の秘書官と一緒に官邸に向かった。

＊

ちょうどそのころ、荒川下流河川事務所の災害対策室では、深夜だというのに煌々と灯がつき、激しく行き交う人の熱気と、飛び交う大声とで騒然としていた。それぞれの持ち場につき、緊迫した面持ちで任務をこなす職員たちの数は、すでに九十人にまで増えている。

この対策室を使って災害の対応にあたるのは年に十回ぐらいはあるのだが、ここまでの九十人態勢を敷くのはごく稀だ。震度五強以上の地震発生時ぐらいで、カテゴリーとしては「注意」・「警戒」のさらに上、「非常時」に分類される。

「所長、里見所長。お電話です。二瀬ダムの辻村《つじむら》所長からです」

額の汗を制服の袖で拭いながら、電話を取り次いでくれたのは橋田一郎だ。総括地域防災調整官として、数々の災害現場に出向き、経験を積んできた男だけあって、こういうときは頼りになる。里見の右腕となって、今朝からずっと忙しく指示を出している。

「辻村さんが、今度はなんて言ってこられたんだ」

受話器を受け取りながら、里見は胸のあたりに締めつけられるような痛みを覚えた。夕方になってから、辻村からの電話はこれで何度目になるだろう。台風に刺激された雨雲は、まるで荒川の上流に沿ってぴたりと貼り付いたように線状に伸び、動く気配もないまま居座っている。そして雨量は、気を揉む人間たちを嘲笑《あざわら》うかのように、容赦なく増えている。

「電話代わりました。里見です。その後はどんな様子ですか、そちらは？」

対策室の正面にある大型モニターを確認しながら、里見は訊いた。だが、辻村からの回線は携帯電話かららしく、声が途切れがちで、すぐ雑音に掻き消される。

「もしもし、聞こえますか、辻村さん。里見です、いかがですか？」

里見はつい声を張り上げて繰り返した。

「ああ、里見さん。これなら聞こえますか？　いやあ、とんでもない雨です。巡回について来てみたんですが、どうも嫌な感じだなあ。気になります……」

丁寧な口調ではあるが、激しい雨音に負けまいとしてか、ほとんど叫んでいるような声だ。そのうえたびたび声が中断され、里見はそのつど呼びかけて、聞き直さなければならなかった。それでも、もはやダム管理所内にじっとしてなどいられないというのだろう。その思いは里見も同じだった。

「いいですか、里見さん。……橋の付近では……堤防から水が沁み出してきているんだ。危ないな、下流のほうも心配だ」

その唸るような声の裏には、嫌でも伝わってくる危機感がある。

「え、沁み出している？　どちらの橋ですか」

だが、いかんせん明瞭ではない。とはいえ、上流の各所で異常事態が発生していることだけは間違いがなかった。

雨量が急増し、水害の発生が予想される。だから、それに合わせてダムの放流を少しずつ増やす作業が必要になる。激しさを増す降雨に備えて、それを貯めるためダムの空き容量を確保しておきたい。そのための放流である。

ただし、放流量が増えると、当然ながら堤防への負荷がかかることになる。そのあたりを注意深く観察しろという、ベテランならではの注意喚起だ。

素朴で、無骨ではあるが、若いころ荒川流域での勤務経験もある辻村の言葉は、どんなモニターの数値よりも説得力があった。

里見の問いかけに、電話の向こうから必死に応じる声がある。

「だから、……橋ですよ。結構あちこち危ないかもしれん……そっちでも、充分注意を」

だが、声をあげようと唇を開くと、横殴りの雨が容赦なく口のなかに飛び込んでくるのだろう。辻村は激しく咳込んだ。

「里見所長、青木です。こんな雨、見たことありませんよ。これはもう雨なんかじゃないです。滝ですよ、滝。あっという間に水かさが増して……このままでは越水も心配で……」

辻村のそばから、新任の専門官、青木の叫ぶ声も聞こえてきた。おそらく着込んだ雨合羽など役に立たず、全身ずぶ濡れになって、現場の状況把握に努めているのだ。

「青木さん、了解です。こちらでも各所を慎重に巡回して、現状の確認作業をしているところです」

辻村のような二瀬ダムの管理所長といえば、里見のような本省採用とは違って関東地方整備局採用。いわゆるノンキャリの職員だ。現場一筋に四十年近い経験を積み、あらゆるケースをその目で見てきて知っている。培ってきた技術力も、災害対応能力でも、彼の右に出るものはいない。それだけに神経質なほどに注意深く、里見はいつもその直感力に圧倒されている。

「なあ里見さん……水門は大丈夫でしょうな」

また、絞り出すような声が聞こえた。その辻村が東京をまもる岩淵水門のことを言っているのだ。

「はい。いまのところまだ閉めるまでには至っておりません。警戒レベルを高めて、慎重に状況確認を続けているところです」

平常時は水門は開いており、荒川から隅田川へと水を流している。だが、いざとなったらしっかりと閉じて、隅田川には一滴も流れないようにし、東京を水害から守る砦《とりで》となる。

「そうですか。くれぐれも油断せぬよう」

水門の開閉には時間を要することも忘れるなと、辻村は言いたいのだ。

岩淵水門は三つの門、つまり三枚の青い頑強な巨大金属板でできている。開閉するにはその一枚ずつを順に自動操作していくのだが、一枚閉めるのに四十五分はかかり、どんなに急いでも、すべてを閉め終えるのにほぼ一時間が必要となる。

「もちろんです。こちらでも警戒を強めますので。辻村さんも充分気をつけて」

下流のことは任せてもらいたい。里見は万感を込めてそう応じた。辻村の思いはしっかりと受け止めていることも、精一杯伝えたかったのだ。

電話を切り、もう一度目を戻すと、対策室正面のモニター大画面では、めまぐるしく状況が変化している。上流のほうでは驚くほどの速さで、危険水位に迫っているのが見てとれる。

それでも、東京の空は相変わらず雨の気配すらない――。

＊

一方の荒川上流、二瀬ダムでは、とてつもない土砂降りの雨のなか、ともするとぬかるみに足を取られそうになりながら、青木は必死で辻村についてパトロールを続けていた。雨合羽から沁みてくる雨のせいで、まるで服を着たままシャワーでもあびたようだ。おまけに身体はすっかり冷え切っている。

「いったい、この雨はいつまで続くんですかね……」

横殴りの雨でびしょ濡れの顔を手で拭いながら、青木は恨めしそうな声を出した。

「台風がもっと近づくと、雨もいまよりもっと酷くなりそうですが」

そんな青木の声が聞こえたのかどうか、辻村は返事のかわりにぼそりと言う。

「そろそろ帰るぞ」

「はい、所長」

待ってましたとばかりに、青木はすぐに返事をする。そろそろ退散しないと、こちらの身がもたない。

「さ、帰りましょう、所長。早くダム管理所に戻って、きめこまかな放流量の調整をしてやったほうがいいですもんね。下流の堤防にかかる負荷も心配かもしれませんが、まだ水位は二メートルを少し超えた程度でしょう。この調子では余裕ですよね。四メートルに達することもないかもしれない。もう少し流してやって、いまのうちにダムをできるだけ空っぽにしておいたほうがいいですからね」

荒川下流の水位が四メートルを超えたら、水門を閉めることが操作規則で定められている。隅田川側の堤防は、荒川放水路と違ってとても低いので、両者を隔てる岩淵水門を閉めて水が流れこまないようにしないと、溢水《いっすい》して、隅田川流域はほとんど水浸しになるからだ。

いまから三日前、少しずつ増してきた雨量のため、二瀬ダムではすでに少しずつ放流を始めていた。いわゆる「予備放流」という作業である。その後に襲ってくるであろう激しい降雨に備えて、それを貯め込むだけのダムの空き容量を確保するための放流だ。ただ、あのときの青木は、ここまでの大雨になるとまでは、想像もしていなかった。

いまは地面に突き刺さるような激しい雨のせいで、道のいたるところが大きな水溜まりと化している。そのせいで左右に大きく揺れる車の動きも、日を追うごと、時間が経つごとに酷くなるようだ。

助手席でなんとか身体を支えようと両足を踏ん張り、シートのへりにつかまっていると、青木の脳裏に、三日前、同じ車中での辻村とのやりとりが蘇ってくる。

「ねえ、所長もそうお考えでしょう？　やっぱりこのあとはもっと放流量をあげたほうがいい」

青木が繰り返す声は聞こえているはずだが、辻村からはなにも返事がない。もともと寡黙な男ではあるが、いつもほとんど黙ったままなのだ。黙っていられると、かえって焦りを覚える。だから、日に何度か、いまのように一緒にパトロール・カーに乗り込んでいるときなどは、青木がひとりしゃべり続けることになった。

「僕もね、昼間、下流事務所の里見所長には言っておいたんですよ。上流のことは安心してわれわれに任せてくださいってね。たしかに今回は大変な雨になりそうですけど、二瀬ダムでしっかりと受け止めて、東京はわれわれが絶対に守ってみせますよ。安心してくださいってね」

そのためにも、いまはもう少しダムをカラにして、このあとも急激に増えてくるだろう降雨量に備えておくべきだと青木は言いたかったのだ。

いまから二ヵ月ほど前、ここに赴任してくるにあたっては、自分なりに必死で下調べをし、ダムの基礎知識ぐらいは頭に叩き込んできた。

だから、ダムからの放流量の調整は、とくに操作規則では決められていないことも知っている。つまりは、そのつどダム側の現場の判断に委ねられているのである。それぐらいは心得ているのだということを、せめて辻村にもわかってほしかった。

だが、いくら訴えても、若い青木のそんな思いなど伝わっていないのだろう。辻村は相変わらず無言のままだ。それとも悪路での運転に集中していて、聞こえていなかったのかもしれない。気まずい空気に堪え切れなくなって、青木はハンドルを持つ辻村の横顔に探るような視線を向けた。

「ね、辻村所長。そうですよね？　やっぱり、ダムの放流量はもう少しあげたほうが……」

そのとき、ずっと押し黙っていた辻村が、前方を凝視したまま声をあげた。

「いや、そうとも限らん」

押し潰したような声だった。そこからはなんの感情も読み取れない。

「は？　どうしてですか」

だから、青木は思わず訊いたのだ。

「青木、二瀬ダムが担っている、三つの役目を言ってみろ」

「やめてくださいよ。もちろんそれぐらい知っていますよ」

そんな初歩的なことを訊くなんて、馬鹿にしないでくれと言いたいぐらいだ。こうみえても専門官として赴任してきた身なのである。青木はムキになって声をあげた。

「ダムの人間としては、イロハのイ。常識じゃないですか。第一の役目は洪水の調節です。大雨のときに水を溜める、防災の役割ですね。これが二千百八十万立米。そして第二が灌《かん》漑《がい》用水の二千万立米。本来だったら、このあたりなら四千百八十万立米ぐらい貯められる規模のダムがあるのが理想的なんです。だけど、二瀬地域は地形的に無理でしたから、いまの二千百八十万立米が限界でした。だから、二千百八十万立米の洪水調節が必要なんです」

青木は、覚えたての数字を自慢げに並べあげた。

「第三が水力発電ですね。もっとも、これはまあ、ちょろちょろ水を流して水車を回していればいいだけです……、あ、そうか、第一と第二の役割が……」

ようやく気づいたことに、青木は次の言葉を呑み込んだ。

「そうだ。忘れるなよ、青木。うちのダムはな、洪水調節の二千百八十万トンのうちの二千万トンは、周辺農家のための灌漑用水を兼ねている。全部流していいわけじゃないんだ。だからな、一口に予備放流といっても、はたで見るほど単純じゃない。もしも、大雨を懸念しすぎて早々とダムをカラにしてしまって、それで、万が一台風が予報どおり来なかったらどうなる？」

雨が降らなかったら、諸手を挙げて喜ぶ、と言いたいところだが、そうはいかない。大雨に備えてダムの水を流し過ぎてしまったら、そして、予報どおりの雨が降らなかったら、夏に向けて渇水状態となり、田畑が干上がって、周辺農家から激しく非難されることになる。ダム管理事務所では、そのあたりまで細かく配慮することが求められる。

季節はずれの台風や梅雨時は、とくに入念な観察と、気象状況の正確な予想、そして経験に裏打ちされた調節技術が問われるのだ。辻村が伝えたかったのはそのことだった。

「所長……」

青木はもう一度、まじまじとその横顔を見た。

白髪まじりの無精髭が生えたその顔には、四十年間もの長きにわたって、ダムとともに生きてきた男の使命感が染みついている。

「ですが、本省の人間も、東京都民だって、きっとそんな苦労なんか知りませんよね」

青木は言わずにはいられなかった。かくいう青木自身が、二瀬ダムに赴任する前には思いもしなかったことだからだ。現場には、キャリア組や本省勤務には想像もつかない知恵と努力の蓄積がある。

「それでいいんだよ、青木。うまくいって当たり前。なにも起きないようにするのが俺たちの仕事だ。農家の人たちから文句を言われたり、反対に、ちょっとでも洪水被害を出したりしたら、ダム事務所は失格だ」

辻村はあのときひたすら前方を見つめながら、低い声でそう言った。


二瀬ダム管理所への帰路は、ひどくぬかるんでいた。カーブを曲がるたびに、車が大きく揺さぶられ青木は現実に引き戻された。

ヘッドライトだけが頼りの漆黒の闇だが、ときおり遠くで雷鳴が聞こえてくる。そのつど不吉なほど鮮やかな稲妻が、切り裂くように空を走った。

二人は濡れ鼠《ねずみ》のようになって、ようやく二瀬ダム管理所に帰り着いた。

「あ、所長。凄い雨だったでしょう。青木さんも、ご苦労さまでした」

モニター前で作業をしながら、状況の推移を見守っていた他の職員たちから、現地パトロールの労をねぎらう声がかかる。

それに応え、辻村は部下から渡されたタオルを受け取りはしたものの、濡れた身体を拭く暇も惜しんで、デスクに突進した。青木も、手早く着替えだけは済ませたものの、遅れまいと大急ぎで隣の席にひかえた。

こんなチャンスは滅多にないのかもしれない。できる限り、この辻村所長から洪水管理の現場の技術というものを会得したい。青木にはそんな思いがあったからだ。

「うわっ、いつのまにここまで上がったんだ……」

モニターに並ぶそれぞれの数値が、パトロールに出る前と較べると、のきなみ上昇しているのがわかる。

「いかんな……」

辻村もくぐもった声をあげた。

ダムの貯水量がほぼ満杯になってきている。調べているのは、続々とアップデイトされてくる気象図だ。台風の進行具合と雨雲の位置情報、さらには降雨量との関係も何度も確認する。そうやって、今後のダムへの雨の流入量を緻密に予測するのだ。

これまでも徐々に放流量を規定通り最大量の八百トンに保ってはきたのだが、ここからは、さらに上げていかざるをえなくなった。辻村が指示を出し、ダムの水門《ゲート》を開いたり、また閉じたり、さらには緩めたり、絞ったりしながら、繊細な調節が必要になる。

異常洪水時防災操作と呼ばれるものだ。ここからは経験がものをいう。あまり焦って放流量を増やすと、下流で水位が急上昇し、川がえぐれてしまうことにもなりかねない。

「関係各所に、手分けして情報伝達だ」

辻村の指示で、職員たちが一斉に受話器を取った。関係各所に現状を逐一伝えるのだ。関東地方整備局や、埼玉県、東京都、もちろん荒川上流河川事務所や、里見たちのいる下流河川事務所にも知らされる。

「見てくださいよ、所長。下流の水位がぐんぐん上がっています。まさか、こんなに速いものなんですか……」

青木はごくりと唾を呑み込んだ。様子を見ながら少しずつとはいえ、放流量を増やした途端、はるか下流の各所に設置された水位計が、激しく反応を示すのがわかる。

水は高いところから低いほうに向かって流れるもの。それも驚くほどの速さでだ。

そんな当たり前のことに、あらためて気づかされた思いがする。

これが、自分たちが向き合っている川というものか。人知を超えた自然の力だ。全身を貫く恐怖感に、青木は思わず身震いをした。

＊

二瀬ダムからの連絡を受け、荒川の水位上昇を示す数値は、そのまま下流河川事務所の里見にも確認できた。その一方で里見自身も、下流の各所で流域や堤防のパトロールに出ている部下たちと、緊密な情報共有の連絡を取りあっていた。

「おい、そっちはどうなってる？　その後の状況報告を頼む」

里見が訊くと、あちこちからすかさず声が返ってきた。この部屋の職員たちは、ほとんど総立ちの状態だ。

「区役所や市役所には、もう連絡をいれたのか？」

続けて訊くと、間髪を容れずに返事がある。

「はい、所長。区のほうでは、地元の消防団や消防隊員にも総動員をかけてくださっています。みなさんで土嚢《どのう》積みをやってもらっているところです」

「わかった。無駄になってもいいから、どんどん作業を続けてもらってくれ」

各地の消防団員と地域住人が一体となって行なう、いわゆる水防活動と呼ばれるものだ。ただし、水位の上昇が早過ぎて、手が足りないと区役所から応援の要請が届いていた。下流河川事務所では、こうした緊急時には地元の建設業者に依頼して、大型土嚢を大量に作ってもらうことになっている。その手配はすでに済ませ、いまは粛々と作業が進んでいるという報告だった。

「水嚢《すいのう》は？」

里見がまた問いかけると、今度は別の方向から応じる声がある。

「はい、所長。水嚢もすでに手配を始めてもらっています」

　水嚢というのは、いわば巨大な氷枕のような形状のものだ。過去の地盤沈下の影響で、鉄道の橋梁《きょうりょう》周辺で堤防が低くなっているところ、つまりはその分越水が起きやすい場所を塞いで補強するためのものである。

　過去の地盤沈下により、荒川の堤防よりも橋梁部分が低くなっている箇所には、とくに注意が必要だ。

「所長、まずいですね」

　橋田がそばに来て、声をかけてきた。

「どうした」

「流れに勢いがついてきているというんです。雨はやっとパラパラ降り出してきまして、まだ小雨程度なんですがね。気味が悪いぐらい水かさが増えているそうなんです」

　岩淵水門の周辺を見回っているパトロール・カーからの報告を、伝えてきたのだ。

「それが問題なんだ。東京が大雨じゃない分、切迫感がない。河川敷の具合はどうだ？」

「着実に水があがっています。普段、グラウンドに使われているあたりはもう水浸しだそうです」

　事態はそこまで進んでいるのだ。危険はひたひたと迫っている。そして、このあとさらに悪化する。もはや時間は残されていない。

「この調子だと、水位は間違いなく四メートルに達するな」

「残念ながら、所長。それも時間の問題かと」

すでに水門を閉めるべきときだ。それを嫌でも実感する。里見は大きく息を吸った。

昭和五十七年（一九八二年）に岩淵水門が完成して以来、実際に水門を閉めたのは過去四度。一九九一年、九九年、二〇〇一年と続き、直近は二〇〇七年の台風のときだ。もちろん、里見がここに赴任してからはこれが初めてのことである。

だが、ここが決断のときだ。隅田川流域を守るために岩淵水門を閉めると、堰き止められた水は荒川の河川敷で洪水となる。東京を水害から守るために、こちらでわざと洪水を起こすわけである。

「仕方がない、橋田さん。閉めよう」

里見の指示を受けて、橋田が黙ってうなずいたかと思うと、すぐに大きな声をあげた。

「みんな、聞こえたか。岩淵水門を閉めるぞ」

一瞬、災害対策室に緊張が走る。

「いいか、パトロール・カーをもっと増やすんだ。手分けして、河川敷にいる人たちに、大急ぎで注意喚起をしてくれ」

里見が次々と指示を出す。水門を閉めたら、途端に荒川の水かさは急上昇を始めるだろう。だが荒川の河川敷には、一帯を住居にしているホームレスたちがいる。いまは深夜だ。

知らずに寝ていることがないように、まずは彼らに周知する必要がある。

でないと必ず犠牲者が出る。それだけは、なんとしても避けなければならない。

「本省への報告と、それから区長さんたちにも連絡をしないとな。避難勧告を出してもらうタイミングだと伝えて、私から協力をあおぐよ」

日頃、荒川下流タイムラインの検討会を開き、情報共有をしてきたのは、こんなときのためだ。いまこそ一致して動くときだ。

「所長、これを見てください。こんな動画がアップされています」

そのとき、職員が大声をあげ、スマートフォンを手に、駆け寄ってきた。

「動画？」

「はい。付近の住民か誰かが、電車のなかからでもスマホで撮影したものだと思います」

＊

官邸地下の危機管理センターに向かうため、皓子はＳＰたちに護衛され、秘書官らと一緒に総理公邸の正面玄関を出ることになった。

だが、一歩外へ踏み出した瞬間、待ち受けていた番記者たちがわっとばかりに駆け寄ってきて、あっというまに取り囲まれてしまう。

「総理、荒川が大変なことになっていますが……」

「首都圏の防災対策について、このあと臨時の関係閣僚会議が開かれるんですよね？　そこでは今後のことについて、どういうお話をされるのでしょうか？」

四方から矢継ぎ早に質問が飛んでくる。幾重にも周囲を取り囲まれ、押し潰されそうになりながら官邸正面公邸寄りの細い入り口を通り抜けた。すっかり灯が消えた広い正面フロアを突っ切って、そのままエレベータに乗り込むまで、薄闇のなか皓子の顔に向けられてくるテレビ・カメラの強いライトが、鋭く目を射るようだ。

「総理、一言だけでもお願いします」

執拗に迫ってくる声と、眩しすぎる光に、皓子は思わず顎を引き、目を細めた。すると、歪めた顔を狙ってすかさず一斉にシャッターを切る音がする。なんという意地の悪さなのだ。

ここで中途半端なコメントをするのは要注意だ。皓子は自分に言い聞かせた。すべては、危機管理センターに着いて、各方面からの状況報告を確認してからにしたほうがいい。

だから、あえて立ち止まることをせず、質問に答えることも避け続けた。かといって、あからさまに無視するわけではない。ただ軽い会釈だけをしてやり過ごしたのである。

「総理、ご存じですよね？　荒川の河川敷が物凄いことになっているそうです。ネットで動画が拡散されて、いま大騒ぎになっていますが」

そのことは、寝室を出て公邸の玄関に向かう廊下で、武藤の携帯電話に届いた報告で状況だけは把握している。

ただ、岩淵水門が閉じられたことで、河川敷が水浸しになってしまうのは、やむを得ないことで、あらかじめ想定されていた事態だとも聞かされている。

「うわっ、なんなんだこの映像は。総理、どうやらこんなものが出回っているようです」

動画を観た瞬間はさすがの武藤も驚きの声をあげ、手元のスマートフォンの画面を皓子に差し出してきた。解像度も低く、深夜ゆえにはっきりとはしない動画である。だが、河川敷にひたひたと拡がる不気味な黒い水の様子は、そのあまりの増水の速さゆえに、観ている者の恐怖感を掻き立てる。

「どこなのかしら、この場所は」

皓子が訊くと、武藤は小さく首を振った。

「それが、総理。この動画が撮影された場所の確定はまだされていないそうで……」

小さな画面のなかの不鮮明で暗い映像ではあるのだが、向こう岸の堤防からこちら側の堤防まで、河川敷一帯がいまにもすべて川の水に覆い尽されてしまいそうな勢いである。驚きを伝える撮影者の押し殺した声も、短い動画に緊迫感を添えている。

一方で、動画そのものの信憑性を疑問視する声もあるという。以前の鬼怒川や九州地方の大雨の映像と混在しているのではないかと疑う声もあるらしいのだ。

「いまのところ、ネットのなかでも情報が錯綜しています」

幸か不幸か深夜のことでもあるので、ニュースの生番組はいまはほとんど流れておらず、特別番組を組むところまでにも至っていない。現時点でもっぱら騒ぎになっているのがソーシャル・メディアの世界に限られているだけに、このままにしておくのはかえって地元民の不安感を無用に煽ることにもなるだろう。

もっとも、秩父地方での大雨注意報は、気象庁からのテロップですでに報じられている。すぐにも緊急記者会見を開きたいという気象庁の要請は、ついさきほども、中本危機管理監からの伝言として、武藤秘書官を通して皓子にも伝えられている。

一刻も早く各現場の状況を直接聞いて、対応策を決めたいと思う。だからこそ、大急ぎで地下の危機管理センターに向かおうとしているのだ。逸る思いに、つい足早になる皓子たちを、だが記者たちは執拗に追いかけ、行く手を阻んでくる。

彼らが口々に放つ質問は容赦なく、皓子がなにも答えない分だけ、ますますエスカレートしていった。

「総理、政府の対応の遅れを指摘する声も出ていますが」

抑えたつもりなのだろうが、あきらかに皓子を責める口振りである。だが、そもそもここまで遅れたのは誰のせいか知っているのかと、皓子としては言いたいぐらいだ。

それでも前の記者の言い方では足りないとばかりに、さらに別の記者が前に乗り出し、息巻いてくる。

「そうなんですよ、総理。このままだと国民の不安はどんどん高まっていきます。災害への不安というよりも、むしろ三崎新総理への不信感そのものを増長させてしまいますよ。このまま黙っておられて本当にいいんでしょうか？」

けしかけるような口調だった。皓子が固く唇を結び、質問者を強く見返すと、その顔に向けてまた一斉にシャッターが切られた。

「だってねえ、このところ東京では、ほとんど雨なんか降っていなかったんですよ。なのにいまごろなんで荒川が氾濫するんですかね。そんなわけないでしょう、総理。いったいなにが原因なのでしょうか？」

「実は、他になにか深刻なトラブルがあったんじゃないかと、ネットではいろいろ取り沙汰されています。憶測がどんどん膨らんでいるんです。そのあたりは、総理はいかがお考えなんでしょうか？」

いまにも爆発しそうな記者たちの声に、たまりかねた武藤が両手を拡げ、彼らの前に立ちはだかって制してくれた。

「みなさん、いまは総理が急いでおられますので、とにかくちょっと通してください。記者会見はあらためて開きます。のちほど詳しいことはきちんとお知らせしますから」

あくまで低姿勢の武藤に、すぐにほかの記者が反応した。

「記者会見をされるのですね？　約束してくださるのですね？」

「何時からですか？　今夜中ですか？」

畳みかけるような質問攻めで、記者たちは今度は武藤に迫ってくる。

「ですから、それも追ってお知らせしますので……」

武藤に倣って秘書官やＳＰが横一列になり、記者たちを制して、彼らの動きを止めてくれているあいだに、皓子はエレベータに乗り込もうとした。そのとき、かなり後ろの方向から鋭く叫ぶような声があがった。手にした携帯電話を高く掲げている。

「総理。たったいま、うちの社のニューヨークから電話がはいったのですが、海外の為替市場で円が急落しているそうですよね」

なんだって、それは本当なのか、と周囲の番記者たちが色めき立った。

「だけど、円安っていいニュースだろう？　円安になると株価があがってきたから」

「いや、これまでならそうなんだけど、どうも今夜は円が異常な動きをしているらしい。東京でなにか起きてるに違いないって、訊いてきているんだ。ねえ、総理。こんな夜中にわざわざ閣僚を招集されるのは、そのことではないんですか？　それとも、今夜の河川敷の氾濫となにか関係があるのでしょうか？」

鋭く突いてくる質問だった。だからこそ、なおさら皓子は迂闊に答えられない。

「逃げないで、教えてくださいよ、総理。政治の透明性を担保するのが政治家三崎皓子の真骨頂だったはずじゃないですか。それなのに、総理大臣になった途端に情報の出し惜しみをするなんて、国民はかえって勘ぐってしまいますよ」

皓子は、自分の背中に注がれる刺すような視線を、意識せずにはいられなかった。けしかけてくる口振りに、さすがに聞き捨てにできない気もしてきた。

だから思わず後ろを振り返って、皓子はつい口走っていた。

「逃げているわけではありません！」

だが、記者たちの顔を見た途端、ここで彼らに乗せられてなるものかと、あらためて思い直した。

「約束します。早急に情報を収集し、詳しい会見を開きますので」

皓子は短くそれだけを告げた。その口許を、またも強いライトが照らしてくる。しかし、今度はその眩しさに怯むこともなく、皓子はきっぱりと続けたのである。

「ということは、まだ情報は官邸に伝わっていなかったということなんですか？」

あげ足取りとはこのことだ。どこまでも皓子を批判したいのだろう。だが、その手に乗るつもりは毛頭ない。今度こそ、皓子は声の主を完全に無視して、さらに言った。

「みなさん、報道機関としての良識をもって、各社ともにいまは冷静な対応をお願いします。ネット上で錯綜している情報に惑わされて、むやみに動揺することなく、また、国民に向けて無用なパニックを煽るようなこともないよう……」

すかさず、別の方向から遮る声があがる。

「それって、報道規制じゃないですか？」

「いや、あれだろ。ほら例の、保護されるべき特定秘密にあたる情報だとおっしゃっているわけですよねぇ？」

続いてあがった頓狂な声に、記者たちのあいだから含み笑いの声が漏れる。皓子はキッとばかりに声の主を睨みつけた。

「それぞれの、自覚と矜持の問題です！」

それだけ毅然と言い置くと、さっと踵《きびす》を返し、皓子は彼らにまた背を向けて、エレベータに乗り込んだのである。

官邸地下の危機管理センターは、外部からのあらゆる手段による攻撃に堪えられる頑強な造りだが、普段は仕切りのないだだっ広いだけの大部屋だ。それが、今夜ばかりはすでに大勢が詰めかけ、すべてのモニターも稼働していて、緊張感と熱気に満ちている。

「みなさん遅くまで、ご苦労さまです」

そう言いながら到着した皓子の姿を目にすると、全員が手を止め、椅子から総立ちになって、迎えてくれた。

やがて中本危機管理監が近づいてくる。そのすぐ後ろには、国交省をはじめとする、各監督官庁からの顔ぶれが並んでいた。

「関係する大臣の先生方は、まもなく到着されることになっておりますが、その前にざっとこれまでの状況のご説明を……」

情報連絡室になっている一角のデスクに着き、モニター画面や資料を駆使し、呼び出されて来ている専門家の意見もまじえて、今後の台風と大雨の予測について、まずは説明を受ける。秩父地方や荒川上流の現状、その影響を受ける下流地域に想定される被害や、これから求められる対応についてなど、過不足なくコンパクトに凝縮された説明だった。

「そうですか……」

ひとしきり黙って説明を聞いていた皓子は、手にしていた資料から静かに顔をあげた。

「荒川の決壊は、おそらくもう避けられない状況まできているとおっしゃるわけですね」

中本は固く唇を結んだまま、静かにうなずいた。その目のなかに、強いなにかが漲《みなぎ》っている。迫ってくるものに、敢然と立ち向かう決意とでもいえばいいだろうか。その一条の光にも似たものに、背中を押されるような思いで、皓子は周囲を見まわした。

「みなさん、聞いてください」

官邸地下の危機管理センターには、遅れて駆けつけてくる担当者たちで、さらに人員が増えている。その全員の顔をくまなく見回して、皓子は決意をこめて言ったのだ。

「いまからわれわれは、一切の楽観的な見方を排除します」

皓子の言い方があまりに予想外だったのか、一瞬、彼らのなかに低いざわめきが起きた。

それを充分に意識しながらも、だが一切かまわぬという姿勢を貫いて、皓子はこれまでよりさらに大きな声を出した。

「私は、このあと、総理大臣の権限において、全国民に向け、災害緊急事態宣言を行ないます」

米国では九・一一のニューヨーク同時多発テロのときや、パリでテロが起きたときなど、それぞれの大統領によって緊急事態宣言や非常事態宣言がなされている。米国の自然災害《ハリケーン》発生時には州知事が宣言し、それによって関係者が足並みを揃えて対応する。

今回の災害規模を考えると、対応がちぐはぐになって被害を増大させることだけは避けなければならない。東京は日本の首都なのだ。政府が指揮を執り、防災に向けて情報共有と一貫した対応策を徹底させる必要がある。ひいてはそれが、国民の生命を守ることとなり、なにより日本経済を守ることに繋がるからだ。

「いいですか、みなさん。それぞれの持ち場で、最悪のシナリオを描くのです」

確認するように皓子が告げると、今度は、反対に水を打ったような静寂に包まれた。この大部屋に集まった全員の目が大きく見開かれ、その分逆に気持ちが引き締まり、ひとつに結集するのを皓子は実感した。

「つまり、最悪に備える、という姿勢にシフトするわけです。荒川は決壊する。そして東京がとんでもない水害にさらされる。それは日本を大きく弱体化させてしまう。そのことを前提にした対策に、いまから移行するのです。最悪のケースが想定されるからこそ、絶対にそれを起こさない。どこまで被害を食い止められるか、徹底した具体策を考えましょう」

中本が力強くうなずいている。おのずと椅子から立ち上がって、次々とうなずき返すそれぞれの顔もあった。彼らの反応を満足げに見回してから、次に武藤秘書官を手招きする。

「いまから記者会見を開きます。その準備を早急によろしくね。記者たちにも連絡をしてください。準備ができ次第、会見を開きますからと」

「承知しました、総理」

万事心得ている、とばかり武藤は即座にうなずいてみせる。

「さきほどおっしゃった内容を中心に、もうスピーチ原稿の作成には大至急取り組ませております。まもなくあがってくると思いますので、あとでお目通しをお願いします」

なんと手回しのいいことだろう。武藤に動じる気配はない。というよりむしろ誇らしげな顔にも見える。彼もまた優秀で頼もしい秘書官なのだ。就任直後はぎこちなさも残っていたが、皓子の一途な思いを受け、この数日間で息が合ってきたのか、先へ先へと手を打ってくれているのがわかる。

「ありがとう。心強いわ」

皓子が心から礼を言うと、武藤の頰がふと赤らんだ。

「いえそんな、当然です。これからがいよいよ正念場ですね。総理も大変だと思いますが、私どもも全力で取り組みますので、なにかございましたら、なんでもお申し付けください」

そして、紅潮した頬を引き締め、真顔になってまた告げてくるのだ。銃後の守りは任せてくださいと言わんばかりの顔つきだ。

「それより、総理。財務大臣がまもなく到着されるそうです。官邸玄関に石井さんがお迎えに出ておられるところですが、いかがいたしましょうか?」

大雨対策と併行して、朝までに取り組まなければならないことはまだほかにもある。日銀や通貨の信用回復と、国債市場のこれからについての対策だが、まずは目前に迫っている二十年物国債の入札について、なんらかの手を打っておくのが急務だろう。

「日銀総裁もご一緒かしら?」

腕時計に目をやりながら、皓子は訊いた。すでに午前二時四十分を過ぎている。

「いえ、それがすぐにはつかまらなかったようでして、さきほどようやく連絡がとれたところです。少し遅れてこられるようですが」

「わかったわ。では、関係閣僚会議は、大臣のみなさんが集まり次第、この地下の危機管理センターで開くことにしましょう。ただ、その前に、財務大臣とは先に執務室で、個別にお会いしておきたいの」

そうこうするうちに、大臣たちも顔を揃えるだろう。刻々と迫ってくる状況の把握や、それまでの暫定処理は、危機管理審議官や参事官といった担当者たちに任せ、皓子は落ち着いてこの先の対応策を練りたい。

そう思って、皓子がひとまず執務室に戻ろうとしたところで、背後から呼び止める声があった。

「お言葉ですが、総理」

いつのまにやって来ていたのか、経産大臣の田崎敬吾《けいご》である。いましがたベッドのなかから起き出してきたような風情で、しきりと目をこすっている。ひとまず上着は着ているものの、白髪頭はくしゃくしゃだ。顔も乾いて粉がふいたようで、濃紺の上着の肩には白いフケも散っている。

「さきほど副大臣から報告を受けたのですが、緊急事態宣言を発令するとおっしゃっていたそうですな。しかし、災害が現実に起きているわけではないのに、なにもいまの時点で、そこまで早々とやる必要がありますかな？　こんなことは、いちいち夜中に呼び出さなくても、気象庁と各市区長さんあたりに任せておけばいいのでは？　それで足りなければ、それこそ東京だけのことなのですから、明日の朝一番にでも都知事が指揮をすればいい」

総理による発災前の災害緊急事態の布告について、異論を唱えてきたのである。半歩後ろに控えていた国交大臣の南川が、そのとおりだとばかりに何度もうなずいている。

「というよりですね、総理。河川の管轄はうちの国交省です。ですから、今回の対応は、すべて私にお任せいただければと」

いつも穏やかに微笑んでいるような童顔の南川も、さすがに苦りきった表情だ。田崎もすかさずそれに同調してくる。

「そうですよ。南川さんのおっしゃるとおりだ。総理はご存じないかもしれませんが、こちらの南川先生はそもそも土木のご出身です。大学時代の専攻からして、いわば専門家なんです。いいじゃないですか、総理。南川君にやらせておあげなさいよ。なにもわざわざ総理がお出ましになることはありません。餅は餅屋といいますでしょう」

「ですが、今回は……」

と皓子が口を挟む隙すら与えず、田崎はさらに畳みかける。

「いや、総理。なにもかもご自分の手柄にしたいと思われないほうがいい」

「手柄だなんて、私は決してそんなつもりでは……」

皓子が語気を強めたので、田崎はわざとらしく頭を掻いてみせる。

「これは失礼。しかし、女性トップというのは、とかく完全無欠を目指しすぎる傾向があるんだそうですな。統計に出ているると、先日なにかの本で読みましたよ。それはともかく、総理も下の人間を信用して、うまくお使いになることを学ばれたほうがいい。明朝にも対策本部を起ち上げるおつもりだとお考えでしょうが、そこまで大上段に構えず、せいぜい非常災害対策本部で充分でしょう」

鷹揚に、田崎は皓子を見下すような視線を投げてくる。対策本部の起ち上げに際しては、二種類に分けられる。ひとつは「緊急災害対策本部」で、災害対策基本法第二八条の二によるものだ。この緊急災害対策本部の起ち上げとなると、本部長は内閣総理大臣だが、設置については閣議決定が必要となり、国会承認も求められる。これに該当するのは、「非常災害が発生し、かつ、その災害が国の経済や公共の福祉に重大な影響を及ぼす、異常かつ激甚なもの」とされている。

だが、そこにまで至らないケース、田崎が言うような、災害対策基本法第二四条による「非常災害対策本部」の設置であれば、本部長は総理大臣でなく、防災担当大臣で事足りる。

だが、なんという考え違いなのだ。危機意識もなければ優先順位がまるで違う。この期に及んで、田崎がこんなことに拘泥しているなど、情けないばかりだ。

阪神・淡路大震災のとき、ときの総理村山富市が連絡をしようにも、官邸には誰もいなかったという。いざというとき肝心の官邸に情報がなにもはいってこないのでは、どうしようもない。その教訓から誕生したのが内閣危機管理監といういま中本が就いている職務だが、その後再三の大地震を経験し、さまざまな改善が進み対応策が執られてきた。

ただ、地震についてはその後何度も悲劇を味わって、危機意識も防災対策も進んでいるものの、洪水に対してはまだ欠落している部分が多い。

湧き上がってくる憤りを抑えこむため、皓子はひとつ大きな深呼吸をした。そして、おもむろに二人を見つめ、口を開いた。

「お二人とも、おっしゃりたいことはそれだけですか」

できるだけ感情を殺して言ったつもりだ。

「は？　なんですと？」

田崎と南川は、呆気にとられた顔で、半開きの口のまま皓子を見つめ返している。

「だったら、私の指示に従っていただきます。こういう状況下で、われわれがもっとも避けなければならないのは、希望的観測《ウィッシュフル・シンキング》です」

早々にも緊急事態宣言をして、必要なら首都圏にはいる公共交通機関の制限にも踏み込むつもりである。朝になれば通勤通学の足に関する対応も求められることになる。該当する地下鉄や私鉄、ＪＲ関係や道路など、流通業界への通達や学校関係、民間企業への注意喚起も急がなければならない。

「もしや、総理は緊急事態宣言を布告して、地下鉄や電車もストップさせるおつもりで？」

先回りするように田崎が懸念を口にする。

「一人の犠牲者も、私は出したくないのです！　災害対策は先手先手に打ってこそ意味がある。想定される最悪のケースに則って、政府が一貫した対策を執ることですよ。もっと想像力を働かせてください。これまで続けてきたシミュレーションは、そのためのものなのですから」

　皓子の思いが揺るがないのを見て、田崎はさらに言い募ってきた。

「しかしですな。いくら総理でも独裁者になってはいかん。それに、想像は空振りになることもある。私らは、なにより総理に傷がつくことを心配して、それで申し上げているのですよ。最悪の事態を想定するのは結構だが、なにせ相手は天候のことです。もしもそのうち雨が止んで、なにも起こらなかったらどうするんです？」

「なにも起きなかったら、それこそ幸いじゃないですか」

「そうはいかない。強制的に運行休止にしたことで生じる経済的な損失は、誰が補償するんです？　それだけじゃない。政府の判断ミスだと批判される。ひいては、明正党の大きな非となって歴史に残るのです。私は、わが党の将来を考えて申し上げているんですぞ」

　田崎はますます居丈高になる。だが、これまでと同じ議論を何度蒸し返したら気が済むのだろう。すでに水が迫っているこの期に及んで、まだ執拗に繰り返すのか。

「でしたら、反対にもしも対応策が遅れて、首都圏のインフラが大きく損傷したりしたら、田崎さんは補償してくださるのですか？　大手企業の本社は首都圏に集中しています。そのビル群の地下が水没したらどうします？　尊い人命が失われたらなんと申し開きをするおつもりですか？」

皓子がなんとしても退かないのを見てとると、田崎はさらに声を荒らげる。

「私はなにもそんなことは言っとらん。党としてのバランス感覚を持っていただきたいと、そう言っておるんだ」

嚙み合わない不毛なやりとりを、うまくかわしてくれたのはまたも武藤だった。

「田崎先生、申し訳ありませんが、お時間が……」

そう言いながら、さりげなく田崎を制して皓子を通路に誘導する。

「すみませんが、急ぎますので失礼します。閣議開始までには戻ってきますが、なんとおっしゃっても、災害が起きる最悪の事態を前提にした危機管理を断行します。私は考えを変えるつもりはありませんので」

田崎と南川の二人を正面から見据えて、皓子は言い放った。彼らとの応酬を聞きつけたのか、そばにやって来た官房長官の宮下が、ことさら声を低くしてつけ加えた。

「仕方ありませんね、総理。それでも従えないと頑迷におっしゃるのでしたら、このお二人には三崎内閣からはずれていただくしか方法はありませんな」

最後通牒にも似た辛辣《しんらつ》な言葉のはずなのに、宮下は顔色ひとつ変えず平然と言ってのける。さすがに皓子はここまでは口にしなかったが、かわりに宮下がずばり更迭《こうてつ》を匂わせ、脅しをかけてくれたのである。

皓子としても、ずっと咽喉にひっかかっていた塊を、やっと気持ちよく呑み下せたような爽快感があった。

唖然としたまま、途端に黙りこくってしまった二人を、その場に置き去りにして、皓子は急ぎ足で総理執務室に向かうことになった。武藤と宮下が、皓子を両脇から守るようにして、あとに続く。

田崎たちからずいぶん離れたのを確認してから、宮下が囁いた。

「やっぱり効き目がありましたね」

「お二人を黙らせるのはあの手に限ります」

武藤までが嬉しそうに言い、三人は顔を見合わせてくすりと笑いを嚙み殺した。

「ありがとう。本当に助かったわ」

無用な妨害を嘆いている暇はない。

「しかし、あの二人は、どこまでも党の評判が大事なのです。実はそれだけでもなくて、さっきちょっと周囲にしゃべっておられたのが聞こえてきたのですが……」

組閣の経緯といい、今回のことといい、そういつもいつも皓子ばかりに花を持たせるわけにはいかない、と田崎がそばにいた副大臣らにしゃべっていたというのである。おそらくそれが彼らの本音なのだろう。なんといっても与党明正党の次代を担う主流派である自分の立場を、もっと立ててもらいたいという彼なりの不満が燻《くすぶ》っているのだ。あるいは、ひそかに次の総理の席に照準を合わせているつもりなのかもしれない。

「とんだ時間の浪費だったわ。だけど、宮下さんにはいつも悪役ばかりさせてしまうわね」

「そんなことはいいんです。僭越ながら、総理はあまり権力を振りかざすような言い方はされないほうがいいかと思いまして。もちろん、総理が女性だからといって、なにも遠慮なさることなどまったくありません。さはさりながら、日本の政界はまだまだ遅れていま す。ここはお気持ちをぐっと抑えて、賢く振る舞われたほうがうまくいく場合も多いかと」

総理の女房役である宮下なりの助言なのだ。もちろん、皓子自身はいくら嫌われても気にはしない。だが、やるべきことがうまく進むためには、宮下の言う「賢明な手加減」もときに必要かもしれない。

「私はかまいませんので、いくらでもヒール役にしてください」

宮下は笑って胸を叩いてみせる。だが、そのとおりなのかもしれない。女性がトップに立つときゆえの、独特のバランス感覚の必要性を皓子はしみじみと感じてしまうのだ。

「ありがとう」

だからまた、心からの礼を言いたくなる。この男を官房長官にしたのは、やはり正解だった。

「それより、財務大臣がお着きですので、お急ぎください」

宮下がわざわざ皓子を迎えにきてくれたのは、執務室になかなか戻ってこない皓子を心配したからとのこと。

「明日の、いや、もう今日になりますが、二十年債の入札は、延期すべきだと財務大臣はお考えのようでしたが」

すでに探りをいれてくれていたらしい。

「どうかしらね。国債発行は財務省の管轄だから、彼らの判断に任せるべきでしょうけど、そんなことをすると、かえって市場《マーケット》が勘ぐらないかしら。日本は入札ができないぐらいになっている、やっぱりそこまで切迫しているのかって受け止めないかしら？」

金融業界出身の皓子ならではの皮膚感覚だが、財務省には財務省なりの考えもあるはずだ。日銀総裁の意見も聞きたかった。

「それも含めて、ともかくまずは話し合いを」

「わかったわ。それから宮下さん、ひとつお願いがあるの」

執務室に急ぎながら、皓子が言う。

「なんでしょう？」

「このあとは時間との勝負になるわ。一刻を争う事態も覚悟しておく必要がある。だから、いまのうちに忘れないようにコンタクトしておいてほしいの」

「どなたかに私からご連絡をするのですね？」

　宮下がポケットから手帳を取り出した。すぐにメモしておくつもりなのだ。

「ええ、新倉邦彰《にいくらくにあき》さんに至急お会いしたいと」

「新倉さんて、五洋商船の会長の？」

「ええ、たぶん私のことは覚えてくださっていると思うの」

「はあ。もちろん、いくらでもお願いにあがりますけど、お急ぎなんですね？　なんでまたいまごろ新倉さんに？」

　怪訝な顔で皓子を見る。

「三崎皓子が、折り入ってお願いしたいことがありますって、大至急で伝えてほしいの。本来ならば私が直接お訪ねしたいんだけど、そうもいかないから、官房長官として連絡してもらいたいの」

「五洋商船といえば、海運業界のリーダー的存在ですよね。たしか、いまは日本船主協会の会長もなさっていたかと思います」

　日本船主協会というのは、タンカーやコンテナ船、クルーズ客船などといった大型船舶を保有し、日本の海運業に携わる百社あまりの企業で構成される業界団体だ。創設以来約七十年の伝統を誇り、わが国の海上輸送を担ってきた歴史ある団体でもある。

　ただ、そんな五洋商船の会長職にあり、業界団体の代表でもある新倉と、いまなぜ皓子が会わなければいけないのか。

あまりに唐突な指示だけに、宮下はすぐには解せないという顔つきだ。

「総理が、あの新倉さんとお知り合いとは存じ上げませんでした」

だが、宮下はそんな言い方をしただけだった。こんな切迫した時機に、わざわざ会いたいという限りは、なにか皓子なりの考えがあってのことに違いない。口には出さないけれど、宮下の顔がそう問いかけている。

「そうよ。もうずいぶん前だけど、新倉さんには仕事でお世話になったことがあるの。しばらくお会いしていないけど、ひそかに生涯の師匠だと思っている方よ。私のことはきっと覚えていてくださるはずだから」

もう二十年ほど前になるだろうか。まだ若かった皓子が、米国系の投資銀行で企業買収の部門にいたころ、商談に訪れた会議の席で出会ったのが最初だった。手強い相手で、最終的には契約にまで至らなかったけれど、思い出深い案件《ディール》だった。

「そうでしたか、総理が生涯の師匠とまで思われる方だと……」

宮下がようやく納得顔になった。

「いまのうちに、思いつく限りの迂回路を用意しておきたいと考えているの」

国の根幹を揺るがすようなリスクが複数絡んでいるときだ。こうなったら、慌てずに先手先手と、可能な限りの知恵を働かせていくほかない。

「迂回路、ですか」

「悪いけど、詳しい説明はあとにね。とにかく、至急お会いしたいと伝えてほしいわ」

いまはただ、時間が惜しい。

「承知しました」

宮下は、みなまで言うなとばかりにうなずいた。どんな意図があるにせよ、なんといってもいまは非常時。任せてくれと言いたいのだ。

「少し前に五洋商船の社長職は退かれているけど、会長になられても変わらずお忙しくされているはずだし、こんな夜中ですものね。突然の不躾で無理なお願いなのは、私も重々承知なんだけど」

「それでも、総理はお急ぎなんですよね。できたら明日の朝にでも、官邸においでいただけるようにすればよろしいので？」

「そうね。丁重にお願いして、お連れしてほしいの」

「わかりました。ご安心ください。総理からのたってのご依頼だと申し上げて、新倉会長を必ずお連れしますので」

「頼むわね」

そこまで伝えたところで、三人は総理執務室に着いた。だが、宮下だけは部屋のなかにはいらず、すぐにその場を離れていったのである。

武藤がドアを開けてくれ、皓子が執務室に足を踏み入れると、待ちかまえていたかのように石井秘書官が近づいてきた。

「あ、総理。お待ちしておりましたよ」

皓子の姿を目にして、弾かれたようにソファから立ち上がったのは、財務大臣の荒垣正義《あらがきまさよし》だ。小柄で細身。黒々とした豊かな頭髪や、いかにも神経質そうな風貌のせいか、もうすぐ七十歳になるという実年齢より十歳ぐらいは若く見える。

「石井君から話を聞いて、ずいぶん調べましてね。ロンドンで不埒《ふらち》な講演をしでかした男は突き止めましたぞ」

荒垣は得意げな顔で言うが、それだけでは問題の解決になどなりはしない。

「こちらにも大々的な迂回路が要るわね」

皓子は思わずそうつぶやいた。みずからをここまで追いつめてしまった日銀の信用回復と、目前に迫った国債市場の入札失敗を回避するためには、どんな迂回路を見つけだせばいいというのか。

「え？　なにかおっしゃいましたか」

荒垣がわざとらしく首を傾げた。

第五章　選択肢

──なんなのかしら。

夢中になって覗き込んでいたパソコン画面から顔をあげ、叩いていたキーボードの手を止めて、里見玲子は天井に目をやった。それがなにかはわからないのだが、突然奇妙な感覚に囚われたからである。

翻訳作業への集中力が高まるからと、雑音を遮るためにずっと頭につけていたヘッドフォンもはずしてみた。ついでに大きく首をまわして、凝り固まった肩を手でほぐしてやる。一連の動作をしながら周囲を見まわしたが、とくに変わったことはなさそうだ。

目をやると、傍らに置いておいたデジタルの目覚まし時計が、午前四時〇五分を告げている。いつのまに、こんな時間になっていたのだろう。

と、そのときまたかすかな違和感を覚えた。ツツツっと下腹の右のほうが引き攣れるように動いている。それも、玲子自身の意識とはまったく別の動きをしているのだ。

これって、もしかして？

そうだ、お腹の赤ちゃんが動いているのだ。玲子は大きく目を見開き、そっと掌をその部分にあててみた。すると、掌の動きに呼応するかのように、間違いなく内から押してくる動きが返ってきた。

ああ、赤ちゃんがここにいる。ここにいて確かに動いている。お腹のなかから、まるでその存在を誇示するかのように、玲子の掌を押し返してくるのである。

これが胎動というものか。

そろそろ妊娠五ヵ月が終わろうというのに、これまではまだ一度も感じることがなかった。玲子はこみあげてくる感情に思わず椅子から立ち上がった。おのずと笑みがあふれてくる。早く夫にこのことを報せなければ。お腹の赤ちゃんが初めて蹴ったのよ。そう伝えたら、夫はなんというだろう。

仕事中の夫に向けて、手っ取り早く携帯メールを送ろうとして、携帯電話を階下のキッチンに置き忘れてきたことを思い出した。

それを取りに、階段を下りようとしたその瞬間、これまで嗅いだことのないような、異様な臭いが鼻を突いた。

なによこれ、この臭いは……。

妊娠がわかってからというもの、とくに臭いには過敏になっている。だが、それにしても気持ち悪い臭いである。夏の天日にしばらく放置された、むしったあとの雑草のような、青臭い蒸れて湿った臭い。あるいは、水に浮く腐った藻にも似た不快な臭気。

お腹の赤ちゃんが教えてくれなかったら、仕事に没頭して気づかないままに、きっとそのうち吐き気をもよおしていたかもしれない。

それにしても、なんの臭いなのだろう。キッチンの流しのあたりから、下水が逆流でもしているのだろうか。玲子は鼻をひくつかせながら、階段をゆっくりと下りていった。ざわざわと外で音がする。夜更けから小雨が降り出したのは覚えている。だが、雨は止んでいるようで、どうやら雨音ではないらしい。

職場が近いからと、赴任する直前に借りることにしたこの木造の二階家だが、かなり築年数が経っているだけに、以前のマンション暮らしのようにはいかない。キッチンの様子を見て、原因がわかったら、いくらなんでもそろそろ寝ないと、また夫に叱られてしまうだろう。彼が留守なのをいいことに、ついつい翻訳に没頭していたおかげで、今夜はずいぶん能率があがった。お蔭でなんとか締切に間に合いそうだ。

ふと思い立って、下りかけの階段から、もう一度机に戻る。データのバックアップを取ったあと、先にシステムを終了させるためだ。玲子は、今夜の翻訳の出来上がりに心から満足していた。

ヘッドフォンで一切の音を遮断し、夫からまた喧嘩を蒸し返されないように携帯電話を遠ざけて、頑張った成果である。

赤ちゃんの初めての胎動がなかったら、もう少し作業を続けていたかもしれない。

「あなたが教えてくれたお蔭よ、赤ちゃん。でも、ママは今夜とっても頑張ったからね」

右手で下腹の横あたりを撫でながら、玲子はそっと話しかけてみる。

「あとはお昼までに気になった部分をチェックして、最後の仕上げをすればそれでお仕事はおしまい。あとはあなたのためにいろいろと準備をしなくちゃね」

とはいえ、こんな時間まで根を詰めて仕事をしていたなどと、もしも夫に知られたら大変だ。またしなくてもいい喧嘩をこじらせるだけだろう。だが、今回のまとまった翻訳を終え、無事に本の刊行にまでこぎつけたら、今度こそこの子のために長い休みをとってもいいと思っている。

今日は、そんな気持ちをきちんと夫にも伝えよう。きっと安心してくれるだろう。玲子はそうも思っていたのである。

だが、まずはこのあと少しでも身体を休めておくことだ。その前に下水の様子を調べておこうと、もう一度階段をゆっくりと下りていった。一段進むごとに臭いがさらに濃くなるのがわかった。正面のキッチンの窓から外に目をやると、庭のフェンスの向こうに黒いものが動いている。

なんなのあれは？

夜明け前の闇のなか、家の前の外灯の下で、間違いなくなにかが動いている。と、足許に目を戻し、さらに目を凝らして、玲子はその場に凍りついた。

水だ。

真っ黒の水だ。勝手口の三和土《たたき》から、すでに家のなかに浸入しはじめている。だが、こんなところにどうして泥水が……。

こんな馬鹿なことが起きるだろうか。雨などさほど降ってもいないのに。地震や津波が起きた気配もないのに。

いや、夫が電話で言っていたのは、もしやこのことだったのか。お腹の子がこれを察知して、腹を蹴って教えてくれたのではないか。

三和土から浸入してきた泥水は、玲子のすぐ目の前で、あっという間に十五センチほどあるキッチンの床の高さまで到達した。

声を出すのも忘れ、あまりの勢いに目を奪われていると、ものの一分も経たないうちに、土色の水が床の表面を舐めるように拡がっていく。

それはもう、恐ろしいほどの速さだった。なにをどうしていいかわからないまま、階段の最下段にただ立ち尽していると、そんな玲子のすぐ足先まで水が迫ってくる。

いったい、ここでなにが起きているというのだ。玲子は全身を硬直させ、その場から身動きができないでいた。

家のそばを流れる荒川が、音もなく暴れ出したとでもいうのだろうか。だから、このあたり一帯が冠水しているのだと。いまにもこの家を呑み込もうとしているのだと。

だけど、どうして？

そこまでの大雨が降っていたわけではないのに。いや、夫が電話で告げようとしていたことに、自分はみずから背を向けてしまったのだろうか。玲子は必死で昨夕からの記憶をたぐり寄せる。

夕方の早い時間帯でのテレビニュースでは、台風が二つ続けて発生していることを伝えていた。秩父方面では大雨になっているという情報も、ネットで流れていたところまでは知っている。ただ、台風は進路を変える可能性も出てきたようなので、さほど心配はしていなかったのだ。

そうか。そのあとはヘッドフォンで耳に栓をする格好で仕事に没頭していたのだった。その間、夫からなにか連絡があったはずだ。玲子は大急ぎで携帯電話のありかを探した。

そのとき、ふっとロウソクをふき消すように電気が消えたのである。

停電だ。どこかの電線が切れたのだろうか。あたりが暗転したかわりに、窓の外の薄闇が浮き上がってみえる。先に懐中電灯を探そうと、視線を巡らせていると、キッチンの窓のさらに先、庭続きになっている隣家のアルミサッシの大きな窓が目にはいった。

もちろん隣家の灯も消えてしまったが、そのほんの一瞬前、窓に黒い影が映るのが見えた気がした。老いて縮んだ身体で精一杯背伸びをし、片手を思い切り振ってこちらになにかを訴えるような動きだった。

「あ、田中のおばあちゃまが……」

あの家には独り暮らしの田中フミがいる。すぐにそばに行ってあげなきゃ。

玲子は咄嗟にそう思った。

いつもはゆったりと穏やかな人で、身重の玲子をなにかと気遣ってくれていたが、きっとこの異常事態に慌てて起き出し、動転しているに違いない。

真っ暗闇のなかで、床上浸水ともなれば、八十代なかばの高齢の身では、動きも取れずパニックに陥っているはずだ。可哀想に、どんなにか心細く思っていることだろう。

「おばあちゃま、大丈夫よ。じっとしてそこを動かないでね。すぐに私がそちらに助けに行くから」

玲子は言わずにはいられなかった。ここからではフミの耳に届くはずもないのに、声の限りに叫んでいたのである。

こんなときは、独り同士でいるよりも、二人で一緒にいるほうがお互いに心強いに決まっている。助けを呼ぶにしても、どこかへ避難するにしても、少なくともフミをあそこに独り放置などしてはおけない。

玲子は、自分が身重であることも、あたり一帯が置かれている状況についても、すっかり頭のなかから消えていた。隣家の老女を助けたい一心で、冷静な判断力を失っていたのだ。たとえ無事隣家にたどりつけたとしても、戻ってこられないかもしれないとまでは考えるゆとりがなかった。

二階に戻って懐中電灯を見つけ出し、ジム通い用のスニーカーを履いた。意を決して泥水に足をつけると、すぐに水が沁み込んできて、ぐちゃぐちゃと気持ちの悪い音を立てた。勝手口の扉に身体をぶつけるようにして外へ出ようとしたが、思っていた以上に水の抵抗が強い。さらに体重をかけて思い切り押さないと、重くてなかなか開いてはくれなかった。ようやく扉を開けると、さらに濃く濁った泥水がどっとキッチンに流れ込んできた。どこから流れて来たのか草や藁《わら》も浮いている。

外に出ると、雨はたいした降りではなかったが、かわりに風が猛烈に強くなっていた。砂とも飛沫ともわからぬものが、顔に当たって目が開けていられないぐらいだ。

見る間に水かさが増し、膝の近くまで泥水につかった。それでも玲子は懸命に、だがそろそろと慎重に、足を滑らすようにして前に踏み出した。

裏道は道幅一杯の川と化していた。しかも流れは驚くほど速い。濁流は足に執拗に絡みついてくるようで、前に進もうとする玲子の自由を容赦なく阻んでくる。

地域一帯が紛れもない冠水状態だ。おそらくどこかの堤防が決壊したのだろう。少しでも気を抜こうものなら、すぐにも流れに引き倒され、勢いのままどこまでも流されてしまいそうだ。足を取られたら最後、濁流に呑まれて、川まで押し流されてしまう。

死ぬかもしれない、と初めて思った。

その途端、恐怖感に頬が引き攣った。全身が硬直する。長い髪は、吹きつける強風に狂ったように煽られている。

いや絶対に死んでなるものかと、だから余計に思い直した。いまごろは、夫は身体を張って荒川を守っているはずだ。被害を最小限に食い止めようと、この泥水と闘っているに違いない。それなのに所長の妻が被災しては夫の立つ瀬がないではないか。お腹の子も絶対に死なせるわけにはいかないのだ。

玲子は自分に強く言い聞かせた。

勝手口を出て、庭のフェンスをしっかりと両手で摑んだ。流されてなるものかと踏ん張って、フェンス伝いに隣家の戸口に向かってゆっくりと歩を進める。

そのとき、がくんと左足がなにかに吸い込まれた。たぶん下水溝だ。このあたりにあったはずだが、冠水のため蓋がはずれて、流されてしまったのかもしれない。気をつけてはいたつもりだったが、一面の泥水では、その位置を確かめることはできない。

まずい。このまま吸い込まれたら命取りだ。馬鹿なことをしてしまった。だが、懸命に足を引き抜こうにも、物凄い力で玲子を引き摺りこもうとする。フェンスを摑んだ手に力をこめ、必死で抵抗するが、流れはますます勢いを強め、玲子の身体を無慈悲なまでに吸い寄せる。

踏ん張っていた片方の足が痺れてきた。スニーカーが脱げそうだ。必死でしがみついている頼みのフェンスも、ぬるぬると滑ってくる。ついに片手が離れ、空を彷徨《さまよ》った。もはやどうしようもない。玲子は最後の力を使い果たし、目を閉じた。

そのときだった。

ぐいとその手を摑むものがある。ごつごつと骨張った、だが力強い手だった。

「奥さん、僕に摑まって。気をしっかりと」

目を開けると、すぐ前に、赤と黒の刺子《さしこ》袢纏《ばんてん》を着てヘルメットをかぶった男の姿があった。地元の消防団の人だ。玲子の手をしっかりと摑み、もう一方の手はその先にいる別の男の手に繋がれている。三人の男たちが一列に手を繋ぎ合って一本の命綱の役をしてくれているのだ。

「私、私……」

感謝の言葉を発するより前に、安堵のあまり涙があふれてきた。

「もう大丈夫ですよ。怪我はありませんか」

「すみません。知らないうちにこんなに水が出ていて、でもあそこに、お隣にお年寄りがおいでになるので、その方を助けたくて」

玲子の言葉に、男がすぐに反応した。

「わかりました。ずっと巡回していたのですが、見つけてあげられなくて。お隣にもまだ人が残っていらっしゃるのですね」

「はい、独り暮らしのおばあちゃまが」

「われわれに任せてください。このあたりには避難指示が出されています。だから、お隣のことはわれわれに任せて、奥さんはひとまずあっちのゴムボートに乗ってください。避難所にお連れしますから」

消防団の人がさりげなく口にした避難所という言葉が、玲子の耳にはどこか遠くの出来事のように響いた。

避難指示が出ているなどと言われても、まるでピンとこない。もちろん、自分が置かれている状況は嫌でも認識せざるを得ない。だが、頭ではわかっているはずなのに、避難すべき当事者であることが、にわかには受け入れられないのだ。

自分はいま被災者なのか。いったいどうしてこんなことになってしまったのだろう。なんの前触れもなく、そして否応なく、突然被災者になってしまう。自然災害とは、かくも理不尽で、残酷なものなのか。そんなことが、まさかこの身に起きてしまうなんて。

ずぶ濡れの身体をしっかりと救助員に抱きかかえられ、慈愛に満ちた励ましの声をかけられて、指示に従ってゆっくりと進みながらも、玲子にはまるで現実感がなかった。

それでも気持ちを奮い立たせて、ようやく顔をあげると、その先にはニュースで何度か目にしたことのある光景が拡がっていた。

一面泥の川と化した道路を、黒いゴムボートが被災者を乗せて進むあの構図である。はるか遠くのほうで、消防車のサイレンやヘリコプターの音も聞こえている。

日本の各地で洪水が起き、そのつど救助活動が展開される様子が、これまで何度テレビ画面で報じられてきたことだろう。荒れ狂う濁流に、家屋が根こそぎ流される生々しい情景を目にしたことも、一度や二度ではない。

ただそれは、玲子にとってはいつもあくまで他人事だった。はるか遠くの無縁な地で起きている、気の毒な出来事に過ぎなかった。そんな泥水が、現実にわが家とわが身を襲い、その「被災者」にまさか自分がなるとは、どうして一度も考えたことがなかったのだろう。

促されるままに、生まれて初めて乗るゴムボートで、言われるとおりぎこちなくロープに摑まりながら、玲子は避難所とされる場所にたどりついた。

普段その存在すら気に留めたこともなかった小学校の体育館だったが、着いた途端、地域のボランティアらしい青年が駆け寄ってきてくれた。

「怪我はありませんか？　ご自分で歩けますか？」

スニーカーを脱いだついでに、濡れたソックスも脱ぎ、裸足で床にあがった。広い講堂にいたのは老人たちばかりだが、田中フミの姿を目で探してもどこにもいそうにない。

「ええ。大丈夫、です」

自分では落ち着いて答えたつもりだった。だが、無様なほど言葉になっていない。濡れた衣服が冷え切って、歯の根が合わないぐらいに全身が震えてくる。

「早く、このタオルで拭いて、毛布にくるまってください。なにか着替えるものを見つけてきますね。できるだけ身体を暖めることが大事です。あの、もしかしたら妊娠されていますか？」

玲子が手でかばっている腹部に目をやって、青年は遠慮がちに訊いてきた。玲子が黙ってうなずくと、また青年はすぐに言う。

「ここには医者がいないのですが、気持ちが悪くなったら言ってくださいね」

自分よりずっと若そうな青年が、頼もしく思えてくる。

「大丈夫ですから」

今度は少し大きな声が出せた。

「ならいいのですが、だけどまだ気を抜かないで。このあたり一帯も、もしかしたら冠水するかもしれないそうなんです。なので、いつでも移動できるように、そのつもりで警戒だけはしておいてくださいますか」

青年の言葉に、玲子は目を覚まされた思いがした。彼だって怖くないはずはない。

「あの、すみませんが、携帯電話をお借りすることはできますでしょうか？　夫に連絡したいんです」

きっとどんなにか心配しているだろう。せめて無事であることを、一言だけでも知らせてやりたい。

「いいですよ、あそこにある電話を使ってください」

正面のステージの隅で、何本ものコードに繋がって充電中の携帯電話が並んでいる。玲子は遠慮がちにそのひとつを手にして、震える指で里見の番号を押した。

「はい、里見です」

呼び出し音を聞くまでもなく、夫の声が返ってくる。

「あなた、玲子です」

告げた途端に、涙があふれてくる。張りつめていた糸がぷつんと切れてしまったように、膝から力が脱け、その場にへなへなとしゃがみこんでしまった。

「玲子？　玲子なのか。いまどこだ？　無事だったんだね。よかった」

叫びにも似た夫の声が、どれだけ玲子を案じていたかを物語っている。

「心配かけてごめんなさい。消防団の方に助けていただいたの。安心して、私も、お腹の赤ちゃんも、大丈夫だから」

消え入るような声になった。助かりはしたが、そのかわり家からはなにひとつ持ち出せなかった。まさに着の身着のままでここにいる。ただ、それさえも伝えるだけの力が残ってはいない。

「どんなに心配したかわかってんのか。何回電話しても通じないし、僕はここを離れられないし。いまごろあのうちは一階の天井ぐらいまでが水のなかだ。お隣の田中のおばあちゃんがヘリコプターで吊り上げられて救助されたって聞いたけど、玲子の安否はわからないし……」

夫の語気が荒くなるのは、玲子の無事を知って、安堵したゆえのことだ。だが、あの流れの勢いでは、いまごろ二階のパソコンも泥水に浸かっているかもしれない。あんなに夢中でやり遂げた翻訳の仕事が、全部台無しになってしまったのだろうか。

「そうだったの。でも、田中のおばあちゃまは無事だったのね」

それだけでも朗報である。もうそれだけで充分だ。玲子はそこまで告げたあと、最後に残っていた力をすべて使い果たしたかのように、意識を失った——。

＊

玲子は無事だった。妻からの電話を終えて、里見は大きく肩で息を吐いた。

荒川下流河川事務所の災害対策室が、いよいよ緊張感を増していく喧騒のなかにいても、玲子の声を聞くまでのこの三時間あまり、里見は一瞬たりとも生きた心地がしなかった。

岩淵水門を閉める決断を下してから、冠水が予測される河川敷の避難誘導に総力を結集しているあいだにも、水門近くでの水位の上昇は、予想をはるかに超える速さで進行した。そして、午前三時十三分。玲子の安否がつかめず、やきもきしている里見を嘲笑うかのように、水位は一気に七・七メートル、ついに氾濫危険水位とされるレベルに達してしまったのである。

荒川の場合、水門を閉じたあとでも、中流部の広大な河川敷や荒川第一調節池などが、一定の水量低減の役目を担ってくれるように設計されている。だが、今回のような極端な降雨量では、いかんせんそれだけでは限界がある。こういうケースを想定して、調節池の増設を里見もこれまで再三進言してきたのだが、各方面の利権が絡むだけに、改善は遅々として進まなかった。

岩淵水門は閉められているので、隅田川側の水位は一切上昇していない。だが、その分荒川側の上昇は凄まじく、各自治体での水防活動が頼みの綱となる。各地で人員を増強し、とくに鉄道橋梁周辺など、越水や決壊リスクの高い箇所を重点的に補強していたのだが、それもとうとう限界を超えてしまった。

気象庁による台風情報と洪水予報は、絶え間なく流されており、流域一帯に関係する各自治体では、広報車やパトロール・カーによる懸命な避難指示を行なっている。

荒川の水位が、氾濫危険水位に達してまもなくの午前三時二十分、災害対策室の正面の天井近く、ずらりと並んだ各テレビ局のモニター画面のすべてが一転し、ひとつの共通の映像に切り替わった。

「あ、所長。あれを見てください！」

誰かが叫び、対策室の全員の視線が一点に注がれる。内閣総理大臣三崎皓子による、緊急事態宣言が下された瞬間であった。

画面のなかで、大映しになった三崎総理は、やや頬が強ばって憔悴した表情ではあった。だが、いま東京が直面している自然災害の危機について、きわめて冷静な口調で、都民がひとつになって行動することの重要性を切々と訴えたのである。

政府が、一昨日午後から官邸危機管理センターに情報連絡室を起ち上げ、懸命に対応にあたっていること。深夜にもかかわらず官邸内で緊急災害対策本部の会合が開かれ、被害状況の情報収集と迅速な対応にあたっていることを、漏らさず伝えている。

――夜間のため、被害の全容はまだ明らかではありません。また、今後の台風接近により、さらに謙虚に状況を見極める必要があります。われわれは、なにより人命の尊重を第一に、国民の安全確保に努め、被害を最小限に抑えるため、政府として総力で取り組んでまいります。国民のみなさまには、今後の情報に注意し、どうぞ落ち着いて行動するよう心からお願いします――

テレビ画面を見上げながら、里見の周辺でも口々に声があがった。

「へえ、いわゆる緊急事態宣言ってやつですよね。日本では初めてのことだ。あの女性総理、案外やってくれますね」

「こういう緊迫した状況のときは、野郎が宣言するより、女性総理の声のほうが向いている気がしますね」

政府からの注意勧告は、NHKや民放全局で同時に繰り返し放送されているようだ。

「所長、これを見てください。同じメッセージが、ソーシャル・メディアでも流されています。所長が、夕方からうちの局長を通して、何度も官邸に進言されたお蔭ですよ」

スマートフォンを片手に、駆け寄って報告にきた職員もいる。官邸からの情報発信は英語や中国語、韓国語でもなされていた。

「そうか、それは有難い。いまはSNSのほうが情報の拡散が手っ取り早いから、助かるな。ただし、もうちょっと早く出してほしかったけどな」

里見は思わず漏らしたのだ。なにせ午前三時を過ぎてからの発表である。みながすっかり寝入っている時間帯なのだ。

「そうですね、所長。いわば政府からの上意下達で、これからは民間企業とか公共交通機関とか、関連する行政の対策などが一気通貫でやれるのは助かりますけどね」

首都圏が水没するような大水害は、個々の自治体での対応では追いつくわけがない。

「これで、みんな避難してくれますかね」

「後手後手にまわらないのを祈るばかりだな」

テレビ画面やSNSのページを見ながら、それぞれが漏らしていたとおり、この政府あげての注意喚起は、里見たちが期待したほどには効果があがらなかった。深夜のためか、あるいは東京の降雨量そのものが決して多くはなかったためか、現実に避難する住民はごくわずかにとどまったのである。

そして皮肉にも、まるでこの総理大臣の緊急記者会見を合図に目覚めてしまったかのように、そのとき荒川がぶるんと身震いをした。

「所長！　やばいです。あれを見てください。ついに決壊が起きています！」

午前三時三十四分。かねて脆弱性が指摘され、それなりに補強作業も行なわれていたものの充分でなかったJR京浜東北《けいひんとうほく》線の鉄橋付近から、ついに堤防の決壊が発生。里見たちが凝視する大画面の一角に、あっという間に濁流が街に流れ込んでいく画像が映った。

「決壊場所はどこだ？」

「それが、一ヵ所だけではないようなんです！」

電話が一斉に鳴り響き、怒号が飛び交い、災害対策室が一瞬にして戦場と化した。

「おい、北千住《きたせんじゅ》の近くはどうなってる？」

里見は気になっている地域の現状を訊いた。荒川には堤防があり、隅田川にも堤防がある。だからあのあたりは地形として椀の底のような形状になっているからだ。

もしもあの近辺で決壊となると、もっとも浸水が深くなる。荒川上流での降雨量にもよるのだが、事前のシミュレーションでは、最悪の場合、水深五メートルぐらいまでになるという試算も出ている。

水は、当然ながら、高いところから低いところに向かって流れるものだ。しかも、地下では地表面よりずっと速く進む。

もしも、堤防の決壊が北千住の付近で起きたなら、地表面では水は建物のないところを選んで銀座あたりまでの到達で済むかもしれないが、地下ともなると、地下鉄の線路を通って下水道のようにまっすぐに流れていく。

北千住あたりならまだ遠いだろうなどと油断していようものなら、水道のパイプのように、あるいはストローのなかの水のように、目黒あたりまでは猛烈なスピードで、一気に流れていくはずだ。

「東京メトロは？　東京都交通局には連絡したか？」

里見の声にも、つい焦りが滲む。

まもなく夜が明ける。通勤客が押し寄せれば、地下鉄の各駅の混乱は避けられない。

「はい。夕方からずっと連絡は取り合っています。地下街の封鎖についても、各所にお願いはしてあるのですが」

とにかく人命優先だ。一人の犠牲者も出すことは許されない。人間がその手で造り守ってきた荒川放水路が、迫り来る自然の脅威から挑戦を受けている。逃げる気はない。人間の知恵を結集して対峙するときが来た。

里見はごくりと生唾を呑み込んだ。

*

閣僚の一部からの反対を押し切って、緊急事態宣言を断行したあと、皓子はもう一度、一旦中座していた総理執務室に急いでいた。待たせておいた財務大臣のほかに、日銀総裁が到着したとの連絡があったからだ。

このあと、財務大臣と日銀総裁を含む関係者たちとは、あらためて南会議室で会うことにしてあった。今後の対応策について、詳しく話し合うことになっているのだが、その前に、皓子は一息吐《つ》きたくて、総理執務室に立ち寄ったのだ。

皓子の姿を見て取ると、すぐに熱い緑茶が運ばれてきた。スタッフの気遣いに礼を言い、しばらくソファに座って淹れたての煎茶を口に含むと、身体の隅々に染み渡っていく思いがする。

「ありがとう。生き返る気がするわ」

だが、いつまでもここにいるわけにはいかなかった。皓子はすぐに立ちあがって、洗面所に行く。大急ぎで歯を磨き、手と顔を石鹼で丁寧に洗った。緊急のテレビ会見用にとプロの手で濃いメイクをされていたので、一度落としてさっぱりとしたかったからだ。

冷たい水ですすいで顔をあげると、洗面所の鏡のなかには、疲れ果てて打ちのめされた自分がいた。勢い込んでカメラの前に立ち、迫っている災害への注意と協力を国民に訴えたけれど、なにもかもに後れをとってしまったことは否めない。

皓子がなにより受け入れ難かったのは、案の定堤防の決壊が起きてしまったこと、そして、とうとう死者を出してしまったことだ。首都圏が蒙る人的・物的被害は、このあとますます増えていくことだろう。

あれだけ早くから危機を訴え、備えを指示してきたはずなのに、人は思いどおりには動かない。もっと強引なまでに、なりふりかまわず強行すべきだった。皓子には、そのことがいまさらながらに悔やまれるのだ。

無念さに、咽喉の奥から込み上げてくるものがある。だが、皓子は歯を食いしばり、無理にも顎をあげて胸を張った。こんなところでへこたれている場合ではないのだ。

顔色が冴えないのは、一睡もしていないのだから当然だろう。だが、気が立っているせいか、不思議と眠気を感じない。そのかわり、血走った目がぎらついて、いまにも嚙みつきそうに好戦的な顔つきをしている。

なんていう顔をしているのよ。

思わずそう語りかけそうになり、皓子は自嘲気味の笑みを浮かべた。

総理大臣に就任してからというもの、これでもかとばかりに厳しい試練に見舞われている。自分としては可能な限りのベストを尽そうとしているが、政治とは、ここまでうまくいかないものなのだろうか。

大半の支持を得て総理大臣になったはずなのに、いざ始まってみると、周囲はあまりに敵だらけではないか。

こうなったら、みずからを恃《たの》むしかない。

早く気持ちを切り替えて、次の対応に死力を尽すだけだ。でないと、すぐにも足を掬われてしまう。

いや、東京はそれほどヤワではない。この国には頼もしい復元力と潜在力があるはずだ。それを信じなくてどうするのだ。

鏡に向かってそうも告げ、顔色の悪さを隠すために軽くメイクをし直してから、気分を変えるために、クロゼットに置いてあった別のスーツに着替えも済ませた。

ふと思い立って、何気なしにタブレット端末を手に取り、個人アドレスでメールのチェックをした。長い間、開く暇もなかったが、とくに返事の必要なものはなさそうだ。

「あら、これって……」

夥しい数の着信履歴から、そのメールに目を留めたのは、表題が目についたからだった。

――昔の戦友からのエールです！

「まったく、由起ちゃんらしいわ」

北条《ほうじょう》由起子《ゆきこ》というのは、大学時代の親友であり、なにかにつけて互いに意識しあうライバルだったというべきだろうか。同じ金融の世界を目指したのだが、皓子が米国系の投資銀行を選び、彼女は財務省という官僚の道を選んだところから、互いの道が分かれた。

ほとんど会う機会はなかったが、忘れたころにいつもこんなふうに突然メールが送られて来る。いまも財務省にいたなら、あれだけ優秀な女性だから、それなりの立場に昇進していたはずだ。

だが、なにがあったのか知らないが、彼女はキャリアの途中で突然、開発途上国の経済発展に尽力したいと言い出した。その経験と行動力を買われて、アジア開発銀行に移籍したのである。だが、そこまでの報告を受けてから、もうどのぐらい経つだろう。

――あなたの名前の皓という字は、太陽が出て、空が白んでいくさまだって、そう言いたいのよね。闇を晴らし、夜明けを拓《ひら》く女だと。だったら私は、「由《わけ》」あって、ことを「起こす」女なのよ。

そんな他愛もないことを言い合って、互いに張り合ってきたものだが、年齢を経てもそれが続いてきたのは、お互いの力と生き方を認め合ってきたからでもあった。

懐かしさにかられ、メールを開いてみて、皓子はあっと声をあげた。

――あなたが総理大臣という新しいステージを選んだあっぱれさに刺激を受けて、私も今回のオファーを引き受けました。あなたに負けてなんかいられないから、昨年から思い切って新しい挑戦を始めているのです。将来、なにかで役に立てることがあるかもしれないから、そのときは遠慮なく。

「由起ちゃん、凄い決断じゃない。あなたこそあっぱれだわ。でも私も負けないわよ」

北条由起子のメールの文面に、皓子は強く背中を押されるものを感じた。もしかしたら、彼女の存在を通して迂回路を見つけられるかもしれない。もちろん、すべてはこの三崎皓子次第だけれど。

もう一度大きく深呼吸をして、執務室の出口に向かう。このあとは、これまで以上に強い意志を持って、南会議室に行くことだ。官邸正面玄関から奥に向かって左手にある比較的小さめの会議室だが、待たせてある財務大臣や日銀総裁とは、今度こそ腹を割って本音をぶつけあい、なんとしても効果的な施策をひねり出さなければならない。

いま日本が渦中に置かれている危機のひとつは、想定外の大雨という自然の脅威だが、これから立ち向かおうとしているのは紛れもない人災である。しかも、ひとつ間違えれば、日本経済を根幹から覆すことになり、それだけでなく、世界の市場を揺るがすことにもなりかねない。

気を抜けないわよ、三崎皓子。

スーツの襟を直し、乱れた髪を整えてから、鏡のなかで戦闘モードに切り替わった自分に向かってうなずいた。これから始まる会議では、この危機を招いた当人たちとの対決を迫られているのだから。

総理執務室を出ると、秘書官たちがしびれを切らしたような顔で並んでいた。腕時計に目をやると、午前六時四十五分。

すでに夜は明けている。日の出時刻はとうに過ぎているのに、曇っているせいか外はまだ薄暗い。小止みになっていた雨もまた降りだしたようだ。さらには急に激しさを増してきた風が、官邸前庭の木々を大きく揺さぶり、不吉な音をたてている。

いよいよ台風が近づいてきたのだ。

*

「総理のご指示どおり、会議の冒頭だけ、報道陣をいれることにしてあります」

石井秘書官が低い声で告げてきた。平静を装っているが、緊張感に頬が強ばっている。

「そう、ありがとう」

「最初の総理のご挨拶だけで、あとはすぐに退室させますので、ご安心を」

「わかったわ」

どんなものであれ、政府の会議については極力透明性を持たせたいというのが三崎政権の基本的な姿勢だった。だが、そうはいっても無防備になってはいけない。今回の会談は財政や金融政策にからむ繊細な内容の議論になるはずだから、必要な対策を打つ前に皓子の真意を曲解され、むやみに妨害されては元も子もない。

財務省や日銀に向けて、皓子が厳しい対応を迫ることになるのも必至であろう。となると、そうでなくても自分たちの面子に拘る傾向の強い彼らのことだ。下手をすると裏でメディアを味方に引き入れて、誤った世論形成を謀り、どんな抵抗を示してくるかわからない。

「東京市場が開くまでにはまだ時間がありますが、海外での円の下落はさらに進んでいます。債券先物市場の値動きも荒そうですし、首都での洪水発生で、市場はますます深刻な受け止め方をしてくるだろうと思います」

先回りして、皓子の躊躇《ためら》いを慮るように石井が言い、続けて心配顔で念を押してきた。

「どうでしょう、総理。いっそ、このあとの会議は全部極秘扱いにいたしましょうか？」

皓子は即座にかぶりを振った。

「いえ、その必要はないわ」

これから始めようとしている今回の対策会議では、情報開示やメディアの扱いについては、たしかに細心の注意が求められる。そのことは端《はな》から承知のうえだ。

会議の全容を明らかにすることは、政府内での対立を露呈することにも繋がり、狙いとする方向とは正反対の動きを招く危険性もある。それもわかりすぎるほどわかっていながら、皓子はあえて、彼ら金融当局との対峙を公の前に晒そうと心を決めたのである。

「むしろ、逆手にとって、この三者会談を大々的にアピールしたいぐらいだわ」

皓子はそう言って微笑んでみせたのである。あらゆる手立ては講じるつもりだが、出来ることは限りなく少ない。ならば、妙なあがきはやめて、謙虚な姿勢を見せることだ。そのうえで、政府の盤石な態勢と、覚悟を決めた明確な方向性が理解されたなら、答えは市場が出してくれるだろう。

ここに至った無作為の罪も、長年それを黙殺してきたすべての政治家たちの責任も、国民の目にすべて明らかにしたうえで、市場の審判を仰ぐしかない。それがいま皓子にできる最良の手段なのだから。

「ショック療法ですか？」

唐突な問いかけだった。さすがに財務省出身の秘書官だけあって、石井にもなにか感じるものがあるのかもしれない。

「いいえ、切れたままになっていた安全弁を、この際、もう一度作動させるのよ」

石井は驚いたように大きく目を見開いて皓子を見つめたが、無言のままだった。肯定も否定もできないのは、事の重大さをわかっているからだ。

皓子は冗談めかして答えたけれど、それが決して全部冗談ではないことも、石井にはすでに察しがついているからにほかならない。

「問題は、それがどっちに転ぶかだけど」

それも皓子の正直な懸念である。

「イエスと出るか、ノーと出るか、ですか」

石井の探るような視線に、皓子もあえて答えを口にしなかった。そのかわりに、心のなかで言ったのである。

私は市場を信じるわ。そして、この国の底力もまた信じたい、と。

*

南会議室に着くと、部屋の中央の会議テーブルに、財務大臣と日銀総裁が並んで座り、皓子の入室を待ち受けていた。壁際に用意された椅子には、関係する官僚たちが静かに控えている。

そして、皓子の到着を合図に、ようやく顔を揃えた会議の主役たちを、強烈なライトが照らし始めた。中央の会議テーブルをぐるりと取り囲んだ大勢の報道陣が、皓子の顔に一斉にカメラを向けてくる。皓子の動きに合わせてフラッシュが焚かれ、さざ波のように、シャッターが切られる連続音がする。

会議が始まり、総理の短い挨拶を終えると、報道陣はすぐさま退室を命じられた。それでも未練がましく居残っていた最後のカメラが、ようやくあきらめて部屋を出ていくのを見届けると、皓子はゆっくりと会議の参加者全員の顔を見まわした。

さあ、口火を切ろう、というまさにそのとき、横から小さな紙片がそっと渡された。

――五洋商船の新倉会長と連絡がつきました。遅くとも十一時までには官邸にご到着の予定です。

「ありがとう」

小さく礼を言い、今度こそ皓子は、毅然とした表情で口を開いた。

議論は、最初から嚙み合わなかった。

いや、そもそも議論にまでも至らなかったというべきだろうか。

三者会議は、冒頭で皓子が直近の状況説明と分析を求めたのに対し、日銀総裁の有馬顕《ありまけん》一《いち》が答えるところから始まった。だが、彼は途中何度も銀縁眼鏡を指で持ち上げ、額の汗を丁寧に拭うのだ。そのたびに話は中断され、しかも長々と無駄な言葉を連ねるばかりで、いつまでたっても核心に触れることがない。

報道陣の姿こそ消えたものの、会議室の中央に向き合った三人を、壁際にずらりと椅子を並べた各省の官僚たちが、固唾《かたず》を呑んで見守っている。

有馬にしてみれば、未明に突然官邸から呼び出されたことに、内心驚きもし、焦りもしているに違いない。彼なりに、自身が率いる日銀関係者や、財務官僚たちの手前、日銀総裁としての威厳を保たないわけにはいかないのだろう。とはいえ、無防備な発言をして、言質も取られたくはないはずだ。

彼の口から出てくるものには、皓子がこれまで得ていた以上の情報はなにもなく、有馬自身の立場を正当化するための弁解としか思えないものに終始している。

それにしても、この危機意識の欠如はなんなのだ。この国に迫っている危機よりも、おのれの保身のことしか頭にないというのか。

無為に流れていく時間に、焦《じ》れる思いを抑えながら、皓子は忍耐強くじっと黙って言い分を聞いていた。だがそのうち、どうしても我慢ができなくなってきた。

「総裁のご事情は承りました。ただ、債務超過の懸念は、前々から充分に予測もできたはずです。それなのに、いったいどうしてこんなになるまで放置されていたんですか」

皓子は訊かずにはいられなかった。なによりいまは時間が惜しい。

「いえ、総理。それは心外です。放置していたわけでは決してございません。われわれとしては、常に日本経済の底割れを防止するため、最善の施策を執ってまいっただけでありました。もちろん、そのことこそが前総理の強いご意向でもありましたから」

なにを訊いても、そんな答えしか返ってこない。いや、前政権の内閣に任命され、日銀総裁としてその指示に忠実に従ってきただけなのに、むしろ批判するのは筋違いだとばかりに、ますます態度を硬化させていく。

「わかりました、そういうことでしたら、これ以上会議を続けても意味がありませんね。それより、とにかく時間が迫っていますから、単刀直入に緊急の対策を執る必要があります」

この二十年近くというもの、日銀による金融緩和政策は、年々強化の一途を辿ってきた。金利をゼロに据え置き、大量の国債ばかりか、株や不動産の世界にまで手を出した。

形の上ではともかく、事実上の政府による市場介入。まさに過激ともいえる領域にまで踏み込んで、ついにはマイナス金利というパンドラの箱まで開けてしまった政策だった。

だが、それは喩えていえば、痛手を負ったこの国の経済に対して、当初はまずその出血を止め、痛みを抑えるための麻酔薬の投与をするような緊急措置だった。

「ですから、何度も申しておりますように、われわれは適切な対策を執ってまいったのです。思えばバブル経済の崩壊以降、政府は一貫して経済回復を最優先されてここまできています。それが使命であり、景気刺激策を望む国民の声や世論に応える、なによりの誠意だと信じて、われわれは金融緩和政策を優先させてきたのですから」

「それは認めます」

「いや、あなたはおわかりではないですよ、総理。そうしたわれわれの手当てがあったからこそ、その甲斐あって、致命的な痛手にまではいたらず、日本経済は基礎体力を取り戻すまでになったのです」

有馬は、緊張した面持ちで壁際に並んでいる顔ぶれを見回し、同意を得るかのように目配せをして、胸を張った。

「たしかに、見かけ上の、わかりやすい回復はできました。つまりは、円高と株安の是正という、一定の効果を得ることができたわけです。ただその一方で、後世に残る深刻な副作用を生んでしまったことも事実です」

「お言葉ですが、だったら他の方策はありましたでしょうか？　あれが精一杯のベスト・オブ・ベストだったのではないですか？　すべては前総理の強いご意向でもありました」

皓子の言葉に、有馬はさらに嚙みついてくる。山城前総理の名前さえ出せば、それで済むとでも思っているのだろう。

「短期的にしっかりと出口を用意できていれば、の話ですね」

皓子はそれが言いたかった。ひとまずの安定など凌駕《りょうが》するほどの、将来への大きな禍根を残す危険性については無視していいのか。

緊急的な延命措置は、本来ならば、思い切った外科手術を前にして、そのショックや痛みを軽減するための期限を限った措置のはずだ。応急手当てとしての鎮痛剤の投与など、さほど長く続けるものではないのは誰もが承知のはずではないか。

ところが、ひとまずのモルヒネ投与を長引かせるだけでなく、さらにその強度を増すばかり。そのくせいまだに肝心の手術は手付かずのままだ。それがもとで、金融市場は慢性のマヒ状態に陥り、溜まりに溜まった副作用は、いまにも暴発しそうになっている。

「しかしですね、総理はご存じないかもしれませんが、金融政策の変更というのは、多大なリスクをともなうものなのです」

有馬は身を乗り出すようにして声を強めた。一度掲げた看板は、そう安易には下ろせない。自分たちが選んだのが本当に正しい道だったのか。その真摯で謙虚な検証は、実は大変なリスクを孕むからでもある。

「それを承知でも、やらなければならないことがあるのではないですか？」

皓子もここで退《ひ》くわけにはいかなかった。一貫して方向を定め、緩和一筋に突き進んできた国が、その方向を大きく転換させるときは、膨大なエネルギーを必要とする。その強烈な風圧にも似たエネルギーが、市場参加者や国民をすべて吹き飛ばしてしまうこともあるのは充分にわかっている。

ただ、そのリスクや波瀾を恐れるあまり、毅然とした態度でそれをせずにきた結果が、今日の体たらくを生んでいるのだ。

だらだらと過剰な公的債務の積み上げを許し、本来持続可能な負債の水準などとうに超えているのに、根拠なき楽観論で見て見ぬ振りを続けてきた罪は重い。

「たとえそれで、国民が多大な犠牲を払うことになるとしても、ですか？」

有馬は開き直りとも見える姿勢で言った。政府にとっても、金融当局にとっても、自分たちが守ってきたこれまでのスタンスを変更することは、それまでの自身を否定することになる。なによりその誇りを傷つけることになり、みずからが自分自身の責任を問うことになる。

この国は、もはや自縄《じじょう》自縛《じばく》の罠にはまりこんでしまっている。勇気を振り絞り、多少の摩擦は覚悟してでも、そこから脱け出すのは早いほうがいい。

「なにを優先させるべきか、の問題です。いまの世代への悪影響を回避することはもちろん大事ですが、そのためなら、次世代やその先の世代にいくら大きな犠牲を強いてもいい、ということにはなりませんから」

皓子はきっぱりと言った。

「僭越ですが、それはわれわれの仕事ではありませんよ、総理。手術をするのは政府の役目です」

有馬にしてみれば、黙ってはいられないという顔だ。

「ならば、私が喜んでメスを握ります」

「ほう、それは頼もしい」

有馬は即座にそう応じた。もっとも、その表情は言葉とは裏腹に苦々しい。

「ただね、総理。さすがは女性総理ならではの、威勢の良いことを簡単におっしゃるけれど、充分おわかりになっていての発言なんでしょうね。わが国の中央銀行の存在を、いや、ひいては日本そのものの信頼を否定することになりかねないのですよ。もっと言えば、政府の信用にも繋がってきます」

慎重に言葉を選んではいるつもりだろうが、あきらかに、見下すような口振りだった。

ただし、有馬はそうは言うが、すでに日銀の信頼は失墜しかけている。それが証拠に日銀が発行し、その価値を守り続けているはずの円が、大きな売りを浴びせられている。

有馬の非礼をあからさまに責めることはせず、皓子はあくまで冷静に告げたのである。

「ひとつの客観的な評価として申し上げるのですが、日銀の株価自体も大きく下がっているのはみなさんご存じですよね？」

正確には、株価というより、日銀の出資証券という特殊な証券なのだが、ジャスダックに上場され、日々値動きがあり、日銀の政策を評価する先行指標のひとつとされている。

二〇一二年の年末から翌年の四月にかけては、三万円強の価格から一気に七万円を超え、二倍以上の上昇を演じていた。それが、いまや半値にまで急落している。

「それは、しかし……」

有馬の額にまたどっと汗が浮かんだ。

「有馬さんがなさってきた政策について、市場が失望していることのなによりの表れだと理解するべきではありませんか？　極端な金融政策は、中央銀行の収益にも大きな影響をもたらします。このまま続けていったら、この先なにが起きるのか、有馬さんは総裁として、納税者に対して説明をしてこられましたか？　ＦＲＢはそのあたりの責務をきちんと果たし、出口政策の際の収益予想まで公表していますが」

「しかし、出口を論ずるのは、いまはまだ時期尚早かと……」

手の甲で、額の汗をしきりと拭いながら有馬は俯いた。

「いえ、出口の時点でどのぐらいの規模の損失を出すことになるか、しっかりと試算を示すことこそがコンティンジェンシー・プランです。そうした姿勢こそがＦＲＢの信頼を盤石にしているのです。しかも、日銀の資産は、日米経済の規模から考えても、凄まじいぐらいの勢いで膨張の一途をたどってきましたから」

完全に言葉を失ってしまった有馬に、皓子はさらに言う。

「だからこそ私は申し上げているのです。われわれがなにより怖れるべきは、目先の円高ではありません。むしろ円の信用失墜です。そのことをしっかり見つめるべきでしょう。今回の円安局面は、すでに円離れが始まっているのだととらえるべきではありませんか？」

いまや円は見限られようとしている。この先さらに日本への信用が失墜すれば、日本国民が円を持ち続けることに不安を抱くことになる。そうなれば国内から円の流出が起きかねない。

そのことを口にしようとした皓子を、遮ってきたのは、それまで黙って二人の応酬を聞いていた荒垣財務大臣だった。

「まあ、まあ、お二人とも、そこまでにしておきませんか。総理も、少し冷静になりましょうよ。昨夜は海外で多少の円売りがあったのは聞いておりますが、それも所詮は相場のことです。下がることもあれば、やがては上がることもある。ドル円も株もおんなじです。さほど熱くなるほどのことはない。そのつどカリカリしていたら身がもちませんよ」

あえて意識してなのか、緊張感のない間延びした声だった。しきりと汗を拭っている有馬に較べて、荒垣のほうは小柄な身体で大きく足を組み、椅子の背もたれに身体を預けて、大げさなほどにふんぞり返っている。

「ドル円の為替取引は、いまや投機家たちのいい玩具《おもちゃ》にされている。いちいち気にしていたら、神経をすり減らされるだけですぞ。それに、総理が懸念されているのはキャピタル・フライトのことでしょう。つまりは資本が一斉に国外に逃避するということだが、中国人ならいざしらず、内向き志向の日本人のあいだでは、そんなものが起きるわけがない……」

ことさら鷹揚に構えた、皓子を諭すような口振りである。たっぷりと皓子への嫌みをこめた言葉が、への字に曲げたその唇から次々と飛び出してきそうだった。

「そうでしょうか、荒垣大臣」

だから、遮らずにはいられなかった。

「いや、総理。なにもそこまで慌てることはありませんって。われわれは、民間の有識者会議を開いて、これまでにも広く意見を求めてきました。豊富な知見と方法論が蓄えられています。まあ、なかにはこの膨大な公的債務を一瞬にして帳消しにさせるような、超がつくほど過激な方法論もありましたけどね」

戦後のことで、もはや人々の記憶には残っていないとはいえ、預金封鎖や、新円切り替え、あるいは九〇パーセントにも及ぶ財産税を課して富裕層の蓄えを国に吸い上げるといった、とんでもない施策を実行した歴史を持つ国なのである。

ならばこそ、追い詰められてそんな最終手段に行き着く前に、やらなければならないことがある。

「しかし、今回の東京の水害を、海外は深刻に受け止めています。これまでとはまったく事情が違っているのではありませんか。そのことをもっと真摯に……」

皓子は声を強めて訴えたのである。

「いや、落ち着いてください、総理。こういう自然災害における政府の対策としては、人命救助を訴えることに徹したら、まずは及第点です」

「もちろん、私は人命最優先で対応しているつもりですが」

「ですからね、総理。こうした分野は、中本危機管理監に任せておけばいい。仮に東京中が全部水に浸かったとしても、国が直面する財政的な打撃などたかが知れています。国としては、いま三千億円程度の予備費が予算として組まれておりますので、それで充分対応が可能かと」

「しかし、被害は決してそれだけでは……」

「いえいえ、総理。堤防の修復などせいぜい百億もあれば足りるでしょう。いやあ、三千億円の予備費を全部使い切るとなると、それはそれで結構大変ですぞ」

荒垣は、軽く笑い飛ばすように言い放って、ずっと表情を強ばらせたままの皓子に意味あり気な視線を送ってきた。

「だいいち、首都圏直下型の大地震ならいざ知らず、大雨程度なら公的な被害は限られていますでしょう。問題は民間が蒙る被害ですが、洪水が退いたあとの対策のために、資金の流動性を保つ対策を日銀にはやってもらいます。いや、こう言っちゃなんだが、日銀当座預金に積み上がったメガバンクの資金がうまく融資にまわってかえって好都合かも」

荒垣の放言は止まらなかった。

「総理は、今日の国債入札についても心配しておられるようだが、それも大して深刻な問題ではありません。財務省は、年利一・六パーセントの設定で、国債利払い費を用意しています。いまのマイナス利回りが、仮に多少のプラスになっても、われわれはビクともしないのですよ。日銀は、勝手にマイナス金利の深掘りをやっていますが、いくらでもプラス金利にすればいいのです。それに……」

証券取引所も問題はない。データセンターは盤石な環境に設置されており、過去最高の震度を超える直下型の地震にも、さらには想定を超える水位の洪水にも耐えるようにできている。と、荒垣は豪語した。

「三・一一の津波を経験し、とくに万が一の停電に対する施策は強化されています。完璧ともいうべき自家発電装置を有しているので、総理はどうぞご安心を」

荒垣は、財務大臣としてあらゆる危機に備えていると言いたいのだ。

*

災害対策室の喧騒に揉まれながらも、里見所長が凝視する大画面モニターのなかで、すべてが想定を超えて進行していた。

深刻さを増す情報は、電話やホットラインを通しても刻々と伝えられてくる。無念にも堤防が決壊してしまったけれど、このあと荒川下流の水位はまだどのぐらいまで上がっていくのか。台風の上陸が迫り、高潮の危険性も追い討ちをかけてくるなか、一帯の浸水はこの先どの程度まで拡がり、深刻化していくのか。

あらゆる方面から自分に集まってくるそれらの情報を漏らすことなく把握し、予測しうる被害を見据えながらの対応を迫られている。

一瞬でも気を緩めると、全身総毛立つほどの恐怖感に襲われそうだったが、ここは肚を括って受け止めるしかない。たとえどんなに極限の状況下でも、そんな思いは微塵も顔に出さず、毅然として最善の指示を出していかなければならないのだ。

落ち着け。大丈夫だ。これまで準備し訓練してきた通りにやればいいのだから。

里見は強く自分に言い聞かせていた。ここにいたるまで、堤防の決壊や越水による氾濫を想定して、何度も大々的な防災訓練を行なってきたではないか。

まさかここまでの不意打ちを食らうとは想像していなかったものの、流域に大規模な浸水が起きるケースについては、幾度となくシミュレーションを行なってきた。繰り返し備えてきたのである。ひとたび氾濫が起きれば、どんな状況になるかを予測し、どの地域でどの程度の水の深さになるかまでも、区域別に具体的な数値を算出し、定期的なアップデイトも続けてきた。

その予測値をもとにして、流域一帯の避難想定区域には、それぞれの市や区によってより現実的なハザードマップも作成してもらっている。各地区の区長や市長たちとは、里見みずからが、これまでも努めて緊密に連携してきたのだが、とくに昨夕からは、避難指示の出し方や手順について、三十分刻みぐらいの頻度で電話やファックスでの連絡も取り合ってきた。

部下たちが手分けして、懸命に防災担当部長を相手に説得している声が聞こえる。

「そうなんです、部長。浸水が三メートル未満の地域ではひとまず二階以上への避難をお願いします。でも五メートル未満になりそうな地域では、三階以上への避難です。いいですね。区役所からみなさんにどんどん呼びかけてくださいよ」

いわゆる「垂直避難」と呼ばれるものだが、今回のような深夜に氾濫が起きる場合は、まずは屋内で上に逃げる。暗闇で屋外に出るほうが危険な場合があるからだ。

ただし、都心の場合は、被災者となるのはなにも住民だけとは限らない。仕事で今夜たまたま東京に滞在している人間もいれば、夜を徹して街で遊んでいる人間もいる。もしも電気や水道などの生活インフラが遮断され、孤立した家屋で取り残された被災者がいても、レスキュー隊の順番がすぐにまわってくるとは限らない。安全確保はそれぞれの地域に委ねるしかないのが現状だった。

いまや九十人を超える所員たちで、対策室は蒸し風呂と化している。声を嗄らしながら対応に追われている部下たちの全員に、くまなく注意を払いながら、里見も執拗なまでに声を張り上げ、繰り返した。

「いいか、みんな。まずは住人の安全確保だ。慌てるなよ。とにかく人命優先だぞ！」

リアルタイムの情報共有が必要なのは、市区行政の担当者だけではない。警察や消防とも連携して、避難誘導に必要な情報を提供しなければならなかった。

「所長、すみません。こっちの件は先に進めてよろしいのですね？」

「うん、頼むよ。あとは私が責任を持つから、とにかく急いで向かってもらえ」

さまざまな局面で、里見は即座の判断を求められた。その一瞬の決断がのちの運命を分ける可能性を考えると、逡巡は許されない。そのつど所長の指示を乞う部下に応じているあいだにも、一方で里見には、ひっきりなしに報告を求めてくる相手がいた。本省や関東地方整備局などからの電話である。

「おい里見、どうなってる。報告しろ」

いまは官邸の地下に詰めている本省の局長からも、しきりとホットラインで状況報告を求められる。里見は緊迫した対策室で慌ただしく総指揮に追われながらも、そのつど中断され、対応しないわけにはいかなかった。

現場に送り込んでいるパトロール隊からの報告や、河川の各所に据えられた監視カメラ《CCTV》の映像などから伝わる状況を、里見は詳しく報告するのだ。

「避難指示はうまくいってるんだろうな」

官邸の危機管理センターでも、かなり苛立ちを募らせているのだろう。ついに堤防が決壊したのを知って、荒川氾濫の状況にさすがに慌て始めたのである。

受話器の向こうの局長の口振りからだけでなく、なによりその背後で聞こえる官邸内の気配から、焦燥感がひしひしと伝わってくる。

「はい、局長。現場は必死にやってくれています。こちらとしてもできうる最善の対応をしていますので」

それ以外になんと応えられるというのだ。それでも氾濫の進行はあまりに速く、あまりに過激だった。まさに堰が切れた泥水が、あたかも意志を持つ生き物であるかのように地を這い、容赦なく住宅街を茶色に染めていく。

いや、だからといって想定外などという言い訳は通用しない。想定を超えていたとしたら、そのこと自体が河川事務所の、ひいては国交省の落ち度となってしまう。

不可抗力の決壊とはいえ、なんとしても被害を最小限に抑えることに集中するほかなかった。もしも甚大な被害が出れば、里見自身のクビぐらいで済めばいいが、局長やそれ以上を巻き込んで、責任を厳しく問われるだろう。

「決壊箇所はどうなってる！」

局長の背後で、誰かが大声で叫ぶ声が聞こえてきた。もはや悲壮な怒鳴り声に近い。

「おい、里見。大臣が訊いておられるんだ」

おそらく南川国交大臣が、パニックになっているのだろう。

局長がすまなさそうに声を落として質問を繰り返した。

「いま決壊箇所はどんな様子だ」

里見が本省勤務だったころからの上司である。局長の置かれている立場はよくわかる。

「はい。浮間のステーションから、すでに資材の運び出しを始めさせています」

里見が、住人の安全確保と同時に対応を迫られているのは、氾濫の大本となっている決壊部分のダメージをどこまで抑え込めるかだった。

たとえば人が外傷を負ったとき、血が噴き出している傷口をひとまずなにかで塞ぎ、止血を急ぐ必要がある。それと同じで、いまは堤防の決壊箇所を速やかに塞ぐための応急的な仮の堤防を造る作業である。

本来ならば川の水位がある程度下がってから工事に取りかかるのだが、いまはそんな悠長なことは言っていられない。このあとさらに雨足が強まることが予測されているうえ、荒川の下流は海と直結しているので潮の満ち引きの影響も受ける。台風がくれば、気圧が一hPa《ヘクトパスカル》下がるごとに、潮位が一センチ吸い上げられて上昇する。いわゆる高潮だが、現在接近中の台風は中心気圧九五〇hPaというから、海面が五十センチも高くなることが予想される。

なにをおいても堤防の決壊箇所への応急措置は、大急ぎで着手する必要があった。

「今回はさすがに危ないかと思いましたので、羽鳥建設と大島組に夕方ぐらいから交替で待機してもらっていました。ですので、浮間に備蓄してあるブロックや鋼矢板も、あとしばらくで決壊箇所に到着するかと思います」

氾濫が起きたときの復旧工事のため、北区の浮間地区を備蓄のための資材基地として、河川防災ステーションが整備されている。そこから現場まで至急資材を運び出すのだ。

災害時のための緊急工事を請負ってくれるよう、あらかじめ協定を結んでいる大手ゼネコンが数社あり、まずは彼らへの出動要請が必要だったが、これについては無駄になるのを覚悟で、里見が早々と連絡をしておいたのが功を奏した。

昨夕、里見がそのことをあらかじめ打診したのだが、そのとき局長は決断を渋っていたことが浮かんでくる。だが、あのとき里見は強引に押し通したのだった。

「局長がなんと言われましても、こちらで見切り発車させますから！」

もしも無駄になったら自分が責任を取りますからと、局長の苦言も、立場も無視するかのように、里見が啖呵を切ったのである。

「それで、重機のほうも間に合うのか？」

忘れているはずはないだろうに、局長はその経緯には一言も触れず、むしろいまは作業に必要な重機の心配をするような口振りで訊いてくる。

「はい。緊急工事の協定を結んでいる建築会社にも昨日から待機してもらっていましたので、いま現地に向かってもらっています」

そのとき、安堵の声を漏らす局長の後ろから、また大きな声がした。

「氾濫を止めろ。なんとしても止めるんだ。これ以上浸水が拡がったら、東京は目茶苦茶になる。どれだけ被害が拡がるかわかっとるのか！」

野太い声からして南川大臣だろう。

「なあ、里見。いましがた、冠水地域がどんどん拡がっている様子をテレビで見られてな、南川大臣が心配されている……」

そんな局長の声に重なるように、またも背後から怒鳴り声が響いてきた。

「おい、局長。あれを見てみろ、いまテレビの臨時ニュースでやっておる。とんでもない事態だ。このままいくと、銀座のあたりまで水浸しになると言っとるじゃないか」

「大臣……」

局長が懸命に抑えている様子だ。

「部下たちを甘やかしてはいかんぞ、局長。その電話を貸したまえ。俺が直接言うから。だいたい、河川事務所はいったいなにをやっていたんだ！　台風が来るのがわかっていたのに、こんな事態になるまで放っておいたなど、危機対応がなっとらんじゃないか」

まるで、洪水になったのは下流河川事務所の責任だと言わんばかりだ。南川の叱責の声は、なにも電話を代わらなくても、こちらには聞こえすぎるほど聞こえている。

里見は、腹のほうから突き上げてくるものに思わず唇を噛んだ。受話器を持つ手にも、右手の握りしめた拳にもおのずと力がはいってくる。

前もって今回の危機を予測し、あれほど強く対応を訴えていたのに、危機意識を持たなかったのは永田町の人間たちではないか。

さらに言えば、地盤沈下で堤防よりも低くなった橋梁部分があり、そうした荒川の弱点には根本的な補強策が必要であることも、前々から進言してきたのを知らないとは言わせない。いくら土嚢を積んでも、小手先の対応など端《はな》から限界がある。各地で発生するゲリラ豪雨が年々極端になってきていることも、前政権から留任している国交大臣ならばとうにわかっていたはずなのに。

握りしめた里見の拳が、小刻みに震えてくる。もしも南川が電話に出たら、この口からなにが飛び出すかは自信がなかった。自分が責められるのはなんとか耐えられても、部下たちが非難されるのは我慢ならない。

里見は覚悟を決めたように目を閉じ、大きくひとつ深呼吸をした。そのとき、局長がきっぱりと告げたのである。

「いいえ、大臣。現場は命がけでやっているんです！」

思ってもいなかった局長の言葉だった。里見は大きく目を見開いた。

「それが甘いと言っているんだよ、局長。いまの若いやつらには、きちんと言ってきかせないと危機感がないんだ。俺は土木の専門家だ。いいからその受話器を貸せ、俺からも喝をいれんと」

　それでも執拗に言う大臣に、局長はまたも毅然と言ったのである。

「いえ、大臣。里見所長以下、下流河川事務所の所員たちは、この二日間一睡もしていません。現場はみんな必死です。これ以上ディスターブしないでやってください！」

　局長の剣幕に、さすがの南川もたじろいだのだろうか。悪態をつきながら電話から離れていく様子が伝わってきた。局長は局長なりに、辛い立場に置かれているのがわかる。大臣に楯など突いたら、この先どれほど仕事がやりにくくなるか。せっかく局長の地位まで昇りつめながら、将来を失うことにもなる。

「気にするなよ、里見。自然というのは、いつも愚かな人間の隙をついてくるものだ。おまえが思うとおり存分にやればいい。現場の連中にも、気をつけるように言ってくれ」

　局長があらたまった声で告げた。

「ありがとうございます。ご心配をおかけして、申し訳ありません」

　いまはなにより冷静にならないといけない。里見はもう一度、大きく肩で息を吸った。余計な雑音になどかまっている暇はない。やるべきことに集中することだ。

「局長。大臣にぜひお伝えください。こちらでは、できるだけ早く排水作業に取りかかりたいと、すでに準備を始めておりますので。ただ、今回ばかりは、この前の鬼怒川のような規模の作業ではとても追いつきません」

　以前鬼怒川が氾濫したときは、堤防の決壊箇所は二百メートルに達していた。あのときは、関東各地からだけでなく全国から合計五十一台の排水ポンプ車が集結し、排水作業にあたっている。泥水に浸かった地域に水中ポンプを何機も並べて下ろし、ポンプに接続された長いホースが何本も堤防を乗り越えて、大量の泥水を川に吐き出させる作業である。荒川下流河川事務所からも早々に出動し、協力したと聞いている。

　それでも鬼怒川のケースでは、宅地などの浸水が解消するまで約十日間を要している。

「そうだな。緊急災害対策派遣隊《テック・フォース》と全国からの排水ポンプの協力要請は、早速本省で取りかかるから」

　荒川の下流は海抜ゼロメートル地帯が拡がっている。冠水した都心から水が引くには相当な時間がかかると覚悟が必要だ。

「ありがとうございます。おそらく、排水ポンプだけでは無理でしょう。地形の傾きを使って、道路の溝なんかをうまく活かして、効率よくやるしかないかと思っています」

　里見は自分に言い聞かせるように、そう告げた。台風九号の接近も気になるが、それ以上に八号のもたらす大雨のほうが心配だった。

＊

官邸で開かれた三崎総理と荒垣財務大臣、有馬日銀総裁による異例の三者会談が、早朝からのニュースでは大仰なほどの扱いで報じられていた。しかし、そんな政府の思惑など無視するかのように、開いたばかりの東京外国為替市場では、前夜の海外市場で始まった急激な円の下落を引き摺ったまま、一方的に円安方向に進行していた。

前日の東京市場での円の終値は、ドルに対して一〇三円を少しばかり超えたあたりだった。それなのに、ロンドン市場からニューヨーク市場を一巡して、また今朝の東京市場に戻ってきたころには、一三七円台の後半をつける円安レベルになっていたのだから、誰もが度肝を抜かれたのである。わが目を疑い、言葉を失い、ほとんどパニック状態に陥った。

「いったいどうなっちゃってるんでしょう、桐澤さん。本当のところ、なにが起きているんですか？」

正面のモニターをはさんで、向こう側の席にいた新米ディーラーの古田翔が、ビルに備蓄されていたものだと言って、ペットボトル入りの緑茶を配りながら、堪えられないような声で訊いてくる。

一夜にしてここまでの事態になる背景にはなにがあるのか。解せない思いを素朴にぶつけてくる気持ちはよくわかる。だが、目の前で起きている現実の重大さを実感するには、彼のような新参者はあまりに経験がなさすぎた。

いや、これまでに起きた歴史に残る下げ相場で、みずからの読みに固執したばかりに莫大な損失を蒙り、息の根を止められたディーラーたちを桐澤は何人も知っている。そんな修羅場をいくつもくぐり抜けてきた自分でさえ、ここまでの急落は見たこともない。

「だって、為替はこんな空前の大荒れをしているんですよ。日本株も大きく売られています。なのに、日本国債《JGB》だけは関係ないって言いたいんでしょうか。いくら待っても、今朝からまったく動く気配すらありません」

若い古田が、怪訝な顔でそう言いたくなるのも当然だった。さっきからみながじっと息を詰め、目の奥が痛くなってくるほど凝視しているなかでも、国債価格の値動きを示すモニター画面だけはぴくりとも動かない。

「危なくて、みんな迂闊には手が出せないっていうことなんだろうな」

国債市場の参加者たちはこんなにも慎重で、腰抜けばかりに成り下がってしまったのだろうか。問われたほうの桐澤も、焦《じ》れたように舌打ちをしながら、首を傾げてみせるほかなかった。

深夜に、行きがかりで立ち寄ったまま、結局はこのあかねディーリング・ルームで夜明かしをしてしまった。もっとも、実際のところ夜明け前に無理して帰宅などしていたら、今朝の東京はあちこちが、夜明けから降り始めた豪雨と浸水騒ぎで、出勤の足を確保することさえ無理だったに違いない。

多少なりとも金融市場に携わる者なら、昨夜の海外市場における異様なまでの円売りの動きが気になって、家でじっとしてなどいられなかっただろう。深夜にもかかわらず三々五々、自発的に出社してきた各市場の担当者たちで、このだだっ広いディーリング・ルームは、いつのまにか昼間のような騒がしさになっている。

壁際に据えられた大型のテレビ画面では、朝になって明らかになってきた荒川の堤防決壊と、首都の水害の実態とが、次々に臨時ニュースとして報じられていた。

不安感を隠し切れないキャスターの声の後ろで、遠くにヘリコプターの音が響いている。吹きつける激しい風雨のなかで、そんなに無理して墜落したりしないのかと、かえってこちらが心配になってくるほどだが、このあかね銀行本店の近くでも、一部浸水が始まっていることを伝えている。

――現在東京駅付近では、一部に膝下あたりまでの浸水が見られます。地下鉄や地下街はすでに立ち入り禁止になっています……。

現状がわかってくるにつれ、女性キャスターの声が悲壮感を増してくる。

──JR、地下鉄ともに、現在は全線が運行を休止しており、いまのところ復旧のめどは立っていません。首都圏の学校は早朝より休校となることを発表しており、企業もそれぞれの対応に追われていて……。

——これが……、これが本当に東京の姿でしょうか。どこもかしこもあたりは茶色の泥水ばかりです。あまりに変わりはてて、信じられない光景が拡がっています……。

途切れがちの声が、現場の酷さをかえって正直に伝えている。

——未明に三崎総理による緊急事態宣言がなされ、各自治体が中心となって避難指示が出されていました。ただ、就寝中の人が多く、雨がさほど強くなかったことも災いして、実際に避難した人はごく一部に限られていた模様です。死者、行方不明者は少なくとも六百人を超え、浸水家屋は七十万軒に及ぶだろうとも言われていますが、なにぶん各所で通信網が遮断されていますので、被害は今後さらに増えることが予想されています……。

最後はほとんど金切り声に近いナレーションとともに、画面では地下鉄の階段から地下に向かって、雨水が滝のように流れている様子を大写しにしている。

誰かが途中からテレビの音声を低くしたらしく、その後の細部までは聞き取れなかったが、一面が泥水に覆われた住宅街や舗装路が、横殴りの雨とともに繰り返し映し出され、その切迫した状況は、無声の画面だけでもあまりあるほどに伝わってくる。

「それにしても、こんな状態になっても、財務省は今日の二十年債の入札は予定どおりやると言っていますからね。東証も閉鎖はしない方針のようですから」

隣の席から桐澤に声をかけてきたのは、浜崎充である。夜が明けるのを待ちかねるように、関係各所に電話をかけまくっていた彼は、資金証券部門の部長らしく平静を装いながらも、部下たちに忙しく指示を出し、情報収集を続けている。

「どうやらほかのメガバンクや証券の連中も、うちと同じような感じのようですよ。海外であんな状況を見せられたら、誰だってオチオチと寝てなんかいられないですから」

案の定、今朝の株式市場は、開いた途端に全銘柄へ一斉に売り注文がはいったらしく、日経平均株価は始まってすぐに千円を超す下げを記録し、さらに史上最悪の下げを更新中だ。桐澤らと同じように深夜に心配で出社してきた担当者たちが、かろうじてそうした売り注文に対応しているのだろう。

だが、円も日本株も猛烈な売りを浴びせられているなかで、どういうわけか国債だけは蚊帳《かや》の外の様相だ。気配値すらも出ないまま、不気味なまでにただの一件の取引さえも成立していない。

「どうして国債には売りが出ないのですか？」

古田は執拗に訊いてくる。

「内心は売りたいんだよ。だけどこんなところで買いたいヤツなんかいないからな。買い値がつかなければ売るに売れない。それがわかっているから売りは出さない」

「ですが、桐澤さん。日銀がいるでしょう。これまであんなに大量の国債を買い入れていたのですから、日銀なら今回だって買ってくれるんじゃないですか？」

屈託のない口振りだった。古田にはいまひとつ事態の重大さが理解できていない。

「馬鹿だな。その唯一の買い手だった日銀が、債務超過で信用不安を起こしているんじゃないか。だから円がここまで売り込まれているんだろうが。それに今回の事態に政府はどう対応するのか、そこまで読めないから、誰も動けない」

「あ、そっか……。だったら、浜崎部長。今日の入札も、もしかしたら誰も応札はしないかもしれないと？　うちもやっぱり買い《ビッド》の札は入れないわけですか？」

古田は急に訳知り顔になり、浜崎のほうを覗き込むようにして言った。

今日に予定されている財務省による二十年物国債の入札は、募集総額が一兆一千億円。応札の締切は正午である。通常ならばメガバンクや地銀、証券会社といったところが締切直前まで市場動向を観察し、それぞれの思惑に沿って応札価格を決め、日銀ネットと呼ばれるシステムを使って買い値《ビッド》と入札希望額を入力する。

財務省から国債入札の業務を委託されている日銀は、決められた時刻になると入札を締め切り、応札価格の高いものから順に、募集額に達したところまでを落札とし、それ以下の価格での応札は足切りとする。

だが、今回ばかりはいつものようにはいかないだろう。昨夜から未明にかけて、この国の首都が直面している未曽有の洪水災害をどのように受け止め、日本経済のこれからをどう予測するかにかかってくる。

入札締切時刻の直前までに、国債市場の参加者たちがどんな反応を示すのかを注意深く読まなければいけない。

若い古田の質問に、浜崎はすぐには答えなかった。どちらにせよ、安易な気持ちで動けば大火傷《おおやけど》をする。あかね銀行がこれまで保有してきた大量の国債が、とてつもない評価損を抱え、資金証券部だけでなく、銀行本体が存続の危機に直面しかねないほどの事態なのである。

そのときだ。為替市場でのドル円の動きを示しているモニター画面から、すべての数値が忽然と消えてしまった。

「くそ、停電か?」

悪態をついた浜崎に、古田が答えた。

「いえ、電源は問題ありません。画面はついていますよ」

「だったらどうしたんだ。なにが起きたんだ。いま、数字が全部消えたよな」

浜崎が目をしばたたかせながら、もう一度確かめるように画面に見入った。誰かが、思い出したように、ひとつ深く息を吸い込む音が聞こえた。

次の瞬間だ。

画面にまた新しい数値が現れた。

「なんだこれは！」

誰かが絶叫する。

「まさか、嘘だろう！　ドル円が一五九円になっているじゃないか！」

為替部門の一角から、続いて大きなどよめきが起きた。

「そんな馬鹿な。嘘だ、ありえない！」

別の方向からも大きな声が飛ぶ。声とともに、なにかが破裂するような音が響いた。相場の急落で大損を抱えた誰かが、怒りにまかせてデスクの足許に置かれたゴミ箱を思い切り蹴り飛ばしたのである。

「一瞬でドル円が二十円もぶっ飛ぶなんて、狂ってる。目茶苦茶だ！」

株式市場の担当デスクでも、怒号のような声があがるのが聞こえた。

「やめてくれ、頼むからやめてくれ……」

瀕死の動物が、怒りをこめて吐き出すような、断末魔の叫びにも似た咆哮だった。

「底が抜けたな……」

桐澤も、思わず声を漏らした。

「こんな相場は見たことがない。正気の沙汰じゃないよ。自殺行為だ」

言わずにはいられなかった。円であれ、株であれ、こんな場面で狼狽売りを出したら、さらに値下がりを誘うことになる。いや、もはや値下がりなどと、悠長なことは言っていられない状況だ。下手に動けば自分で自分の首を絞めることになるだけである。誰かがそれを意図して売り崩しているのか。

いや、そうじゃない。だったら、ついに日本人がこの日本に見切りをつけたのか。

桐澤は激しく自問を繰り返していた。

これまで政府と日本銀行が手を携え、金融緩和というレトリックのもと、大量の国債やETFの買い入れを節操なく続けてきた。そうやってかろうじて市場を支え、体裁を繕って、この国の山積する課題を地下に押し込め、力ずくで封じ込めてきたのである。

それはまるで、なりふり構わずに借金を重ね、その金で自社株を買ってみせかけの株高を演出する、性質《たち》の悪い企業経営者のようだ。

だが、もはや支え切れないほどにマグマが膨れあがって、いずれ噴出するのは誰もがわかっていた。限界に近づいていたその薄皮は、仮に今回荒川が氾濫を起こさなくとも、いずれは剝がれてしまっていただろう。

いち早く反応した昨夜の海外での「日本売り」は、その流れを引き継いで、東京市場で勢いを倍加させている。為替市場でのドル円相場と日本株だけは、真空状態のなかするすると急坂を滑り落ちるようにして、過激なまでの下落を演じている。

テレビの画面から流れる、危なっかしいヘリコプターの音と濁流のうねり、そして、詳細を伝える女性キャスターの途切れがちのリポートが、あたかもこの国が根底から崩れていく音のようで、底知れぬ恐怖感を駆り立てられる。

洪水を報じる画面の上部に、緊急速報が流れた。東京為替市場で円が売られ、一時一ドル一六〇円をつけたと伝えているのだ。誰が名付けたのか、気の早い連中が「アラカワ・ショック」と騒いでいる。

首都東京の広範囲に及ぶ地域が無惨なほど水に沈み、自国の通貨と株が売られている。まさに国家を根こそぎ揺るがす展開である。昨日の東京から丸一日で、ゆうに五十円も円安が進む顚末など、後世に語り継がれるに違いない歴史的な日になった。

「暴落ですね」

新米の古田がかすれた声で言い、同意を求めるようにこちらを見た。

「いや、ガラだ。大暴落だ」

隣の席から、浜崎がぼそりとそう告げた。真っ暗で不吉な奈落の底を覗いている人間が、腹の底から絞り出すような声だった。

「国債市場は、どうなるんでしょうか」

古田にすればどうしても訊いておきたいのだろう。

「わからん。わからんから、みんな様子見を決め込んでいるんだ」

各社のディーラー同士、いくら互いに電話をかけ合っても、周囲の状況を探り合うばかりで、答えが見つからない。だから、誰も具体的な取引をしようとはしない。周囲がこれだけ大崩れをしているだけに、まったく動きを見せない国債市場の異様さが、かえって際立って、不気味に思えて寒気が走る。

「だけど、二十年物の入札は予定どおりやるわけですよね。このまま国債市場だけ値がつかない状況が続くと、どうなっていくんでしょうか。様子見を決め込むだけで、誰も手を出さないって、なんだかフェアじゃない気がしますけど」

古田がそう言って、焦れたように椅子から立ちあがった。

「落ち着け、古田」

浜崎がすぐにたしなめる。

「ですが、浜崎部長。円や株がこんなに下げているんですよ。本来だったら、その損失分をカバーするために、手持ちの国債を少しでも売っておきたいところじゃないですか。今日の入札に向けて、現実的なレベルをつかんで相場観を得ておくためにも、試しに小口の売りを出してみないんですか？」

思いあまった口振りで、古田はさらに食い下がる。

「いや、動かないのには動かないだけの理由がある。暗闇のなかで、手探りで迂闊に応札なんかしたら、とんでもない大火傷を食らうからな。誰も損はしたくない。だからとにかく慎重なんだ。しかし、業者の応札額が足りずに入札が失敗となったら、それもまた大問題だ。こんな時期だけに、単なる入札未達というだけでは済まないことにもなる」

浜崎は、桐澤を意識しているような視線を投げかけながら、言った。

「どうなるんですか？　もしも応札者が誰もいなかったら……。国債が発行できず、予算の不足分が穴埋めできなくなって、この国の財政がぶっ壊れるっていうんですか？　だけど、東京は洪水被害をまともに受けてます。たちまち国の資金が必要になりますよ。なのに財政逼迫で首都の復興が遅れたら、さらに日本経済全体が停滞します。海外の投機筋だって、それを見越して売りをかぶせてくるかもしれないし……」

自問自答をするように、古田はしゃべり続けていた。いや、そうやって声を出していないと、迫ってくる不安に押し潰されてしまいそうだとでも言いたげだ。そんな若者に、桐澤は見かねてつい低く声をあげた。

「慌てるな。いいか、古田。このあとどうなっていくのか、相場の行く末をしっかりと見ておくんだ」

いま目の前で起きていることを、そして、このあと起きる相場の真の動きを、逃げずにしっかりとその目に灼きつけておくがいい。

「金利の逆襲が起きるかもしれんぞ。覚えておけ。こんな相場は二度とない」

桐澤は、異様なまでに動きを止めた国債市場を、ひたと凝視しながら告げたのである。

「金利の逆襲？」

古田が弾かれたように桐澤を見る。だがそれには答えず、桐澤は黙ったままで鋭くその目を見つめ返し、大きくうなずいた。

そうだ。ついにその時が来たのかもしれない。二十年近くもの長い歳月、限りなくゼロ付近のレベルに抑え込まれてきたのがこの国の「金利」だ。さらに近頃はゼロを超え、マイナスの領域にまで沈められてきた。

世の中から「利息」が消え、市場はそんな一方的な外圧に、手足の自由を奪われるばかりか、警鐘を発する声すらも奪われた屈辱の日々だった。不本意ながらも従順さを演じ続けてきた国債市場だが、いまこそ全身を奮い立たせて反撃を開始し、愚かな人間たちの目を覚醒させるのかもしれない。

だが、古田翔よ。それこそが日本の国債市場だ。本来の債券市場というものだ。金利が動くときのとてつもないエネルギーを、市場が発する真実の叫びを、その目を大きく開けてしかと見ておくがいい。

いまや世代交代が進み、現役の市場参加者たちのなかには、金利の実態やまっとうに動く相場というものを知っている者がいなくなってしまった。それは金融当局の現役官僚たちも同じだろう。職に就いたときから超低金利時代で、長引くゼロ金利の世界に身を置いてきた者ばかりの集団だ。

桐澤や歴代の先輩たちがしてきたように、金利の繊細な反応に全神経を尖らせ、心身をすり減らして、相場の綾を読んでの資金調達や資金運用など、する必要もなかった。

長いあいだぬるま湯にどっぷり浸かってきた人間たちに、金利が本気で高騰を演じたとき、はたして対処ができるだろうか。本当の市場の渦やうねりを乗り切れるものか。

だからこそ、痛みを味わっておくことだ。苦悩のなかに答えを見出すのだ。この先の君自身のために、そしてあかね銀行の将来のためにも、いや、君らが背負っていくこの国の未来のためにこそ――。

早朝から大揺れに揺れたトレーディング・フロアでは、やがて昼が近づくにつれ、ようやく少し落ち着きを取り戻し始めていた。もちろん状況がすぐに好転するはずもなく、売りが引っ込んだというより、あまりの急落に直面して、さすがに売り疲れたというところだろうか。

壁際のテレビ画面では、朝からずっと途切れることなく、荒川の洪水を伝える臨時特別番組が流れていた。一般の視聴者から送られてきたらしい携帯電話の動画も加わって、生々しい現実を伝えている。

堤防が決壊した瞬間に土手が大きく崩れおち、大量の泥水が瞬時に拡がって住宅街を埋め尽す衝撃の映像である。人気のない都心のバスターミナルには、半分ほど泥水に浸かったバスが何台も浮かんでいる。ルーフパネルだけをかろうじて水面上に出した乗用車が、無抵抗なまま流されていく。さらには道路脇の段差から飛沫をあげて荒々しく流れ落ちる濁流。噴き上げるマンホール。

時間の経過とともに、ビル街の建物を巻き込むように拡がった大量の水は、ついに地下鉄の駅にまで到達した。地下に向かう階段を滝のように落ち、一気に地下鉄網を土色の水で覆い尽していく。全線がストップした地下には、幸い人影はほとんど見られないが、冠水して泥の川と化した線路は、どこからがホームなのか見分けがつかない状態だ。

首都圏の被害状況は、目を覆うばかりに拡大している。だがそれ以上に、執拗なまでに繰り返される洪水の映像が、観ている側を追いつめ、心を萎えさせた。

「あれを観ている限り、やっぱり国債は売りたくなってくるよな。少なくともここで買いを入れる勇気はない……」

ＪＲ各駅や地下鉄の周辺、さらにはひとまず避難所に駆けつけ、なすすべもなく大混乱に陥っている被災者たちの疲弊しきった表情を見ながら、浜崎がぽつりともらした。

ときおり、思い出したように株式部門でざわめきが起きている。為替は下げ過ぎた円の小幅な買い戻しと、その結果一時的に上がったところでの再度の円売りとで、一六〇円の近辺で小さく上下を繰り返している。

そんななか国債市場だけが、いまなお売りも買いも睨み合いのままで、まったく値がつかないばかりか、気配すらも立っていない。

「まさに異常事態だな。究極の根競べか、嵐の前の静けさか。まあ、ドル円がここまで動いたんだからな、ＪＧＢの実勢は、十年物金利でついにプラス二パーセント超え、となるのかな」

押し殺した声で桐澤がつぶやくと、浜崎も深々と溜め息を漏らした。桐澤自身は所詮は傍観者だが、いままでゼロ以下に貼り付いていた金利が二パーセントまで上がるとなると、浜崎にとっては一大事だ。

「たしかに、二パーセントはひとつの心理的な目安でしょうね。円もここまで安くなっているし、そこまでプラスの金利がついたら、そそっかしい連中が、ひとまず買いをいれるかもしれません」

その声には自嘲の響きが滲んでいる。

「でも、浜崎部長。もしも日本の長期金利が一パーセント上がったら、国債を保有しているわれわれ邦銀だけで、約五兆円の評価損失を抱えるという試算があるそうですよね」

頬を強張らせて言う古田に向かって、桐澤がうなずいてやる。

「そのとおりだ」

二〇一五年末時点での試算額によると、もしも金利が一パーセント上昇すると、メガバンクで約二・三兆円、地銀で約二・八兆円、信用金庫が約二兆円の含み損となり、銀行だけで五兆円、それ以外も含めると日本の金融機関全体で約七・一兆円もの膨大な評価損を抱えてしまうことになる。

新米ディーラーでも、机上の試算値だけは頭にいれているらしい。

「さらに、もしも金利上昇が二パーセントになると、全体で十三兆五千億円。三パーセントなら十九兆三千億円の損だと、かの日銀自身が発表しているよ」

現実の問題は、それだけの評価損が銀行の経営にどこまで影響するかだ。そして、浴びるほど大量の情報による知識は備えていても、その苦難の時期をどうやって乗り越えるかまで、現役の彼らに経験知がないことこそが深刻なのである。

「それでも、部長なら十年物で二パーセントのレベルは買いですか？」

古田が、探るような目で訊いてきた。

「微妙だな。いまの時点で、この国の将来をどこまで信じられるかによる」

繰り返し襲ってくる大規模な自然災害。一千兆円をゆうに超えるまでに積み上がってしまった巨額の公的債務。このあとの復興に向けて、日本経済を支えるはずの肝心の首都圏のインフラは、ずたずたにされてしまった。

「でも、応札はするんでしょう？」

古田の問いに、浜崎はもう一度、肩で大きな溜め息を吐いた。

「はたして、いまのこの国に、どこまで希望が残っているかだ」

押し黙ってしまった浜崎のかわりに、桐澤が絞り出すような声を漏らした。

＊

そして正午、予定通り、ついに国債入札が締め切られた。通常であれば、日銀はこのあとすぐに日銀ネットでの集計を終え、財務省理財局にその結果が伝えられる。そして、きっかり午後〇時四十五分には、財務省のウェブサイト上で入札結果が公表されることになっている。

だが、その国債入札の締切時刻をじっと待ちかまえていたかのように、国債の先物市場で一斉に売りが始まったのである。

「見てください！」

古田が大声をあげ、デスクのモニター画面を指さした。

「来たな。やっぱりここで始まったか」

眠っていた市場が突然目覚めたかのように、ブローカーの画面にはいまや膨大な売りがひしめいている。

「おい、古田。売れ！　急ぐんだ」

にわかに激しく点滅を始めた電話の回線ボタンに応対しながら、浜崎が叫んだ。

「はい部長……」

古田が激しくキーボードを叩く音が続く。だが、すぐに情けない声になった。

「だめです。売れません」

突然の動きに、息をつく暇もなく、入札締切からものの一分も経たずに十年物国債先物市場で二円の値幅制限に達してしまったからである。

「サーキットブレーカーの発動です」

取引は一時停止となった。相場の混乱による過度な値動きを抑制するため、あらかじめ設けられている一定の値幅制限を、一気に超えてしまったためだった。

過熱する相場を冷やすため、ひとまず設けられた十分間の取引中断時間を経て、取引は再開された。だが、またその後一分も経たずに、今度は拡大時の制限値幅である三円を超えて急落し、あっというまに市場は事実上の取引停止状態に陥ってしまった。

「底なしですね。どう解釈したらいいのでしょうか。おそらく、今日の入札結果に関係しているんでしょう？　そもそも二十年債の入札はどうなったんだろう」

古田が頭をひねるまでもなく、市場関係者たち全員が固唾を呑んで見守っているなか、定時の〇時四十五分が過ぎても、財務省からの入札結果の発表はなかった。

平時なら、日銀や財務省が一分でも発表を遅らすなど考えられないことだ。その発表を誰よりもしびれを切らして待っているのは、消極的とはいえ応札した浜崎である。

モニター画面上のニュース・ヘッドラインのトップに、入札結果が現れたのは通常の公表時刻より遅れること二時間。午後二時四十五分のことだった。

〈二十年債・募入決定額なし〉

短い速報に続いて、ニュースベンダーからの市況ニュースが報じられる。

〈財務省が本日実施した二十年利付国債の入札について、今回は募入決定額なしと発表、詳細については言明を避けた。本日の債券市場では、午後〇時の入札締切直後から先物市場を中心に急落。市場筋では発行予定額に応募額が達しない、いわゆる札割が起きたのではとの見方が強まっている。なお、今回発行が予定されていた二十年物国債一兆一千億円については、後日再入札を実施するか、発行を見合わせるかは現在のところ未定〉

午前から引き続き、NHKや民放全局で流れている臨時ニュースでも、「首都を襲った未曽有の大洪水」と日本発の大暴落「アラカワ・ショック」のタイトルで、刻々と深刻化している現実を伝えていた。そんな番組での現地リポートや、街の声と称する都民の声、さらには番組に出演している各界のコメンテーターたちから、三崎新政権に対する批判が上がり始めたのはこのころからだった。

「今回、見逃してならないのは、政府の対応の遅れです。まずは組閣に時間をかけ過ぎて初動でつまずいたこと。その間に雨の予測を見誤った。初の緊急事態宣言をしたのはいいとしても、真夜中まで時間がかかっちゃ効果ナシだ。いくら慣れない女性総理とはいえ、政治家として基本的な危機意識の欠如です」

ことさら眉根を寄せて皓子を真っ向から糾弾するのは、ご意見番として名の通った老齢の評論家だ。

「そうそう。だって、荒川上流に記録的な大雨が降っていたのは、早い時期からわかっていたんですってよ。それを知りながら、放っておいたなんて無責任でしょ。そのせいで、東京が大変なことになっちゃって、おまけに株も国債も暴落して、私たちの大事な税金が消えてしまうなんて許せない！」

女性タレントが、舌足らずな声に似合わぬ辛辣な言葉を、これでもかとばかりにエスカレートさせる。それを受けて、男性キャスターがフリップを取り出し、いわくありげな顔をして補足説明を始めるのだ。

「国債といえばですね。番組の独自の取材で、前回の有識者会議ではとんでもない意見が出されていたことが判明したんです。正確には山城前総理のころになるのですが、大量の借金を抱えた政府が、どうやって税収を増やすかという議論です。マイナス金利が拡がって、銀行に預けると目減りするから、国民のタンス預金が増えてきました。それをどうやって吸い上げるかという方法なんですよ」

銀行の貸金庫に預けるにしても、自宅で頑丈な金庫を用意するにしても、大量の一万円札ではかさばって難しい。だから二十万円札などの高額紙幣を発行しようという案が出たというのだ。

「しかも、偽札防止のためという名目で、高額紙幣には印紙を貼ってはどうかという案が浮上し、真面目に議論が進んでいるんです」

「印紙って、どういうこと？」

女性タレントが怪訝な顔で訊いている。

「実際に海外では例があるらしいんですが、たとえば二十万円紙幣に二千円の印紙を貼る。そうすると印紙分だけ政府に税金がはいるわけです。体のいい新円切り替えですよ」

「まさか、本気じゃないでしょうね。同じ女性だから、あの総理には頑張ってほしいとちょっとは思っていたけど、こうなったら早いとこ引責の総辞職とか、いっそ解散をすべきじゃない？」

「この有識者会議は、まあ正確には前総理のときなんですけどね」

「あら、だって三崎さんって金融出身でしょ？　きっと彼女が言い出したのよ」

悲惨な洪水被害を受けて、スタジオでは政府への容赦ない批判や、的外れの三崎皓子バッシングが、まことしやかに拡がっていったのである。

第六章　蘇　生

かすかに、だが規則的な上下の揺れを感じ、玲子はふとわれに返って目を開けた。

いつから横になっていたのだろう。両腕をぴたりと身体に沿わせ、毛布のようなものにすっぽりくるまれているようだ。湿気を帯びた毛布はじっとりとして、少し黴《かび》臭い。おまけに、ゆっくりと繰り返されるこの上下運動はなんなのだ。

いったい自分はどこにいるのだろう。そう思ったら、突然不安にかられ、玲子は勢いよく身体を起こそうとした。だが、手足の自由を奪われて、まったく身動きができない。

「気がつきましたか、奥さん。ああ、よかった。気分はどうですか？」

頭の上のほうで、耳慣れない男の声がした。顔を見ることまではできないが、玲子への気遣いに満ちた優しい声だ。

「あの……、すみません、私は？」

窮屈な姿勢を正したくて、もう一度上半身だけでも起こそうとしたが、途端に不安定な揺れが起きる。

「少し我慢して、もうしばらくそのままにしていてください」

どうやら救助用の担架で、どこかへ運ばれていく途中のようなのだ。視界のなかで確認できる制服姿からして、男たちは消防署員か自衛隊員らしい。

「でも、ここはどこなんですか？」

玲子が動くと、その分運んでいる人たちの負担になる。仕方なく、寝たままで目だけ精一杯動かして、玲子はあたりを大きく見回してみた。唯一自由になる左手には、点滴のチューブが繋がっている。

「心配はいりませんよ。まもなく着きますからね。もう少しのあいだ目を閉じて、ゆったりと身体の力を抜いていてください」

「ありがとうございます。ただ私は、どうしてこんなことに？」

いま自分がどこにいるのか、どういう状況で、なぜこんなことになっているのか、まるで思いが及ばない。

「避難所で倒れたのは覚えていますか？」

避難所？　ああ、そうだった。と、玲子は途切れた記憶を繋いでみる。泥水のなかで助けられて、避難所に連れていかれたのだった。電話を借りて、夫にも無事は伝えた。そのあたりまでは覚えているが、そこからあとのことはまったく記憶が飛んでいる。

「お腹の赤ちゃんのこともありますからね。これからはもっとゆったりできる別の場所に移動するんです」

「安心して眠っていてください。着いたら、すぐにお医者さんにも診てもらえますから」

足許のほうからも、別の力強い声が重なるように聞こえてきた。

ありがたい。とにかくお腹の子は無事だ。そう思ったら、途端に全身から力が脱けた。おそらく点滴にはいっている薬のせいもあったのだろう。後頭部のあたりから、どこかへ引き摺り込まれるように睡魔が襲ってくる。この数日、翻訳に没頭していてまともに睡眠をとっていなかった。玲子は目を閉じ、またもそのまま深い眠りに落ちていった——。


どれぐらい眠っていたのだろう。

次に目を覚ますと、見知らぬベッドに寝かされていた。

どこかの病院なのか。いや、病室というのとは少し雰囲気が違う。病院にありがちなそっけなさがなく、むしろホテルのような温かい雰囲気だ。居住性が高く落ち着く感じなのである。ホテルだとすれば長期滞在向けとでもいうか、どちらにしても病室よりずっと居心地がいいことだけは確かだった。

「目を覚ましたのね」

声がして、壁際にもうひとつベッドがあるのに気がついた。見ると、ベッドのうえに正座し、壁にもたれてこちらを心配そうに見ている女性がいる。だぶついた男性用のパジャマのうえにカーディガンをはおった姿で、年格好は五十歳前後というところだろうか。さらに目を移すと、反対側の壁際にはもうひとつ空のベッドが備えられているのも見えた。

「あなたも家が流されたくちね？　怖かったわよね。でも、私たちはラッキーなのよ。私は治美《はるみ》。ねえ、あなた赤ちゃんがいるんでしょ？　いま何ヵ月？」

いきなり矢継ぎ早の質問攻めだ。

「ここはどこなんですか？　いま何時かしら」

玲子が口にできたのは、それだけだった。

「朝の五時よ。昨夜《ゆうべ》運ばれてきたときから、あなた死んだみたいに眠ってたし、なんだかこっちもだんだん心配になってきてね」

だから眠るに眠れず、ずっと起きて見守ってくれていたのだという。

「でもビックリでしょ？　実はここ船のなかなの。五洋商船の豪華客船なんですってよ」

玲子が目覚めたのがよほど嬉しいのか、女は治美と名乗ったあと、やっと話し相手ができたとばかりに、次々と話しかけてくる。

「ほら、そっちの窓から海が見えるでしょう？　まだ薄暗くてよく見えないけど、この隣にも、あら、向こうにもだわ。フェリーとか客船とか、どんどん増えてきている」

治美が指さす先に何隻も並んでいるのは、今回の被災者を迎えるために集まって待機している、大型船なのだとのこと。

「怖かったわよね。家のなかに水がはいってきたときは、私このまま死ぬかも知れないって、本気で思ったもの」

玲子は何度もうなずいた。目の前の治美も、同じ思いをした被災者なのだ。途端に、不思議な仲間意識が芽生えてくる。それは治美にとっても同じだったはずだ。

「それにしても情けないわよね。東京だけは大丈夫って思ってきたのに、この年でまさか自分が被災者になるなんて。いまはもうどこにも安心できる場所なんてないのね。結婚もしないで独りでここまで生きてきてよ。あげくのはてが、親が残してくれたたったひとつの財産だった家が水に流されて、そのうえ体育館で冷たい板張りの床に段ボール敷いて寝るホームレスみたいな暮らしになるのかって、絶望的になっていたんだけど……」

溜まりに溜まったものを、全部吐き出すかのように、治美のおしゃべりは止まらない。

「そうでしたか。ここは船のなかだったんですか」

思いもよらない場所だったが、どうりでホテルのような居心地の良さを感じるわけだ。

「でも、日本の船会社って凄いと思わない？　ありがたいことよね。ちょうど定期点検を終えたばかりで、ドックから次の航海に向かうところだったっていう客船なんだそうよ。それを大急ぎで晴海埠頭まで移動させたのね。無償で被災者に提供することで、政府の復旧作業に協力したいって、五洋商船が自分から申し出てくれたっていうんですもの」

定期的に飲料水などを運んでくれる係員から聞いたのだと語り、本当にありがたいことだと何度も繰り返しながら、治美は顔の前で両手を合わせている。

「そういえば過去の大地震のとき、救援物資とか燃料の輸送に船舶が使われたという話は聞いたことがありますけど。でも、被災者に居住空間まで提供していただけるなんて」

こんな時だけに、人の親切が身にしみる。

「本当ね。どうしたって心細い私たちですもの、せめて気持ちが落ち着くまでのあいだだけでも、こういう最低限の人間らしい暮らしというか、快適な場所を確保させてもらえるのは、なによりの救いになる」

やがてすっかり朝になり、時間が経つにつれて、船内は次々と運び込まれてくる被災者であふれかえった。玲子たちのいる部屋にも、さらにもう二つの簡易ベッドが用意され、八十九歳だという真っ白な髪を結い上げた老女と、玲子と同年代のふくよかな妊婦が加わった。

浸水地帯を巧みに避けて、体調不良の高齢者や病人、妊婦などといった被災者が、いまも次々と運び込まれている様子だ。医療関係者との連携によって、特別室では重病人も受け入れられているという。

「もっと人数が増えても、私たちはまったく大丈夫ですからね」

ときおり見回りにくる係の担当者に、玲子は思わず声をかけた。

「ありがとうございます」

「いえいえ、お礼を言うのはこちらのほうです」

こまめに世話をしてくれる係員にしても、同じこの地に住むかぎり、多かれ少なかれ被災者の立場なのだから。

「そうよ、係員さん。どんどんみなさんを受け入れてあげてください。せっかく命が助かったんだし、こんな快適な場所を提供してもらっているんですものね。私たちだけで独占しては申し訳ないわ」

率先して協力を促す治美の言葉に、同室のみなも笑顔でうなずき合っている。

「みんなで譲り合って、助け合っていきましょう。長々と足を伸ばして寝られるだけでもありがたいことなんだから」

玲子がなにより心を打たれたのは、被災者が増えて船内が手狭になるほどに、互いの譲り合い精神が高まっていくことだった。

「あなた、これどうぞ。お腹の赤ちゃんのためにも、もっと食べなきゃだめよ」

配られた自分用の備蓄食を、さらに分け与えてくれる隣人がいる。順番を決めて使える熱いシャワーも、共有の大浴場も、船に搭載されている発電機を活用できるため不自由さを感じることはなかった。

だが、なにかの拍子に突然笑顔を崩し、震え出す者もいる。

「本当に怖かったわ。私も長い間生きてきたし、幼いときに戦争で酷い空襲にも遭った。でも、こんなに怖い思いをしたのは今度が初めてよ」

白髪の老女が、思い出したように痩せた肩を震わせて泣き出すと、途端に部屋はしんと静まり返った。

「真っ黒な水が、知らない間にまわりに迫ってきてね。もう終わりだって、そう思った。ここで、私は独りで死ぬんだって……」

可笑しいでしょ、と老女は泣き笑いの顔だ。もう歳だから死ぬのはかまわないと。

「だけど、独りっきりで死ぬのだけはたまらないって、そう思ったの」

近くで落雷もあったようだ。あっという間の豪雨で、目の前がくもって、息ができないぐらいだったとも老女は語る。どうすることもできず、家のなかでただ狼狽《うろた》えているとき、ついに堤防が崩れたのだと。

「もう大丈夫ですよ、私たちが一緒ですから」

玲子は思わず駆け寄って、その骨張った背中を撫でていた。隣家のあの田中フミと似た身体つきだ。

フミはいまごろどうしているだろう。ヘリコプターで助けられたとまでは聞いたが、無事に別の船に送りこまれているのだろうか。

「このあと、東京はどうなるのでしょうね」

大きなお腹をさすりながら眉根を寄せる妊婦の肩を、治美が笑顔でポンと叩いた。

「くよくよしても仕方ない。まずは早く元気になって丈夫な赤ちゃんを産むことよ。あとは開き直って、頑張るしかないじゃない。家族がいるだけでも喜ばなくっちゃね」

治美は玲子に向けても微笑んでみせる。

女たちは、それぞれが抱えた恐怖と不安を分け合うようにして、互いの傷を癒しながら時を過ごし、これからの東京に思いを馳せていたのである。

＊

堤防決壊からさらに一夜明けた六月十日金曜日の朝。五洋商船が海運業界を主導する形で、適用可能な何隻もの大型客船やフェリーを晴海埠頭に集合させている様子は、早朝からテレビニュースでも報じられた。

国交省はもちろん、警察や消防、そして自衛隊などのほか、民間企業や交通機関などが加わった救援作業の輪は大きく拡がり、被災者たちが次々と船内に運び込まれていく。

そんな救助の模様を皓子が目にしたのは、着替えのためにいったん総理公邸の自室に戻ったときのことだった。

「あ、ママ。疲れたでしょ。一昨夜《おととい》から全然寝てないものね」

思いがけない顚末で、碑文谷《ひもんや》の自宅に帰りそびれた娘の麻由が、テレビの画面にかじりつくようにして報道をチェックしながら待っていた。

「麻由のほうこそ、寝てないんでしょ。ごめんね。あなたまですっかり巻き込んじゃったわね」

こんなことになるのなら、早く家に帰しておけばよかった。

「でも、アメリカとかフランスの大統領からも、ドイツやイタリアの首相からも、続々とお見舞いの電話がはいってるんですってね。さっき、秘書官の人に教えてもらったわ」

麻由は皓子を見て、心底嬉しそうに言う。

「みなさん東京のことを心配してらしてね、ずいぶん励ましてくださったのよ」

新総理として就任を報告する初の電話会談のはずが、思いがけず先に災害見舞いを受ける形になってしまった。各国首脳たちのその対応の素早さにも舌を巻く思いだ。

「ママの災害対策の手際が素晴らしいって、みなさん褒めてくださってるんですって？よかったね、ママ」

娘が夜通しニュースを観ていたのなら、母親が国内メディアから厳しいバッシングを受けているのは知っているはずだ。だから、あえて側近たちが気遣って、麻由に海外首脳陣からの温かいメッセージを伝えたのだろう。

「まだまだ現実は厳しいわ。復興まではだいぶ時間がかかるでしょうし、総理の責任は大きいしね。なにより肝心の日本の人たちに、理解してもらえないとなんにもならないの」

日本の凋落をひそかに期待している首脳だってなかにはいるかもしれない。財政の問題も、金融市場の今後も、本当の勝負は週明けからになる。自分に課せられた問題の解決を考えると、どこから手をつけたらいいのかと、震えが走るぐらいなのだ。

「でも、ママ。あれ見たでしょ？　被災者の人たちの避難所として船室を提供するのはとってもいいアイディアだって、パパもさっき電話で感心していたの。災害が起きるたびに、毎回同じように段ボールで寝ている被災者は見ていられない。せっかく生き延びた人たちが、エコノミークラス症候群で亡くなっていくのは二次災害の人災だって、ママは前々からそのことを言ってたんですってね」

麻由が指さすテレビ画面のなかで、担架で次々と船に運ばれる被災者たちが大写しになっている。

「あれはママの手柄でもなんでもないの。いくらママが声を嗄らして訴えても、協力してくれる企業があってこそのことだったのよ。やっぱり日本の民間企業は頼もしいわ」

皓子の思いがかなったのも、すべては五洋商船の新倉が機転を利かせてくれたからこそのことなのだ。

昨日の昼前、突然の呼び出しにもかかわらず、新倉はわざわざ官邸まで駆けつけてくれた。

「やあ、お久しぶりだね、樋口《ひぐち》さん……」

皓子の顔を見るなり、新倉は満面に笑みをたたえ、握手の手を差し出しながら近づいてきた。髪はずいぶん白くなっている。目尻の皺が目立っているのも年齢相応というべきなのだろう。だが、贅肉のない身体つきや、機敏でややせっかちそうな歩き方など、若いころとまるで変わりがない。

懐かしそうに言いかけた言葉を途切れさせ、新倉は慌てて言い直した。

「おっと、いかんいかん。いまは三崎総理とお呼びしないといけませんでしたな」

皓子のすぐ後ろに、ぜひとも同席したいと願い出た国交大臣の南川俊明の姿が見えたからだ。

「いや、立派におなりになった。しかし、中味はちっとも変わっておられんようだ」

新倉はそれが嬉しくてならないとでもいうように、目を細めて皓子の右手をきつく握り返してくる。

「すっかりご無沙汰しておりました。会長のほうこそ、あのころのままです。その節は大変お世話になりました。また、このたびは突然のお願いでしたのに、さっそくご足労いただきまして、心から感謝申し上げます」

皓子は丁寧に頭を下げた。

「いやいや、よくぞ私のことを思い出してくださいました。まさに絶妙なタイミングといいますか、台風のために出張の予定が直前で延期になったばかりでしてな。ちょうど家にいたところに、官房長官から電話を頂戴しました」

なんと心優しい言い方なのだろう。

「ご用件を詳しく伺うまでもなく、すぐにわかりましたぞ。総理がおっしゃろうとしておられることは、これでしょう？」

勧められたソファに新倉が腰をおろすのを見届けると、後ろに立って控えていた秘書室長だという女性が、すかさず一歩前に出る。そして、大事そうに抱えていた分厚い黒のバインダーを皓子の前に差し出したのである。

「これは……」

皓子が大きく見開いた目を秘書室長に向けると、彼女は笑顔でうなずいて、おもむろにページを開いてくれる。

皓子の前に現れたのは、緻密に練られた被災者救済作業の手順だった。発災直後から船までの緊急輸送の手段。宿泊や給水・給食、そして入浴の支援。医療や通信から電力供給の実証実験まで実施し、大規模災害時における船舶の活用については、これまでも入念に検討が重ねられてきたことが読み取れる。

「私には、すぐにピンときましたよ。といいますか、私が昔からよく存じ上げているあの樋口皓子さんなら、きっとこうなさりたいに違いないと考えましてね」

「会長……」

皓子は言葉を詰まらせた。ここまでやってもらえるとは思っていなかったからだ。

「ご遠慮なくお使いくださいい。僭越な言い方ですが、私に声をかけてくださったのはベスト・チョイスだったと思いますよ」

新倉は笑顔を崩さない。だが、穏やかな顔つきのなか、眼の奥から放たれる鋭い光は昔のままだ。そうだ。この目はいまも現役なのだ。若いころ、皓子が持ち込んだ企業買収の案件で、この人をなんとか納得させたくて、あの手この手と何度プランを練り直したことだったか。

あのときと変わらぬ目が、いまは皓子の苦境をなにもかも承知しているよと告げている。船舶がおのずと備えている潜在力を、こういうときこそ充分に活用すればいいのだと、訴えてくれている。

「ありがとうございます、会長。それでは被災者たちの受け入れを、御社でお引き受けくださると？」

皓子は、限りなく温かいものに包まれているのを実感した。

「間がいいというのは、このことでしょうな。まるで総理から要請がくるのを見越して、待っていたかのようなタイミングでした。ちょうど定期点検のために大型客船がドック入りしておりましてね」

「なんとお礼を申し上げていいか……」

「困ったときはお互いさまです。どれも進水式の時からずっと見守ってきた船でしてね。船名も私がつけました。みなさんのお役に立てたらあの船たちも喜びますよ。あれならキャパシティもあるし、被災者の方々に当面必要な設備も各種整っています。しかも点検を終えて次の航海に向かうばかりでしたから」

台風八号は雨台風の模様で、幸いにも接岸が困難になるほど風は強くない。もとよりすでに晴海埠頭に移動させているので、到着次第すぐにも利用できる状態だという。とはいえ、出航を目前に控えていた客船を流用するとなれば、予定していたビジネスの機会喪失につながるのは自明のことだ。それを承知で、新倉は協力を惜しまないと言ってくれるのか。

「慎んで感謝申し上げます」

南川国交大臣も神妙な顔つきで、皓子に続くように頭を下げている。

「あの、わたくしからも僭越ながら申し添えますと」

秘書室長が、新倉の後ろから遠慮がちに声をあげた。皓子が目をやると、やはりにこやかに続けるのだ。

「いささか先走りではなかったかと、心配していたのですが、実は私どもの新倉が、今朝がたから船主協会のメンバー各社にも声をかけてまわりまして。みなさんには似たような状況の船をスタンバイしていただきました。わたくしどもの提案に、快く協力を申し出てくれたところが何社もございまして」

新倉の性格からあえてことさら口にはしないことを、皓子にはどうしても伝えておきたかったのだろう。

思い切って頼んでみて本当に良かった。たしかにひどい早口でせっかちには見えるが、この新倉なら決して抜かりはない。むしろ話が早く、頼もしい行動力の人なのだ。しかも、門外漢には思いつかないようなきめ細かい配慮がある。

この新倉が声をかけてまわったからこそ、同業他社の重鎮たちが腰をあげてくれたのだ。新倉の存在を思い出したのは幸いだった。人の縁のありがたさが身にしみる。

「もう結構ですよ、三崎総理。今後の具体的なことは、南川大臣とのあいだでしっかりとご相談させていただきますので。総理はどうぞご安心ください」

新倉があらたまった口調で言った。

「私のほかにも、このあとまだたくさんの方々が、総理のご指示をお待ちになっているのでしょう?」

すべてを心得たという揺るぎない顔である。皓子の立場を察しての言葉なのだ。

「ありがとうございます。では南川大臣、あとの詰めはよろしくお願いします。それでは新倉会長、状況が落ち着きましたら、またあらためて私からもお礼にあがりますので」

新倉には何度礼を言っても足りない思いだが、ここまで道をつけられたら、このあとの具体策は南川に任せよう。

「それから総理、ご就任早々から今回の大災害です。当分のあいだはさぞ激務が続くでしょうが、どうかお身体には気をつけて。一段落しましたら、次回は仕事を離れて、ゆっくりと昔話をさせていただければと願ってますよ」

そういう日が早く来て欲しい。

「はい、必ず近いうちに。新倉会長はじめ、海運業界のみなさまからお寄せいただいたご厚意を最大限活かせるように、このあとも政府一丸となってさらに頑張りますので」

皓子も切なる願いをこめてそう答えた。そして、二人でもう一度固く握手を交わし合い、南川と担当者たちを残して、会議室をあとにしたのである。

*

翌日からの土曜日と日曜日は、皓子は官邸を出て、用意された防災服姿で精力的に動き回った。都内各地での被災の現状について、できるかぎり自分の目で直接見たいと願ったからである。同時に被災者にも会ってその生の声を聞き、彼らの思いを受け止めたいと皓子自身から言い出した。

首都圏のここまでの洪水被害というのは近年例がない。大型船の利用は心強いが、あくまで期限つきだ。仮説住宅の建設を急がないといけないが、どの程度のものをどこに用意するのか、そのための用地の取得はどうやって進めるのか、対応を迫られることは山のように積み上がっている。

皓子の要望で、訪れた地域は広範囲にわたった。場所によってまったく違った顔を見せる首都東京の街を、今回ほど実感することはなかったように思う。

地域が違えば被害状況もまるで様子が違い、荒川と隅田川で囲まれた江東デルタ地帯では、早々と日本中からポンプ車が集められ、必死の排水作業が始まっていた。

ポンプ車はほかにもいたるところで見られた。板橋区、北区、荒川区、足立区、さらには台東区といった、昔ながらに人情の厚い下町界隈は、互いに助け合う住人たちをさらにボランティアが手助けして、泥に染まった家々の掃除や復旧に汗を流している。

一方、台風一過の太陽が眩しい都心の高層ビル街や繁華街でも、進んで休日出勤をしてきたのだろう、若い社員たちがあたりを埋め尽していた。経営陣と思われる男性たちもみずから腕まくりをして荷物を運んだり、若者たちと一緒にブラシを持って、水に浸かった地階の清掃や復旧に懸命になっている様子が見られた。

路線によって明暗がはっきりと分かれたのは地下鉄の被害だった。幸い地下での死者は出さずに済んだが、この違いは、今後の復旧作業にも間違いなく影響するだろう。

「総理のせっかくの緊急事態宣言を、真摯に受け止めて活かしたところと、そうでなく対応が後手にまわったところの違いです。総理にはわざわざあそこまでのご提案もいただきましたのに」

視察に付き添った武藤秘書官が、太い眉をひそめながらそっと耳打ちしてくる。

「おまけにですよ。言うことを聞かなかったのは自分たちのほうなのに、責任のがれか、損害補償請求が怖いのか、陰で政府批判ばかりしているのも困ったものでして……」

だが、皓子はきっぱりと首を振った。

「いいえ、堤防決壊の前のあの時点で、全部の人たちを説得できなかったのは、われわれにも責任があることよ」

前方を指さして、皓子はまたも言うのだ。

「ほらご覧なさい。浸水被害であれだけのダメージを受けたはずの人たちが、みんなで助け合って、あんなに懸命に働いている」

どんなに苛酷でも、目の前の現実をいまはすべて受けいれるしかない。そして、足りなかった備えを反省すべきは、いまの政府も同じなのだ。

「おっしゃるとおりです。なにもしなかった人間ほど、不平や文句の声が大きいもので」

武藤が無念そうな声を漏らす。

たしかに、市井の被災者たちがあれほど健気に立ち上がろうとしているのに、皓子の周辺から聞こえてくるのは後ろ向きで、嘆きや非難の声ばかりだ――。

そのとき、不意に浮かんできたあることに、皓子は思わず声をあげた。

「あ、そうか。そうなのよ……」

まるで、何気なく差し出した自分の手をめがけて、なにかが突然落ちてきたような感覚だった。

「わかったわ、武藤さん。その手があった！」

全身を貫くようなひらめきに鳥肌がたち、身震いが起きそうだった。

「総理？　どうかされましたか？」

武藤秘書官が怪訝そうな顔でこちらを見ている。だが、それには答えず、皓子は移動に使っている黒いバンに駆け戻った。

「なにかございましたか？」

慌てて武藤も追いかけてきた。

「そうなの。ちょっと待っててね」

思い立ったら、いてもたってもいられなくて、皓子は大急ぎでトートバッグのなかをまさぐった。

「なにかお探しものでも?」

「そうなの、電話がね。たしかここにいれておいたはずなんだけど……」

「携帯でよろしければ、私のをお使いください」

「違うの、私のスマホでメールを読みたくて」

つい先日、北条由起子から届いたあのメールである。差し出し人の名前の下に、たしか転任後の新しい連絡先が書いてあったはずだった。

逸る思いでバッグの底にスマートフォンを探し当て、さらに着信欄を開いたあと、ようやく由起子からのメールを見つけ出した。

「ハロー……」

あえて樋口皓子の旧姓を名乗って、相手先に直接電話をかけてみた。取り次いでくれた相手はくせのある独特の英語だったが、案の定由起子は不在だった。週末なのに海外出張中なのだという。

伝言を頼み、皓子の携帯電話の番号を伝えると、ほどなくして電話がかかってきた。

＊

その朝、ようやく洪水前のような態勢に戻って開かれた早朝会議に出たあと、あかね銀行資金証券部長の浜崎充は、憔悴しきった顔でディーリング・ルームに戻ってきた。

六月二十日、月曜日早朝。

荒川の氾濫による東京の壊滅を見越して海外市場で円が急落し、翌日の日本国債市場では二十年物国債の入札が視界不良のなかでうやむやに終わったあの日から、激しい動揺を引き摺ったままで一週間あまりが経った。

長いあいだ、金利のない世界に慣らされ、ついにはマイナス金利の領域にまで突っ込む時代が続いていた最中に、突然の自然災害を機に十年金利が二パーセントを軽々と超えた。その後もほとんど取引をともなわないまま、一瞬とはいえ六パーセントに達するという債券の大暴落を演じた一週間だった。

もちろん、先進国こぞっての金融緩和を経て、世界中に有り余る巨額の投資マネーが、次に起きることへの予測とみずからの貪欲な思惑を背景に、国境などないかのごとく一瞬にして地球を駆け巡る時代である。今回の日本市場での未曽有の波瀾も、国内だけで留まるはずがなかった。

そもそもが欧州市場で始まった円の暴落だったが、その日のうちに米国に飛び火し、またたく間に新興国市場へも波及した。大量の売りはまさに世界中を席巻したのである。

東京株式市場の急落は、アジアの各市場を皮切りに、世界各国の株式市場で売りを誘い、猛烈な円売りの結果による急激なドル高は、米国経済の腰折れに繋がるとの予測から、米国株の暴落にも繋がった。

〈東京発の世界恐慌か⁉〉

〈日本経済の終わりの始まりか？〉

大々的に新聞紙面を飾るそんな自虐的な特大文字の見出しを見るまでもなく、人々は迫り来る恐怖に震え上がったが、それとても首都圏の人々にとっては最優先事項ではなく、目の前の被災からの復興や、日常生活を取り戻す作業のほうに、はるかに心を奪われる一週間だったというべきだろう。

国内では、あの日以来、債券先物市場での史上初といわれる五営業日連続のストップ安を記録したあと、先週末になってようやくの小康状態になっていた。

そんななか、全世界が固唾を呑んで成り行きを見守っている日本の国債市場で、先送りにされていた二十年物国債の再入札が、いよいよ明日二十一日の火曜日に実施されることになったと財務省が発表した。

「今朝の最初の取引が、今後の市場の方向性を占うものになるでしょう。私自身はそろそろアクションをおこしたいと考えています」

早朝会議の席で、浜崎が語ったそんな言葉は、熟考の末の彼の決意の表れだった。

「まさか、買うというのではないだろうな」

途端に語気を荒らげたのは上層部だ。

「そんな買いはギャンブルだ！」

「まだリスクを取る時機じゃない。下手をして、もうこれ以上の損を膨らますな！」

次々と声をあげ、なんとしても浜崎の行動を封じ込めたがるのだ。ほんの半月前なら、このレベルは喜んで買い始めるところだった。だが、現実にここまで下げてしまうと、誰もが迂闊には手が出せなくなっている。

すでに予測をはるかに超えた未踏の領域にまで堕ちてしまった国債が、ここからさらに下値を試すのか、それともやはり買い戻しをいれるのか。これまでの発想がもはや通用しないというのは、悲しいかな、みなの本音なのである。

いや、それはいまだ大量の国債を保有し、それが恐ろしいまでの評価損を抱えてしまっている日本の金融界全体の正直な思いだろう。浜崎自身がこの一週間、市場の仲間たちに電話をかけまくって、互いに情報交換をしても、そんな感触は変わらなかった。

誰が真っ先に動くのか。いや、いったいこんなところで誰が相場を仕掛けられるというのか。そこまでのリスクを取れる人間など、おそらくどこにもいはしない……。

暗澹たる思いで、国債価格を示すモニター画面を凝視している浜崎の胸中には、無念さや、なかばあきらめにも似た、閉塞感ばかりが拡がっていた。

そんな市場参加者たちを尻目に、突然の動きが始まったのは、ぴくりとも動かなかった午前中の相場を経たその日の昼、そろそろ交替で昼食に出ようかというそのときだった。

ランチルームに向かうため、椅子から立った浜崎を、部下の古田が大声で呼び止めた。

「部長、見てください！　為替で円が買われています！」

若い古田が、モニター画面を指さしながら声をあげるのと同時に、デスクの電話回線ボタンが一斉に着信を知らせる点滅を始めた。

すぐさま席に駆け戻り、電話を取ると、いきなり怒鳴り声が耳に飛び込んできた。声の主は、出向先の執行役員の席からかけてきた桐澤だ。

「おい、浜崎。聞いたか。いまあかね証券のほうに、国債の大量買いがはいっているぞ！　これはショートカバーじゃない。アウトライトの買いだ」

「なんですって？」

あかね銀行の系列証券会社の営業部門に、たったいま、大口の買い注文がはいったという知らせである。ショートカバー、つまり相場の下げ局面で空売りしたものの買い戻しではなく、中長期投資を狙った純然たる買いだというのだ。

「どこなんですか。この円買いはそいつのせいですね。誰が買ってるんですって？」

浜崎も桐澤に負けないほどの大声で訊く。そんな浜崎に、周囲の熱い視線が集まってくるのが痛いほどに感じられた。

「ファンドを通しての買いのようだが、裏にいるのはまちがいなく青眼《あおめ》だな。おそらくどこかの政府関係じゃないかと、俺は思う」

青眼というのは外国人投資家という意味の証券界ならではの隠語だ。どこかの国の政府関係筋が、ヘッジファンドを通して日本国債に大量の買い注文をいれたということらしい。

「外貨準備の運用だろうな。いや、やっぱり、来たか。ついに来たんだな」

桐澤が、電話口でうなずいている姿が目に見えるようだ。

「日本は売られすぎたからな。だからここからは買いだ。やっぱり買いだよ、浜崎」

感慨深い声だった。

「そう。そうですよね」

だから今朝、会議の席でそれを主張したのに。

そう言いたい言葉を呑み込んで、浜崎はすぐにブローカーの電話回線をつないだ。

「買ってくれ。うちは買いだ。あかね銀行は、日本国債を買うんだ！」

上層部がどんなに怖じ気づこうが、かまいはしない。いま動かないでいたら、ディーラーとしてのプロ魂が腐ってしまう。

浜崎はいっぱいに声を張り上げながら、身体の奥底のほうから込み上げてくるものに、何度も目をしばたたかせていた。

「部長、ブローカーにそんなにおおっぴらに言っちゃっても大丈夫なんですか?」

心配そうに古田が顔を覗き込んでくる。業界トップを争うメガバンクの一角であるこのあかね銀行が、市場に向けて宣言するかのように買い注文をいれたら、間違いなくこぞって追随してくるディーラーたちがいる。そうなると、たちまち価格が上昇して、自分たちに有利なレベルでの買いができなくなる。

若い古田は、浜崎が無防備すぎるのではないかと指摘しているのだ。

だが、そんなことは百も承知だ。それも充分意識したうえで、浜崎はさらに声をあげたのである。

「いいんだよ。日本国債はこの国の借金だ。俺たち日本人が買わなくて、誰が支えるというんだ。青眼ばかりに任せておくなんて恥ずかしいと思わないのか」

プロらしからぬ発言だ。なによりあかね銀行の収益を最優先させなければならない立場の自分である。

だが、そんなことも一番わかっていながらでも、溜まりに溜まった思いを込めて、浜崎は言わずにはいられなかった——。

＊

急落した日本円や、日本国債の市場に、突然目を見張るような回復の動きが出てきたとの報せは、官邸内の皓子にも伝えられた。

「いや、みんな驚いています。あまりに急速な回復振りですからね。もちろん心から歓迎し、喜んでいることに違いはないんですが」

周囲のそんな声に同調し、皓子も初めて知ったかのように驚いてみせる。だが、心のなかではつぶやいていた。

——北条由起子、やってくれたわね。

突然の市場の回復劇に、飛び上がらんばかりに沸いている官邸内の声を聞きながら、皓子は密かに一週間前のことを思い出していたのである。

「もしもし……」

あの日、いささか緊張を覚えながら携帯にかかってきた電話に出た皓子に、次の言葉を続ける暇も与えず、電話の向こうからは弾むような声が飛び出してきたのだった。

「やっぱり皓子なのね？」

北条由起子の声を聞くのは何年振りだろう。だが、感慨無量といったそんな最初の一言で、皓子のほうも一瞬にして懐かしい学生時代にワープする感覚が込みあげてくる。

「あら、いけない。もう三崎総理って呼ばなきゃいけなかったわよね。これはとんだご無礼を」

途端に、ぶち壊すようなまぜっかえしの口振り。そんなところも昔のままだ。頭脳明晰な分だけ、誰に対しても物言いはいつもストレートで、ときに鋭い棘を含むことがある。とはいえそれが正論だけに、周囲を何度たじろがせたことだったか。そしていつのまにか、相手をすっかり自分の掌中に取り込んでしまうのが由起子の生来の特技なのだ。

卒業後に、皓子が米国系の投資銀行に就職したのに対し、由起子は迷わず財務省に入省した。それを知った仲間たちから、何度も首を傾げられたものだった。二人の気質や行動癖からして、互いに逆の選択をしたのではないかと心配されたのも不思議はなかった。

「びっくりしたわよ。コーコ・ヒグチという人から連絡があったって秘書から伝言をもらったからね。思わず聞き間違いじゃないのかって、怒鳴りつけちゃったぐらいよ」

いまの中国の職場では、由起子ぐらいに強気で、多少は尖った物言いのほうがかえって向いているのかもしれない。

「もちろん、その樋口皓子が日本の総理大臣だなんてことは、誰も気づいてないから安心してね。でも、わざわざ電話をありがとう。いまはとんでもなく忙しい時でしょうに」

「こちらこそ、久し振りに連絡をもらって嬉しかったわ。でも、いろいろあって、すぐに返事ができなくてごめんなさい」

たとえ長いあいだ連絡を取り合ってはいなくても、互いの立場がわかり合え、だからこそ尊重《リスペクト》し合える貴重な存在なのである。

「そんなことより、皓子。私、いま東京にいるのよ」

荒川氾濫のニュースを聞いて、じっとしていられずに、日本行きの飛行機に飛び乗ったという。

秘書にあちこち手配させたあげく、由起子が実際に乗れたのは満席状態の関西国際空港行きの便だった。そこから新横浜までピストン運行をしている新幹線に乗り、大渋滞の道路を経てたどり着いたということらしい。

「え、東京なの？　海外出張中って言われたけど、日本のことだったのね」

さすがは北条由起子である。そういう機敏さもまた昔のままだ。いや、さらに進化しているのかもしれない。だが、それなら皓子にとって願ってもない好都合ではないか。

「ちょうどよかったわ。ねえ由起子、少し時間作れない？　久し振りに会えないかしら」

皓子は努めてさりげなく訊いてみる。

いまの皓子は、いやしくも日本の総理大臣。対する北条由起子は、先日のメールにあったように、日本の財務省からアジア開銀《ADB》に移籍し、目覚ましい実績をあげていたところに目をつけられ、アジアインフラ投資銀行《AIIB》に請われて、引き抜かれたばかりの立場なのである。かの中国が主導権を握り、世界が注目するＡＩＩＢが、彼女を欲しがったのは偶然ではなかろう。きっとなにか狙いがあるはずだ。

　だが、皓子がどうやって彼女の協力を得るか、その可能性がどこまであるのか、切り出し方には慎重さが求められる。だから、まずはあくまで非公式な打診と根回しを、いや、その前段階としての個人的な旧交を温めるところから始めたい。

「あら、望むところよ」

　待ちかまえていたかのような即答だった。頭の回転がずば抜けて速い由起子のこと。なにかを嗅ぎ取ったのに違いない。

「実は、私も折り入って皓子に相談したいことがあったの。でも、こんなタイミングだから、あなたはきっと時間が作れないだろうし、もう少し落ち着いてからにしたほうがいいかなって、出直すことに決めたばかりだったわ。よかった、これもきっとなにかの巡り合わせなのかもね」

　由起子のほうからの相談事というのも気にはなった。彼女の言うとおり、久々にメールをしてきたことからして、小さからぬなにかがあるのは間違いない。だが、こうして互いに連絡がついたのも、すぐに顔を合わせられるところにいるということも、人知を超えた大いなる導きなのかと思いたくなってくる。

「ねえ、急な話だけど、できたらわが家で夕食というのはどう？　一度、主人にも会わせたいから」

「わかった。番記者の目があるから、こっそりあなたの家で、と言いたいのね。それなら今晩の予定をキャンセルするわ。明日の晩でも、もちろん明後日の夜でも、私のほうはなんとでも調整する」

　皓子が多くを語らずとも、素晴らしく察しがいいのも由起子ならばこそのこと。それにしても、せっかちなほどの返事である。それだけ由起子の側も、前のめりになっているということだろうか。

　だが、善は急げというではないか。旧友を私邸に招待するという形のほうが、誰にも邪魔されず、落ち着いてじっくりと話もできる。自分の懐のなかに来てもらったほうが、交渉も有利に運べるというものだ。

　碑文谷の自宅までの道順などを伝え、突発的なことが起きたときの緊急の連絡先も伝え合って、電話を切ろうとしたとき、由起子が思い出したように言った。

「今回のことでね。実際にこの目で見て、東京の被害の酷さにもびっくりはしたんだけど、私がもっと驚いたのは、国内メディアのお粗末さよね」

　どうしても言わずにはいられないという口振りだ。

「日本の報道のこと?」

「だってそうじゃない。いま暮らしている北京の現状も、決して褒められたものじゃないし、彼ら中国政府の情報管理もかなり問題があるのはもちろん承知のうえよ。だけど、それとは違った意味で、いまの日本もやっぱり変よ。だって、洪水は自然災害でしょ? 海外メディアは総じて今回の皓子の対応に称賛を送っていて、同情もしているし、とても好意的だわ」

皓子にとっては嬉しい言葉である。

「それなのに、肝心の日本国内ではなんであんなにバッシングされているの? 自分たち国民のために懸命になっている自国の首相《リーダー》に対して、どうして一方的に叩くことしかしないのかって、逆に驚いちゃって……」

由起子は我慢ならないとばかり憤慨して言うのだ。

「たしかに、自分がなってみて私もあらためて思うんだけど、総理大臣の立場っていうのはね、まあいろいろとあるのよ」

なんと曖昧な言い方だろう。由起子なら日本人ならではの逃げだと責めるかもしれない。

ただ、そうでも言って自分を誤魔化していないと、いまの皓子は前には進めない。

「それでも、三崎皓子は反論もせず、泣き言も言わないってわけね」

「ま、そんなところ」

皓子としては精一杯の虚勢だが、電話の向こうで愉快そうに笑いとばす声が返ってきた。彼女のほうも、新しい職責で苦労しているに違いない。だから余計にわかるのだ。

「とにかく、今夜は楽しみにしているわ」

「私もよ、由起子。久し振りだから、今夜はとことんしゃべり明かしましょう」

いまはともかくそれしかない。どんな展開になるかはわからないが、いまはこの国のためにあらゆる可能性を試すことだ。由起子とは腹を割って本音で語り合い、互いにプラスになる着地点を探り当てられたらと願うばかりだ。

「じゃあ、詳しいことは会ってからね」

由起子には短くそう伝え、祈る思いで皓子は電話を切った。

＊

三崎家の家族全員で夕食を囲むのは何日振りのことだろう。

碑文谷の自宅周辺は幸い浸水は免れていたが、それでも離れにある、画家の夫のアトリエは酷い雨漏りで、これまでの作品や画材などに相当の被害を蒙った。なんといっても不自由なのは、電気がまだ復旧していないことだ。

冷凍保存してあった肉類は半分以上溶けかかっており、野菜類もひどく不揃いだ。汲み置きの水で茹でた保存食の乾麺なども足して、ありものを総動員し、にわか仕立てのすき焼もどきを分け合う食事だが、それはそれで格別な味わいがある。

「米類やレトルト物は、目黒区内の被災者のみなさんにほとんど供出したので、家にはこんなものしかなくて、すみませんね」

由起子に向かって申し訳なさそうに言う伸明を、子供たちが甲斐甲斐しく手伝っている。

「だけど、あちこちにロウソクを立てるのもオツだしさ。なんか、みんなでキャンプしているみたいでいいじゃない。今日の昼間は、昔ボーイスカウトで習ったサバイバル術がいろんなところで使えてね。その気になれば、人間なんとでもなるんだなって思った」

ボランティアとして、浸水した地域の片づけに行っていた慧は、遅れて夕食に参加してきたのだが、不自由な状況をむしろ楽しんでいるようにも見える。

「まもなく電気も回復するそうですから」

伸明もそう言いながら、溶けかかった備蓄用の食品やワインを気前よく持ち出してくる。

遠来の客をもてなす夕餉は、不揃いな分だけ心のこもったものになった。

「今度のことで、東京はずいぶん酷い目に遭いましたがね。消防署や自衛隊が張り切ってくれているし、水が引きさえしたら、あとはみんなで頑張って復旧させるだけですから」

どこまでも前向きに言う夫は、遠回しに皓子を励ましているつもりなのだ。

「コンビニでも、早いところでは商品が補充され始めている店もあるんですって」

麻由も笑顔で伝えてくれる。物流が回復するまでにはまだしばらく時間がかかるが、それでもそれぞれの企業努力で備蓄品が出回り、最低限の飲料水や食料品もさほど苦労なく手に入るようになっているらしい。

「日本人は真面目ですものね。民間企業の回復力には、見ていてもあらためて頭が下がります。とくに中国に住んでみて、今回は本当に実感します」

由起子もしみじみと漏らすのだ。

なごやかに過ごしたあとは、ロウソクを片手に書斎へ場所を移し、由起子とふたりだけで向き合った。

「びっくりしたわよ。さすがは総理大臣の家ね。門の前に警備の警官がいるのは当然だけど、こんなときでも番記者みたいな人がうようよしているなんてね。これじゃ窮屈でどこにも行けないな、っていう感じよ。あなたがやってることは本当に大変な仕事だなって、つくづく思った」

感心する由起子に、皓子はあえて笑っているだけだ。

「でも安心した。あんなに素敵な家族なんですもの、あなたの頑張りの裏付けがわかったわ。これだけ心強いサポーターがいるんですものね。ちょっとジェラシーを覚えるぐらい」

からかうような声で言い、由起子は片目をつぶって見せる。

「今回のことで、本当にありがたいと感じているの。娘がね、一番大変だった二晩を、公邸に泊まってつきあってくれたのよ」

なにができるわけではなくても、ただ、麻由がすぐそばにいるというだけで、どれだけ救われたことだったか。

「いいお嬢さんね。いろいろあったけど、あなた、産んで本当によかったわ」

当時の経緯を知る数少ない友人として、由起子も安堵しているのかもしれない。


「さて、前段はここまでね。そろそろ本編にはいりますか」

ひとしきり家族の話をしたところで、由起子の顔を真っすぐに見て皓子が切り出した。

「だって由起子、私の家族のことなんか実はどうでもいいでしょ？　さっきから心のなかではウズウズしているはずですもの」

「あら、そんなことはないわ。家族団欒《だんらん》は、たしかに独り身の私にはちょっと毒になるシーンだったけど。ただ、仰せの通り、本題のほうが興味は大ね。それは皓子だって同じでしょ？　でも、まずは私の話から聞いてくれる？」

そんな言い方でスタートした由起子の話は、思いがけないものだった。

「これは、中国政府のある要人から私に託された使命《ミッション》でもあるんだけど、実は私自身の心からの願いでもあるの」

「中国政府からのミッション？　だったら、覚悟を決めて聞かないといけないわね」

少しおどけてはみせたが、皓子はすぐ真顔になって、居住まいを正した。

「私も前々から話には聞いていたけど、いまはわが事として考えることに決めたの。今回北京に住んでみて、もう本気で早く取り組まないと、人類にとっての損失、大問題だと切実に感じることだから」

由起子は内容をかいつまんで、だが要点を漏らさずに、さらには互いにとってプラスの点とリスク面も含めて、順に述べていった。

それによると、中国経済の今後には、悲観論と楽観論の両面から、さまざまな分析や予測がなされている。だが、国民の購買力は着実に向上している。やがては現在の日本人と同じような感覚で、自動車も買いたいと思うだろう。巨大な人口を抱えるあの国で、このままいまの事態が進めば、世界中の道路を走る自動車の総数は、早晩現在の倍に達する。

「そんな日を想像したら、背筋がゾッとしない？　地球環境の悪化にどれだけ拍車がかかるか予測がつかないぐらいよ。そもそも今回の荒川の洪水だって、地球の環境悪化で過激化した気象と無縁ではないでしょう。第二、第三の東京が世界中で起きることになる」

由起子は大げさに身震いをしてみせる。それは皓子にしても同じだった。

「だから、由起子は環境に優しい日本の自動車メーカーの生産技術に目をつけた」

すぐにピンときて、思わず皓子は言った。

「ビンゴ！　さすがは皓子。そのとおりよ」

由起子は満面に笑みを浮かべている。

「中国には日本の自動車産業の技術力がどうしても必要だと言いたいのね？」

「ええ。それも一日も早くね。彼らは本当に咽喉から手が出るほどに欲しがっている。いつまでも〝新興国ですから〟なんて都合のいい理屈を並べて、温室効果ガスの垂れ流しはできないわ。国際社会のなかでも許されない。それは彼らも充分にわかっている」

そこまで一気に告げて、由起子は一息吐いた。そして、あらためて皓子に向き直り、慎重な口調で切り出したのである。

「日中間で技術的な業務提携を組むことに、日本政府からのサポートを得られないかしら？　本音としては、手っ取り早く日本の自動車メーカーのどこか一社を買収したいところなんだけど」

由起子の目つきが一変した。どこまでも強気で、重責を担った交渉役らしく、その瞳の奥には威圧的ともいえる光が宿っている。ならばこそ、こちらも簡単に受け入れるわけにはいかない。彼女が相手なら、正々堂々と互いにフェアな交渉をできるというものだ。皓子も姿勢を正し、おもむろに口を開いた。

「日本の大手電機メーカーが、すでに台湾企業の手にわたっているからね。これ以上、日本の誇るモノ作りの精神や技術を易々と海外に流出させたくないのが本音なんだけど」

由起子がすかさず半身を乗り出してきた。

「それも重々承知しているの。とはいえ、日本の技術力に恃むしかない。両者にウィンウインの関係じゃないと無理な話よね」

「だから、その頼もしい仲介役として、北条由起子に白羽の矢が立ったってわけね」

「お願い、皓子。これは中国だけのためではない。地球上の人類のためなの。第二の荒川洪水を起こさないための一歩でもあるのよ。もちろん、日本にとっても悪い話にはならないと思う。国内需要のパイが縮小《シュリンク》しているメーカーにとっても、新しい市場が開けることになるはずだから」

「まず、民間企業に政府がそこまで介入していいものかが問題ね。それをなんとかクリアできるとしても、今度は、またしても日本のモノ作りの技術を中国に売り飛ばすのかって、非難は覚悟しないといけなくなる」

「それも考えたわ。今回の災害対応でさえ、あなたがここまでバッシングされているんですものね。三崎政権にとってのリスクにはなるかもしれない。でも、交渉役として、できるだけ日本に有利になるように最善の交渉《ネゴ》をするって約束する。ね、皓子。これは人類のためなの。ぜひとも、あなたの力を貸してもらえない？」

　薄々予測がついていなかったわけではない。だが、正面きって堂々と言われると、即答はできない。皓子はいったん唇を閉じ、ひとつ大きく息を吸ってから、静かにまた開いた。

「条件があるわ」

胸を張り、毅然とした姿勢で皓子が言うと、由起子はさらに身を乗り出してくる。

「もちろんよ。あなたは必ずそう言うと思っていたから。で、条件というのはなに？　日本側の要望に沿うように、私ができるかぎり彼らを説得するから」

皓子の口からどんな条件が提示されるのかと、由起子は身構えているのがわかる。

「日本国債《JGB》を、いまあなたがいるＡＩＩＢに買ってもらいたいの」

「え、ＪＧＢを？　うちが？」

さすがに予想外だったのだろう。面食らった顔で、由起子は大きく目を見開いた。

「悪い投資じゃないわ。いいえ、いまならまたとないチャンス、とても有利な投資でしょう。今回の洪水災害の局面で、いまの日本円は充分に安くなっている。たしかに東京近郊のサプライチェーンはダメージを受けたし、首都機能やインフラの回復にはまだ少し時間もコストもかかるけど、ここまでの円安ですもの、国内の輸出産業には大変な追い風よ」

「たしかにね。なにせ一時とはいえ一六〇円まで一気に円が売られるなんて、誰も予測もしていなかったもの」

「でも、日本人は勤勉よ。災害のたびに打たれ強くもなっている。復興の兆しは確実に見えているし、日銀の財務強化ももちろんやる。だからこのあとは間違いなく円高に向かうわ。となると、いま日本に投資すれば為替差益も狙える。ここへきて短期的な思惑で急騰した長期国債の金利も、上がり切ったあと急低下していくシナリオが描けるわ」

「つまりは国債価格の急上昇が狙えるわけね」

「そうよ。この国の潜在力を冷静に理解して、日本の底力を認めてもらえれば、いずれ国債の格付けが上がっていくのも間違いない」

そこまで告げて由起子の顔をもう一度見つめ直し、皓子はまたつけ加えたのである。

「それに、本当のところ中国側としては、心情的に言っても米国債はあまり買い増したくはないでしょう？　かといって、英国の欧州《EU》連合離脱をひかえて、先行きの読めないユーロにも手が出しにくい。その点、日本国債のほうがはるかに買い易いはずだわ」

皓子はダメ押しのようにそう言って、由起子を見つめる目に力をこめた。この時点での〝日本買い〟は先々を考えると悪い取引ではない。そんな確信があるからだ。

「そうね。それはそのとおりよ。たしかに説得力がある。さすがに、あれだけ熾烈な米国系投資銀行で揉まれてきた皓子だわ。悔しいけど、交渉術は私よりはるかに上ね」

由起子はひたすら納得顔だ。

「だけど、なにもね。ＪＧＢを大量買いしてくれなくてもいいの」

皓子はそこまで言って、思わせぶりに言葉を切った——。

今回の過激なまでの円の急落は、いわばフラッシュ・クラッシュと呼ばれる極端な価格変動の一環である。暴落の背景には、たしかに日銀の信用失墜の懸念や、首都圏の大規模被災という複数の要素が重なったことがあり、それが大きな要因だ。だが近年、高速取引《ハイ・フリークエンシー・トレーディング》や、アルゴリズム取引と呼ばれるコンピュータ売買の台頭により、わずかな時間で集中的に大量の売りを浴びやすい時代になった結果でもある。

国債市場についても、そもそも中央銀行による必要以上の介在で、健全な市場の価格形成が歪められていた。そのうえ、売買が自在にできない、いわゆる「流動性」が極端に落ちていたという市場環境も大いに影響した。これでもかとばかりに悪い条件が重なった末の暴落だった。

ならばこそ、それらを逆手にとればいい。極端な下げを演じた市場には、それゆえのマグマが溜まっている。だから、これまでとは逆方向の流れに向かうきっかけさえ用意してやれば、逆進も早いはず。市場の回復もそう難しくはない。

つまりは、反転するきっかけとなる弾みを作ってやれれば、それでいいのだ。あとは自然な復元力を信じられるかどうか……。

皓子は空中の一点を凝視し、そこに親の仇でもいるかのように意識を集中していた。

日本の金融界は、これまでもマイナス金利政策で収益悪化を余儀なくされ、痛めつけられてきた。ただ、そんな銀行経営への悪材料を、手数料引き上げなどによる預金者への負担の転嫁でしのいできたという現実もある。

市場金利のわずか一パーセントの上昇が、大手銀行全体では二・五兆円の保有債券の評価損を招き、地銀全般にいたってはそれが二・九兆円にのぼるという試算が新しく出されていたばかりだ。そんな数字に脅えていた彼らが、いまやその数倍にも及ぶ過酷な現実を突きつけられ、どこまで評価損を膨らませているかは想像するだけでも震えが走る。

深刻な経営状態に耐えかねた自衛策として、彼らは遅かれ早かれ、預金者による預金の引き出し額に制限をかけるようなことにも踏み切るだろう。単純な比較はできないにしても、それは近年財政破綻によって国民が究極の苦痛を強いられた、あのギリシャの例を彷彿させるものだ。

当時の様子は日本でもさまざまに報道された。日々の生活のための現金を手元に少しでも多く置いておきたいと詰めかける預金者たちで、銀行窓口やATMの前に、連日気の遠くなりそうな長蛇の列ができていた映像は、いまも皓子の脳裏に鮮明に灼きついている。

もちろん、政府による預金封鎖など、この三崎皓子が首相の座にいる限りは、断じて起こさせはしない。だが、民間の銀行側がそれぞれの判断で、預金口座になんらかの合法的な引き出し制限をかけることを、どこまで阻止できるかはわからない。現に金融庁のほうには、そんな事態を予測し、また懸念もして、早めの救済を求める声もあがっているという。

一方で、財政破綻に直面したときの政府側の対策として、有識者懇談会ではかなり過激な発言があがっているのも事実なのだ。

スイスでは、千フラン札という円貨にして十万円を超える高額紙幣の発行を急増させているのを例に引いて、いっそ日銀にもそうした高額紙幣を出させようという具体案すら飛び出している。

さらにはその紙幣に印紙の貼付を義務づけて、事実上の巧みな増税を発案した声も出ていたという。マイナス金利の時代に染まった社会では、タンス預金を吐き出させるには手段を選ばないという、あまりに不健康で自己本位な案を本気で口にする人間もいる。

そんななかでの今回の暴落だ。

このまま、なんの手立ても講じなければ、この国はますます混乱する。人々はさらに刹那的になり、急な円安による輸入インフレとも相まって、物価は早晩高騰するだろう。なすすべもないまま、国民生活への負担は増大の一途となる……。

皓子は、宙の一点を睨みつけるようにしていた視線を、静かに由起子の顔に戻した。そしてその瞳の奥をじっと覗き込み、意を決して言葉を継いだのである。

「そうよ。日本国債を、なにも大量に買ってくれとは言ってないの。安値で叩き売りをするつもりも毛頭ないわ。そのかわり、できるだけ目立つように買ってほしい。しかもできるだけ早くね。あなたのほうで、中国が買っていることを、うまくアピールしてもらえると嬉しいのだけど」

　このまま日が経てば経つほど、国債を保有している国内の金融機関には、ひたすら評価損と向き合わされる毎日が続くことになる。時価評価による損失額の分だけ資本不足に陥り、経営の逼迫に直面させられる。おそらく銀行は保身に走り、思いつく限りのさまざまな手段を講じるのだろう。そうなる前に手を打つことだ。

「目立つように？」

　由起子はかすかに首を傾げ、皓子を見返した。

「できれば、少々わざとらしいぐらいにね」

　皓子は大きくうなずいて、含みのある目つきでそう言った。一瞬の間を置いて、由起子はハッとなにかに打たれたようになり、すぐに大きく顔をほころばせる。

「あ、そうか。わかったわ。そういうことなのね」

　案の定、由起子は察しが早かった。

「わかったわよ、皓子。要するに中国に、いわゆるチョウチンを点けてほしいというわけなのね。できることなら遅くとも月内、保有資産評価が深刻になる前に、ね。評価損の公的な発表はそれぞれの決算時期になるでしょうから、中間決算の九月末か、公式には決算年度末の三月末なんでしょうけど、そこまで待ってはいられない。彼らはほぼ毎月、いえ毎日時価評価をしているはずだから……」

さすがの理解力だが、皓子の立場としては、それを実際に口に出して、彼女に迫るわけにはいかない。

「われわれ中国が、ＪＧＢ市場に目をつけたとなると、それはもう大変なインパクトになる。いろんな憶測が飛ぶのは間違いないし、なにより、すぐにアジアの他の国が追随するわね。外貨準備の運用とか、政府系ファンド《SWF》とかが、それこそこぞってＪＧＢを買い始めるでしょう」

由起子は、いまや中国をわれわれと呼んでいる。

「それはわからないわ。まあ、あくまで彼らの自主判断だから」

口ではそう言ったが、もちろんそれは皓子の建前論だ。だから由起子が断言した。

「いいえ、間違いなくそうなる。そして、あなたはそれを狙っているんだわ。ただし、立場上そんなことをストレートに言うわけにはいかない。間違っても私にそんなことを頼むわけにはいかない。そういうことね？」

なにもかも、由起子が代弁してくれる。皓子は満足だった。だが、由起子が同意を求めるのにはあえて応えず、皓子は黙ったままでにやりと笑みを浮かべただけだ。

「いいわ。まかせてちょうだい、皓子。あくまで自主的に、でもそれなりの方法で、しっかりとやり遂げるから」

「ありがとう」

皓子は安堵の息を吐いた。

「私のほうもね。こちらもあくまで民間企業主導による、彼らの自主的な進め方になるとは思うけど、日本の自動車産業の、いいえ、日本の製造業全体の未来のためになるなら、日中両者の交渉が円滑に進むような援護射撃に徹するわ」

政府が直接に介入するとなると、それはそれであらぬ誤解を生みかねず、問題もある。だが、せめて経産大臣に指示し、交渉を妨げる規制の緩和を進めることや、膨大な申請資料の簡便化など、両国のためにできることはいくつもあるはずだ。

「交渉成立《ダン・ディール》ね！　若いころ、投資銀行時代に企業買収《M&A》の実戦で培った、あなたの手腕に期待する」

由起子が笑顔で差し出す手を、皓子も力強く握り返したのである。

＊

三崎皓子と北条由起子の隠れた働きにより、市場はようやく下げ止まり、一転して目を瞠《みは》るような回復振りを見せた。

もちろん即座に暴落前のレベルにまで戻ったわけではなかったが、たび重なる自然災害や、膨らむにまかせたままの公的債務に、極端な悲観論が集中していた市場である。増幅されていた悲観の分だけ、今度は反転への思惑買いも勢いづき、一旦市場が底を打ったのを確認したあとは、まさに火が点いたようにV字回復を演じたのである。

それに較べると、洪水後の復旧作業は地域によって差が生じた。なかでも首都圏の交通網の復旧は、はっきりと明暗が分かれた。

荒川下流河川事務所では、洪水危機が峠を越したあとは、里見所長の一貫した指揮の下、決壊した荒川土手にも懸命な応急処置がほどこされ、氾濫箇所を一定の被害で抑え込むことに成功し、そこからは被害が拡大することはなかった。

「みんなよくやってくれていますよ、所長」

最悪のときを耐え抜いた所員たちを労いながら、橋田がすっかり無精髭の伸びた顔を、両手で擦りながら声をかけてくる。

「みんな酷い髭面だし、頬もこけて、おまけに何日も風呂にはいってないから少々臭いますがね。そのかわり目だけは妙に生き生きとしているんです」

少なくとも危機の峠は乗り越えた。所員たちやその家族に犠牲者が出なかったことも、なによりの救いだと橋田は言いたいのだ。

今回の災害対策で、所員たちの心はまさにひとつになった。いや、よそ見などしていられなかったというのが本音かもしれない。だが、危機が人を強くするのは本当だなと、里見はあらためて実感させられる。

とはいえ、災害対策室の前方側面にあるホワイトボードに目をやらずにはいられない。

「六百八十九人か」

今回の洪水による死者や行方不明者として、現時点での関東全域での犠牲者の数が書かれているボードである。曲がった二本線で何度も消されたあとがあり、殴り書きで修正され、さらには書き足されて、ようやくこの数字になった混乱の経緯が蘇ってくる。

洪水発生直後に、各地の警察署から次々とはいってくる報告で、いきなり犠牲者七百人超と集計されたときは、里見は無念さのあまり唇を強く嚙んだものだ。その後、しばらくして、死者三千人超は免れないだろうと本省から内々に予測が伝えられたときは、誰もが暗澹たる思いに襲われた。

だが、時間経過とともに訂正された。必死の救助作業や、入念な安否確認を経て、地元警察署から次々と報告が届き、そのつど何度も書き替えられていったのだ。発災当初は情報が錯綜し、行方不明で絶望的と報じられていたものの、その後、無事救出された被災者グループがいくつもあるとわかったときは、里見自身が救われた思いだった。

以前、鬼怒川の氾濫のとき、自衛隊や消防によるレスキューで救出されたのは約四千三百名を数えたが、今回の救出者はゆうに一万人を超えている。そのなかには、あれ以来、快適な船中から毎日電話をよこし、母子共に順調だと知らせてくれる、妻の玲子もはいっている。

あのころ、被災者救助成功の連絡がはいるたびに、対策室には期せずして拍手が湧いた。極限まで追いつめられた職員たちにとっては、唯一の安堵の瞬間だった。

「ここからあとは、被災した地域が互いに協力し合っていくのを、われわれがいかに後押しできるかですな。地道に泥水を洗い流して、時間をかけて乾かす、そんな作業をひたすらやるしかないわけで」

総括地域防災調整官として、これまで被災した全国各地をまわってきた橋田ならではの経験が言わせる言葉なのだろう。

「みんな、無理するなよ。あともうしばらくの辛抱だ。うまくシフトの態勢を組んで、交替でしっかり休みもとってくれ」

所員たちも少しは休ませてやらないと、もはや体力の限界を超えている。里見の声に、周囲から急に弾んだ声があがった。

「大丈夫です。所長のほうこそ少しはお休みになってください」

「しかし、まだまだやる事が山積みだからな」

かくいう里見の顎も無精髭だらけだ。

あともう少し、この災害対策室が無事に解散になる日までは、手が抜けない。

荒川下流地域は海抜ゼロメートル地帯であるだけに、少しでも手を緩めて放置すると、水が自然に引くことはない。いつまでも水溜まりのままになってしまうからだ。

ポンプ車を使った大がかりな各地の排水作業は、いまや全国からの応援も次々と加わって、過去最大規模の作業になり、着々と進行している。

「それにしても、都会の瓦礫《がれき》は、量も半端ではありませんな。最近の家は断熱材が大量に使われていますからね。毎回被災地をまわるたびに、なんとかならないのかと歯痒くなります。まるで、せっせとモノを作り続けてきた人間を、天が嘲笑っているんじゃないかという気がするぐらいでね。被災された方には気の毒な言い方なんですが」

浸水した家屋では、畳などはもちろんだが、水を吸ってしまった断熱材はヘドロ、黴、悪臭などで使い物にならなくなる。濡れて動かなくなった大量の電化製品も、ゴミの山をさらに堆《うずたか》くするばかりだ。

「電化製品といえば、ご存じですか、所長。地下鉄の復旧作業も、直前の彼らの対応いかんで、すっかり命運を分けましたね。交通機関の経営者にとっては、今後の対策に向けて厳しいお灸になったはずです」

地下鉄の排水作業は里見らの管轄外になるだけに、橋田も苦々しい表情になる。

「まあ、いくら注意喚起を受けても、自分たちだけは大丈夫だと、人間はつい考えがちなんだよ、橋田さん。根拠なき安心感というか、正常性バイアスというかね」

「なかには、留守中のコソドロが心配だから避難はしない、なんていう人もいました」

「しかし、当事者がみずから動かない限り災害は防げない。今回のことは高い授業料を払ったと真摯に受け止めて、この経験を次に活かしてもらえると信じるしかない」

路線の復旧までに時間がかかれば、それだけ多くの通勤客を悩ませることになる。東京にオフィスを持つ大企業は、都心で泊まり込む社員たちのために、早々と宿泊施設を片っ端から確保にまわっていると聞いた。

「いえ、そうじゃなくてね、所長。お聞きになってないですか？　地下鉄については、なんでも、あの女性総理の助言を聞いた会社と、軽んじて従わなかった会社とで、結果的に復旧には大差ができているそうで……」

地下鉄が浸水する場合、被災前に車両を地下から逃がすことができるか否かが鍵になる。線路そのものは鉄製で、乾けばなんとかなるため、復旧までの時間も抑えられる。

「意外に知られてなくて、問題なのは、線路の切り替えポイントなんだよな。線路そのものはただの鉄のレールだけど、実は切り替えポイントに精密な電子機器が付いている。それが一度でも水没すると、全取っ換えをしないかぎり運行再開ができないからね」

「そこなんですよ、所長。なんでもあの女総理、昔ニューヨークのハリケーンでそういう問題を知っていたというんです」

「三崎総理が？」

「ええ。あっちではハリケーンが上陸する前に路線を停めて、水に弱い部品は全部取り外していたというんですね。だから、ニューヨークの地下鉄は早期に復旧できたそうです。そのこともあってあの総理、地下鉄全社に事前の操業停止勧告を出していたんだそうです。ただ、全面運休については経産大臣が内々で難色を示す場面もあったり、だったようですね。閣内でのねじれ現象なんて冗談にもなりませんが、なにせ総理とのあいだでなにかと確執が取り沙汰されていた田崎大臣のことですしね。それにまあ、総理の勧告に法的拘束力がないかぎり、聞く聞かないは民間企業の独自の判断になるわけですから」

橋田は忌々しそうな言い方になる。近年の大雨や、水害への対策として、地下街や駅の換気口などに蓋を設置する作業も進んではいた。だが、相互乗り入れが進み、都心の地下に縦横無尽に張り巡らされた地下鉄網にすべて蓋を取り付けるとなると、この先まだ途方もない時間がかかるだろう。

「なあ、橋田さん。今後はハードの面とソフト面の両方からの態勢強化が必要だね。いくらハード面を備えても、自分で命を守る意志がないと逃げ遅れる。民間企業や自治体もだけど、住民一人ひとりを巻き込んで、総力戦で災害に立ち向かうしかないんだよ。今回の経験で、そんないろんなことが見えてきた」

里見は思わず漏らしたのである。

わかっていながら、さまざまな抵抗があり、思いどおり進むのを躊躇させられたことがある。あるいは絡み合った利権の複雑さに、やる前から気持ちが萎えて、あきらめかけていたこともあった。

しかし、だからこそかえってめげずに、強く推し進めなければならないと、いまさらながらにわかった気がする。

「ですが、所長。そんな悠長なことは言ってられないかもしれませんよ。今回の洪水対策が穴だらけだったと、野党が今回のことで南川国交大臣を槍玉にあげるそうですから」

ひいては、三崎総理の任命責任を追及し、いまの座から引きずり下ろそうと、息巻いているというのである。

「だけど、あの女総理。今度のことでは本当にいろいろやってくれましたよ。案外見どころがある人なんだと、実は私、ひそかに感心していたんです。たしかに彼女は、珍しく真に現場をわかっている政治家だ。これまでにはなかったタイプです」

橋田は、皓子だけが責任を問われることに我慢ならないという顔つきで、またもつけ加えるのだ。

「だいたい、なにもやらないヤツほどキャンキャン声を張り上げて人のことを責めるんです。自分はぬくぬくと座っているだけで、そのくせ弁だけは立つ。偉そうなことを言って嚙みつくだけの野党連中にはウンザリです」

「そうはいってもね。現実に、うちはついに破堤を起こしてしまったわけだし、そのせいで尊い人命が奪われてしまったのも事実だ。なんと言われても弁解はできないよ」

もしかしたら、迫り来る危機を前に、自分の対応が間違っていたのではないか。あのときもう少し違う判断をしていたら、いや、もっと早くなにか別の手段を執っていたら、堤防決壊は免れたのではないか。このところの里見は、そんな自省の繰り返しだ。

「なあ、橋田さん。ここが一段落したら、局長に一度会ってくるつもりなんだ。昨日、面談を申し入れておいたから、そのときは職員の苦労と現場の生の声を伝えてきますよ」

里見が言うと、なにかを察したのか、橋田がさっと顔色を変えた。

「局長と面談ですって？　所長、もしかして、辞表を出すおつもりじゃないですよね？」

第七章　明日へ

風呂にはいり、無精髭をきれいさっぱり剃り落とした里見宏隆は、久し振りに手を通したスーツ姿で、国交省に顔を出した。

荒川周辺から下町界隈を抜け、官庁街に向かうだけで、景色ががらりと変わってくる。都心にはあちこちに工事中のクレーンが立ち並び、すっかり夏の気配の眩しい朝日のなかで、競い合うように復興に向かって加速しているのが感じられる。

国交省の本省内部も、いつにも増して喧騒に満ちていて、みなが忙しそうに立ち働いていた。荒川下流河川事務所のなかでも、災害対策室は最悪時での任務を終えてすっかり人数が減っていたが、そんな部屋に最後までカンヅメ状態になっていた里見の目には、霞が関の風景はひどく新鮮に映る。

以前はここに毎日通勤していたこともあるのに、いまはまるで別世界に迷い込んできたような、疎外感も覚える。

開催が延び延びになっていたのは、ひとえに首都圏の洪水被害のせいだったが、野党から再三にわたる厳しい要請をつきつけられ、三崎新政権発足後の臨時国会がまもなく開かれる運びになっている。省内の職員たちは、いまやその準備のことで頭がいっぱいなのだろう。

里見はまっすぐ局長室に向かい、胸の内ポケットから白い封書を取り出して、黙って彼の目の前のデスクの上に置いた。局長は、神妙な顔つきでやって来た里見を見ても、驚いた素振りを見せるわけでもなく、むしろやっと来たかという表情だ。

「なあ、里見。おまえや俺が揃ってこの首を差し出したところで、七百人の犠牲者が生き返るわけではないんだぞ。南川大臣の吊るし上げに血道をあげている野党の連中が、それで納得することにもならん」

たっぷりと贅肉のついた身体を、窮屈そうに椅子にもたせかけ、デスクの上に置かれた里見の辞表を一瞥すらもせず、局長はこちらを見たままで平然と告げる。

「わかっています。ですが局長……」

里見は言わずにはいられなかった。

「いや、全然わかってない！」

局長は突然声を荒らげた。

「そんなことをしても、なにも変わらんのだ。それより、おまえには他にやることがある。今回の修羅場を味わったおまえだからこそできることだ。この国のこの先を考えると、そのほうがずっと大事だろうが」

「しかし、破堤を起こしてしまったのは事実です。ですから責任は責任として、私は……」

里見は自分が許せないのだ。

「言うな！　みなまで言わなくてもわかっとる。無念で、悔しくて、やるせない気持ちは俺だって同じだ。だけどな、里見。いいから頭を冷やせ。辞めるのはいつだってできる。逃げちゃだめだ」

「私は、なにも逃げたいわけではありません」

そんなつもりは断じてない。そのことだけは言っておきたい。里見はキッと目を開いて、局長を見つめ返した。

「だろう？　だったら、今度の新しい仕事を引き受けてくれ。七百人も死なせてしまった責任を考えたら、それしかないとおまえは思わんか。この先、二度と七百人も犠牲者を出さないためにはどうしたらいいか、それがよくわかったから、あのレポートを書いたんじゃないのか？」

こうやってみずから辞表を持参する前に、里見は今回の荒川決壊の現状分析と調査結果について、緻密な検証と今後への対策を中心に分厚い報告書にまとめ、提出してあった。『水防災意識社会の再構築』と題され、『〝逃げ遅れゼロ〟の実現のために』とサブタイトルが付された、里見ならではの真摯な考察であり、提言だった。

「あのレポートでは、決壊を起こさない対策強化はもちろんだが、むしろ決壊が起きることを前提にした、発災後の対処法に重きを置いてあった。なるほどなと俺は思ったよ。いや、正直目を覚まされた思いがした。それはおそらく俺だけじゃないだろう」

局長の指摘どおり、里見の報告書には里見自身の切実な願いがこめてあった。やむなく危機が発生したとき、どうやったら被害を最小化できるかという取り組みや、心構え。さらには効率的な「緊急排水計画」。そして、被災した人々の一刻も早い生活再建や、社会経済活動の再開など、思いつくかぎり具体的な実践論として提示した。

「なあ、里見。犠牲になられた方々は、さぞかしあの大雨を恨んでいるだろう。東京のど真ん中で、まさか自分が被災するとは思ってもいなかっただろうからな。だったら、おまえが代わって借りを返したいとは思わんか？」

あえて、執拗なまでに七百人と繰り返すのは、それだけ里見をけしかけているからだ。局長らしいやり方である。里見の気持ちを逆撫でし、嫌みなまでに掻き立てて、かえってムキにならそうとしているのだろう。

「それは、たしかにそうですが」

里見はつい、そう答えた
「なあ、まさかあのレポートを出しただけで満足はしていないだろう？　あれを実行するのは、おまえの仕事じゃないのか？　だから俺は、新しい組織をひとつ創設すべきだと、上に強く推しておいた。あそこに書いてあった防災教育も、おまえには率先してやってほしいと思っている。おまえが指摘したように、この国はソフト面での対策が弱すぎる。たとえこの先、どの党の誰が国交大臣になろうが、最優先で取り組まなくちゃならんことだ。そうだろう、里見？　それをしっかりやり遂げてからだよ。おまえと俺がこの首を差し出すのは」

局長と里見。二人で一緒に腹を括ろうと言ってくれているのである。

「局長……」

じわりと、肺のあたりが熱くなってくる。里見の咽喉がごくりと鳴った。

たしかに、大型台風襲来や大雨被害の可能性は、年々激化している。だが、二度とこんな被害を出さずに済むよう、事前にやれることはいくらでもある。里見が報告書で述べた事項は、この国が全力で取り組むべきことばかりなのだ。

「で、浸水したおまえの家の後始末はいまどうなってる」

今度はいきなり話題を変えてきた。だから、またも里見はつられて応じたのだ。

「はい。一階は悲惨な状態ですが、お蔭さまで二階はなんとか無事でしたので」

　家財や衣類はほとんどだめになったが、玲子がなにより気にしていたパソコンのなかの翻訳データだけは、こまめにクラウドに保存してあったらしく、一部を除いてほとんどが無事だった。

「まもなく家族が増えるんだ。新しい職場では、もうちょっとマシな官舎を探してやらなきゃいかんな」

　局長は嬉しそうに顎に手をやった。もはや、里見の新設部署への着任が決まったかのような口振りだった。里見の提案をもとに、省庁間横断の態勢で、情報共有と防災対策に特化したこれまでにない組織の誕生である。それはとりもなおさず、里見の荒川下流河川事務所での今回の仕事振りを、そこまで高く評価してくれていることの証左であろう。

「まったくもう、局長にはかないませんよ」

　里見はことさら顔をしかめてみせた。おそらくこの局長なら、部署の新設も担当の人選も押し通してしまうことだろう。

　だが、里見の心のなかは清々しい思いに満たされていた。こうなったら覚悟を決めて、彼と一緒にまた前に進むだけだ。それこそが自分のやるべきことだと、心底信じられることなのだから。

「まだまだ、おまえには働いてもらうからな。覚悟しておけよ、こき使ってやるから」

　里見の心中がわかるのだろう。局長は意味ありげな顔でそう言うと、にやりと笑ってみせるのだった。

皓子は、多少強引にでも、なるべく早く臨時国会を招集しなければならないと考えていた。

＊

破裂寸前まで高まっている野党の不満を抑えるという一面もあるが、政権発足と同時に、次々と押し寄せる危機への対応に追われ続けてきた皓子である。

がむしゃらに前だけを見て今日まで進んできたが、ここは一旦立ち止まって、国民に向けて、きちんとしたメッセージを伝えておく必要があるだろう。皓子自身が、強くそう感じていたからでもあった。

それにしても、皓子の周辺にも、ようやくそんな心のゆとりが生まれるまでになった。国会開催に向け、忙しく準備に追われている閣僚や官僚の面々、さらには彼らを支えるスタッフたちの顔つきを見ていると、心強く思えてくる。

一方で、洪水で寸断されたさまざまなインフラの完全復旧には、まだ時間がかかるだろう。大型船などを利用して、応急的な避難生活を続けている被災者たちへのその後の支援も、これからが本番といったところだ。

土地の確保から始まった仮設住宅の建設も、地価の高い首都圏だけになかなか一筋縄ではいきそうにない。これについては、各地域に分散する空き家を活用する案でかなり解消はしたものの、あらためて浮上したのは、大都市特有の地下開発が内包していた多くの課題であった。

地下開発の技術力は、間違いなく日本が誇れるもののひとつだった。長年の努力によって技術革新を重ね、狭い国土ならではの需要とともに、磨き上げてきたものである。

だが、地下四階、五階などと、幾層にも複雑に重なる地下空間の開発は、見方を変えればかなり場当たり的なものであった。最初からしっかりとした都市計画にのっとったものとはいえず、必要に迫られて次から次へと付け足され、掘り深められてきた結果としての、いわば妥協の産物だ。

時代とともに過密化し、複雑に張り巡らされてきた首都圏の地下鉄網は、直線に引き直すと、いまや地球三周分にも四周分にも相当する距離を有し、無防備なまでに延びていた。

都会の地上はすでに過密化して久しいが、混雑が地下へ地下へと深度を増して拡がっていたことが、今回の洪水被害であらためて浮き彫りになった。幸い、要所要所の出入り口に装備された止水装置が、うまく稼働はしてくれた。

だが、それでも全域がまったく無傷だったわけではない。たしかに、「首都圏外郭放水路」により、荒川の東側、江戸川と挟まれた地域には効果があったのだが、西側にあたる都心部では大きな被害を出してしまったのだ。

今回の洪水被害については、「首都圏外郭放水路があるから大丈夫だ」という過信が災いした面もある。地下鉄や地下街など、大都市ならではの地下空間に展開してきたインフラが受けたダメージは、今回が晴天下における想定外の洪水だっただけに深刻だった。

本州への直撃が心配されていた二つの台風も、後に発生した九号のほうが、太平洋側の沿岸をかすめるようにして、猛烈な勢いで先に通り抜けていった。そのかわり、先に生まれた八号のほうがノロノロと関東に接近してきたのだが、上陸するころには風も徐々に勢いを失い、幾分の降雨をもたらしただけで、まもなく熱帯性低気圧に変わった。

もっとも、それとても結果的に幸運だったというほかなく、さらに浸水地域を拡大していた可能性も大いにあった。

「しかし、こういうのってまさにエンドレスの仕事ですよね。ここまでのところは、まあ着実に復旧作業が進んできたのですが、ひとつ目処が立ったと思ったら、途端に、いまやり終えたことの二倍も三倍も、すぐ次にやるべき新しいことが見つかってくる感じです」

秘書官たちが漏らすこんな言葉も、おそらく現場の実感だろう。

「たしかにね。でも仕事って、どの世界でもそういうものよ」

ひとつの解決案が、次のニーズを生むというのは世の常だろう。良かれと思って始めた対策もまた、次の新しい補完機能を必要とする。とかく仕事というのはそうしたものだ。

「はい、それはそうなんですけど……」

　まだなにか言いたげな秘書官が、渋い顔で次の言葉を呑み込んでいる。皓子としても彼らが言いたくなる気持ちはわかるのだ。お互い疲労が溜まりきっている。だから皓子も、スタッフが伝えてくる生の声をしっかり受け止めはするのだが、だからといって泣き言に同調することも、ましてや一緒に足踏みすることも許されなかった。

「いいじゃない？　やることがたくさんあるということは、それだけ改善の余地があるということよ。復旧が進んでいるという、なによりの証しですもの」

　たとえ多少は強がりめいていても、毅然とした態度を貫いて、皓子は周囲を鼓舞することに徹していたのである。

「いえ、総理。それはいいんですよ。ですがね。こんなに必死で汗を流していても、どうしたって総理がおやりになることは、ことごとく批判されるんです。もう本当にウンザリですよ。今回復旧が遅れた地下鉄のことでも、実際にああいう結果を招いた張本人は、本当は誰だったのか。ちょっとは自分たちの行動を謙虚に顧みてもらいたいものだと、私はそれが言いたいんです」

「そうそう、肝心の決断を下した責任者は追及しないで、批判の矛先はわれわれ政府にばかり向けられるんだからたまんないよな」

　別のほうで、すぐに賛同の声があがった。

運行再開の時期が読めない状態に陥っている地下鉄の路線については、メディアも連日のように報じている。利用客の不満の声を拾い上げ、これでもかとばかりの批判一色だ。通勤の足を奪われ、いまだに職場復帰ができないという非正規社員の悲痛な嘆きの声などは、なかでもとくに耳目を集めていた。

〈私たちも被災者です〉

浸水被害は受けなくても、通勤難民として、職を失ったという抗議の声である。

段ボールに手描きの赤い文字で書かれた思い思いのプラカードを掲げ、補助金支給や救済措置を求めて、官邸前に抗議に集まった集団の様子なども、繰り返しテレビ画面に流されている。

「どうなんだろうな。現実に大変な被災をした当事者たちは、本当ならデモどころではないだろうになあ。もしかして、誰かが裏で動員をかけているんじゃないの」

周囲からは、そんな声まで聞こえる始末だった。まさか、野党の一部がけしかけているなどとは思いたくもないが、もしもそうだとしたら、いったい彼らはなにをしたいのか。皓子には釈然としないことが多すぎる。

被災者のためにと、一途にボランティア活動をする若者たちがいる一方で、真摯に復旧に取り組む人間に向けて、背後から石を投げる行為である。こんな有事のときに、どうして与野党の区別なく、国全体が復興に向けて歩みを揃えられないのだろう。

台風襲来の直前に、地下鉄の運行休止を求めたとき、真っ向から異論を唱えてきたのも野党の一角だった。ところがいざ被災してみると、今度は被害規模ばかりを取り上げてくる。通勤の足を奪われた首都圏の住民が一日何十万人に及ぶとか、それによる一日の経済損失がいくらだとか、ひたすら数字を並べたてるだけなのだ。

「そんな試算は、われわれはとうに出しているっていうんです。あげくは、損失補償の話まで持ち出してきますからね。都に対しても、国に対しても訴訟を起こすと気炎をあげています。しかし、通勤ができないからと派遣社員に生活保障まで出していたら、いったいいくら要るかわかっているんですかね」

南川はひときわ饒舌で、憤りは収まりそうになかった。

「そのくせ、こっちが出したら出したで、今度は出所が不透明だ、不公平だとまた叩くに決まっています。まあ、あれだけ重箱の隅を突っつくようなことを、よくも並べられるもんですな。あの人たちも、一回ぐらいは自分で手を汚して、なにかやってみたらいいんですよ」

このところ、国交大臣として槍玉にあげられ、集中的に非難を浴びている南川だ。少しずつ忍耐の限界に達しかけていることが、皓子も気にはなっていた。

「いえいえ、南川先生。お気持ちはわからないではありませんが、犠牲者や被害を出してしまったのは事実ですし、彼らが訴えている事情も、それはそれで切実な生の声なんですから」

折に触れ、やんわりと諭すしかなかった。とにかく、いまは新政権として初の国会を控えている時期だ。今後の復旧作業を着実に押し進めるうえでも、ここは与野党間の不毛な衝突に時間を浪費させられたくはない。

「しかしね。総理がそういうふうに謙虚すぎるのがいかんのです」

それこそが野党を増長させているのだと、南川はかえって勢い込むのだ。

「失礼ながら、女性の総理だからって、なめられちゃいかん。もっとビシッと言うべきことを言わないとね」

どうしても先輩風を吹かしたいのだろう。だが、なにも女性総理だから遠慮しているわけでは決してない。彼のようにいつも胸をそびやかし、上から見下ろすような視線で相手に対していると、それこそ火に油を注ぐだけだと言っているのだ。こんなところで無用な時間や労力を費やすべきではないと言いたいだけなのである。

「まあ、まあ南川大臣。ここはぐっと堪えて、大人の対応をお願いしますよ」

それでも、腹の底から突き上げてくる感情をかろうじて抑え、あくまで穏やかに南川に告げたのだった。

と同時に、釘を刺したつもりでもいた。

ところが案の定、皓子のひそかな心配が実際に起こってしまうことになる。国会開催を二日後に控えた夜、地元選挙民との集会を終えて、上機嫌で会場から出てきたところで、取材陣に取り囲まれ、南川の舌が暴走した。

「大臣、大型客船を利用した被災者への支援には、多くの感謝の声があがっています」

冒頭で、まずは記者の一人が南川の気持ちを緩ませた。

「そうだろう？　今回のことでは、被災者ファーストという考え方で対応を考えているんだ。彼らは、まずは住む場所を失ったという事実だけで、すでに相当辛い思いを味わっておられるはずだからね。せめて安心して寝られるように、少なくとも車のなかで寝たりして、エコノミークラス症候群の心配をしなくて済むように、われわれにとってはまさに知恵の絞りどころだった。被災者なんだから体育館で段ボールを敷いて寝てもらう、なんていうことを、いつまでもやっていちゃ駄目なんだよ」

南川は、得意げに胸を反らした。

「大臣のおっしゃるとおりです。あれは素晴らしいアイディアでした。もっとも、すべては協力してくれる民間企業があってこそのことだったのではありませんか？」

記者はさらに突っ込んでくる。

「もちろんそうだよ、君。すべては五洋商船の新倉会長がみずから申し出てくださり、海運業界にもお声をかけてくださったからでね」

「なるほど。それは当然、南川大臣が直々に要請されて、新倉会長と交渉された結果の賜物というわけで？」

「うん？　ああ、そう、それはそういうことだ」

「素晴らしい。まさに大臣のお手柄です」

報道陣に取り囲まれた南川を、地元支援者たちが大勢見つめている。誇らしげな視線だけに、彼としても引っ込みがつかなくなっていた。結果的に手柄を独り占めにする格好になったが、そんなことは些細なことだ、大勢に影響はない。

「会長は高潔な人物だからね。被災者のお役に立てるならと、ご快諾くださったよ。いや、日本の民間企業は素晴らしい、頼もしい限りだね」

だから南川は、あえて鷹揚な口振りでつけ加えた。

そのとき、記者が話題を変えてきた。

「それはそれとして、やはり現実として、今回は七百人近い犠牲者を出してしまいました。この点についてはいかがですか？　政府の対応の拙《つたな》さを指摘する声もありますし、初動の遅れがあとあとまで大きく影響した、という専門家の声もあります。もっと被害は抑えられたはずだという見方ですが、南川大臣としても相当反省されているのでしょうね？」

誘導するような口振りだった。

「想定外のことを想定するのがわれわれの仕事だ。だから、死者が出たのは非常に残念で、痛恨の極みだと言いたいね」

「つまりは、ご自身の責任を認めると？」

「僕の責任？　責任って、君……」

「ですから、対応は不備だった、国交省の初動は遅すぎたと」

質問をする記者は、たたみかけるように訊く。

「だって大臣、明後日《あさって》は謝罪されるおつもりなんでしょう？　ご自身にも落ち度があったと」

記者としては、どうしても南川から謝罪の言葉を引き出したいのだ。

「なんだって。君、もう一回言ってみろ！」

南川の顔が真っ赤になった。それを見て、記者はさらに追いつめる。

「今回の責任をとって、大臣が更迭されてもやむをえないと、そんなふうに考える人が閣内にもいるように聞いています。むしろ潔《いさぎよ》い辞任を求める声ですね。三崎総理のほうは、そういうことをおっしゃってはいないのでしょうか？」

これがとどめだったのかもしれない。

「おい、失敬だな、君。どこの記者だか知らないが、話にならん。そこをどきなさい」

南川は力まかせに手を払った。

「逃げるんですか」

記者は執拗に食い下がる。

「違うよ。よく考えてみなさいと僕は言ってるんだ」

「はい。なんでしょうか？」

　憎らしいほどの開き直りだった。南川はそれについひっかかった。

「犠牲者、犠牲者というがね、君。いくらわれわれが避難勧告を出しても、本人が逃げてくれないとどうしようもない。自己責任だってあるんだ。今回のことは、そういう面も問われてしかるべき事態なんだよ」

　さほど大きな意味はなかった。南川は、この場をなんとかやり過ごしたいと、ただそんな思いで言っただけだ。

「すると大臣は、荒川の決壊で亡くなった犠牲者たちは、自己責任だとおっしゃるのですね？」

　しまった、と思ったがもう遅かった。

　そして、その日の深夜から翌朝にかけて、南川のこの一言に尾ひれがつけられ、大々的にニュースに取り上げられることになったのである。

＊

　国会開催を直前に控え、事態は紛糾した。

野党は、もちろんこの失言に飛びついた。格好の批判材料だと言わんばかりに、猛然と抗議の声をあげたのである。

「あの方らしい言い方ですね。つまりは責任転嫁ですよ。自己正当化の極致だと言ってもいいでしょう」

「とんでもない心得違いだ。政治家にあるまじき態度です」

「実に恐ろしい考え方だな。嵐がきたら勝手に逃げろ、それができないなら、勝手に死ねと言っているわけだからねえ」

報道陣からマイクを向けられるたびに、彼らは口をきわめて南川を責め立てた。言葉尻をとらえた揚げ足取りは止まるところを知らず、批判の声は国会開催が迫るにつれて勢いを増していく。

そしてこのことが、以前から少しずつ燻っていた南川大臣の不信任案提出に踏み切る引きがねとなった。国会が始まる前から、さまざまな意見が飛び交っていた野党勢ではあったが、ここぞとばかりに足並みを揃えて緊急会談を開き、合意にいたったというのである。南川だけでなく、彼を大臣に起用した皓子自身の任命責任を問う、総理大臣不信任案も同時に提出するとの決議だった。

衆議院の本会議が始まる前から、批判ばかりが独り歩きをしていた。

そもそも首都圏内にはさほど目立って雨が降ったわけでもなく、台風そのものも例外的に大型だったわけではない。そんななかでの唐突なまでの荒川の氾濫だったからである。晴れていたのに、どうして洪水になったのか。それがどうしても解せない、受け入れ難い、というのが人々の本音だったのだろう。

となると、つまりはどこかに不備があったからだ、ということになる。政府の対応や河川を管轄する行政、なかでも災害防止の施策に最初から問題があったからだ、という発想になったのだが、それも当然かもしれない。

さらには、首都圏の機能が想定外のダメージを受けたあと、復旧の目処が立っていち早く回復を着実なものにしている地域と、あきらかに復旧から取り残された地域があること。そんな不公平感や焦燥感も、人々の不満の背景となっていた。

〈もともと、こうなることはわかっていたんだ〉

堤防が決壊した場所が特定され、そこから次々と越水や破堤が拡がった、と分析されたところから、議論に火がついた。

〈地盤沈下が起きたのはずいぶん昔のことだ。堤防より鉄橋のほうが低い箇所があるのも、大雨になるとそこが弱点になるというのも、前々から取り沙汰されていた〉

メディアが繰り返し報じるごとに、決壊の始まった地点ばかりがクローズアップされ、執拗なまでに紹介される。そのことで、それまでは漠然としたものだった怒りや不満が、一点に集約され、増幅されていく。

〈今回、最初に決壊が起きた箇所の危険性は、もう何年も前から指摘されていた。有識者会議でも、改善を求める答申を何度も出していたのだ。それを知っていながら、担当者たちは長年問題を放置し続けてきた〉

〈そうだ。二十年近くも問題が先送りされてきた。スーパー堤防の整備事業は一部で進んではきたけれどね。改善の必要性を指摘された時点で、すぐにもあの鉄橋を付け替えていたら、こんなことにはならなかった。いや、鉄橋の付け替えの話はそのつど何度も議題にあがっていたのだ〉

〈しかし、土木建築には膨大なコストがかかる。では誰がそれを負担するのか、その間の列車の運行はどうする。土地買収には複雑な利権もからんでくる。いったい鉄道会社が負担すべきなのか、地方自治体なのか、あるいは国なのか……。だからいざとなるとたらい回しとなり、みな尻込みをした〉

〈言い出した者が負担しなきゃいけなくなるからね。だいたい、バブル景気に沸いていたころ、潤沢な資金を使って着手しておけばよかったのだ。バブルが弾けたあとは、どこにもそんな余力はなくなっていたから〉

〈そういうのを、うまくまとめて引っ張っていくのが政府の仕事でしょう〉

〈やっぱりリーダーシップの問題ですな。それと、信頼感だね〉

〈その点は無理でしょ。政治家なんて、選挙のことしか考えてないんだもの。そしてトップが入れ替わると、そのつど政策はご破算になる〉

批判の声は同じところでぐるぐると渦を巻き、やがて煮詰まって、いきおい現政権への反感としてその濃度を高めていく。

〈要するに、これは自然災害ではないんだ。人災なんだ〉

そんな不毛な一言にしがみつき、人々はつかのま溜飲を下げる。

〈そのとおりだ。すべては政府や行政の慢心が引き起こしたものだ。彼らの怠慢によって、起こるべくして起きた人災なのだ。許せないことである。退陣だ。打倒・現政権！〉

かくして、人々の心のなかで、ひそかなつぶやきが始まることになる。

〈やっぱり、女には無理なんだろう。危なっかしくて、任せてはおけないな〉

決して表には出なくても、静かに、そして着実に、つぶやきが拡がっていく――。


本会議を目前にひかえ、南川国交大臣は悄然としていた。少し前まではあんなにヒーロー気取りだったのに、声高に不信任案提出を振りかざす野党の声を受け、見る影もないほどのしおれぶりだ。

「南川さんも人の子だったたねえ。だって、もしも総理があの人を守りきれなくなったら、またぞろ不名誉な記録になるんじゃないか。組閣後まだ二ヵ月も経ってないのに大臣の更迭なんて」

番記者たちのあいだでも、聞こえよがしの囁きが漏れた。

「仕方ないさ。勝馬には乗る。溺れかけている犬には石を投げる。それが政界というものだから」

「そう、だけどもっとお粗末な短命大臣は前にもいたさ。最短辞任の記録保持者は、民主党政権時代の鉢呂《はちろ》経産大臣で就任後九日目での辞任だった」

「いやいや、もっと凄いのがいたのを忘れちゃいかん。一九八八年の竹下内閣の長谷川峻《たかし》法務大臣だ。例のリクルート事件がらみで任命わずか四日目に辞任した例がある」

口さがない記者たちが、記憶自慢のように披瀝し合うが、いずれにしても不名誉な記録であることには変わりはない。

＊

その夜、碑文谷の皓子の自宅では、いつものように深夜におよぶ母の帰宅を待たず、父子三人で簡素な食卓を囲んでいた。

「今夜も、ママは帰りが遅いのね」

「たぶんまた夜中になるんじゃないかな。こんな調子じゃ、いつか倒れるんじゃないかって、ハラハラするよ」

目黒区はすでにほとんどのインフラが回復し、電気もガスも水道も、不自由なく使えるまでになっている。

それにつれて物流も元通りになってきたが、如何せん東京近郊の農地被害が大きくて、野菜などの品不足はいまだに深刻だ。テーブルの上には伸明が工夫を凝らして用意した、豚の生姜焼きや、野菜抜きの豚汁が湯気を立てていた。

「だけど、明日からの国会の準備で、いま大変なんだよ。所信表明の大事なスピーチがあるんだから」

心配げに壁の時計を見る麻由に、慧が訳知り顔で応じている。

「来週はいよいよ各党との党首対決が始まるのね。でも、国会の初日が金曜日でよかったわよ。最初に総理大臣スピーチをして、その日は終わりでしょう？　週末の二日で少しでも身体を休めて、週明けからに備えないと」

各党の党首からの代表質問は、翌週からに予定されている。

「でも、ママは頑張んなくちゃな。野党の党首って、どうしてだかみんな意地の悪そうな顔ばかりだもん。ここが踏ん張りどころっていう感じなんでしょ」

「なに言ってるのよ、慧。ママはもう充分に頑張っているわ。言いたい人には勝手に言わせておけばいいの」

　麻由はどこまでも皓子を案じているのだ。伸明は一途な二人の顔を見較べながら、言わずにはいられなかった。

「いまは政治家が尊敬されない時代だからね。いや、むしろ反発され、みんなで叩くのが当然のようになっている。英国のEU離脱の国民投票を見ても、東京の都知事選にしても、米国大統領選挙の結果についてもそうだったけど、なにが起きるか予測がつかない時代になってきているね。ああいうのは、もう昔みたいに政治になにかを期待して投票する選挙じゃなくて、選挙民が既存の体制に向けて『ノー』を突きつける投票行動になっていたから」

　かつて、民主主義は政治に期待して、希望を託して一票を投じるものであった。だが、いまや現政権に退場を突きつける選挙になってきたのだ。それはいったいどうしてなのか。政治家と国民。どこでどう理解しあえなくなってきたのか。

　はからずも自分が総理大臣の夫になってみて、伸明はみずからに問い続けている。

「ということは、ママにもノーが出されるかもしれないってこと？」

　慧が口を尖らせ、伸明を睨むように見た。

「油断はできないってことよ、慧」

　麻由が大人びた声でたしなめる。

「だけどそれってなんかおかしくない？　世の中たしかに悪いことする政治家はいっぱいいるけどさ、そういう人間ばっかりでもないじゃない。自分のことを全部後回しにして、一所懸命にみんなのために働いているママみたいな政治家もいる。なのにみんなひとまとめにされて、なんで酷いことばっかり言われなければならないの？」

「たしかに、理不尽すぎるって私も思うわ」

今度は麻由が口を尖らせる番だった。

「だろう？　そういう世の中だから、逆に駄目な政治家はどんどん悪くなっていくんだよ。ママも我慢ばっかしていないで、さっさと政治家なんか辞めちゃえばいいんだ。こんなに報われない仕事はないいんだから」

腹立たしさに堪え切れない声だ。それは慧の心の声なのだろう。だが、伸明は肯定したい気持ちを抑えて、また言うしかない。

「しかし、みんながみんなそうやって辞めちゃえば、志《こころざし》のない政治家ばかりになってしまうぞ。国はますます目茶苦茶になる」

「だけど、それも奇麗事じゃないかな。まともな政治家だけがワリを食って、辛い思いをするだけじゃないか。なにもうちのママだけが我慢してやんなくてもいいよ」

慧もまた、言わずにはいられないのである。

「まあそう言わずに、ママにはやりたいだけやらせてあげようよ」

せめて家族として、皓子を支えてやるしかない。伸明はそうも思うのだった。

＊

深夜の二時半、寝静まった家族を起こさないよう、足音を忍ばせるようにして帰宅した皓子は、短い仮眠をとって朝を迎えた。

「目が腫れてるよ。ゆうべは寝てないんでしょ。でも、スピーチ頑張ってね、ママ」

久し振りに家族全員が顔を揃えて朝食をとり、玄関まで見送りに出てくれる。

「ありがとう、慧」

「NHKで中継やるだろうから、みんなでテレビの前で応援しているからね」

「だめでしょ。調子にのらないの。あなたはちゃんと学校に行きなさい。夏期講習があるんでしょ？」

「ああ、やっぱり駄目か。せっかくサボろうと思ったのになあ」

そう言って慧がみなを笑わせるのは、皓子への心遣いゆえのことだ。あえてその柔らかい長髪を手でくしゃくしゃにして、皓子は笑顔で門を出た。

総理大臣として臨む初の国会ではあったが、今回は首都東京が被災し、復旧もなかばという状況を考慮して、衆参協議のうえ、例外的な措置として、天皇の臨席のもと衆議院議長が主宰する「開会式」は異例の省略ということになった。

この議場に足を踏み入れるのは何度目になるだろう。初めてのときは金融担当の国務大臣としてで、その次は山城泰三内閣の官房長官としてだった。四百五十畳に相当すると言われる広々とした議場で、今回は議員たち全員と向き合う恰好になる列の一番端、衆議院議長席にもっとも近い総理大臣席だ。

全員を見渡せるということは、全員から見られるということでもあり、ここからの景色はまさに特別、嫌でも緊張感が高まってくる。

皓子ら国務大臣席の背後には、議員事務局席が並び、一方、正面のはるか遠くには、議場の壁にそってぐるりと見学席があり、テレビカメラと一緒に報道陣がびっしりと控えている。

胸を締めつけてくるような息苦しさに、皓子は大きく深呼吸を繰り返した。

「内閣総理大臣、三崎皓子君……」

やがて議長席から声がかかり、皓子の所信表明演説の時間がやってきた。総理大臣席から立ち上がり、議長席とそばに掲げられた国旗に向けて深々と一礼してから、姿勢を正して演壇に向かった。さらに扇形に整然と並ぶ広大な議員席に一礼し、声をあげた途端に、それまで静かだった議場にさざ波のような音が拡がっていった。

議員同士が口々に私語を交わす声だ。つまりはスピーチなど聞いていないという彼らなりの意思表示のつもりなのだろう。皓子はかまわず話を続けた。各省庁からあがってきたポイントをまとめ、皓子なりの思いを強調したいと、昨夜遅くまでかかって何度も赤字を入れ、練り直したスピーチなのである。

だが、時間が経つにつれ、議員たちのこれみよがしに交わす私語がエスカレートしていく。あまりの無礼さに、皓子は思い余って、一旦言葉を途切れさせた。そして、一呼吸置いて、議場に響きわたるほどの叫びにも似た大声を発したのである。

「……南川大臣に向けられている抗議は、そのまま私が受け止めます！」

もちろん原稿にはないフレーズだ。

「たしかに不備はありました。完璧ではなかったと認め、反省もしています！」

続いてそこまで言うと、議場はさらにざわめいた。機先を制された野党陣営の呆気にとられた顔。背後にいる事務局の席もさぞ驚いていることだろう。

そして、ようやく静けさが戻ってくるのを待って、皓子はまた静かに口を開いた。

「ただ、これだけは断じて言わせていただきます。完璧でなかったかもしれないけれど、どれも間違ってはいませんでした。それだけは確信しています。

政治とは本来愚直なものだと私は思っています。黒子であり、裏方であり、正しいと信じることを一つひとつ積み重ねて課題の解決に邁進することです。政治家とは、決してスポットライトを浴びるような立場でもなければ、それを誇示するようなものであってもいけません。しかし、国民の声には真摯でありたいと自戒しています」

用意された分厚い原稿は閉じて、読むのを止め、みずからの本音と思いのたけを、いわばアドリブでしゃべり始めた皓子に、みなが聴き入っている。皓子は一気に次を続けた。

「南川大臣はじめ、われわれの思いや注意喚起、そして懸命な避難勧告は、残念ながらすべての人の耳には届かなかった。それはいまも無念の極致であります。ただし、だからこそ南川大臣は、今回の経験を貴重な教訓として、将来に向けて早々と行動をされていることをお伝えしておきたいと思います。テーマは『逃げ遅れゼロ』の実現です。これまでの地震対策に加え、『水防災意識社会』の再構築に向けて、南川大臣は、ご自身の残りの人生を懸けるライフワークと位置づけて取り組みたいと、意気込みを語っておられます。

具体的にはいくつかありますが、そのなかで特筆されるべきは、これまでにはなかったまったく新しい組織の創設です。今後はいかなる場合も、省庁横断の一括した取り組みとして、災害対策に特化した総括的な活動を推進し、今後大いに活躍が期待されるものであります」

皓子は本会議場に集まった議員全員に向けてだけではなく、国民すべてに向けて南川の功績だと明言したのだ。本会議場のなかに、またざわめきが起きている。なかば当惑するような、なかば感心するような、両者が相まった空気だった。

その感触をたしかめてから、皓子はさらに続けた。

「先進国日本の首都、世界に類を見ないほど高機能で、ハイレベルに管理されているはずの大都市である東京が、わずかな時間に、しかも上流だけに集中して降った大雨という自然災害に対して、かくも脆弱だったことを露呈しました。自然が次々と繰り出してくる脅威の前では、人間はかくも無力なのかと、私自身が痛切に思い知らされた日々でありました。それは、たしかに世界中にショックを与えてしまうほどの事態でした。

死者と行方不明者を合わせて、六百八十九名もの犠牲者を出しただけでなく、はかりしれない有形無形の被害を出してしまいました。大変な犠牲を払ってしまったことは、まさに痛恨の極みであり、私自身も胸が締めつけられる思いです。悔やんでも悔やみきれない事態であり、まったく弁解の余地のないことではありません。

しかし……それでも、です。その一方で、この東京に向けられる世界からのその同じ視線が、これほどの甚大で深刻な災害から、ここまでスピード復興を遂げたことに、衝撃を受けていることもまた事実なのであります」

静まり返った本会議場に、皓子の声がひときわ大きく響いていた。

「わが国が蒙った一連のダメージのなかで、われわれは自分たちの国の通貨である、円の脆弱さも、だからこそその大切さも、大きな痛みとともに見せつけられました。予算の不足分を国債の発行によって賄うという従来の手段に依存しすぎ、借金生活に慣れ切って、どれだけ慢心状態であったか、今回はその厳しいツケも払わされました。史上稀にみる金融市場の乱高下によって、洪水被害に重なる重篤な経済被害も蒙りました。

　しかし、われわれはいま力強く立ち上がらなければなりません。なぜなら、われわれは多くのダメージに直面させられたことで、それぞれがやるべき課題をはっきりと見つけることができたからです。目標が明確になったことは、不幸中の幸いととらえるべきでしょう。

　三崎政権では、なによりわが国の通貨の価値について見直す政策を執ります。予期せぬ円や国債の暴落で、国民生活が被害を蒙ることは二度とあってはなりません。中央銀行である日本銀行の役割をあらためて精査し、その独立性の確保を目指すだけでなく、徹底した財務の健全性を図ります。財務省との連携と、互いの切磋琢磨による国債管理政策も根本から見直します。前の政権が大きく舵を切ったところの日銀による積極的な国債の買い入れは、たしかに当初の目的は、日本経済の活性化のためであり、物価の安定を図ることでした。ただ、いつまでもその出口が見出せないまま、節操なく長引かせるばかりでは、あきらかにわが国の財政のコストを抑制するため、便利なツールに変貌させてしまったといわざるを得ないのが現状です。積み上がった膨大な借金の利払い費を軽減させ、さらに借金をしやすくするためのものだと言われても、誰もが否定できないところでありましょう。

そして、もっとも反省すべきは、そのことを知りながらも、見て見ぬ振りで放置してきたことであります」

即興で語りかける皓子の言葉には、だが微塵の揺るぎもなかった。

「今回の未曽有の大洪水がこの国に与えたショックは、もしかしたら、日本の真の実力を試したかったからではないかと、そんな気さえするこのごろです。

顕著な人口減少、想定以上のスピードで進む少子高齢化、デジタル化、産業革命にも匹敵するほどのＩＴ化等々、首都圏だからこそ抱える問題や、わが国ならこそ取り組むべき、多くの改善点も明らかになりました。昭和のなかばに構築された首都圏を中心としたインフラ設備に、相当の老朽化が起きていることにも気づかされました。

このたびの荒川の洪水で、たしかにわれわれはたくさんの尊い家族や友人を奪われました。住む場所を失い、大切な財産を失った人も数え切れません。起きてはいけない災害ではありましたが、悲しみを乗り越えて真摯に顧みたとき、今回の洪水がわれわれに残してくれた大切なものがあったことにあらためて気づかされるのです……」

皓子は一度言葉を切り、強い目をして本会議場を隅々まで見回した。そして、またも一呼吸置いてから、さらにはっきりと、大きな声になって告げた。

「それは、わが国の再生への道のりです！」

期せずして、拍手が湧いた。それはどこか遠慮がちで、まばらなものではあったが、与党側からの拍手だ。

「これまで、わかっていながら手をつけてこなかった大きな課題に向けて、力強い足がかりをわれわれは見出しました。それに向かって、着実な一歩を踏み出すことができたのも、今回の洪水がわれわれにもたらした最大のものでしょう。だからこそ、われわれはそれを無駄にしてはなりません」

そのときだった。大きな声で野次が飛んだ。

「責任逃れだ!」

野党の席からのようだ。議員席に向かって左側、皓子は声のほうに顔を向けた。

「まやかしだ! そんな言い訳で済まそうというのか」

本会議場の乾いた空気を、ビリビリと震わすような鋭い声が続く。

ざわめきが一瞬静まり返り、あたりに気まずい沈黙が流れた。

「対応の不備はどうなるんだ。反省だけで済ますつもりか。謝罪はないのか!」

矢継ぎ早に投げつけられる非難の言葉だ。

「そうだ。謝罪が先だ。女だからって、許されるわけじゃないだろう。甘ったれるな!」

勢いづいた罵声が、次々と浴びせられる。皓子はすぐには応じなかった。

「どうした。黙っていちゃわからないぞ、総理!」

騒然となる会議場で、そのうち、下卑た笑い声までが起きる始末だ。またもそれぞれに私語を交わす声が高まり、もはやおさまる気配もない。

中央の演壇で、議長席を背にしてしばらく立ち尽していた皓子だったが、たまりかねて、力まかせに演壇を叩いた。

思った以上に大きな音がした。

そして、演台を離れ、一歩また一歩と後ずさりをしたのである。

目の前にある速記者の席で、生真面目そうな速記者が二人、きょとんとした顔で皓子の動作を見守っている。長く議員たちの衝突を見守ってきたはずのベテラン速記者にとっても、初めて目にする展開だからだろう。

いったいなにが起きるのかと、議場内の全員が息を詰めて見守っている。皓子は激しい野次が飛んでいた野党側へ、キッとばかりに顔を向けた。

次の瞬間、そのままつかつかと階段を降りていったのである。その昔、牛歩などという場面に使われた議場の階段だ。その下から二段目まで行くと足を止め、皓子は迷うことなくその場に直に腰を下ろした。そして、マイクのないなかで、大声を張りあげた。

「野党諸君！」

皓子がなにを始めるのかと啞然として、彼らはぽかんと口を開けたまま、息をするのも忘れたかのようだ。野次もぴたりと止んでいる。水を打ったように静かになった議員たちを前に、皓子は持ち前のよく通る声でまたも言った。

「そんなに気に入らないのなら、いつでも交代してあげるわ。それでこの国が本当に良くなるのなら、私は全然構わない。文句は言わないから、そのときはあなたたちでどうぞおやりなさい。総理大臣が男だとか、女だとか、そんなことは関係ない。ガラスの天井なんてどうでもいいわ。だけど、この国を思う気持ちでは、私は誰にも負けない！　それだけは言っておく。それと、もうひとつ。洪水のあいだ、あなたたちは雁首揃えて、いったいなにをやってたっていうの？　私が知らないと思ったら大間違いよ！」

言いたいことだけ言い終えると、皓子はすっくと立ち上がり、スカートの裾をパンパンと手で払って、また、何事もなかったように平然と中央の演台に戻ったのである。

「想定外を想定するのが、政府の本来の危機管理です。ですが、現実に犠牲者を出したのですから、対応が完全だったとは、われわれの口からは言えません。そのことでご批判があるのなら、甘んじてすべてこの三崎皓子がお受けします」

そこまで言い終えると、皓子は深々と一礼し、次に議長席にも頭を下げて、また総理大臣席に戻った。

呆気にとられていた本会議場の議員たちは、与党も野党も言葉を失ったまま、皓子の一挙手一投足を目で追っていた。

そして、次の瞬間、ふと夢から覚めたかのように、拍手が湧いた。今度は割れんばかりの拍手である。誰に強いられたわけでもなく、与野党の別もなかった。それぞれの意志で席から立ち上がり、ひたすら手を叩き喝采していたのである――。

＊

翌土曜日の朝、自宅のベッドのなかで、皓子はまだ沈み込むように寝入っていた。

「ママ、起きて！」

階下から走ってきた麻由の呼ぶ声が聞こえるまで、その日が何日で、自分がどこにいるかも思い出せないほど、深く寝入っていた。

「どうしたの、なにかあった？」

「テレビよ。ママのこと、特別番組でやってるの」

「わかった。でも、見なくても見当がつくわ。だから、もうちょっと寝させてくれる？」

どうせ昨日の演説をこき下ろしているのだろう。メディアの批判はもうたくさんだ。

「違うの。今回の洪水の検証をやっているんだけど、それがこれまでと全然雰囲気が違うの。省庁のトップとか、地下鉄の担当者とか、災害発生時からの時系列を追って、現場の人たちに丁寧に取材をして、語らせている番組なんだけど、みんなママのこと褒めてるのよ。ここぞっていうときのママの決断とか、指示とかが、どんなに被害を救ったかって言ってるよ。ママが現場のことを本当にわかっているからだって、これまでこんな総理大臣はいなかったって」

麻由は興奮が抑えられないらしく、ひどく早口になっている。

「へえ、どこのチャンネル？」

眠い目をこすりながら皓子は訊いた。まだ夢の続きでも見ているのかもしれない。

「ママ、いい質問だわ。テレビ・ジャパンよ。あのつかささんがメインのリポートをやってくれている」

秋本つかさか。そういえば、しばらく彼女の姿を見かけなかった。そんなことで駆けずり回っていたというのも、彼女らしい。

「でね。野党はバッシングばかりしているけど、SNSでの世論はその正反対だって。それに、海外の評価はとっても高いことも言っていたわ。なんだか、テレビ・ジャパンではいま支持率アンケートの集計中とかでね。週明けには発表するんですって」

おそらく、あの矢木沢峻がたくらんだことなのだろう。皓子はパジャマのままで起き出して、バッグのなかから携帯電話を取り出した。案の定、着信記録が残っている。彼から電話がかかっていたのだ。皓子はその番号にかけ直した。

「もしもし……」

矢木沢にはもうずいぶん連絡を取っていなかった。麻由のことで留守電がはいっていたのも、無視し続けていた。もっとも、連絡している暇すらなかったというのが実情だ。

「番組、見てくれているんだね？」

矢木沢からは、即座に声が返ってきた。携帯を手に待ち受けていたのだろう。

「やっぱり、あなたなのね」

なにをどう切り出していいかわからない。麻由のことでも一度は礼を言うべきだろう。

「しかし、昨日はびっくりしたよ。やってくれちゃったよね、議場でさ。まあ、皓ちゃんらしいんだけどね」

本会議での顚末を、もちろん彼は一部始終見ていたのだ。

「だって、ああでもしないと、いつまでたってもあの人たち黙らないから」

電話の向こうで、矢木沢は愉快でたまらないという声で笑っている。

「たしかにね。その昔、バカヤローと口走って、総理大臣を投げ出した人物はいたけれど、国会で階段に座って、あんな強烈な啖呵を切った総理はかつていない。いや、見事だった。あっぱれって言いたいね」

どこまでも茶化すような口ぶりである。

「ちょっとやり過ぎた感はあるけどね。後悔はしていないわ。それに、衆議院議長からもよくお叱りを受けなかったって思ってる。国会本会議の冒瀆《ぼうとく》だとかって、きっと叱られるんじゃないかと覚悟はしていたんだけど」

「まあ、あんなに野次ばっかりの国会じゃ、議長の仕切りも批判されかねなかったから。

あの人だって、あれじゃ皓ちゃんのことだけを責められないよ」

「それにしても、いくら社長だからって、あなたよくあんな特別番組をやれたわね。私はまだ見てないけど、麻由がきっと録画していると思う。本当に大丈夫なの？」

矢木沢と秋本つかさがからんでいるのだ。それをやっかむ輩もいるはずだ。

「実はさ、あの北条由起子から電話をもらったんだ。びっくりしたよ。二十年振り以上だからね。単なる近況報告じゃなくて、厳しいお叱りの電話だった。矢木沢君がサポートしないでどうするの、だって。彼女、学生時代から怖かったからな。昔とちっとも変わっていない。なんとＡＩＩＢに引き抜かれたんだって？」

だからだったのか。あの由起子に入れ知恵されたのだ。皓子はそれを聞いて納得した。

「そうは言っても、リスクはあるでしょう。支持率アンケートなんて、結果を出してみなければ、どうなるかわからないわよ。私を応援してくれるのは有難いけど、もしも結果的に悪い数字だったらどうするつもり？」

あくまで公平な調査なのだ。結果は集計してみないとわからない。

「僕がひねりつぶすだけさ」

矢木沢はすぐさまそう答えた。そのあまりの屈託のなさに、皓子としても苦笑するしかない。

「まあ、それは冗談だけど、信じているからね。君の凄さは、残念ながら野党連中にはわからないさ。それより、一緒に仕事をした官僚たちがね、なかでも現場の兵隊さんたち、つまりは下っ端官僚たちが口を揃えて君の凄さを称賛していたよ。まさに僕の読みどおりだった」

当初から皓子の番記者をしていた秋本つかさが、そのあたりを一番理解してくれていたのだ。そして矢木沢に進言したというのが真相だろう。

「これで野党の連中も不信任案は提出できなくなった。仮に提出しても否決は確実だね」

電話の向こうで胸を張る彼の姿が目に見えるようだ。

「ところでさ、日中間でなにやら新しいビジネスを進めるんじゃないのか？」

矢木沢が突然切り出した。電話の本当の目的はこのあたりにあるらしい。

「なんの話？」

途端に身構えて、とぼけてみせる皓子に、さらに食い下がってくる。

「これはまったくの僕の個人的な経験による推察《ゲス》なんだけどね」

思わせ振りな言い方だが、矢木沢がなにか確証をつかんでいるわけではなさそうだ。

「だって、あの強気の北条由起子がだよ、皓子は物凄いタフ・ネゴシエーターだって、ずいぶん感心していたからさ。だから、きっとあの国になにか難題を持ちかけられて、君のことだから、それをきっぱりと突っ撥ねて押し返したか、あるいは逆に、見返りとしてあっちの国からなにかをもぎ取ったんだろうと、そう直感してたね」

「知らないわよ、そんなこと。単なるあなたのゲスでしょ？　その手には乗らないわ」

いまは社長職についていても、昔の記者根性は抜けていない。その分、皓子としても用心が必要だ。

「まあいいさ。まだ時間はたっぷりある。そのうち、じっくり調べてやるからね。だけど、忘れないでくれよ。今回僕はまた君を救ったんだからね。僕の貸し、もう一点の追加だから」

「冗談じゃないわ。やめてよね」

いずれ由起子の尽力で日中の交渉が進み、しかるべき時期が来たら、矢木沢がスクープするのかもしれない。

電話を切り、寝室のテレビをつけると、矢木沢が気合いをいれて制作したという特別番組がエンディングの場面にさしかかっていた。

大型客船でひとまず避難生活を送っていた被災者たちが、仮の住まいを得て次々と下船している風景だった。

両方から支えられ、杖をついて降りてくる高齢者もいる。老夫婦もいる。なかにはいたわるようにお腹に手をあてた、幸せそうな妊婦もいた。岸壁で手を振って待っている背の高い男性は、おそらく夫なのだろう。

元の生活に戻れる安堵と喜びの顔を、朝陽が優しく照らしている。被災者たちにとっては、あの船から降りることが、まさに船出のシーンなのだ。

場面が切り替わり、豪華客船の濃紺の船体にくっきりと白い文字で書かれた船名がアップになった。

carpe diem《カルペ・ディエム》。五洋商船のあの新倉邦彰会長が名付けたものだと、すぐにわかった。ラテン語で、いまを楽しく生きる。今日を楽しめ。今日という日を大切に、とでも訳せばいいだろうか。新倉らしい名前のつけ方だ。被災者たちの再出発にふさわしい船名である。

場面が遠景に変わり、抜けるような夏空に、大型客船の純白と濃紺の優雅な姿が栄えている。

さあ、出発だ。

週が明けると、また自分も仕事が始まる。

皓子は両手をあげ、思い切り伸びをした。総理大臣の仕事には終わりがない。やることはこのあとも山のようにある。

「やりますよ。まだまだいくらでも」

声に出して、皓子は言った。

窓の外に拡がるその空の青さにも似て、皓子は晴れ晴れとした笑みを浮かべていた。

解説

山前　譲

二〇一九年十二月、フィンランドに女性首相が誕生したというニュースが流れた。鉄の女と言われたイギリスのマーガレット・サッチャーや、二〇〇五年から長く首相を務めているドイツのアンゲラ・メルケルなど、女性の政治家の活躍はヨーロッパでは特筆するようなことではないけれど、さすがに彼女、サンナ・マリーンが三十四歳と聞いては、驚きを禁じ得なかった。

翻ってわが日本を顧みれば、女性首相どころか、議員の男女比の不均衡がずっと指摘されながら、いっこうに変わる気配がない。世界経済フォーラム（ＷＥＦ）が、各国の社会進出における男女格差を示す指標として、ジェンダー・ギャップ指数というのを発表しているが、二〇一九年末の発表では、日本は百五十三国中、過去最低の百二十一位！　なんとも残念な結果である。

経済活動や政治への参画度、教育水準、出生率や健康寿命などから算出されるらしいが、まったくもって悲しい現実だ。しかし、幸田真音氏の小説の愛読者ならば、日本には三崎皓子がいるぞ！　そう大声で叫ぶのではないだろうか。フィクションの世界ではあるけれど、日本初の女性首相となったのが三崎皓子だ。

中公文庫既刊の『スケープゴート』は、気鋭の経済学者だったその三崎皓子が、政治の世界に足を踏み入れていく姿を描いていた。民間人として金融担当大臣となり、請われて参議院選に出馬し、晴れて当選した暁には、なんと官房長官に抜擢される。けっして自ら望んだ道ではなかったけれど、彼女は家族の支えもあって常に前を見ていく。その選挙戦をめぐるさまざまな駆け引きは、後にマスコミで取りざたされたいわゆるウグイス嬢の報酬にまつわる疑惑を重ねると、今さらながらに幸田作品の先見性には驚かされる。なおこの長編は、二〇一五年四月十二日から五月三日まで全四回、ｗｏｗｏｗの〈日曜オリジナルドラマ〉として映像化されている。三崎皓子は黒木瞳さんが演じていた。

この『大暴落　ガラ』はそれにつづく三崎皓子の物語だ。もちろん『スケープゴート』を読んでいなくても、たっぷり楽しめるサスペンスフルなストーリーが展開されている。だが、ともに再婚である夫の伸明のサポートや子供たちとの確執は、そしてある男性との因縁は、前作の延長線上にあるだけに、やはり『スケープゴート』のまさに波瀾万丈の展開を踏まえていたほうがより楽しめるだろう。

三崎皓子は気鋭の経済学者として、テレビに出演したりして注目を集めていたけれど、総理大臣になろうというような野望は持っていなかった。ところが議員となり、野党が支持するという思いもよらない流れで、行政のトップとなってしまう。

そして三崎皓子は、与党内の政治的バランスに配慮しつつ組閣していく。その苦労のさなか、とんでもない危機に直面する。首都圏に大洪水が迫ってきたのだ。河川氾濫をなんとか回避しようとする現場の職員と、行政側とのスリリングなやりとりは、じつにサスペンスに満ちている。そして、日本社会の危機を見た世界的な金融界の流れが、日本の国債の大暴落を招くのだった。これもまた、けっして絵空事でない。早急な判断を強いられる三崎皓子には、家族危機も迫る。娘が行方不明となってしまったのだ。母として、妻として、そして総理大臣としての責務の狭間で、彼女は苦悩する。はたしてその危機をどう回避するのか……。一九九五年に刊行された幸田氏の最初の小説である『回避《ザ・ヘッジ》』（のちに『小説ヘッジファンド』と改題）が、国際金融の複雑な動きなかで危機が迫る日本市場を描いていたように、幸田氏の作家活動では色々な意味でリスクヘッジがテーマだった。

いち早く日本の国債の不安に注目した（それは今なお不安なのだが）『日本国債』（二〇〇〇）、日本の金融界の闇をえぐり出す『傷』（一九九八　後に『傷─邦銀崩壊』と改題）、日銀による過剰な金融緩和の危うさを捉えた『日銀券』（二〇〇四）、中国経済の不安定さを描いた『周極星』（二〇〇六）、ＡＩ社会の不安を描いた『人工知能』（二〇一九）といった、経済活動での危機回避に着目した作品は、幸田氏ならではのリアリティに満ちている。一方で、『CC:カーボンコピー』（二〇〇八）や『ナナフシ』（二〇一五）のように、個人的な危機に直面した作品もあるが、いずれにしても、二〇二〇年に記念すべき作家生活二十五周年を迎えた幸田氏の創作活動において、リスクヘッジが常に意識されていた。こうした作品のうち、『傷』も、一九九九年十一月二十日から十二月四日まで毎週土曜日（全三回）、ＮＨＫ総合テレビの〈ＮＨＫドラマ館〉で『レガッタ　国際金融戦争』と題して映像化されている。

そしてこの『大暴落』はまさにリスクヘッジの極みではないだろうか。さらに、この長編が「ヨミウリオンライン」に二〇一六年一月十五日から十二月二十一日にかけて配信され、二〇一七年三月に中央公論新社より刊行されたという、時系列的な「事実」は特筆しておくべきことだろう、

このところ日本は毎年、豪雨による水害が絶えない。この長編のベースには二〇一五年九月の鬼怒川の堤防決壊があるのだろうが、それが百年に一度というようなレアな事態ではないことを、そしてどのように防災対策をしても自然の脅威にはなすすべもない

ことを、毎年のように痛感しているのが今の日本である。二〇一八年六月から七月にかけての西日本を中心とした豪雨災害、そして二〇一九年秋の連続した台風通過による千葉や長野ほかでの河川氾濫は、もうレアな事態ではないのだ。やはり二〇一九年のことだが、箱根では一日の雨量が全国の観測史上、最も多い数値を記録し、観光の要となっていた箱根登山鉄道が大きな被害を被っている。

そんな自然災害が契機となっての『大暴落』の金融危機……まさにサスペンスフルな展開だが、読者を大満足させる痛快な結末が待っている。ただ、新しい感染病によるパンデミックのような、もっと予測しがたい事態に直面してしまうのも現実である。はたしてその時、三崎皓子のような決断力のある政治家が、今の日本にいるのだろうか――。そんな不安をこの『大暴落』は喚起しているのではないだろうか。

かつて幸田真音氏は、米銀のディーリング・ルームで実績を挙げていた。そんな時、相場の世界には女性の存在が珍しかったせいか、いわゆるセクハラ的な言動にさらされていたという。しかし今、男とか女とか、性別で区別する時代ではない。日本の政治や経済の世界で、これから誰がリーダーシップを取って将来を見据えていくのか。日本初の女性総理大臣となった三崎皓子はじつに頼もしい。

（やままえ・ゆずる　推理小説研究家）

本書は『大暴落　ガラ』（二〇一七年三月、中央公論新社刊）の文庫化に際しサブタイトルを付けたものです。

中公文庫

大暴落《だいぼうらく》 ガラ

——内閣総理大臣《ないかくそうりだいじん》・三崎皓子《みさきこうこ》

2020年3月25日　初版発行

著　者　幸《こう》田《だ》真《ま》音《いん》

発行者　松田 陽三

発行所　中央公論新社

〒100-8152　東京都千代田区大手町1-7-1

電話　販売 03-5299-1730　編集 03-5299-1890

URL http://www.chuko.co.jp/

ＤＴＰ　平面惑星

印　刷　三晃印刷

製　本　小泉製本

Published by CHUOKORON-SHINSHA, INC.

Printed in Japan　ISBN978-4-12-206851-3 C1193

中公文庫既刊より

各書目の下段の数字はISBNコードです。978－4－12が省略してあります。

こ-53-1
周 極 星(上)
幸田 真音
巨大市場・中国——混沌の新天地に若き日本人ファンドマネージャーが挑んだ！ 老獪な邦銀支店長、美貌の中国系投資会社社長……欲望渦巻く上海を舞台に描く経済小説。
205280-2

こ-53-2
周 極 星(下)
幸田 真音
証券化ビジネスの先駆者となる絶好のチャンスを手にした織田に痛烈な事実が！ 引かれ合っては衝突する日本と中国の間で、新たな時代を予見させる会心作。〈解説〉児玉 清
205281-9

こ-53-3
CC：カーボンコピー
幸田 真音
広告代理店で働く香純41歳。年下の恋人とともに、生保の不払い問題に対処する広告プロジェクトを手がけるが、思わぬ波紋が広がり、脅迫状まで届き——。
205585-8

こ-53-4
スケープゴート 金融担当大臣・三崎皓子
幸田 真音
〝昔の男〟からの電話で政界入りすることになった大学教授の三崎皓子。選挙でトップ当選、官房長官に抜擢後、総理が倒れ——。日本初の女性総理誕生なるか？
206471-3

か-61-2
夜をゆく飛行機
角田 光代
谷島酒店の四女里々子には「ぴょん吉」と名付けた弟がいて……うとましいけれど憎めない、古ぼけてるから懐かしい家族の日々を温かに描く長篇小説。
205146-1

か-61-3
八日目の蟬《せみ》
角田 光代
逃げて、逃げて、逃げのびたら、私はあなたの母になれるだろうか……。心ゆさぶるラストまで息もつがせぬ傑作長編。第二回中央公論文芸賞受賞作。〈解説〉池澤夏樹
205425-7

か-61-4
月と雷
角田 光代
幼い頃暮らしをともにした見知らぬ女と男の子。再び現れたふたりを前に、泰子の今のしあわせが揺らいで……偶然がもたらす人生の変転を描く長編小説。
206120-0

か-86-1
老後の資金がありません
垣谷美雨
老後は安泰のはずだったのに！　家族の結婚、葬儀、失職……ふりかかる金難に篤子の奮闘は報われるのか？　〝フツーの主婦〟が頑張る家計応援小説。
206557-4

か-86-2
夫の墓には入りません
垣谷美雨
ある晩、夫が急死。これで〝嫁卒業〟と思いきや、介護・墓問題・夫の愛人に悩まされる日々が始まった。救世主は姻族関係終了届⁉　心励ます人生逆転小説。
206687-8

き-41-1
優しいおとな
桐野夏生
日本の福祉システムが破綻し、スラム化したかつての繁華街〈シブヤ〉で生きる少年・イオン。希望なき世界のその先には何があるのか。〈解説〉雨宮処凛
205827-9

こ-24-7
エリカ
小池真理子
急逝した親友の不倫相手と飲んだのをきっかけに、エリカは、彼との恋愛にのめりこんでいく。逢瀬を重ねていった先には何が……。現代の愛の不毛に迫る長篇。
204958-1

こ-24-8
ストロベリー・フィールズ
小池真理子
平穏な家庭を営む夏子の前に現れた青年。その危険なまでの若さに触れ、彼女は目を背けてきた渇きに気づく。一人の女性の陶酔と孤独を描く傑作長篇。〈解説〉稲葉真弓
205613-8

こ-24-9
東京アクアリウム
小池真理子
不意に現れる恋人の霊、最終の新幹線で浮かぶ父の思い出……。出会いと別れの記憶が、日常に波紋を起こす。短篇の名手による、大人のための作品集。
205743-2

こ-59-1
痛みかたみ妬み　小泉喜美子傑作短篇集
小泉喜美子
息詰まる駆け引き、鮮やかなどんでん返し。人生の裏も表も知る大人のためのミステリーがここに。入手困難・幻の短篇集の増補新編集版。〈解説〉日下三蔵
206373-0

こ-59-2
殺さずにはいられない　小泉喜美子傑作短篇集
小泉喜美子
大人のための贅沢な愉しみがここに。ミステリ、ホラー、ショートショート――バラエティ豊かな短篇集第二弾。〈巻末エッセイ〉山崎まどか〈解説〉日下三蔵
206442-3

各書目の下段の数字はＩＳＢＮコードです。978－4－12が省略してあります。

し-46-1
アンダスタンド・メイビー（上） 島本理生
中三の春、少女は切ない初恋と大いなる夢に出会う。それは同時に、愛と破壊の世界へ踏み込むことでもあった――。直木賞候補作となった傑作、ついに文庫化！
205895-8

し-46-2
アンダスタンド・メイビー（下） 島本理生
憧れのカメラマンのアシスタントとなり、少女から大人への階段を歩み始めた黒江。ある事件を発端に、母親の秘密、隠され続けた自身の過去が明らかになる。
205896-5

し-46-3
Ｒｅｄ 島本理生
元恋人との快楽に溺れ抑圧から逃れようとする塔子。その先には、どんな結末が待っているのだろう――。『ナラタージュ』の著者が官能に挑んだ最高傑作！
206450-8

た-15-10
富士日記（上）新版 武田百合子
夫・武田泰淳と過ごした富士山麓での十三年間を克明に描いた日記文学の白眉。昭和三十九年七月から四十一年九月分を収録。〈巻末エッセイ〉大岡昇平
206737-0

た-15-11
富士日記（中）新版 武田百合子
愛犬の死、湖上花火、大岡昇平夫妻との交流。昭和四十一年十月から四十四年六月の日記を収録する。田村俊子賞受賞作。〈巻末エッセイ〉しまおまほ
206746-2

た-15-12
富士日記（下）新版 武田百合子
季節のうつろい、そして夫の病。山荘でともに過ごした最後の日々を綴る。昭和四十四年七月から五十一年九月までを収めた最終巻。〈巻末エッセイ〉武田　花
206754-7

た-28-18
隼別《はやぶさわけ》王子の叛乱 田辺聖子
ヤマトの大王の想われびと女鳥姫と恋におちた隼別王子は大王の宮殿を襲う。「古事記」を舞台に描く恋と陰謀と幻想渦巻く濃密な物語。〈解説〉永田　萠
206362-4

た-28-15
ひよこのひとりごと 残るたのしみ 田辺聖子
他人はエライが自分もエライ。人生はその日その日の出来心――七十を迎えた「人生の達人」おせいさんが、年を重ねる愉しさ、味わい深さを綴るエッセイ集。
205174-4